EGO

Du même auteur :

PERSONA, Fayard, 2020 ; Pocket, 2021

Maxime Girardeau

EGO
Libère-moi

Roman

Fayard

Composition réalisée par Belle Page

Couverture :
Conception graphique : Alistair Marca
Motif : Anja Weber Decker/Arcangel

ISBN : 978-2-21372-069-2

Dépôt légal : février 2022

À Matteo, chéris ta liberté, mon fils.

« Democrats want to destroy you, and they want to destroy our country. »

Donald Trump, juin 2019

« On n'atteint pas l'illumination en imaginant des figures de lumière, mais en portant à la conscience l'obscurité intérieure. Mais ce travail est souvent désagréable, donc impopulaire. »

Carl Gustav Jung

Partie I : Le Vieil Homme

C. G. Jung définissait les archétypes comme notre tendance innée à générer des images avec une charge émotionnelle intense, qui expriment la suprématie relationnelle de la vie humaine.

Comme des traces universelles, digitales, disséminées en chacun de nous, reliant nos inconscients en une forme d'humanité.

Mardi

06 h 57

Le vieil homme ouvrit les yeux. Sa femme et son fils disparurent. Ils reprirent leur place parmi les ombres. Chaque jour, ils glissaient au plus profond de son subconscient, emportés par les limbes.

Ce matin-là, Leia lui lécha la joue de sa langue rugueuse et humide. La chienne se tenait à quelques centimètres de son visage. Elle exhalait une haleine tiède et nauséabonde. De sa truffe humide, elle poussait sa joue avec délicatesse. Au-dessus, il distingua ses yeux en amande et, derrière, il entendait sa queue battre son impatience. On ne pouvait pas dire que c'était agréable, ni même hygiénique, mais ce fut ainsi qu'il s'éveilla.

Le vieil homme la caressa tout en s'asseyant sur le rebord de son lit. Les ressorts grincèrent. Son réveil indiquait 6 h 58, deux minutes avant que se déclenche le tintamarre métallique. Leia avait pris l'habitude de venir un peu avant l'heure prévue, pour tenter d'obtenir son bol de croquettes. Manipulation fructueuse, car le vieil homme, bonne pâte, pensait que la vie souriait aux audacieux. Il ne la réprimandait jamais et se pressait de répondre à sa fringale.

Il enfila ses chaussons et traversa un étroit couloir jusqu'à une cuisine tout aussi étriquée. À l'intérieur, il n'y avait de la place que pour une personne. Ce n'était pas un problème pour lui, car il vivait seul depuis la mort de son épouse, quinze ans plus tôt. Et quand il recevait sa petite-fille, Mila, ils y entraient à tour de rôle. Le vieil homme n'y voyait qu'un inconvénient mineur. Il n'était pas de nature à se plaindre, ni même à se lamenter.

Mila constituait son tout dernier lien avec son fils, disparu lui aussi. Ce lien n'en était que plus fort, au-delà de la relation habituelle d'une petite-fille à son grand-père. Mila n'avait eu que le vieil homme pour l'élever, et celui-ci n'avait eu que Mila pour focaliser son attention et maintenir son esprit hors de l'océan de tristesse que constituait la perte – en l'espace de quelques mois – de l'amour de sa vie et de la chair de sa chair.

À présent que Mila suivait des études supérieures, elle ne revenait que pour les périodes de vacances. La famille se trouvait dès lors au grand complet : Mila, le vieil homme et Leia.

En dehors de ces parenthèses, le vieil homme n'était entouré que de solitude, tout le reste de l'année. Alors durant ces périodes de retrouvailles, il tenait à ce qu'ils découvrent de nouveaux lieux, de nouvelles saveurs, entendent d'autres langues, d'autres chants. Dans cet élan insatiable d'exploration du monde, il n'était pas rare qu'ils mangent au restaurant le midi et parfois même le soir.

Pour le vieil homme et Mila, ce bonheur éphémère servait aussi à éloigner les fantômes.

En remplissant la gamelle de Leia, une joie teintée d'excitation le traversa. Il pensa justement à Mila. Elle arrivait le soir même.

Elle avait brillamment réussi son master. Elle prenait quelques semaines de repos avant de s'envoler pour les États-Unis, son rêve d'enfant. Dans la foulée de ses résultats, elle avait reçu la confirmation qu'une bourse l'attendait là-bas pour poursuivre vers un doctorat en ingénierie agroalimentaire. Elle avait déjà arrêté son domaine de recherches : l'impact des pesticides sur l'organisme et notamment sur la formation des cancers.

Ses yeux scintillaient quand elle racontait à son grand-père ses ambitions de changer le monde et, parfois, ils s'embuaient au moment d'ajouter : « Pour que plus personne n'attrape une saloperie mortelle en mangeant simplement des légumes ou de la viande. »

Ce matin-là, il décida de sauter le petit-déjeuner. Il avait trop à faire. Il emmena Leia au parc en face de chez lui, puis il fit sa toilette. Ensuite, il s'assit à la petite table ronde qui trônait au milieu de son salon. Il prit du papier, un stylo et rédigea la liste de ses missions pour l'arrivée de Mila :

— *Teinturier, draps et costume.*
— *Acheter pack d'eau, fruits, chocolat, confiseries.*
— *Enveloppe argent Mila.*
— *Réserver restaurant.*
— *Fnac, DVD, thème « années 1980 »,* The Thing *ou* Predator*?*
— *Croquettes Leia.*
— *Transport du paquet.*
— *Mila, 19 h 49, gare du Nord.*

Le vieil homme examina sa liste, calcula le temps dont il avait besoin pour réaliser chacune de ces tâches, puis le compara avec l'heure d'arrivée de Mila. Il regarda par la fenêtre. Une épaisse couche de neige recouvrait les toits, les trottoirs ainsi que tout le reste. Le passage des voitures dessinait deux fines cordelettes sur le sol lunaire, à la manière de rails inversés. Les routes s'annonçaient plus difficiles encore qu'habituellement.

Un grain de sable dans son organisation, et il serait en retard pour Mila. D'autant plus que le transport du paquet s'annonçait plus long qu'à l'accoutumée.

Il claqua la porte de son appartement.

La première moitié de la liste se déroula sans encombre. Il eut même de la chance concernant le supermarché. Il dénicha miraculeusement une place devant l'entrée. À son retour, dix à douze minutes plus tard, il trouva une amende de stationnement de cinquante euros accrochée sur son pare-brise. Cela ne gâcherait pas sa journée. Pour fêter l'arrivée de sa petite-fille, il prit les deux films entre lesquels il hésitait. Sa culture cinématographique était au moins aussi importante que bien manger ou dormir. Il effectuerait un transport de paquet supplémentaire ce mois-ci pour couvrir l'amende et les frais imprévus. À chaque problème une solution, pensa-t-il, le cœur léger.

La deuxième partie de sa liste comportait néanmoins plus de difficultés. Le transport du paquet solliciterait à lui seul deux bonnes heures, au bas mot. Il avait reçu un SMS indiquant qu'il se rende dans le XXe arrondissement pour ensuite apporter ce qu'on lui confierait en bordure d'un terrain vague à cinquante kilomètres à l'est. Il regarda sa montre, il ne devait pas perdre une minute. Il fit vrombir le moteur de son antique Golf de 89 et se dirigea vers l'adresse mentionnée. Il n'avait pas le choix. Il devait honorer ses engagements. Le vieil homme mettait un point d'honneur à ce que personne ne puisse jamais remettre sa parole en doute.

« Ta parole, personne ne peut te la prendre. Elle doit être faite du métal le plus solide, jamais tu ne dois la rompre, sinon c'est ton honneur que tu perds ! » disait-il à Mila quand elle était plus jeune. Il tapotait son cœur du doigt. « C'est ce que tu as là qui compte, rien d'autre. »

Ces *petits extras*, c'était pour qu'elle poursuive ses rêves. C'était son rôle, il n'y avait plus que lui sur cette terre à même de l'aider.

Lorsqu'il arriva à l'adresse, le vieil homme vit deux gaillards adossés à une imposante porte cochère. Il ne les avait jamais vus. De loin, ils avaient l'allure du duo comique Laurel et Hardy. L'un, taillé dans une allumette, était grand et mince et l'autre tassé et rondouillard. L'allumette devait à peine avoir vingt ans. Son visage était à moitié caché derrière un masque chirurgical de couleur noire. Le vieil homme remarqua une entaille au niveau de la bouche. L'allumette l'utilisait pour y glisser sa cigarette, une longue tige comme lui. Ses jambes ressemblaient aux fines échasses de Jack au cœur de son étrange Noël.

L'autre devait avoir dans les cinquante ans. Il était affublé d'un costume dépareillé, aux extrémités élimées. L'harmonie des couleurs ne semblait pas faire partie de ses priorités ni la propreté d'ailleurs. Il fit un signe à l'allumette pour qu'il s'occupe des portes du hangar. Le jeune jeta sa cigarette dans un geste de soumission et s'avança le dos voûté. Une fois les battants ouverts, le chef indiqua au vieil homme qu'il pouvait entrer avec son véhicule. Il connaissait la manœuvre, cela faisait quelques années qu'il transportait des paquets.

Dans le hangar, le vieil homme coupa le contact et attendit sans bouger. Les deux acolytes s'approchèrent des portes arrière, soulevèrent la banquette et remplirent des caches. Il prit soin de ne pas se retourner. Il ne leur adressa pas la parole. Il jeta deux ou trois coups d'œil dans son rétroviseur pour jauger la cargaison. Les paquets étaient nombreux, deux douzaines, d'une taille comparable à de petits sacs de pommes de terre.

La Golf s'affaissait au fur et à mesure du remplissage. Jamais il n'en avait transporté autant. Les mains sur le volant, nerveux, il pressait le plastique écaillé. Il ne savait pas ce que contenaient ces colis et il ne le demanderait pas. Il respectait les règles. Il ne posait aucune question, cela faisait partie de l'accord. En retour, il n'avait exigé qu'une seule chose : ne jamais transporter de drogue. Lui-même n'en consommait pas, mais il voyait les ravages que cela provoquait dans son quartier. Sa dignité l'empêchait de participer de près ou de loin à de tels trafics. Leur chef vivait du mauvais côté de la barrière, mais il avait une parole aussi solide que celle du vieil homme. Jamais il ne trahirait leur entente.

Le vieil homme regarda une dernière fois dans le rétroviseur avant que l'allumette ne remette la banquette arrière en place. Il tempéra son impatience en s'imaginant dans une formule 1, durant un arrêt au stand. Il endossait les couleurs de Juan Manuel Fangio. Il patientait, concentré sur ses trajectoires, prêt à pousser les gaz à fond. Autour les techniciens bidouillaient le bolide et quelques secondes plus tard la pancarte rouge tournait au vert. Il enfonçait alors la pédale d'accélérateur, la gomme des pneus crissait et une épaisse fumée blanche recouvrait son champ de vision. Il renouait avec la piste, affrontait le temps, portant la dynamique de sa voiture à son extrême limite. Il suivait le tracé sans rien demander, puis rentrait chez lui. Aucune question, aucune indiscrétion, le vieil homme était un coursier inoffensif.

Il reprit sa route, s'engagea sur l'avenue Gambetta, en direction de la porte de Bagnolet. Avec un peu de chance, il serait à l'heure pour accueillir Mila. Il réfléchissait même à une petite folie en réservant leur dernier dîner dans un restaurant gastronomique coréen. Mila en rêvait. Cela demanderait également une course supplémentaire. Au diable la modération, pensa-t-il, c'est maintenant qu'il devait profiter de sa petite-fille, tant qu'il en avait encore l'occasion.

C'est alors qu'il traversa le carrefour de la rue Pelleport. Le feu vert lui accordait le passage. Un bus roulait à sa droite, sur une voie dédiée. Le vieil homme ne comprit pas pourquoi ce dernier effectua soudain une embardée dans sa direction. Il se déporta avec une violence et une rapidité inouïes. Le monstre de métal percuta sa frêle voiture et arracha une des roues comme un enfant le ferait avec l'aile d'une mouche. Le volant devint fou, et le vieil homme perdit instantanément le contrôle. L'avant s'effondra sur le bitume, gratta le sol, faisant jaillir une myriade d'étincelles. Quelques mètres plus loin, la carrosserie se planta net dans la pierre du trottoir. Le véhicule culbuta dans une série de tonneaux.

Sa vie défila en quelques fractions de seconde, ses parents, son ami Jeannot, sa femme, son fils et surtout Mila. Comment allait-elle faire maintenant ? Des éclats de verre cinglaient son visage. Des pointes de métal le transpercèrent de part en part plusieurs fois. Paris tournoyait tout autour de lui. Entre les éclats de verre, le métal, les jets de sang, il aperçut un cycliste accélérer pour s'éloigner du lieu du drame. Ce dernier venait de la perpendiculaire. Il s'était engagé dans le carrefour alors que le feu était rouge, sans freiner, sans un regard pour le monde. La conductrice du bus avait dû amorcer une manœuvre d'évitement désespérée pour ne pas l'écrabouiller tel un insecte.

Le vieil homme rouvrit les yeux un dernier instant. Son corps fusionnait avec la tôle. Son sang se mélangeait à l'huile et sa respiration à la fumée blanche du moteur. Les paquets s'étaient répandus dans la carcasse et sur la chaussée. Dans un dernier souffle, il saisit l'un d'eux. Le papier d'emballage s'était déchiré. Il crut reconnaître un pied et son mollet enroulés dans une matière plastique.

Était-ce sa propre jambe ? s'interrogea le vieil homme. Il mourut sans en avoir la réponse.

Partie 2 : L'indiscrète

*L'archétype de l'***ange gardien** *se sent plus fort que les autres et prodigue une protection à ceux qui l'entourent. Il combat leurs souffrances. Mais dans cette volonté toute-puissante, il peut se perdre, et dès lors devenir lui-même le martyr.*

Chapitre 1

Dimanche

8 h 36

Avec une infinie délicatesse, il posa sa tête sur son ventre. Son oreille se comprima au-dessus de son nombril. Il reprit son souffle, écouta la résonance au fond de ses entrailles. Ariane sentit ses doigts glisser sur sa peau. Il partit de ses tibias, remonta vers sa cuisse, puis survola l'aine, doucement, très doucement. L'épiderme de ses doigts provoquait des soubresauts, des chocs électriques qui se muaient en sensations une fois concentrés au cœur de son système limbique. Ses mains agissaient comme le créateur qui éveille son automate. Elles activaient ses sens. À présent, elle avait chaud. Elle avait faim aussi. Elle était affamée de cet amour qui l'enivrait. Elle voulait s'approprier ce corps emmêlé au sien. Mais elle hésitait à bouger le moindre muscle de peur qu'une infime séparation ne provoque une réaction en chaîne incontrôlable.

Elle aimait cet homme.

À cet instant de sa vie, jamais aucune autre réalité ne lui était apparue plus évidente, plus incontestable. Les douleurs, les tristesses, les trahisons et les mensonges ne l'emprisonnaient plus.

Elle fit tourner la bague qu'il lui avait offerte quelques heures plus tôt. Ce simple anneau argenté incarnait un changement profond, un point de bascule entre deux vies, son passé et son futur ; et au fur et à mesure qu'elle prenait conscience de cette transition vers autre chose, un besoin de parler surgit, vif, intense, aussi viscéral que les émotions qui l'assaillaient.

Il lui fallait partager ces instants avec Elga, sa plus chère amie.

Elles s'étaient connues à l'âge où l'on apprend à lire, à compter, où les premiers rapports humains se nouent. De ce point de départ au dernier jour du lycée, main dans la main, elles étaient devenues des femmes sans jamais se quitter. Au milieu des autres enfants, elles étaient les deux petites filles introverties, parfois moquées, ignorées le plus souvent. Mais une fois l'école terminée, loin de leurs camarades, leur joie de vivre explosait. Une jeunesse à se protéger l'une l'autre, à tresser un lien inaltérable, qu'un romancier un peu niais décrirait comme celui de deux âmes sœurs.

Son homme tourna la tête. Ses cheveux effleurèrent son abdomen. Un frisson la saisit. Son regard intense croisa le sien. Il sourit et s'avança pour l'embrasser. Un baiser chaud, humide. Ses lèvres étaient douces, tendres. Une aura l'entourait. Une aura en harmonie parfaite avec la sienne.

Il se leva.

— J'ai besoin d'un café, dit-il. Je t'en fais un aussi ?

— Oui, s'il te plaît, répondit Ariane.

Il quitta la chambre. Elle entendit le craquement des lattes de parquet à travers le couloir jusque dans la cuisine. Elle attrapa son téléphone, tandis que le bruit sourd de la cafetière traversait les murs épais.

Elle rédigea un message à Elga. Elle voulait lui raconter cette incroyable nuit, leur amour, la bague, la révolution qui s'amorçait. Elle alignait les adjectifs les uns aux autres sans jamais parvenir à effleurer l'intensité des sentiments qu'elle expérimentait. Elle allait enfin lui révéler qui était l'homme mystère qui habitait toutes ses pensées, tous ses désirs, depuis une année. Mais au moment de l'envoyer, l'interface de la messagerie instantanée disparut et « Ga » apparut en grand pour signaler un appel entrant. Comme les coïncidences heureuses que la vie provoque parfois, c'est le moment qu'Elga avait choisi pour appeler Ariane.

Elle décrocha à la deuxième vibration. Elga ne lui laissa pas le temps de parler.

— Ari, c'est moi. J'ai besoin de ton aide. J'ai peur qu'il ne soit arrivé quelque chose de grave à Nicolas. Il ne donne plus signe de vie depuis qu'il est parti pour New York. Cela fait quatre jours.

Ariane se figea. Elle eut besoin d'un moment pour se déconnecter de son idylle et basculer dans cette autre réalité. La voix d'Elga tremblait.

— Que s'est-il passé ? Raconte-moi tout. Dis-moi ce que je peux faire pour t'aider ?

— Il faut que tu le retrouves… (Elga retint un sanglot.) Avec Diva, je sais que tu découvriras quelque chose.

Ariane se redressa sur le lit. Elle était pareille à ces âmes qui traversent le purgatoire, en transit entre deux univers en opposition parfaite, la jouissance d'un côté, la souffrance de l'autre.

— Attends, calme-toi. Bien sûr que je vais tout faire pour t'aider, mais avant explique-moi en détail ce qu'il s'est passé. Vous vous êtes de nouveau disputés ?

À travers le téléphone, Ariane entendit Elga reprendre son souffle. Après quelques secondes de silence, elle parla de leurs derniers échanges, ainsi que de ses peurs concernant l'homme qui partageait sa vie.

Elga incarnait la trentenaire pressée à qui tout souriait professionnellement. Indépendante très tôt, elle avait connu une trajectoire éclair au sein des grosses boîtes de la *Tech*, avant d'être projetée malgré elle au cœur d'une sombre et violente affaire criminelle. Le genre d'histoire que l'on ne voyait qu'au cinéma, lovée contre une épaule solide. Les journalistes et les réseaux sociaux l'avaient surnommée « L'affaire du vengeur des catacombes ». Ils s'en étaient délectés, des semaines durant, des mois, de ces salauds de la mondialisation heureuse qui en avaient pris plein la gueule. Le fait divers rassemblait l'ensemble des ingrédients nécessaires pour tenir le public en haleine. Des crimes sordides et violents, un coupable insaisissable, des victimes, bourgeois du nouveau monde, enfermés à l'intérieur d'eux-mêmes, et au milieu un brillant commissaire de la Crim, Franck Somerset. Aspirée tout entière au cœur de cet ouragan, Elga vit son destin basculer tour à tour de témoin à suspecte, à victime. À la fin, elle fut recrachée telle une rescapée échouée sur une plage. Épuisée, brisée, la dépression la frappa d'autant plus fort qu'elle se pensait, tel le *Titanic*, insubmersible.

Elle avait rencontré Nicolas quelques mois après et comme un vase qui chute sur le sol, elle avait eu besoin de temps, de patience et d'amour pour recoller les morceaux de sa vie. L'épreuve l'avait transformée. Elle n'était plus exactement l'amie qu'Ariane avait toujours connue. Le traumatisme avait fait exploser cette carapace qu'Elga pensait indestructible. L'édifice majestueux ne tenait en réalité que grâce à une charpente instable d'ego et d'amour-propre, fragilisé par des années d'oublis et de refoulement. L'effondrement, puis la reconstruction provoquèrent une modification de ses traits de caractère. Elle restait la Elga de toujours et en même temps quelque chose dans ses yeux, dans son rapport au monde s'était transformé, sans qu'Ariane puisse définir exactement quoi.

Nicolas l'avait aidée à se reconstruire, à rassembler cet amour-propre brisé, à dépasser ce bouleversement émotionnel.

« Il m'apprend à me libérer du traumatisme et de tout ce qui m'est néfaste. Je deviens plus forte, hermétique aux agressions extérieures », lui avait-elle dit un jour sans qu'Ariane comprenne la portée de ces changements. Elga s'immergea dans cette passion. Mais deux ans plus tard, leur couple battait de l'aile. Les reproches se faisaient récurrents, et la rupture paraissait être la seule finalité. Au cours de la semaine précédente, ils s'étaient quittés sur une discussion houleuse, une de plus, quelques heures avant que Nicolas prenne un avion pour la Grosse Pomme.

— Depuis je n'ai plus de nouvelles. Il ne répond à aucun de mes messages. L'avion est arrivé à l'aéroport JFK sans problème, et aucun incident n'a été notifié. Je suis morte d'inquiétude et je ne sais pas quoi faire. Est-ce qu'il a eu un accident ? Ou me fait-il payer notre dernière dispute ? A-t-il réellement pris cet avion ? Devrais-je prévenir les autorités au risque d'être humiliée si tout cela n'est qu'une vengeance de sa part ? Je suis perdue, j'ai besoin d'aide...

Elga fondit en larmes. Ariane absorba la souffrance de son amie à la manière d'un buvard, et l'intense bonheur de ses dernières heures se colora d'une teinte obscure. Une teinte qu'elle connaissait bien. À l'université, elle avait connu un amour dévorant et cruel, un amour composé de faux-semblants et d'apparences, un amour qui finit par détruire, par rendre malade.

— S'il avait eu un accident, tu aurais été prévenue, je suppose ?

— Tu sais... répondit Elga, hésitante, laissant des blancs entre chaque respiration. Ces derniers mois ont été difficiles... Pour nous certes... mais aussi pour lui... pour sa boîte...

— Il était stressé ?

— Non, non... Enfin... peut-être... Il tombait dans des phases paranoïaques... Il croyait que des fonds rapaces cherchaient à mettre la main sur son entreprise, sur EGO.

— Et c'est pour ça qu'il aurait disparu ? Pour leur échapper ?

— Je ne sais pas… Faire le mort, ça ne lui ressemble pas.

— Et si ce n'était vraiment qu'un stratagème pour te punir ? Pour que tu te sentes mal, que tu culpabilises ?

— Un pressentiment…

Ariane fixa ce mot dans son esprit : pressentiment.

En était-ce un ? Ou juste la volonté de s'agripper aux dernières lueurs d'une étoile morte, à la fugace passion des débuts ? Peu importait. La seule peur de son amie, sincère ou illusoire, lui suffisait.

— Calme-toi, Ga, je m'en occupe, je vais le retrouver en un rien de temps et je te rappelle.

— Merci, Ari.

— Repose-toi, je te rappelle tout à l'heure.

Ariane raccrocha. Elle leva les yeux vers la porte de sa chambre. Il était adossé au chambranle, son homme, un café dans chaque main.

— Une urgence ?

— Je le crains hélas.

— Tu veux que je parte ?

— Non, mais je ne pourrai pas me concentrer si tu es là.

— Je comprends.

Ariane se leva et le rejoignit. Un courant d'air froid frôla son corps nu. Elle l'enlaça et colla sa tête au creux de son cou. Son odeur l'enivra.

— Merci, lui dit-elle en l'embrassant.

Chapitre 2

Dimanche

19 h 38

D'un geste réflexe, Ariane repoussa la monture de ses lunettes sur le haut de l'arête de son nez. Une lumière bleue jaillissait de l'écran et lui brûlait les rétines. Ses longs doigts effilés attrapèrent un soda sur la table de nuit. Elle en but deux gorgées rapides. À la façon d'un goutte-à-goutte, le breuvage chimique, gavé d'arômes artificiels, d'excitants synthétiques, d'adjuvants cancérigènes, répandit dans son organisme des micro-shoots dopants. Elle secoua la cannette. Vide. Elle reposa le cylindre à côté de cinq autres cadavres en aluminium.

Elle concentra son attention sur l'ordinateur portable posé sur ses jambes. Ses lignes de codes s'activaient. Telle une armée invisible, son programme se démultipliait pour scanner les banques d'images du monde entier à la recherche d'une correspondance avec la photo d'identité de Nicolas Kergan, jeune quadra au sourire pincé et au regard taiseux. Facebook,

Google, Twitter, LinkedIn, blog personnel et données *open source*, ses troupes digitales rapatriaient toutes les images où était apparu ce visage lors des quatre derniers jours.

Une tâche humainement impossible à réaliser, qui devenait d'une simplicité stupéfiante pour Diva, son général virtuel. Dès sa première version, Ariane avait donné à son programme ce surnom, Diva. Un patronyme féminin, concis et élégant, pour incarner les trois composantes immatérielles de son intelligence artificielle. Elle l'avait codé à la fin des années 2000, durant la rédaction de sa thèse sur « Les développements et les usages de l'intelligence artificielle dans la reconnaissance d'images ». Elle avait été son arme pour prouver qu'elle n'était pas folle. Pour confronter celui qui partageait sa vie à l'époque, qui la trompait. Malgré tous les stratagèmes élaborés de cet homme, ses manipulations alambiquées, ses culpabilisations cruelles, Diva trouva la vérité, crue, et libéra Ariane de l'emprise mortifère d'un pervers narcissique. Depuis, elle la perfectionnait selon les avancées technologiques et ses besoins de recherche.

Un bâillement sonore étira son visage. Elle écarquilla les yeux et jeta un regard vers une miniature de R2D2 qui plaquait des chiffres rouges digitaux sur le mur opposé. 19 h 38. Déjà ! pensa-t-elle en se pinçant la lèvre inférieure.

Son ventre gargouilla.

Un ravitaillement en dope légale s'imposait. Elle posa son laptop au milieu de son lit king-size, déplia les jambes, tendit ses bras vers le plafond et étira son mètre quatre-vingts pour soulager son dos. Ses pieds nus tressaillirent au contact des lattes froides du parquet.

Elle rejoignit la cuisine en quelques enjambées. Elle ouvrit la porte droite de son réfrigérateur américain et attrapa un soda frais ainsi qu'une tablette de chocolat du confiseur *Les Belles Envies*. Leur credo se déclinait autour de chocolats et de pâtisseries avec un indice glycémique faible. « Oublier le sucre, pas vos envies ! » clamait une certaine Alixe, sur leur site Internet.

Elle était jeune et rayonnante. Une aura de force et d'intelligence l'encerclait tel un halo permanent appliqué d'un coup de baguette à la naissance. Armée de ce pouvoir, elle aspirait à *disrupter* le vieux marché des pâtisseries.

Elle était belle aussi. L'envoûtement des esprits se faisait grâce à différents attraits. Ses yeux clairs, sa chevelure ample et châtain foncé, sa peau saine, son sourire radieux et une taille que l'on supposait fine composaient une perfection contemporaine aussi étudiée que factice. Devant elle s'étalait une myriade de pâtisseries à la conception irréprochable, à son image. Ariane avait autant envie des gâteaux que de ressembler à cette Alixe. Elle voulait toucher ce *beau*, le sentir, le déguster, se l'approprier sous toutes ses formes.

L'esthétique agissait sur elle comme un puissant filtre de persuasion. Cela venait de loin, d'un long conditionnement à apprécier le joli, le plaisant, le charmant, tout en induisant le rejet de leur contraire. Une manipulation sociale, culturelle, partagée par des milliards d'individus et qui investissait le « beau » d'un pouvoir presque mystique sur la psyché humaine.

L'esprit rassasié, les mains pleines de sucres et d'excitants, elle retourna à sa besogne. En entrant dans sa chambre, elle croisa son reflet dans le miroir ovale de sa coiffeuse. Elle se reconnut à peine. Elle était livide, les cheveux en pagaille, le blanc des yeux rougi.

Elle s'approcha, détailla le gris de ses cernes. De son index, elle tira la fine peau vers le bas. Les veinules de son globe oculaire ressemblaient aux racines d'un arbre centenaire jaillissant de terre. Elle relâcha sa paupière inférieure qui reprit sa position initiale, camouflant les signes de fatigues excessives.

Heureusement qu'il ne l'avait pas vue comme ça. Écourter leur week-end à deux avait été une sage décision, pensa-t-elle. Avec de la préparation et quelques longues nuits de sommeil, elle pouvait comparer sa plastique à celle d'Alixe. Mais ce soir-là, dans ce jogging défraîchi, elle en était presque devenue le négatif.

Il n'y avait que pour Elga qu'elle pouvait se mettre dans des états pareils. Le temps d'une pensée, elle la revit dans son costume de Michael Jackson, là, juste au bout de son lit. Elle dansait avec passion, reproduisait les mouvements complexes avec précision et surtout, elle riait, encore et encore, à en perdre haleine. Une vague de nostalgie la submergea. Leur amitié ne pouvait s'abîmer, mais leurs vies respectives les séparaient inexorablement.

Elle tourna la bague autour de son doigt. C'était encore un corps étranger, mais à son contact, un soulagement la parcourut.

Elle reprit ses recherches pour retrouver la trace de Nicolas. Il avait disparu, littéralement. Depuis plusieurs heures, Diva cherchait les traces numériques de son double digital et retraçait ses faits et gestes au cours de la semaine écoulée.

De son point de vue, Internet ressemblait à une ville qu'elle explorait sans relâche depuis qu'elle avait appris à se servir d'un clavier et d'une souris. Elle en connaissait chaque recoin, chaque bâtiment, chaque route ou cachette et aussi les endroits obscurs où il ne fallait pas aller. Le Web pouvait s'imaginer comme une version dématérialisée du monde, où chacun possédait un double numérique. Ce double se nourrissait de notre activité en ligne tel un immense bloc d'argile, engloutissant la masse colossale de tous nos likes, envies, humeurs, achats ou recherches. Un jumeau digital qui finissait par avoir sa vie propre, parfois même une personnalité indépendante. Notre esprit commandait alors deux corps, celui de toujours, fait de chair et de sang, et l'autre, binaire, composé de 0 et de 1.

Ce deuxième corps laissait autant de traces dans son environnement que le premier. Dans l'univers tangible, nos mains déposaient des empreintes invisibles à l'œil nu, nos cheveux tombaient, notre peau s'effritait, abandonnant partout des indices imperceptibles de notre présence. Notre double égrenait lui aussi des signes de son passage, et Ariane s'était fait une spécialité de les trouver et de les analyser. Elle avait conçu Diva dans ce but, comme une traqueuse numérique de grands prédateurs. Elle reconnaissait les traces. Elle les reliait à d'autres sans lien apparent. Elle reconstituait les parcours, les souvenirs, des vies entières si besoin.

De loin, Diva faisait ce que bien d'autres programmes de fidélisation, de publicité ciblée, de police ou des services secrets réalisaient eux aussi. Mais en regardant de plus près, on comprenait que Diva le faisait mieux et plus rapidement. Là où les rustiques programmes de la police scientifique mettaient des jours, parfois des semaines à passer en revue les immenses terres numériques, Diva n'avait besoin que de quelques heures. Ariane était à la conception d'algorithme ce que l'artiste, Tamara de Lempicka, était à la peinture. Elle codait avec une finesse dans le trait, une élégance dans l'assemblage, une efficacité redoutable dans les ressources employées.

Pourtant, cette fois-ci, Diva ne trouvait rien. L'intelligence artificielle était sur son terrain, là où on ne pouvait lui résister, mais il n'y avait rien. Cet homme, Nicolas Kergan, n'émettait plus aucun signe de vie digitale depuis quatre jours. Il lui était même impossible de savoir si Nicolas avait réellement pris cet avion pour les États-Unis.

Son téléphone vibra. Une notification WhatsApp apparut.

Je t'aime

Elle déverrouilla son smartphone et répondit, le visage empourpré.

Moi aussi. Désolée de t'avoir mis à la porte.
Surtout après notre nuit d'hier, mais Elga
avait besoin de moi. Tu comprends ?

Oui

Merci

Tu ne l'as pas enlevée ?

Comment le pourrais-je !

Elle te plaît vraiment ?

Bien sûr ! Mais je ne m'y fais pas encore !
Du coup, je n'arrête pas de la toucher.

Dans quelques jours, tu n'y penseras même plus.
Ce sera comme si elle avait toujours été là.
Je t'aime

Moi aussi

Un flash de lucidité traversa ses pensées avec la force d'une éruption solaire. Si Diva était incapable de tracer la moindre parcelle de vie numérique de Nicolas au cours des quatre derniers jours, alors il n'existait que deux hypothèses solides. Soit, comme le craignait Elga, il lui était arrivé quelque chose de grave, un accident l'empêchant d'accéder à son téléphone ou à son ordinateur portable.

Soit Nicolas avait lui-même organisé sa disparition numérique. Ce qui supposait une préparation en amont et donc des traces. Mais pour remonter les indices, il lui fallait un point de départ. Se trouvait-il à New York ? Ou s'était-il volatilisé avant, à Paris ? Sans cette donnée essentielle, elle continuerait à tourner en rond, inlassablement.

Son téléphone vibra de nouveau. Une excitation adolescente la submergea.

Tu l'as trouvé ?

Ariane écrivit « non », puis l'effaça. Elle tapa « je vais le trouver », mais supprima les mots un à un. Le tiret vertical bleu de la boîte de dialogue vide clignotait. Il ressemblait au tic-tac d'une montre accrochée à une bombe à retardement. Elle ne pouvait décevoir son amie. Elga comptait sur elle.

Je suis sur quelque chose, mais ça va encore prendre du temps. Je te retrouve demain matin à ton bureau avec ce que j'aurai trouvé. 8 h 30. D'ici là, essaye de dormir. OK ?

Tu es sur quoi ?

Rien de suffisant pour l'instant, mais demain matin, je viendrai avec du concret. Fais-moi confiance, Ga.

Merci, Ari, je ne sais pas ce que je ferais sans toi.

À présent elle ne pouvait plus reculer.

Ariane devait découvrir si Nicolas avait pris cet avion pour New York. Et pour éclaircir ce mystère et aider son amie, elle devait s'aventurer bien au-delà de ses limites habituelles.

Chapitre 3

Dimanche

21 h 24

Nerveuse, Ariane tournait et retournait son smartphone dans ses mains. Jusqu'ici ça marchait, pensait-elle. Il fallait que ça fonctionne, il le fallait absolument. L'opérateur l'avait mise en attente. « Ça ne prendra que quelques minutes, madame », avait-il dit. La musique lancinante imprégnait son esprit. Les arrangements suaves infiltraient une à une ses pensées. C'était comme un courant d'air qui survolait des montagnes imaginaires. Ici s'entassaient ses réflexions sous la forme d'un volcan éteint, là un vallon rassemblait ses interrogations, plus loin, ses angoisses surplombaient de leur hauteur tout le reste. Le souffle de sa méditation buta sur le souvenir d'un déjeuner, quelques mois plus tôt.

Le bras d'une serveuse coréenne se matérialisa devant ses yeux. Elle déposait un panier en osier fumant, garni d'une douzaine de dim sums préparés par des mains expertes quelques minutes auparavant. D'un mouvement précis et élégant, Elga en attrapa un entre ses baguettes.

— Tu sembles ailleurs, remarqua Ariane.

— Pourquoi dis-tu ça ?

— Je ne sais pas, un ressenti. J'ai l'impression que tu te refermes comme une huître. Comme si après avoir traversé l'enfer avec le vengeur des catacombes, tu mettais le monde extérieur à distance.

Elga souffla sur la bouchée serrée entre les deux tiges.

— Je me protège, Ari, c'est tout. Je ne referai plus les mêmes erreurs. J'étais insouciante et ça, c'est...

Son regard se perdit sur un détail intangible, absorbé dans un autre univers.

— C'est ?

Comme tirée de son monde parallèle, Elga fixa Ariane de son regard mat.

— C'est terminé. Je ne pourrai plus être naïve. J'ai retrouvé de la force, de l'équilibre, alors que je pensais ça impossible. Mais l'insouciance, je sais que je l'ai perdue pour toujours.

— Tu as retrouvé ton équilibre grâce à Nicolas ?

— Oui... Heu, non, en fait... C'est surtout grâce à son meilleur ami et associé, Anatoli.

— Celui qui vit en Russie ?

— Oui. On parle. Il m'aide à me libérer. On discute à travers une messagerie cryptée. C'est un paranoïaque concernant la sécurité informatique. Parfois nous parlons pendant des heures, et ça m'aide beaucoup à reprendre ma vie en main. Il a une capacité d'écoute hors du commun pour un homme. C'est quelqu'un de... Comment le qualifier ? De très perspicace. C'est comme s'il m'avait cernée à travers quelques mots...

— Tu me rends curieuse de le rencontrer.

— Un jour où il est de passage à Paris, qui sait ? Moi-même, je ne l'ai jamais vu en personne, il quitte peu la Russie.

— Et Nicolas n'est pas jaloux de votre relation ?

Elga avala une bouchée et mastiqua longuement avant de répondre.

— Non, c'est lui qui m'a incitée à me confier à Anatoli. Il a confiance en lui comme moi j'ai confiance en toi, Ari. Au début, j'étais sur la réserve, tu sais ce qu'on dit à propos du meilleur ami de ton mec !

— Oh oui, attention danger maximum !

— Mais non, pas cette fois. Peut-être que c'est aussi parce que nous ne parlons que par l'écrit, ça rend les choses moins... (Elga hésita sur le terme à utiliser)... moins physiques peut-être. C'est comme ces correspondances dans les romans épistolaires. Poser des mots m'oblige à exprimer ce que je ressens. C'est dur à expliquer.

Elga prit une gorgée d'eau pétillante.

— En tout cas, le résultat est là, je me confie à lui et je me sens mieux après lui avoir parlé.

Ariane reçut cette dernière sentence avec mélancolie.

— Ga, tu sais que tu peux tout me dire.

— Bien sûr que je le sais, et jamais personne, pas même un type étrange au fin fond de la Sibérie, ne pourra faire de l'ombre à notre amitié. C'est juste que, là, je sens que j'ai besoin de cette analyse froide qu'il porte sur ma vie, sur la société, sur mon passé. Il met mon parcours en perspective, me fait prendre conscience de ce qui ne va pas dans ce monde de mer...

Elle s'arrêta sur la dernière syllabe comme pour ne pas dévoiler le fond exact de sa pensée. Elle attrapa la main de son amie que celle-ci serra à son tour.

— Merci d'être toujours là quoi qu'il arrive.

Elga s'isolait à travers une forme de radicalité, de colère sourde qu'elle orientait sur tout ce qui ne ressemblait plus à l'idéal tel qu'elle le concevait. C'était son sérum de « super-soldate », celui qui la rendait indestructible en théorie. Mais qui dans les faits créait une bulle opaque autour d'elle. Elle ne voyait plus qu'une société déformée et, à l'intérieur de cette anamorphose, le monde n'exprimait plus qu'outrance, haine et jusqu'au-boutisme ; et alors même qu'elle semblait combattre ces excès, elle agissait exactement comme ceux qu'elle abhorrait.

« La peur mène à la colère. La colère mène à la haine. La haine mène à la souffrance. » Jamais cette sentence de Master Yoda ne lui parut si adaptée à la situation.

Dans ses écouteurs, la musique s'arrêta net, et la voix de l'opérateur fit disparaître les saveurs coréennes, ainsi que ce souvenir.

— Madame, je vous confirme que c'est effectif. Nous avons activé la nouvelle carte SIM de M. Nicolas Kergan. Puis-je faire autre chose pour vous ?

— Non, merci, vous avez été très efficace.

Ariane raccrocha. Son cœur tambourinait dans sa poitrine. La culpabilité enflait. Elle frissonna. Elle n'avait pas l'habitude de violer les règles. À la différence de beaucoup d'autres, la transgression n'avait jamais fait partie de sa construction d'adulte. Adolescente, elle observait ses amies découvrir l'autre face du monde sans jamais s'en approcher elle-même. Elle restait la gentille fille sage, sans aspérité visible, sans révolte ni vices.

Cette fois-ci, la frustration avait été trop forte, la curiosité aussi. Elle devait savoir si Nicolas était en danger ou si cette disparition était le résultat d'une mise en scène élaborée. Elle qui aimait à s'imaginer en Barbara Gordon, oracle moderne, ne pouvait se résigner à être bernée par cet homme, si intelligent soit-il.

Elle éteignit son smartphone. Elle ôta sa carte SIM et encastra celle qu'elle venait d'acheter à quelques rues de chez elle, dans une boutique aux pratiques douteuses. Au moment de rallumer le téléphone, une boule de tension comprima ses intestins. Une pomme croquée blanche apparut sur un fond noir. Une dizaine de secondes plus tard, Ariane entra le code, le téléphone se connecta au réseau 4G.

Elle venait de hacker le portable de Nicolas grâce à la technique basique, mais efficace, de la *swap Sim*, la duplication de carte SIM. Après avoir contacté le service client entreprise de l'opérateur téléphonique de Nicolas et s'être présentée comme son assistante, elle avait prétexté une perte du mobile de son patron durant son voyage d'affaires. « Il s'est empressé d'acheter un appareil pour le remplacer dans une boutique sur place, mais il a besoin que vous activiez la nouvelle carte SIM pour que ça fonctionne », avait-elle dit de sa voix angélique.

L'opérateur du centre d'appels lui avait posé plusieurs questions pour vérifier l'identité de Nicolas. Ils avaient l'habitude que ce soit des assistantes qui s'occupent de ces tâches pour leur patron. Ariane avait répondu en donnant le numéro de téléphone de Nicolas, son adresse, sa date et son lieu de naissance, ainsi que d'autres détails. Des informations que Diva avait rassemblées en quelques minutes. À la manière d'un robot, l'opérateur avait suivi l'arborescence de sa procédure, annulé l'ancienne puce, puis activé la carte SIM vierge grâce au numéro d'identification qu'Ariane lui avait fourni.

Avec le contrôle de la ligne de Nicolas, Ariane mit à nu l'intégralité de son double numérique. Elle changea le mot de passe de son email, grâce à la récupération par SMS. En quelques minutes, elle accéda à sa messagerie, son agenda, ses dossiers sauvegardés dans le cloud et l'ensemble de ses réseaux sociaux. Elle téléchargea toutes les données accessibles et les transféra dans l'environnement d'analyse de Diva.

Enfin elle éteignit le téléphone, ôta la carte SIM et la découpa grâce à une paire de ciseaux. Elle n'en aurait plus l'utilité. Elle avait tout.

— Putain, ça a marché, expira-t-elle dans un soulagement prononcé.

— Je n'ai pas compris cette commande, répondit une voix métallique dans l'obscurité.

Ariane sursauta, son cœur s'emballa. Durant une seconde ou deux, elle crut qu'un criminel allait bondir sur elle, jaillissant d'une zone d'ombre. Elle se tourna et appuya sur l'interrupteur au-dessus de sa table de nuit. Un puissant jet de lumière l'éblouit. Elle plaqua son bras droit sur ses yeux et pivota vers l'origine de la voix. De sa main gauche, elle tâtait autour d'elle à la recherche de quelque chose capable de se transformer en arme de défense contre ce monstre. L'éclat insoutenable qui brouillait sa vue se dissipa. Un soulagement intense l'envahit, puis elle rit.

Elle avait oublié son assistant personnel. Pour ses recherches, elle avait, quelques jours plus tôt, fait l'acquisition d'une enceinte connectée Google. Elle avait aussitôt bricolé l'appareil, ainsi que le programme de reconnaissance vocale. Le galet de plastique ne se déclenchait plus sur la commande « OK, Google », mais dès qu'Ariane s'exprimait à haute voix.

— Lance ma playlist *concentration*.

— OK, Ariane, répondit de nouveau la voix métallique.

L'étude n° 5 de Philip Glass recouvrit les bruits étouffés de la ville. Son esprit glissa sur les notes voluptueuses et entra dans ce qu'elle qualifiait d'*hypnose analytique*. Un espace mental dans lequel sa concentration atteignait son paroxysme. Le monde physique disparaissait et seul persistait l'objet de ses recherches. Elle se focalisait intégralement sur ce but unique. Il n'existait plus qu'elle et ce point à atteindre, quel que soit le temps qui s'écoulait, quoi qu'il puisse se dérouler en dehors.

Elle avait déjà procédé à la compilation de l'ensemble des informations du double digital de Nicolas.

Ses doigts survolaient son clavier avec la grâce d'une pianiste. Pour un profane, l'interface visuelle de Diva ressemblait à un moteur de recherche classique. Ariane tapait dans un cartouche de commande des mots-clés, et Diva remontait les informations en adéquation. Le programme sondait la base de données en quête de tout élément en rapport avec la demande.

La traque se transformait en jeu de piste à travers la vie de la cible.

Durant sa première phase de conception, Diva n'affichait que peu de résultats satisfaisants. L'ordinateur avait besoin d'*apprendre* pour être performant. Ce que les Anglo-Saxons nommaient le *machine learning*. Cette étape essentielle n'était rien d'autre qu'un enseignement pas à pas à *reconnaître*, à voir.

Ceci est un carré, ceci est un rond, ceci est une femme, ça une voiture, là un chien qui court, ici ce sont des mots, en français, en anglais. Des millions d'informations ingurgitées comme un nouveau-né qui découvrirait l'entièreté du monde à travers Internet. Une tâche que le cerveau humain est physiologiquement incapable de réaliser. Car l'homme oublie. Diva, elle, n'oublie rien.

Ce n'était pas sa seule supériorité sur l'esprit humain. Un programme n'a pas de passé familial, pas de culture, pas d'idéologie politique. Il ne développe pas de complexes, ni de psychoses ou de phobies. Il n'a jamais eu d'adolescence au cours de laquelle sa mère le stigmatisait en le traitant de gamin *bizarre*. Il n'en découlera pas un biais cognitif chaque fois que le mot *bizarre* sera prononcé. Un mot aura toujours une signification constante. Cette signification ne sera jamais altérée. Le mot *bizarre* ne voudra pas dire *étrange* pour l'un, *inadapté* pour un autre, ou *amusant* pour un troisième. Ce processus inéluctable qui provoque entre les humains ces distorsions de jugement sur un même mot, une même phrase, un même geste.

Pour Diva, *bizarre* signifie : « Qui sort de l'ordinaire, qui n'est pas commun, qu'on a du mal à saisir ». Cette définition ne variera jamais dans le temps et l'espace. La machine est constante. Ses 0 resteront toujours des 0, ses 1 des 1.

Ariane lut les deux derniers messages envoyés par Nicolas avant qu'il ne disparaisse. Ils s'adressaient au même destinataire, Anatoli, l'associé et ami aux remarquables qualités empathiques.

Ils avaient fondé EGO ensemble, alors qu'ils n'étaient encore que deux étudiants fauchés de Stanford, dans la Silicon Valley. De ce rêve américain version XXIe siècle, de cette *start-up nation* chère à Jupiter, Nicolas tirait une fable qu'il racontait avec un talent certain, soulignant les quelques dollars en poche et les nuits à travailler dans un recoin méconnu de la bibliothèque Cecil-H-Green, au cœur du campus.

À la fin de leurs études, Nicolas retourna en France, tandis qu'Anatoli rentra en Russie, leurs pays d'origine respectifs. Ils avaient néanmoins continué à développer leur entreprise. Ils apprirent à travailler à distance, faisant de cette difficulté – l'absence de bureau physique – une force. Ils recrutèrent des programmeurs talentueux un peu partout sur le globe, leur offrant l'opportunité de travailler de chez eux à temps complet. Il y en avait à Hawaï, en Ukraine, en Argentine, en Polynésie, en Éthiopie, en Nouvelle-Zélande, en Islande. Ils ne se côtoyaient que virtuellement et aucun d'eux n'avait de vision globale d'EGO, hormis Nicolas et Anatoli.

Ariane s'arrêta sur les heures d'envoi de ces deux derniers échanges. L'avant-dernier avait été expédié quelques minutes avant le départ prévu de l'avion. Nicolas précisait qu'il était assis, prêt pour un décollage imminent. Il rappelait l'objectif de ses rendez-vous. Il parlait d'« investisseurs new-yorkais potentiels » et d'un « plan pour sécuriser EGO ». « Je dois bloquer les tentatives de rachat hostile », concluait-il.

Ensuite, il n'y avait plus d'activité durant les huit heures que durait la liaison Paris-New York.

Le dernier message à Anatoli datait de quelques minutes après l'heure officielle d'atterrissage. Mystérieusement, il ne comportait qu'un simple mot : *Chestburster.*

Ariane afficha les métadonnées de localisation de ces deux derniers messages. Le premier avait été envoyé de l'aéroport de Roissy et le deuxième de l'État de New York. Corrompre ces informations demandait une technicité et des technologies que Nicolas ne possédait pas. Il était impossible que ce soit des faux. Il y a quatre jours, au moment de sa disparition, Nicolas était aux États-Unis, il n'y avait plus de doute sur ce point.

Un fugace soulagement parcourut Ariane. Enfin, elle tenait quelque chose, un petit bout de vérité, une parcelle de réalité qui lui permettrait de soulager Elga. Hélas, savoir où avait disparu Nicolas ne pouvait constituer qu'un point de départ. Il lui fallait à présent comprendre le pourquoi.

Ariane reprit le dernier email et entra la référence « *Chestburster* » dans l'interface de recherche de Diva. Aucune autre occurrence n'apparut. En dehors de ce message, ce terme n'apparaissait nulle part ailleurs. Au lieu de s'éclaircir, le brouillard s'épaississait.

Elle tapa « *Chestbuster* » dans Google. Des milliers d'images du monstre du film *Alien* s'affichèrent, seules références connues à ce terme obscur.

Tous les messages qu'il avait reçus ensuite et jusqu'à aujourd'hui restaient *non lus,* même ceux d'Anatoli, ou d'Elga. Il n'avait rien écrit ou envoyé, aucune mise à jour de ses statuts Facebook, LinkedIn ou Twitter, aucun message ni connexion à WhatsApp. Nicolas était entré dans un avion à Paris, en était sorti à New York et s'était volatilisé, purement et simplement.

Elle leva les yeux vers R2D2. Le petit robot affichait 3 h 54. Ariane devait s'avouer que dans quelques heures, elle n'aurait probablement aucune autre information à même de rassurer Elga. Une angoisse comprima son intestin.

Elle était épuisée. Abattue aussi.

Elle entra quelques lignes de commande. Elle voulait que Diva effectue une analyse plus en profondeur, au-delà de ces derniers jours, et qu'elle modélise une cartographie complète de toute la vie de Nicolas. L'IA aurait besoin de plusieurs heures. Ariane profita de ce temps pour reposer ses yeux un instant. Elle posa son ordinateur à côté et s'endormit dans la seconde.

Un son strident la réveilla en sursaut. 5 h 58 s'affichait sur le mur. Diva venait de terminer l'archivage complet.

Ariane se leva tel un zombie de Romero. Un son palpitant cognait ses tempes. Elle se dirigea vers la salle de bains. Ses pieds traînaient sur le parquet, ses jambes incapables de les soulever. Elle se déshabilla, actionna l'eau et entra d'un coup sous un jet froid. Ses sens engourdis s'éveillèrent.

Sous les aiguilles qui transperçaient son épiderme raidi, elle résuma les deux dizaines d'heures passées à fouiller la vie digitale de Nicolas. Un homme noyé dans le travail, avec peu d'à-côtés, encore moins de hobbies et aucune aventure secrète ou déviance inavouable. Ariane l'avait toujours trouvé ennuyeux et lisse. C'était probablement ce qui avait rassuré Elga. Un homme sans histoire, sans humeur, rectiligne et contrôlable. Le Nicolas immatériel était en tout point conforme à sa version organique.

Elle avait pensé que ce serait facile de trouver les preuves qu'il était trop lâche pour mettre fin à leur couple et qu'il avait fui. Mais, à présent, elle avait la conviction que cette disparition n'avait aucun lien avec leurs difficultés à deux.

En un sens, c'était une mauvaise nouvelle.

Chapitre 4

Lundi

6 h 23

Ariane se sécha et enfila une tenue de sport. Une courte séance activerait ses sens et effacerait une partie des stigmates de sa courte nuit. Elle glissa ses bras, puis sa tête, à l'intérieur d'un sweat chaud et confortable.

— Upload toute la correspondance entre Nicolas et Anatoli sur Box, dit-elle à haute voix.

— OK, durée estimée du transfert une minute et trente-quatre secondes, répondit la voix métallique de l'assistant Google.

Elle en profita pour enfiler ses baskets, ranger son iPhone ainsi que sa carte de crédit dans une poche et tenta de dompter ses cheveux qui ressemblaient à une crinière hirsute. Sans succès.

Depuis peu, elle habitait un nouveau quartier. Elle avait quitté son appartement d'étudiante qu'elle avait occupé bien trop longtemps pour prendre ce joli F3 plein de cachet, biscornu, en haut de la rue Poulbot, au-dessus d'une galerie, sur l'un des points les plus hauts de Paris. Son salaire de chercheuse dans le privé lui permettait d'acheter, mais la simple idée de signer des documents qui l'engageaient sur des décennies la terrifiait, littéralement. Locataire lui correspondait en tout point.

Et puis, elle ne vivrait plus seule très longtemps. Ils avaient abordé le sujet. Elle voulait qu'il emménage. Lui aussi. Ça s'annonçait comme une étape importante. Une de plus. Jusqu'à présent, ils ne se voyaient que le week-end. Lui avait un travail prenant et sans horaire fixe, elle, une grande vigilance à l'égard des hommes. De cette combinaison émergea cette routine prudente. Elle leur avait convenu près d'une année. Jusqu'à ce samedi où il fit basculer leur couple dans autre chose.

À présent, elle avait hâte, et elle avait peur.

Elle brûlait aussi d'en parler à Elga, de lui faire part de son bonheur. Dès qu'elle aurait retrouvé Nicolas, elle lui raconterait enfin tout, de leur rencontre jusqu'à cette demande si maladroite et touchante.

C'était l'un des seuls points de discorde que les deux amies avaient connus en trente ans d'amitié. Ce secret qu'Ariane imposait sur sa vie intime. Secret « maladif », pestait Elga pour souligner sa frustration de ne pas tout connaître en détail. Ariane reconnaissait un blocage intérieur, une porte qui refusait obstinément de s'ouvrir. Elle s'incarnait à travers une peur incontrôlable, une angoisse profonde que sa vie intime puisse se briser dès lors qu'elle la dévoilerait, même au regard de son âme sœur, Elga. Ariane en connaissait l'origine. Toutes ses difficultés intimes naissaient du même big bang, du même homme, pervers narcissique manipulateur. Elle le savait et pourtant comment dépasser le trauma ? Comment guérir ? Ce qu'elle vivait aujourd'hui lui semblait agir comme un puissant remède, peut-être celui dont elle avait toujours eu besoin pour tourner cette page définitivement.

Au moins, Elga ne s'en vexait plus. Elle acceptait qu'Ariane soit mystérieuse concernant un pan de sa vie. Elle n'y pouvait rien. Il était essentiel à Ariane que sa relation soit sérieuse – vraiment sérieuse – pour qu'elle puisse la partager. Elle tourna la bague qui encerclait son annulaire.

« Bon, peut-être que cette fois j'aurais pu le faire un peu avant », pensa-t-elle.

Elle chassa cette idée de son esprit et s'engagea dans l'escalier.

Elle descendit les marches une à une, la main droite levée à hauteur d'épaule, effleurant le mur en colimaçon. Le chêne massif, sombre et verni, craquait sous les impacts de ses *Nike Odyssey*. Elle ne se sentait pas encore totalement à l'aise dans cette relique du Paris des Lumières. Plusieurs fois, elle avait failli trébucher dans les parties communes étroites, raides et mal éclairées. Quatre étages plus bas, elle entendit le bruit de la porte persienne grincer. Quelqu'un la précédait.

« Je ne suis pas la seule à profiter de l'aube », se dit-elle.

Un instant après, un claquement sourd remonta par le centre, suivi d'un souffle d'air glacial. Le froid lécha son visage. Elle frissonna.

Le quartier était l'un des plus ravissants qu'elle ait connus. Il restait relativement préservé, et une forme de poésie séculaire s'exhalait de ces ruelles étroites, de ces pierres anciennes, de ce village caché en surplomb de la ville. Elle était à un jet de pierre de la rue du Calvaire et de la place du Tertre, préservé depuis l'époque où Toulouse-Lautrec y vivait. Autrefois haut lieu – cent trente mètres au-dessus de la mer – où l'on venait s'encanailler avec les bohèmes, les artistes, les originaux, Montmartre attirait à présent les touristes et les bourgeois.

Les *spin doctors* de la lutte des classes considéraient que l'âme du quartier s'effaçait avec la disparition des marginaux, repoussés loin, en banlieue ou ailleurs. Toutefois l'enceinte conservait une rare authenticité. Ariane s'en délectait.

Elle glissa ses AirPods au creux de ses oreilles et pénétra dans le froid saisissant. Elle longea l'espace Montmartre consacré à Dalí, sauta les quelques marches qui menaient à une place miniature. Sur sa droite, un muret de pierre délimitait un modeste terrain vague, à peine assez grand pour accueillir une maison de maître. L'espace ressemblait à une friche avec ses herbes hautes anarchiques et quelques arbres poussant çà et là, sans que l'intervention humaine les aligne. Une parcelle de terre non colonisée, comme un hommage au village gaulois qui refuse d'être absorbé par l'Empire romain.

Ariane se demandait comment cette étendue sauvage avait survécu au milieu de l'exploitation effrénée, sans bornes, de l'espace. Son imagination enfantine aimait à penser que sous la végétation se cachait un laboratoire où de sombres expériences se réalisaient dans le plus grand secret. Depuis toujours, elle s'amusait à colorer ses interrogations de teintes fantastiques et monstrueuses.

Légèrement recouverts d'une rosée givrée, les pavés glissaient. Le thermomètre grimpait difficilement au-dessus de zéro. Son souffle s'échappait dans un nuage blanc opaque, telle une cheminée de train à vapeur. Elle déplia la capuche de son sweat, recouvrit l'ensemble de sa tête, remonta la fermeture Éclair de quelques centimètres et obliqua à hauteur de l'escalier de la rue du Calvaire. Une centaine de marches violentes pour les cuisses et les fessiers, qu'elle transformait en épreuve sportive quasi quotidienne. Elle voulait croire que cela compensait ses heures statiques face à ses écrans. Ce n'était pas les dix mille pas recommandés par les médecins, mais c'était mieux que rien.

Elle s'élança, chercha son rythme sur la première dizaine de marches, adapta son souffle en écoutant « Jump Around » de House of Pain, positionna son corps en diagonale et effectua trois séries d'allers et deux de retours.

Cinq cents marches plus tard, elle posa ses mains sur ses genoux, haletante, la conscience rassérénée et le ventre grincheux de vide. Hors d'haleine, elle respirait à la manière d'un cheval qui s'ébroue. Elle reprit son souffle, étira ses muscles, puis emprunta la rue Gabrielle jusqu'à l'angle de la rue Drevet et s'engouffra dans *Le Rendez-vous des amis*, un bistrot où elle avait pris ses habitudes depuis le premier jour de son emménagement.

La chaleur l'enveloppa comme un épais duvet. Elle sentit des picotements au bout de ses doigts et sur ses joues.

— Combien ? dit le patron qui s'activait derrière le bar pour réveiller les lieux.

— Deux séries et demie, dit-elle.

— Petite forme ?

— Petite nuit ! répliqua-t-elle, piquée au vif.

Elle se dirigea vers sa table habituelle, dans un coin, collée à un vieux radiateur. L'esprit vide, Ariane porta son attention sur une fresque peinte du siècle dernier. Elle n'avait été accrochée là que depuis quelques jours. Le tableau remplaçait un patchwork défraîchi de portraits des fameux « amis ». La devanture elle-même avait été repeinte. Ses teintes rouges avaient disparu pour un blanc cassé contemporain.

Ariane ne blâmait ni le changement, ni le progrès, elle en vivait. L'ancien monde disait d'elle, tout comme d'Elga, qu'elles étaient l'incarnation du nouveau, avec ce ton qui évoquait le diable ou ses affidés.

Pourtant elle regrettait que certains havres ne restent pas intacts. Elle imaginait de grandes sphères à l'intérieur desquelles le temps s'écoulerait avec plus de lenteur que pour le reste du monde. Une réalité figée au milieu de l'écoulement perpétuel, un rocher au milieu d'une rivière. On y demeurerait pour une pause, un silence, une interruption du cycle frénétique des existences. Protégé par la sphère. On regarderait au-dehors l'emballement des vies configurées sur *avance rapide*. Ce serait une nouvelle couche d'individualisation, peut-être la plus mystique, où nous n'aurions plus à partager la même ligne de temps. Nous pourrions choisir notre réglage propre. La radicale liberté. Mais la radicalité mène à la colère, et comme l'a prophétisé Yoda, la colère à la haine, et ainsi de suite… Foutu cycle immuable de la psyché humaine.

Le patron l'extirpa de ses pensées métaphysiques en lui apportant de quoi recouvrer ses forces. Un cappuccino fumant, un jus de fruits frais, une viennoiserie préparée par un ami boulanger à quelques encablures.

— Tu m'as rapporté mes plats ?

L'image du plat à emporter qu'elle était venue chercher la veille lui revint en mémoire.

— Oups !

— Oups ?

— Oui, oups, j'ai oublié, pardonne-moi.

Le patron bougonna, puis baissa les yeux vers la main gauche d'Ariane.

— Ton doigt scintille ! lança-t-il, surpris, avant de retourner derrière son comptoir.

Un sourire incontrôlable s'étira d'une oreille à l'autre, et les joues d'Ariane rougirent sous l'afflux de sérotonine.

— Merci, répondit Ariane d'un ton timide.

— Quelque chose de sérieux ?

— On dirait bien.

Le visage du patron s'assombrit tandis qu'elle mordait à pleines dents dans la viennoiserie, puis engloutissait le reste de son croissant à la manière d'une enfant face à son gâteau d'anniversaire.

Il attrapa des verres et les essuya avec énergie. Cela faisait quelques semaines qu'il cherchait le courage d'inviter Ariane au théâtre. Un ami lui avait donné deux places. Elle n'avait jamais parlé d'un homme dans sa vie. Il la pensait célibataire. Il rumina son échec.

« Je n'avais aucune chance, de toute manière ! » pensa-t-il. L'écart d'âge, et puis il aurait été incapable de séduire une femme comme Ariane, trop intelligente, trop séduisante pour un simple gars comme lui.

Dans le coin opposé, un homme les observait. Ariane ne le remarqua pas, mais le patron s'interrogea sur son attention indiscrète. L'inconnu était jeune, un peu plus de trente ans, athlétique, le visage fin aux origines slaves. Il n'était pas français. Avec le temps et l'afflux incessant de touristes, il avait développé une habileté à reconnaître les nationalités. Il les identifiait en quelques secondes et évaluait avec 75 % de taux de réussite, 80 % les bons jours, leur pays d'origine. Il en jouait avec eux pour installer une complicité.

Le jeune Slave était entré à l'ouverture, une quinzaine de minutes avant Ariane. Avare en mots, il n'avait commandé qu'un café noir et s'était assis dans un recoin discret, dos au mur, habituellement occupé par des couples en quête d'intimité. De cette position idéale, il avait une vue globale sur toute la salle.

Le patron se demanda si l'homme avait lui aussi des vues sur Ariane. Il la regardait avec attention et semblait réfléchir à son approche. Le cafetier grommela.

— Qu'est-ce que tu marmonnes ? l'interpella Ariane.

— Rien, rien, dit-il, comme pris la main dans le sac.

Ariane termina son cappuccino, puis commanda un Uber pour 7 h 45. Elle avait une demi-heure pour remonter chez elle et se préparer. Elle paya son petit-déjeuner et salua le patron avant de partir.

— Tu es pressée ce matin, dit-il tandis qu'elle franchissait le seuil de la porte.

— Je rejoins une amie, c'est à l'autre bout de Paris, dans les bureaux de Microsoft. À demain.

Il lui répondit d'un sourire. Ce dernier disparut de son visage quand il vit le jeune Slave quitter lui aussi son établissement. Son instinct avait vu juste, pensa-t-il, beaucoup trop d'hommes s'intéressaient aux charmes de la belle Ariane.

Chapitre 5

Lundi

7 h 44

Une berline noire aux vitres teintées se gara devant elle. Ariane se hissa à l'intérieur, le visage rougi et le corps transi par les bourrasques glaciales qui sillonnaient les rues tel un troupeau de mustangs galopant au creux des canyons du Grand Ouest. Elle se tapa les épaules pour activer sa circulation sanguine. Un plaid éthéré de chaleur abrutissante l'enveloppa. L'habitacle constituait une bulle protectrice contre la nature agressive.

Elle demanda au chauffeur de la conduire quai du Président-Roosevelt. C'est là-bas que se trouvaient les imposants bureaux du géant américain Microsoft, face à la tour de la première chaîne de télévision française, TF1. Elga y travaillait depuis deux ans. Elle y était de retour pour être exacte, après quelques années au sein d'un autre géant, Google. Les traumatismes qu'elle avait subis dans l'affaire du vengeur des catacombes l'avaient poussée à démissionner, incapable de dissocier les horreurs traversées de son travail. Son ancien employeur lui avait alors fait une proposition pour revenir là où elle avait fait son stage de fin d'études et ses premières armes. Elle avait accepté sans négocier.

La berline s'inséra dans un trafic dense. Les Parisiens se serraient pour rejoindre leur travail. C'étaient les réfractaires, ceux qui ne voulaient, et surtout ne pouvaient, troquer leur voiture contre l'un de ces nouveaux transports individuels écologiques, en croissance exponentielle aux quatre coins de la ville. Les klaxons jouaient une symphonie chaotique et incessante. Ariane positionna ses écouteurs dans ses oreilles et lança une playlist aléatoire. Dès les premières notes de guitare électrique, elle repensa au vengeur et aux représentants du nouveau monde, qu'il avait « enfermés en eux-mêmes », selon le journal *Le Parisien* à l'époque.

Tout avait débuté par la découverte d'un homme affreusement mutilé dans un bâtiment désaffecté du centre hospitalier Sainte-Anne. Identification faite, la police avait interrogé son épouse, Sonia Silva, une collaboratrice et amie d'Elga. C'est ainsi qu'avait débuté cette enquête étrange et singulière. Elga s'impliqua pour aider Sonia et rencontra Franck Somerset, un commissaire atypique de la Crim, une légende selon ses collègues. Il était chargé de retrouver l'auteur de ces monstruosités.

D'autres victimes s'ajoutèrent, toutes venaient du même microcosme, celui des nouveaux maîtres du monde, celui des GAFAM, celui d'Elga. Elle servit de guide au commissaire Somerset et à son équipe, Laurence, Marion, Gilles et Tanguy. Elle leur apprit à en comprendre les rouages et fut entraînée malgré elle dans le tourbillon d'une vengeance implacable, folle, expiatoire.

Ariane apporta son aide durant ces macabres événements. Elga lui demanda d'utiliser ses compétences pour identifier le coupable. Elle rencontra Franck et les membres de son équipe. Des esprits brillants et complémentaires qui vécurent tous à leur niveau l'enfer. Mais c'est Franck Somerset, avec Elga, qui conservait les cicatrices les plus profondes.

Le commissaire vedette de la Crim n'avait pas supporté les conséquences de cette affaire. Il les considéra comme un échec personnel et décida de se mettre en retrait. Une triste nouvelle dont Gilles lui avait fait part un soir autour d'une bière dans un bar espagnol qui diffusait de la salsa à travers des haut-parleurs vieillissants. Ariane et Gilles étaient restés en contact après la fin de l'affaire. Il était le technophile de l'équipe reprise par la capitaine Milhau, bras droit de Franck durant plus de dix ans.

Ils avaient commencé par tchatter quelques minutes. Puis les conversations s'allongèrent de plus en plus. Ils partageaient le même âge, la même ville, la même passion pour la technologie, et pourtant ils vivaient sur deux pôles opposés. Elle parcourait les espaces épurés et confortables de l'économie de l'immatériel. Lui analysait la bestialité humaine, les pieds dans la merde, pour en extraire la fièvre.

Ariane aimait ses anecdotes de flic. Lui s'enthousiasmait lorsqu'elle lui apprenait à maîtriser la puissance de l'intelligence artificielle pour accélérer ses enquêtes.

Ariane lui ouvrit un accès vers une version restreinte de Diva. Elle ne servait que pour des tâches spécifiques et des traitements de reconnaissance d'images. Gilles l'utilisait pour établir plus rapidement des correspondances de personnes sur les réseaux sociaux. Le gain de temps et d'efficacité se comptait en jours sur certaines affaires.

Le chauffeur, malin, empruntait un chemin méconnu. À cette allure, Ariane arriverait en avance. Elle regarda dans le rétroviseur et croisa son regard. Il avait l'expression de celui qui a une question à poser. Il saisit l'opportunité.

— Vous travaillez là-bas ? dit-il comme un noyau d'olive que l'on se décide à cracher.

— Pardon ? répondit-elle en ôtant ses écouteurs.

— Vous travaillez là-bas ? répéta-t-il.

— Où ?

— Là-bas, chez les Américains.

— Ah, là-bas... Heu...Non, non, je rejoins une amie.

L'homme jetait de brefs regards dans le petit miroir rectangulaire. Il croisait le sien, puis fixait la route aussitôt, comme pris en flagrant délit d'espionnage. Ariane s'interrogea sur son âge. De sa position, elle ne pouvait le voir que de trois quarts. Son visage brouillait les pistes. Les rayons du soleil, amplifiés par les aberrations chromatiques du pare-brise, heurtaient sa peau sous différents angles. Ses traits variaient alors sur un spectre d'une génération. D'un rai à l'autre, il rajeunissait de cinquante à vingt-cinq ans, puis vieillissait de nouveau. Il était originaire d'Afrique de l'Ouest, quelque part entre la Guinée, le Mali, le Burkina Faso et le Bénin, pensa-t-elle. Ses épaules étaient larges, rassurantes et ses mains immenses recouvraient presque l'entièreté du volant. De son vivant, son père dressait haut des épaules épaisses et droites comme celles-ci. Cet homme était séduisant, pensa Ariane.

— Et votre amie, elle y travaille ? relança-t-il.

— Oui.

— Ah !

Son *Ah* était resté comme suspendu dans l'habitacle, à la recherche d'un interstice pour s'échapper. Ariane supposa qu'il y avait d'autres questions après le *Ah*, bloquées par la timidité. Elle attendit. Malicieuse.

— Du coup, elle doit savoir si c'est vrai c'qu'on dit sur les réseaux sociaux ? dit-il après une à deux minutes.

— Qu'est-ce qu'on dit ? répondit Ariane en changeant de position pour s'avancer vers l'accoudoir central.

— Bah qu'ils manipulent les gens. Avec leurs *fake news* sur Facebook et leur YouTube… et leur Twitter aussi.

— Oui, c'est vrai.

— Ah !

Ce *Ah* possédait plus de corps que le précédent, moins de surprise, plus de gravité. La réponse sibylline le frustra. Elle apportait un point de vue tranché sans le soutenir par une argumentation solide. L'homme réfléchit un instant, voulut en apprendre plus et continua.

— Alors ils ont acheté les élections ? Comme les dictateurs africains ?

— Non.

— Ah !

Ce nouveau *Ah* était plus rond, il utilisait une octave supérieure. Il se situait à équidistance des deux premiers, porté cette fois par une stupeur propre aux évidentes contradictions. Ariane laissa ce *Ah* en suspens un instant, sourit et développa son point de vue.

— Non, je ne pense pas qu'ils ont volé les élections. Les gens qui ont voté l'ont fait en toute conscience, en toute liberté. Le problème vient de ceux qui n'ont pas voté. C'est ça qu'ils achètent, l'abandon des modérés, de ceux pour qui la politique signifie le compromis. Moins nombreux, les radicaux ont compris qu'ils n'avaient qu'une voie pour gagner, c'était de pousser les autres au dégoût, qu'ils n'aillent pas voter pour leur candidat. Ils réduisent ainsi la base électorale, conflictualisent tous les sujets, multiplient les *fake news* pour discréditer et galvaniser leurs troupes, le tout avec de la propagande adaptée à chaque profil sur les réseaux sociaux.

— Ah.

— Vous savez, au fond, je pense que les gens savent que c'est absurde. Ces murs, ces discours démagos sur les étrangers qui déferlent, sur les méchants médias, les sommes imaginaires, les puces sous la peau, Bill Gates, George Soros, les vaccins, tout ça ce sont d'évidentes conneries. Le but est d'étouffer toute réflexion, toute prise de recul pour n'activer que les instincts du ventre, les passions, les haines et les peurs. Il n'y a que dans les discours politiques que tout est noir ou blanc. Il suffit de vivre normalement quelques minutes pour voir que toutes nos vies ne sont constituées que d'arrangements, d'entente les uns entre les autres, de conciliation.

Un immense logo Microsoft accroché sur un bâtiment de huit étages en forme de trident se dessina derrière le pont du boulevard périphérique. Les pointes s'avançaient vers la Seine comme prêtes à y plonger pour se planter dans le flan du Kraken.

— Pourquoi vous me demandez cela ?

— Parce qu'on entend de tout sur ces gens-là, dit le chauffeur.

— Microsoft n'a pas grand-chose à voir dans tout ça.

— Bah, ils sont tous pareils, non ? Les Google, les Facebook, et les autres.

— Non, pas vraiment.

— Ah !

Le chauffeur s'arrêta sur un parvis circulaire, comme ceux des palaces parisiens. Ariane demanda.

— Je peux vous demander votre âge ?

L'homme arrêta le moteur et se tourna. De face, la symétrie de ses yeux, l'équilibre de son nez, la courbure de sa bouche intensifiaient son élégance.

— Quel âge vous me donnez ? dit-il dans un sourire.

— Ça dépend de votre exposition. Là, comme ça, je dirais une fin de trentaine.

— À dix ans près vous y êtes.

— Dans quel sens ?

L'homme sans âge gloussa, fier.

— Ça me vient de mon père. Il était Burkinabé. Là-bas, les hommes ne vieillissent jamais.

— Profitez-en, c'est un don rare et précieux, répondit Ariane en sortant de la voiture.

Il lui fit un signe à travers la vitre tandis qu'elle traversait une imposante porte à tambour. Elle présenta son sac à un agent de sécurité et s'installa à l'une des tables de la cafétéria du hall d'entrée. Elle bordait un jardin d'hiver et un bureau d'accueil circulaire pour les visiteurs. Elle commanda un expresso bio ainsi qu'une pâtisserie par gourmandise. Le bar tout comme les présentoirs tentaient d'allier le design chaleureux et snob d'un café Starbucks avec l'épure et l'impersonnel d'un bar d'hôtel. La plupart des tables étaient déjà occupées par des visiteurs ou par des *Microsoftees*, comme ils aimaient s'appeler. Il suffisait de regarder sur quoi ils étaient penchés pour déceler leur appartenance. Les *Microsoftees* utilisaient les derniers modèles d'ordinateurs Surface, légers, performants, stylisés et extrêmement chers. Les visiteurs, eux, venaient avec des MacBook Pro du manufacturier d'en face. Des ordinateurs légers, performants, stylisés et encore plus chers.

Ariane se tourna de sorte qu'elle puisse voir le flot de personnes sortir des ascenseurs qui menaient au parking souterrain. Elle avait une vingtaine de minutes d'avance. Elle déposa sa tablette sur la table et chargea une instance de Diva.

Elle se plongea plus avant sur EGO, la start-up créée par Nicolas et Anatoli. Elle n'avait qu'une vision parcellaire de cette entreprise. Travaillant dans des domaines similaires, Ariane avait plusieurs fois questionné Nicolas durant des dîners ou des soirées. Ce dernier répondait invariablement par des descriptions succinctes, avare en détails. Elle cherchait à creuser, mais lui fermait toute discussion. Elle avait mis ça sur le dos d'une paranoïa classique de chef d'entreprise et d'un réflexe pavlovien de peur qu'on ne veuille le copier.

De ce qu'elle en comprenait jusqu'à ce matin, EGO n'était donc qu'une banale société de statistiques. Une boîte qui récoltait des informations sur les individus à travers des questionnaires, des jeux concours, les réseaux sociaux, puis réalisait des études qu'elle revendait à des groupes privés ou publics. EGO, comme tous ses concurrents, se targuait de comprendre l'humain par les mathématiques. Grâce à de complexes formules, épaulés par un puissant réseau informatique, ils transcrivaient en tableau ce qui pousse Paul à acheter une voiture, ou Marie à voter pour un parti politique.

Ariane entra une série de mots-clés en rapport avec EGO, et Diva se chargea d'organiser les documents par pertinence, parmi tout ce qu'elle avait téléchargé des différents comptes de Nicolas. Elle écarta les données financières, sans intérêt à ce stade. Elle rangea les volumineux fichiers sur l'architecture technique et le code source dans un dossier à part. Elle n'avait pas le temps de lire des milliers de pages qui explicitaient le fonctionnement du programme central. Son attention fut attirée par des comptes rendus d'études cliniques en psychologie comportementale. Nicolas et Anatoli finançaient à travers EGO de nombreux travaux universitaires sur les différentes formes de conditionnement, classique et opérant. Les conditionnements classiques regroupaient nos réflexes et instincts primaires. À la vue d'une appétissante part de tiramisu, Ariane salivait. C'était un conditionnement classique, contrôlé par son système nerveux neurovégétatif. En revanche, les conditionnements opérants regroupaient les réponses motrices de type volontaire et pouvaient s'avérer d'une grande complexité. Une étude en particulier attira son regard. Elle tentait d'expliciter le processus de conditionnement opérant provoqué par la publicité. La documentation était dense, la déconstruction brillante, les résultats terrifiants. Il y avait aussi d'autres territoires d'expérimentation comme la reconnaissance des singularités subjectives à travers les réseaux sociaux. Sujets parallèles aux différentes formes et techniques de conditionnements qu'Ariane ne pouvait que survoler pour l'instant. Elle voulait prendre le temps de s'y plonger au calme. Elle lança à distance l'imprimante de son bureau pour s'assurer de trouver ses rapports imprimés quand elle rentrerait.

Elle se concentra sur les échanges entre Anatoli et Nicolas. Les deux fondateurs n'échangeaient pas d'emails. Pour expliquer cette bizarrerie, Diva identifia un document qui décrivait la conception, au début de leur collaboration, de leur propre messagerie cryptée, accessible par le biais de deux ordinateurs uniques, l'un en France avec Nicolas, l'autre en Russie avec Anatoli. Ces deux unités stockaient aussi le code source d'EGO.

Anatoli justifiait ce choix radical par un besoin de contrôle total sur leur canal de communication et un moyen de s'assurer une sécurité parfaite lorsqu'ils travailleraient à distance sur EGO. C'était devenu l'unique moyen de parler avec Anatoli. Difficile de faire plus paranoïaque niveau sécurité informatique, pensa Ariane.

Parmi les autres résultats, une vidéo attira son attention. Selon le descriptif, Nicolas faisait une présentation d'EGO à des investisseurs étrangers. Il était râblé, la barbe dense, le regard acéré, la silhouette droite. Il s'adressait à une dizaine d'hommes en costume terne, teint blafard, chaussures de marque aux pieds et montre hors de prix au poignet.

Dans la première partie, il décrivait les innovations technologiques d'EGO. Avec son associé, ils avaient poussé plus loin les aptitudes d'analyse de la machine à travers les techniques de la programmation neurolinguistique, PNL, et les avaient combinées à de puissants outils d'analyses des données personnelles disponibles en libre accès sur les réseaux sociaux. Leurs résultats étaient révolutionnaires, époustouflants sur bien des aspects.

EGO fonctionnait comme un super psychologue. Le programme récoltait tout ce qu'une personne postait dans l'espace immatériel, digérait l'information, puis affichait son profil psychique. Ce profil, d'une profondeur et d'une précision hors du commun, prenait la forme d'une transcription mathématique exhaustive d'un ego.

« Nous avons baptisé notre entreprise EGO pour une bonne raison », clamait-il, fier.

« Je vous propose que nous passions à l'exemple, continuait-il dans la deuxième partie de la vidéo. Rien n'égale la force de la preuve. Pour cette démonstration, les sujets d'études, ce sera vous. » Un léger brouhaha accompagna l'annonce. Le cadrage permettait de voir les hommes en costume gris se redresser face à l'audace du jeune entrepreneur.

« Il y a quelques jours, mon associé, Anatoli, s'est connecté avec chacun de vous sur vos réseaux sociaux, Facebook notamment. Vous lui avez tous accordé un entretien d'une trentaine de minutes à travers votre messagerie instantanée. Je vous remercie de lui avoir consacré ce temps. »

Une main se leva parmi les financiers.

« Pourquoi par messagerie et non par téléphone ou visioconférence ? demanda l'homme.

— Parce qu'il est important de limiter les biais cognitifs. Voir ou entendre votre interlocuteur change votre comportement. Vous vous contrôlez, vous vous inhibez, vous enfilez votre persona, votre masque social. Nous, nous avons besoin de comprendre ce qui vous caractérise en tant qu'individu, votre Je, votre ego. C'est pour cela que nous choisissons toujours l'écrit pour échanger avec nos cibles. »

L'homme acquiesçait.

Nicolas reprit : « Avant d'entrer dans cette salle, je vous ai envoyé à tous un email, je vous demande à présent de l'ouvrir et de le lire. Vous allez y voir le résultat de dix ans de recherche et développement. Vous y trouverez votre personnalité, vos ego cartographiés avec une précision sans égale à ce jour. Nous savons exactement ce que vous aimez, vos peurs ou vos traumatismes, comment vous mettre en colère, où et quand générer votre désir. Grâce à ça, nous savons comment vous fonctionnez, et donc comment vous “actionner”… »

L’attention de l’audience était totale. Très impressionnant, pensa Ariane.

Elle leva les yeux vers les ascenseurs. Au même moment, Elga apparut. Elle était accompagnée d’un homme qu’Ariane n’avait jamais vu, l’expression figée, la posture raide. Elle se leva et se dirigea vers eux. À l’instant où son regard croisa celui d’Elga, elle comprit que quelque chose n’allait pas. Jamais elle n’avait vu son amie si tendue.

Chapitre 6

Lundi

8 h 52

D'un pas de côté, Ariane contourna la table ronde, sa tasse vide au milieu. Elle s'arrêta net pour éviter qu'un cadre ne la bouscule par inattention. Sans même un regard, ni une excuse, la mine figée dans une ignorance feinte. Elle inspira profondément et reprit son avancée. Presque 9 heures, l'afflux d'employés atteignait son zénith. Le chaotique mouvement des corps l'entravait dans sa progression. Des silhouettes s'intercalaient, puis disparaissaient. Leurs épaules l'effleuraient, les effluves de parfum, d'after-shave, de crème, de fluor s'amalgamaient pour constituer des fragrances artificielles de propre. Les visages se juxtaposaient, inconnus, le regard vide, leur brasier éteint, une quiétude édictée tel un masque permanent à porter entre ces murs.

Par intermittence, elle voyait Elga qui, elle aussi, cherchait à croiser son regard. Elle portait toute la fatigue du monde sur son visage. Le noir de ses pupilles englobait tout son iris et paraissait couler sous sa peau, provoquant des cernes grisâtres. Ariane s'étonna qu'elle n'ait pas essayé de les cacher grâce à une pointe de maquillage. Ses mâchoires serraient sa lèvre inférieure. Avait-elle reçu de mauvaises nouvelles de Nicolas ? Plus que quelques mètres d'une autoroute d'homo sapiens les séparaient. Elle se prépara à l'étreindre dans ses bras pour la réconforter.

L'homme qui l'accompagnait se tenait un pas derrière elle sur sa gauche. Grand, il portait un costume neuf, mal ajusté aux extrémités. La démarche raide, la posture réfractaire, Ariane lui donnait une petite vingtaine. Jeune, pourtant il exposait déjà les marques d'un passé encombrant, à la manière d'un sac empli de briques, accroché sur le dos. Il observait tout autour de lui à la recherche d'un signe, les sens en éveil.

Ariane écarta les bras pour prendre son amie dans ses bras. Elga se figea et stoppa Ariane dans son élan.

— Ah, vous devez être Juliette, dit-elle d'un ton martial. Je me présente, Elga Salustri.

Ariane s'immobilisa à son tour, figée par la surprise. Elle ne sut quoi répondre à cette plaisanterie.

— Je suis ravie que vous rejoigniez mon équipe. Pour cette première journée, vous devez vous rendre au *Help Desk*, au deuxième étage du bâtiment *Canopée*. Là-bas, vous y demanderez votre ordinateur. Ensuite, vous irez au cinquième du côté *Oxygène*. Vous trouverez une place libre parmi les bureaux volants et débuterez vos formations. Je vous retrouverai là-bas… (elle hésita, se tourna vers le jeune homme raide et énigmatique)… quand j'aurai terminé avec John, notre client. C'est son premier jour parmi nous, lui dit-elle en se tournant vers lui.

John détaillait en silence chacune des paroles, chacun des gestes d'Elga avec attention. Il acquiesça d'un subtil mouvement du menton, toujours sans dire un seul mot. Elga rejoignit l'accueil. Ariane la suivit, John également. Elle déclina son identité à une hôtesse d'accueil et demanda un badge pour Ariane au nom de Juliette Richard.

Juliette Richard ! Ce nom explosa dans l'esprit d'Ariane comme une grenade à fragmentation. Elga l'affublait du patronyme d'une victime liée au vengeur des catacombes. Était-ce un code ? Une alerte ? Ariane sentit son cœur s'accélérer, son sang pulser à ses tempes, ainsi que dans ses mains.

L'hôtesse exécuta des commandes sur une tablette posée sur un support face à elle. Ariane tourna la tête sur sa droite, vers cet homme étrange. Il n'avait pas une tête de John.

D'où venait-il ?

Son teint cuivré, ses cheveux d'un noir de charbon, ses yeux tout aussi obscurs, ses traits longs et fins la poussèrent à cibler l'Asie de l'Ouest comme terre de ses aïeux. Loin des Amériques que peuplaient des *John* de père en fils. Son expérience affina sa présomption entre le Liban, la Jordanie et le sud de la Syrie. Elga avouait volontiers avoir un faible pour le physique des hommes de cette région du monde. Néanmoins, Ariane ne put envisager qu'il y ait plus que du professionnel entre eux. Ce John sud occidental ne la quittait pas des yeux et s'avança d'un pas dans son dos lorsque Elga écrivit quelques lignes sur une carte de visite au recto immaculé.

Elle prit le bout de papier et le donna à John. Il le lut, puis le lui rendit. Elle se tourna alors vers Ariane.

— Voilà un badge temporaire et vos identifiants, Juliette. C'est votre nouvelle adresse email, ainsi qu'un mot de passe temporaire. Vous devrez le changer à votre première session. Je vous laisse maintenant rejoindre le *Help Desk* pour récupérer votre ordinateur. Je vous retrouverai plus tard.

Ariane prit le badge et ses identifiants écrits sur la carte de visite. Elle voulut répondre à Elga quand cette dernière l'interrompit.

— Désolée pour cette introduction abrupte, mais je dois filer. Nous aurons plus de temps pour faire connaissance plus tard dans la journée.

Sur ces mots, elle s'éloigna, ses talons claquant sur le sol, John derrière, au même rythme. Ariane les regarda traverser les portiques de sécurité, puis disparaître, avalés par l'abdomen métallique d'un ascenseur.

Elle resta un moment sans bouger, les yeux fixés sur les portes qui s'ouvraient et se fermaient à espaces réguliers. Des dizaines de questions l'assaillirent. Son amie s'était conduite de façon si étrange, si absurde même. L'angoisse comprima sa poitrine.

Un autre cadre la bouscula. Le choc l'arracha à ses pensées. Hagarde, elle s'excusa, sans raison. Elle reprit place à la petite table où elle avait bu son café. Elle rembobina plusieurs fois le film des dernières minutes. Elle n'y comprenait rien. Elga avait agi telle une démente. Nerveusement, Ariane fit tourner le badge temporaire entre ses doigts. Au cours d'une rotation mal ajustée, il lui glissa des mains, tomba sur le côté de la table, puis sur le carrelage sous le rebord du pied central. Elle se contorsionna, étira son bras et l'attrapa.

En reprenant son assise, elle observa le carré de plastique, protégé par un étui rigide. On y lisait :

Microsoft EOS
Badge temporaire
Juliette Richard

Les pièces du puzzle s'assemblèrent brusquement. Elle examina la carte de visite avec les informations griffonnées par Elga.

Login : Eltri@microsoft.com
Password : 23JrvYU7y

L'évidence éclata. Elga venait de lui transmettre un message codé d'une grande clarté. Ce qu'elle attendait d'Ariane devint limpide.

Elle se leva, marcha en hâte vers les barrières automatiques, posa son badge temporaire sur le lecteur RFID, les portes s'ouvrirent d'un mouvement brusque. Ariane se mêla à un groupe qui pénétrait dans l'un des six ascenseurs du bâtiment *Oxygène*.

Chapitre 7

Lundi

9 h 06

Le nom de Juliette Richard jaillissait des tréfonds de l'horreur, d'un passé récent hâtivement oublié pour ne pas sombrer.

Ariane descendit au deuxième étage. Elle utilisa son badge temporaire pour déverrouiller les portes automatiques, puis pénétra dans un espace de présentation, un showroom, baptisé le *Microsoft Technology Center*. Le MTC consacrait plusieurs centaines de mètres carrés à la mise en situation des dernières nouveautés créées par les cinquante mille ingénieurs de Microsoft. On y trouvait une succession d'espaces thématiques où les innovations en intelligence artificielle, visualisation de données, réalités holographiques et virtuelles, domotique ou robotique, s'animaient selon des cas concrets. Ces prototypes transposaient en aperçu tangible et palpable les avancées du géant de Seattle ainsi que les applications qui en découlaient.

Les professionnels appréhendaient ainsi comment s'en saisir et les adapter aux enjeux de leur entreprise.

Ariane demanda son chemin pour rejoindre le *Help Desk*. Elle était à la pointe du bâtiment intermédiaire, *Oxygène*, la dent centrale du trident. Elle cherchait à atteindre l'extrémité de l'aile Ouest, *Canopée*. Un homme au sourire chaleureux, le style et l'accent British, tendance londonienne, lui indiqua les étapes pour rejoindre sa destination à travers le dédale de couloirs. Premier repère, la salle de sport, puis sur sa gauche, elle atteindrait la salle de sieste et de relaxation. De là, elle remonterait l'allée du studio radio, longerait la conciergerie, le centre médical dans son dos. Le *Help Desk* serait alors face à elle.

— Impossible de te tromper, lui avait-il lancé avec amabilité.

Elga avait pensé à tout. Ariane avait besoin d'accéder à un ordinateur pour y entrer les informations qu'elle lui avait données :

Login : Eltri@microsoft.com
Password : 23JrvYU7y

Tout comme le code d'alerte *Juliette Richard* lui avait sauté au visage, Ariane avait compris immédiatement à qui appartenaient ces identifiants. Microsoft créait l'adresse de ses collaborateurs en mélangeant des lettres de leur prénom et de leur nom. Elga lui avait donné ses propres accès professionnels. Les réponses devaient se trouver dans sa messagerie professionnelle.

Cela ne fonctionnait cependant qu'avec les machines appartenant au parc Microsoft. Une fois de plus, Elga avait adroitement balisé son message : « *Je vous laisse maintenant rejoindre le* Help Desk *pour récupérer votre ordinateur*. »

Ariane observa un instant les va-et-vient. Le *Help Desk* ressemblait à une Fnac miniature où tout serait subitement devenu gratuit. On y trouvait des ordinateurs évidemment, mais aussi des souris, des casques audio ainsi que tout le matériel nécessaire pour se constituer un bureau nomade agile et performant. Une demi-douzaine de personnes attendaient derrière des bureaux que l'on vienne leur soumettre un problème à résoudre. Ariane réfléchit à la meilleure approche.

Elle remarqua sur sa droite, le long d'une paroi en verre, sur un présentoir, des ordinateurs en exposition. Il était possible de les essayer, de taper quelques mots, de les fermer, de les rouvrir, puis de repartir dans l'anonymat. La plupart des techniciens s'occupaient d'une demande d'un collaborateur.

Ariane s'avança vers le présentoir. Elle prit possession de l'ordinateur le plus éloigné du passage. Nerveuse, elle lança un regard par-dessus son épaule. Personne ne lui prêtait attention. Son cœur battait la chamade. Ses mains tremblaient, sa lèvre inférieure aussi. Elle imaginait qu'une alarme assourdissante retentirait au moment où elle entrerait les codes d'identification d'Elga. Le bâtiment serait bouclé. Des gardes armés jusqu'aux dents viendraient l'arrêter. Elle serait envoyée en prison pour espionnage industriel. Elle saisit sa lèvre inférieure entre ses dents pour calmer les spasmes. Elle se décomposait. Ses joues s'enfiévraient. La peur de l'interdit la pétrifiait.

Elle ferma les yeux, inspira profondément et se força à faire le vide dans son esprit. Elle se figura le moment du saut. L'avion atteignait le point de largage, son parachute sanglé dans le dos, la lumière rouge passait au vert, l'instructeur levait le poing, le pouce tendu, le signe qu'elle devait s'élancer. Elle se jeta, ouvrit les yeux et tapa les informations de connexion d'Elga.

Pendant une dizaine de secondes l'ordinateur se figea. Un temps interminable, durant lequel Ariane fit semblant d'observer la bête de métal sous toutes les coutures, tout autant pour sa comédie que pour éviter de se liquéfier sous la pression. De nouveau, elle jeta un regard dans son dos. Personne ne regardait dans sa direction. Son palpitant continuait de s'emballer.

À cette vitesse, il s'éjecterait bientôt de sa poitrine tel un alien dans une coursive du *Nostromo*.

Enfin, l'écran d'accueil de Windows se déverrouilla. L'ordinateur était utilisable comme un parfait miroir de celui d'Elga. Elle avait un accès total à ses emails, son calendrier, ses fichiers sauvegardés dans le cloud. Un résultat identique à ce qu'elle avait réalisé la veille avec les comptes de Nicolas.

Elle chargea sa messagerie, survola l'ensemble des mails des dernières vingt-quatre heures, reçus ou envoyés. Rien qui ne sortait du contexte purement professionnel et ennuyeux. La peur d'être prise redoubla. Mal connus, mal maîtrisés, ses sentiments se ruaient sur elle et l'agitaient tel un pantin soumis à une possession démoniaque. Ses doigts tapaient plus vite et plus fort sur les touches du clavier. Les cliquetis devinrent comme des coups répétés sur le tom alto d'une batterie, en rythme avec sa frénésie.

— Je peux t'aider pour quelque chose ?

Coupée du monde par un puissant bovarysme, Ariane sursauta. Elle se retourna vivement. Par chance, elle ne hurla pas.

Un type court sur pattes se tenait face à elle. Un profil rondouillard, une paire de lunettes trop petite, qui créait de profonds sillons entre ses yeux et ses oreilles. Quelques mèches de cheveux lissées vers l'arrière laissaient entrevoir les vestiges d'une chevelure depuis longtemps disparue. L'ensemble constituait un physique ingrat.

— Alors toi, tu tapes vite !

— Quoi ?

— Tu tapes vite, répéta-t-il en mimant de ses doigts boudinés les gestes d'une dactylo.

Ariane s'efforça de reprendre le contrôle d'elle-même.

— Le *Surface Book 3* est une superbe machine, reprit-il en désignant l'ordinateur sur lequel Ariane s'acharnait depuis quelques minutes. On a très peu de retours dessus, tu peux y aller les yeux fermés.

— Ah ! répondit-elle, toujours secouée. Merci pour le conseil.

Il la regardait avec intensité. Ariane le dominait d'une tête et demie, peut-être deux. Ses verres déformaient sensiblement la taille des orbites, les agrandissant comme sous l'effet d'une loupe. Il se décala de quelques centimètres sur sa gauche pour voir ce qu'il y avait sur l'écran du *Surface Book 3*.

— Qu'est-ce que tu es en train de faire ?

— Heu... Je teste, je veux être sûre qu'il me plaise, répondit-elle en refermant l'écran. Le confort de frappe du clavier est très important pour moi.

— Tu as bien raison, les gens ici ne testent pas assez... dit-il sur le ton de la confidence.

Il s'adossa au promontoire dans une position étrange entre la séduction maladroite et la contorsion malheureuse. Il passa sa main dans ses cheveux pour aplanir les quelques mèches résiduelles et reprit dans un grand sourire enjôleur :

— Moi, c'est Vincent, je suis le responsable ici. Si je peux t'aider en quoi que ce soit, n'hésite pas.

— Je... Heu... Merci, répondit Ariane, hésitante. Moi, c'est A... C'est Juliette, je bosse... au marketing.

— J'en étais sûr, s'écria-t-il, enjoué. Tu as... comment dire... (Il la regarda de bas en haut). Le physique du marketing.

— Le physique du marketing ? Le *marketing* a un physique ?

— Mais si, tu sais bien ! Vous êtes toutes canon au marketing. On dirait presque qu'on vous recrute sur ce critère, ajouta-t-il dans un rire surjoué qui espérait qu'elle l'accompagne.

Ariane sourit tout en quadrillant la pièce derrière lui.

— Tu sais, je peux t'en avoir un plus vite que pour les autres. Normalement, c'est trois à quatre semaines, mais comme c'est moi qui passe les commandes, j'en ai toujours quelques-uns en stock pour mes bons clients.

Il acheva sa proposition par un clin d'œil. Ariane pouffa, simulant l'ingénue. Elle passait en revue tous les stratagèmes possibles pour s'extirper de cette lourdeur ordinaire. Elle montra du doigt un type qui venait de débouler au milieu de la pièce. Il faisait claquer ses mocassins sur le sol comme un escadron de cavalerie. Tous les autres agents du *Help Desk* étaient occupés et, sans attendre une seule seconde, il manifesta son impatience d'une respiration sonore.

— Je crois que quelqu'un t'attend, dit-elle à Vincent.

Sans lui laisser le temps de répondre, elle héla le pressé à l'orgueil bruyant et lui lança :

— Hey, j'ai terminé, Vincent est super, il va s'occuper de toi.

— Ah, enfin ! répondit-il en se dirigeant vers lui. J'ai un problème d'accès à un Cube et j'ai mon *Quarterly Business Review* dans un quart d'heure, il faut me résoudre ça tout de suite. Le fichier Excel est dans mes brouillons.

Sur cet ordre incompréhensible, Vincent partit tête basse, l'ordinateur du pressé sous le bras. Ariane reprit sa respiration quand elle le vit s'éloigner. L'oxygène parcourut son corps et provoqua une fugace jubilation. Elle reprit position face à l'ordinateur et l'instance d'Elga. Elle en restait au même point, avec l'impression de toucher au but, sans pour autant visualiser distinctement la coupe.

Une phrase tournait dans son crâne. Une phrase que le pressé venait de prononcer.

Elle relança l'application de messagerie Outlook et cliqua sur l'onglet *Brouillon*. Un fichier existait, sauvegardé une heure plus tôt. Elle l'ouvrit. Elga y avait écrit une unique phrase. Cette dernière s'adressait à Ariane, sans l'ombre d'un doute.

« *J'ai retrouvé Nicolas, tout va bien, rentre chez toi, on se parle plus tard.* »

Chapitre 8

Lundi

9 h 37

Elle relut la phrase d'Elga : « *J'ai retrouvé Nicolas, tout va bien, rentre chez toi, on se parle plus tard.* » Une vague de doutes l'assaillit. Elle chercha un code caché, décomposa les mots, les assembla dans des ordres différents, mais ne trouva rien. Elle déconnecta le profil d'Elga de l'ordinateur de démonstration et s'éclipsa en toute discrétion.

« Tout va bien, rentre chez toi », se répétait-elle tout en traversant le labyrinthe d'espaces modulables, de contreplaqué, d'ambiance zen et de zone agile. Depuis la disparition de Nicolas, les rares éléments qu'elle avait découverts révélaient quelque chose d'important, peut-être grave, au minimum mystérieux. L'exact contraire de ce que venait de lui envoyer son amie.

Elle s'arrêta devant l'ascenseur. Elle hésita, rez-de-chaussée ou cinquième étage ? La main en lévitation au-dessus de la console numérique, elle rembobina une nouvelle fois les événements de la matinée. De l'utilisation du fantôme de Juliette Richard à ce jeu de piste pour lui délivrer un message sibyllin. Pourquoi ne lui avait-elle rien dit dans le hall ? Qui était ce John ? Pourquoi cacher des instructions dans un brouillon d'email ? Toute une suite de bizarreries pour aboutir à ce dénouement abrupt et inattendu.

Les dernières paroles d'Elga résonnèrent dans son esprit : *« Ensuite, vous irez au cinquième du côté* Oxygène. *Vous trouverez une place libre parmi les bureaux volants et débuterez vos formations. Je vous retrouverai là-bas. »* Ariane appuya sur le bouton 5.

Dans la boîte de métal en ascension, elle saisit son smartphone et actualisa Diva. La surveillance digitale du double numérique de Nicolas ne donnait rien. Il n'avait pas refait surface, aucune activité détectée. Une boule de tension grossissait dans son ventre.

Elga lui mentait-elle ?

Elle parcourut une nouvelle enfilade d'open spaces, salles de réunion, lieux de détente. Elle tournait la tête de droite à gauche, balayait chaque recoin. Elle survolait des champs de têtes, toutes plus ou moins similaires, toutes tournées vers un écran, toutes savamment analogues, issues des mêmes chaînes d'assemblages sociaux, des pantins de chair et d'os, homogènes et conformes au *patron*, prêts à s'enclencher à l'unisson d'un besoin supérieur.

Au bout d'un interminable couloir, arrivée à la pointe du bâtiment, elle revint sur ses pas. Elle avait besoin de réfléchir. Elle prit un café à l'une des machines attenantes et contempla la ville à travers l'immense baie vitrée qui lui faisait face. Après une gorgée, elle s'assit dans un fauteuil et envoya un court message WhatsApp.

Ga, je suis au 5e comme tu me l'as demandé. Je t'attends. S'il te plaît, dis-moi que tu vas bien, je m'inquiète.

Aucune réponse. Toutes les trente à quarante secondes, elle regardait l'indicateur de réception du message. Au bas à droite, les deux √√ restaient noirs, signifiant reçu, mais pas ouvert.

Du pied droit, Ariane battait la mesure de son impatience, de ses angoisses. Son esprit était-il en train de lui jouer des tours ? Mélangeait-elle des coïncidences entre elles pour modeler une théorie délirante ? Internet en créait chaque jour des milliers. Se laissait-elle de nouveau envahir par le virus de la paranoïa ?

Elle fut prise d'un bâillement sonore et incontrôlable. Elle regarda de nouveau sa messagerie instantanée, les √√ restaient désespérément noirs. Elle se résolut à appeler Elga. Dès la première sonnerie, elle tomba sur le répondeur.

Elle se leva, agacée par ce cul-de-sac et fit quelques pas vers la baie vitrée. La Seine coulait en contrebas. Derrière, des milliers de mètres carrés de bureaux, empilés les uns sur les autres, baignaient dans une infinie variété de teintes grises. Des couleurs de fin du monde. On annonçait de la neige sur la capitale depuis plusieurs jours. Ce n'était plus qu'une question d'heures avant que le Tartare blanc recouvre Paris.

« Qu'est-ce que je fous là ? » s'interrogea-t-elle, exténuée.

Elle baissa les yeux vers le parvis. Elle aperçut plusieurs voitures garées face à l'entrée, de gros modèles, type 4 × 4, couleur sombre. La colonne ressemblait à ces convois du FBI dans l'une de ces innombrables séries policières américaines. Une grappe de personnes sortit en même temps des bureaux de Microsoft France, une dizaine qui encadrait une onzième. Étrange dispositif, une arrestation peut-être, s'interrogea Ariane.

De sa position, ils n'étaient que des points noirs et gris. Sa fatigue et son imagination s'activaient à rendre l'anodin extraordinaire. L'un des points noirs ouvrit la porte arrière d'un des SUV et invita d'un geste la onzième, une femme, à entrer. Elle ressemblait à une prisonnière que l'on transfère vers un quartier de haute sécurité.

Au moment où elle pénétra dans l'habitacle, la prisonnière tourna la tête vers le bâtiment. Elle regarda dans la direction d'Ariane. Le cœur de cette dernière s'arrêta net, saisi par la sidération. Elle s'approcha de la vitre, plaqua ses mains sur le verre, cligna des yeux, mais déjà la portière se refermait sur cette prisonnière au visage familier. C'était son amie.

— Elga ! s'écria-t-elle en tapant du poing contre l'épaisse baie vitrée pour attirer l'attention.

Un bruit sourd résonna, mais aucun des points noirs ne l'entendit. Ils entrèrent à leur tour dans les véhicules et la colonne démarra. Sans réfléchir, Ariane s'élança vers les ascenseurs. Elle courut à travers les couloirs. À son passage, les automates levaient la tête des écrans et examinaient cette curieuse créature. En quelques foulées rapides, elle rejoignit la console et appuya sur le bouton du rez-de-chaussée. Haletante, elle se repassa les images dans son esprit. Était-ce Elga ? Elle n'avait entraperçu son visage qu'un infime instant. Elle lui ressemblait, de longs cheveux noirs, une silhouette fine et athlétique, mais était-ce suffisant pour être catégorique ? L'esprit façonnait le réel pour l'adapter aux angoisses, aux névroses, à ce que nous voulions apercevoir et à cet instant précis, il n'y avait qu'Elga qu'elle voulait voir. Les portes métalliques s'ouvrirent. Elle s'engouffra à l'intérieur.

Cinq étages plus bas, elle se précipita vers l'accueil et s'adressa à l'une des jeunes filles qui recevaient les visiteurs.

— Une femme vient d'être emmenée par des hommes, lança Ariane tout en montrant l'esplanade à sa droite. Je crois que je la connais, que c'est Elga Salustri, pouvez-vous me confirmer que c'est elle ?

De nouveau, ses mains tremblaient. De l'autre côté du bureau, la jeune femme posa de grands yeux bleus teintés de surprise sur cette irruption spontanée d'affect. Il était rare de croiser un être à sang chaud au cœur de ce temple du self-control et des inhibitions.

— Bonjour, que puis-je pour vous ?

— Vous pouvez me dire qui a été emmené par ces hommes il y a moins de deux minutes ?

Ariane parlait trop fort, ses émotions claquaient à travers les syllabes. L'attention d'un homme en costume noir à la taille impressionnante se concentra sur elle. Il portait une oreillette identique à celles des agents de protection rapprochée.

— Madame, faites-vous partie de l'entreprise ?

— Non… Heu… Si.

La jeune femme la toisait avec un mélange d'interrogation et de dédain. Du coin de l'œil, Ariane vit l'homme à l'oreillette s'approcher. Il lui fallait se ressaisir. Elle inspira une grande goulée d'air, puis elle arbora son plus grand sourire et se pencha légèrement au-dessus du meuble pour s'approcher de la jeune fille en signe de connivence.

— Veuillez excuser mon excitation, je commence aujourd'hui. Juliette Richard, regardez, c'est mon badge temporaire. J'ai rendez-vous avec mon manager, Elga Salustri, et je crois l'avoir vue partir dans ce convoi étrange. Je suis nerveuse. Je veux juste m'assurer que je n'ai pas raté une information importante pour mon premier jour.

La jeune femme jaugea Ariane et son histoire inventée au fil des mots.

— Attendez, je vous prie, je vais me renseigner.

Elle pianota sur un clavier fixé sur une tablette. Après un instant, elle releva la tête. Dans son regard, la défiance avait balayé la surprise et le dédain.

— Madame Richard, vous m'avez dit ?

— Oui.

— Notre directeur de la sécurité, M. Yash Ouda, souhaiterait s'entretenir avec vous.

Ariane se redressa.

— Je vais vous demander d'attendre là-bas.

Elle indiqua un coin excentré près d'une large double porte qui menait à la troisième aile du trident.

Ariane s'écarta d'un pas. Elle hésita à tourner les talons et à rejoindre les portes à tambour. C'est à ce moment-là qu'elle sentit une présence menaçante dans son dos. Elle aperçut l'homme à l'oreillette. À présent, il était si près qu'il pouvait la saisir par l'épaule.

— Très bien, je vais attendre, répondit Ariane.

Elle rejoignit la zone indiquée par la jeune femme. L'homme à l'oreillette ne la quitta pas des yeux, à la manière d'un pervers qui a choisi sa cible.

« Je suis piégée », pensa Ariane. Quand Yash Ouda, directeur de la sécurité de Microsoft France, procéderait à la vérification d'identité, elle serait démasquée et c'est à la police qu'elle devrait expliquer son intrusion. Elle fit tourner sa bague. Le petit bout de métal précieux ne cerclait son annulaire que depuis trente-six heures, et déjà il faisait partie d'elle, il lui donnait une force nouvelle, comme une connexion mystique avec cet homme qui s'installait dans sa vie.

Elle regarda autour d'elle. Il n'y avait aucune issue, à l'exception des deux larges portes reliant la troisième et dernière partie du bâtiment. Elle était occupée par d'autres entreprises. L'homme de la sécurité continuait de scruter chacun de ses gestes, prêt à intervenir si Ariane voulait fuir. Autour d'eux, les cadres allaient et venaient comme au sein d'une fourmilière où rien ne peut entraver le mouvement perpétuel du rendement.

L'homme de la sécurité porta sa main à son oreille. Quelqu'un lui parlait. Son attention se détacha d'Ariane.

Au même instant, l'une des deux larges portes s'ouvrit, et un homme cravaté comme pour un mariage en sortit. Ariane n'aurait pas de deuxième chance. Elle ne prit pas le temps d'analyser cette option, de la pondérer, elle bondit et disparut à travers l'éphémère échappatoire. Elle se mit à courir sans regarder dans son dos si l'homme de la sécurité la suivait. Elle traversa plusieurs couloirs, jusqu'à une porte de service donnant accès aux quais de déchargement. Elle sauta et courut plus vite encore pour atteindre la sortie du parking souterrain. Là, en perpendiculaire, une avenue remontait vers le centre d'Issy-les-Moulineaux. Elle obliqua et redoubla d'effort. Elle continua ainsi jusqu'à ce que ses poumons soient dans l'incapacité d'alimenter son corps en oxygène. Son cœur dépassait les cent quatre-vingt-dix pulsations à la minute. Elle s'arrêta et s'appuya contre un réverbère, hors d'haleine, épuisée, la vision brouillée et ses pensées focalisées sur Elga.

La disparition de Nicolas venait de perdre tout intérêt. Ce n'était plus le petit ami disparu qu'il fallait retrouver. Il lui fallait découvrir si Elga était bien cette silhouette. Et si c'était le cas, qui étaient ces hommes ? Pourquoi l'emmenaient-ils ?

Chapitre 9

Lundi

11 h 11

Toujours adossée au réverbère, Ariane écrivit un nouveau message à Elga. Elle n'avait pas répondu aux précédents, il n'y avait aucune raison qu'elle le fasse pour celui-ci, mais Ariane ressentait le besoin viscéral d'entrer en contact avec son amie, de lui parler, de recevoir un signe, même infime.

> Ga, je t'ai vue partir. C'était comme si on t'emmenait de force, tu vas bien ? Que se passe-t-il ? Je ne comprends rien. Je m'inquiète !

Ariane se redressa. Elle ne savait plus où elle se trouvait. Elle tourna sur elle-même à la recherche d'un repère visuel. Elle ne reconnaissait aucun magasin, aucun immeuble, aucune rue, elle n'était jamais venue ici. Elle ouvrit l'application

Google Maps, la géolocalisation la situa au 39, rue Ernest-Renan à Issy-les-Moulineaux. Elle commanda un chauffeur.

C'est là qu'une notification apparut. Un message d'Elga.

Ari, ne t'inquiète pas, tout va bien, rentre chez toi. Une urgence de travail, je suis partie en hâte, je t'appelle dans quelques jours.

Ariane répondit dans la foulée :

> Mais à quoi rimait toute cette mascarade ? Pourquoi Juliette Richard ? J'ai même failli me faire prendre par le chef de la sécurité ! Et ce convoi de voitures noires, c'était quoi ?

Ses mains se raidissaient sous l'effet du froid. Toujours essoufflée, des nuages de vapeur blanche s'échappaient de sa bouche et recouvraient l'écran d'un voile de buée avant de disparaître aussitôt. Le signal en bas à droite de son dernier message resta sur « √ ». L'application avait transmis sa réponse, mais Elga ne la recevait pas, soit par manque de connexion réseau, soit parce qu'elle avait éteint son téléphone.

À nouveau, une bouffée de frustration l'étreignit. Il y avait quelque chose de curieux dans cette réponse, comme pour celle concernant Nicolas quelques heures plus tôt. Comme si tout cela ne servait qu'à l'écarter.

Ariane pensa à Anatoli. Au cours des derniers mois, le cofondateur d'EGO et ami de Nicolas était aussi devenu le confident d'Elga. Il possédait probablement l'explication de cette accumulation de comportements étranges. Hélas l'unique moyen pour le contacter passait par une messagerie cryptée au sein de l'ordinateur personnel de Nicolas. Elle ne possédait aucun moyen d'y accéder.

Ariane n'avait plus d'issue. Elle était plongée dans le noir total.

De profondes angoisses nouaient sa poitrine. Elle les connaissait bien. C'était celles qu'elle avait expérimentées au côté de cet homme toxique, longtemps auparavant. Les mêmes signaux étaient là, tels des drapeaux rouges juste sous ses yeux. Des « presque rien » qui, pris indépendamment les uns des autres, ne voulaient rien dire. Ensemble, ils dessinaient le poison de la duplicité.

Emprisonnée dans une culpabilité manipulée, sa confiance s'était consumée à petit feu.

Était-elle cinglée ?

Elle avait fini par le croire, par l'intérioriser. Si cet homme partait si souvent, c'était pour échapper à sa personnalité nuisible. C'était sa faute s'il se sentait mieux loin d'elle.

Puis un jour Diva fut opérationnelle. Ce fut comme un interrupteur qui apparaissait sur un mur de sa prison mentale. Cet interrupteur libéra une lumière éblouissante, immatérielle, sur tout ce que cet homme lui cachait.

En quelques minutes les mensonges furent mis à nu et son processus de culpabilisation cruelle détruit. Ariane n'en sortit pas indemne pour autant. Longtemps, elle garda cette domination comme une honte. Elle se voyait faible et influençable. Elle devait se protéger des autres, ne leur laisser aucune prise et ne s'ouvrir que face à ses plus proches, ceux qui, jamais, ne pouvaient la trahir, à l'image d'Elga.

Elga lui mentait-elle aussi à présent ? Ce simple doute stimulait d'éprouvants questionnements.

Elle repensa aux paroles du psychologue qui l'avait aidée au plus fort de cette période sombre. Dans les instants d'intenses angoisses, il lui fallait trouver sa lanterne. Cette lueur qui apaise, qui éloigne les ténèbres. Quelle était sa lanterne aujourd'hui ? Comme un réflexe, elle baissa les yeux vers sa bague. Elle était là. Elle scintillait comme une étoile au milieu d'une nuit ténébreuse. Elle fit tourner l'anneau de métal précieux. Pouvait-elle lui faire confiance à lui ? Elle le désirait tant. Jamais il ne fallait qu'il découvre ses faiblesses. Jamais, il ne devait savoir qu'elle était manipulable.

Elle ressentit le besoin d'être à son contact. Elle ouvrit sa messagerie.

Tu me manques, j'ai besoin de te voir, de te sentir.

Je ne suis pas chez moi. Un souci ?
Tu as trouvé ce que tu cherchais ?

Non, mais j'arrête de chercher. J'ai envie de rattraper notre week-end tronqué, de sentir tes bras autour de moi.

Ariane attendit la réponse secouée par des frissons de froid et de fatigue.

Je vais essayer de me libérer une heure ou deux. Va chez moi en attendant, je t'y rejoins dès que je peux.

Tu es sûr ? Ça ne te dérange pas ? Je vais dormir un peu en t'attendant, je suis lessivée.

Non, j'aime sentir que tu te balades dans mon monde. Je préviens la gardienne, elle te donnera les clés. Fais comme chez toi et ne fais pas attention au bordel.

Je t'aime

Et moi plus encore.

Ariane valida sa destination sur l'application Uber. Une berline se gara à côté d'elle quelques minutes plus tard. Elle confirma son identité, puis se lova sur la banquette arrière en remontant les genoux contre sa poitrine. Elle traversa Paris dans un état second. Sa tête n'était plus capable d'élaborer une pensée structurée. Elle regardait les immeubles ternes en s'imaginant au bord d'un jardin de pierre japonais, l'esprit vide.

Une fois arrivée chez l'homme qui allait devenir son homme, elle s'effondra sur le lit et sombra sans même prendre le temps d'enlever son manteau, ni même de refermer la porte à clé.

@@@@

Ariane se réveilla en sursaut. Hébétée, entre deux couches de rêve et de réalité, elle chercha à reconnecter les dernières bribes de mémoire avant son effondrement. Elle s'assit en tailleur.

Dehors, la nuit recouvrait Paris. Son cœur tapait contre sa cage thoracique. Elle sentait les vibrations dans son cou, ses mains, ses tempes. Plusieurs dizaines de secondes furent nécessaires avant qu'elle puisse faire un mouvement. Son smartphone indiquait 17 h 48 sur l'écran de veille. Juste en dessous, plusieurs notifications s'accumulaient.

Une urgence nous est tombée dessus, je ne
peux pas te rejoindre, je suis désolé.
Je suppose que tu dors ?
J'aimerais être avec toi.

Elle répondit

Je me réveille à peine. Je vais t'attendre. Prends soin de toi.

Elle venait de dormir six heures d'une traite. Elle se traîna jusqu'à la cafetière, tira un mug avec un logo « FBI » du lave-vaisselle et prépara un double expresso. Elle utilisa deux capsules noires, celles de force 10. Son regard obliqua tout autour. Elle explora cet environnement peu familier. Ce n'était que la deuxième ou troisième fois qu'elle venait ici, et jamais elle n'avait été seule. Elle fit quelques pas vers des photos posées à mi-hauteur dans une bibliothèque. Elle contempla ces instants figés dans le temps, ce passé fossilisé. Sur l'une d'elles, il était enfant, entouré de sa mère et de son père. Ses doigts glissèrent sur le carreau de verre, puis sur le bois de l'encadrement. Une curiosité débordante lui intimait d'ouvrir les placards, de tirer les tiroirs, d'inspecter cet espace sauvage pour en dévoiler l'intégralité des secrets enfouis. Dans quelques semaines, ce passé allait se mélanger au sien. Cette intimité, ces meubles, ces objets, ces souvenirs, toute cette matérialité qui constituait une vie fusionnerait avec la sienne et façonnerait quelque chose d'autre. L'armature d'une existence nouvelle, partagée.

Elle ouvrit la porte-fenêtre du salon. Une puissante bourrasque d'air glacé fouetta son visage. Elle frissonna au moment où ses pieds nus touchèrent le béton du balcon. Le froid activa son métabolisme. Son sang circula plus intensément à travers ses muscles, ses organes, son cerveau. Les dernières brumes léthargiques s'évanouirent avec une gorgée du liquide noirâtre déjà tiède. Paris scintillait, avec au loin la tour Eiffel, enfoncée tel un tee au milieu du trou 75. Son estomac, vide, criait famine.

Elle se connecta à l'application Deliveroo et sélectionna son restaurant thaï préféré. Elle commanda un curry rouge de canard, ainsi qu'une portion de nems croustillants. Elle reçut l'email de confirmation. Il indiquait quarante-cinq minutes d'attente.

Ariane rentra et laissa la fenêtre ouverte quelques minutes. Elle retira son manteau qu'elle n'avait pas quitté depuis le matin. Elle vérifia si Elga s'était manifestée. L'indicateur au bas de son dernier message indiquait qu'elle ne l'avait toujours pas reçu. Elle tenta de l'appeler, à nouveau sans succès. Son amie restait muette. Elle n'avait plus rien à chercher et pourtant un impératif de *savoir* pulsait au plus profond de ses tripes.

Il faut que je sache, lui intimait la névrose.

Elle avait besoin de se laver, de nettoyer son corps comme son esprit. Elle prit une longue douche brûlante. L'eau la délestait de la bouffée de peur et de frustration qui l'avait submergée plus tôt.

Le livreur apporta son dîner à l'heure prévue. Elle le paya et s'installa sur un coussin, en tailleur face à la table basse. Elle prit une photo de son dîner et l'envoya accompagnée d'un petit mot :

J'étais affamée. Dîner thaï sur ta table basse. Je t'aime.

Ses baguettes en main, elle attrapa un nem et le trempa dans le curry rouge, puis mordit l'extrémité trempée. Son téléphone vibra. Une photo de pizza à moitié consommée apparut, suivie d'un message :

J'ai fait plus gras, comme toujours...
Au bureau pour encore une partie de la nuit.
J'ai hâte de te rejoindre. Tu me manques.

Ariane savoura son bonheur, ainsi qu'une deuxième bouchée de nem agrémentée de curry. Les saveurs explosaient entre sa langue et son palais. Elle avala son repas comme une affamée. Une fois les deux barquettes vidées, elle se leva, rassembla les détritus de son dîner dans le sac Deliveroo et rejoignit la cuisine pour les jeter. Elle laissa tomber l'agrégat de plastique, d'aluminium et de carton au fond de la poubelle. Au moment de refermer le couvercle, un élément attira son attention. Elle retint son geste, se pencha et arracha le ticket de caisse agrafé sur le sachet. Une idée fusa accompagnée d'une excitation nouvelle.

Et si elle pouvait accéder à EGO ? Ce serait alors la porte d'entrée pour joindre Anatoli. Il avait des réponses, Ariane en était convaincue. La perspective de comprendre l'origine des comportements étranges de son amie la séduisait, et ce ticket de caisse décelait un plan pour y parvenir.

L'entreprise EGO ne possédait pas de bureaux physiques. En revanche, les deux associés stockaient le code source ainsi qu'un accès à la messagerie cryptée sur deux ordinateurs uniques, l'un en France pour Nicolas et un en Russie pour Anatoli. Les lois de la physique provoquaient cette rude ironie. Le numérique possédait une substance. Les suites de 0 et de 1 s'écrivaient sur des disques durs bien réels, au sein d'immenses bâtiments – des centres de données – accueillant des serveurs comme une bibliothèque des étagères. La vision d'un univers digital intangible, flottant autour de nous telle une apparition miraculeuse, ne servait qu'à bâtir la nouvelle religion.

Ariane attrapa son iPad et tapa une ligne de commandes sur l'interface de programmation de Diva. Quelques secondes plus tard, le programme afficha plusieurs emails, des accusés de réception de commandes à emporter. Elle regarda le nom. Il s'agissait du restaurant *Le Volfoni*.

Badine, elle chercha un trench-coat beige parmi les manteaux de son homme. Elle voulait se grimer en Humphrey Bogart. Elle renonça en riant d'elle-même.

— Donne-moi l'adresse du restaurant *Le Volfoni*, dit-elle à voix haute.

Elle avait dupliqué le programme de Google au sein d'une petite application, codée en quelques heures sur sa tablette. Une façon simple d'emmener partout son assistant virtuel.

— *Le Volfoni*, restaurant, 16, boulevard de la République à Boulogne-Billancourt, répondit la voix métallique à travers l'iPad.

— Commande un Uber, j'y vais.

Avant de franchir la porte de l'appartement, elle hésita à envoyer un message à son fiancé. Elle commença à en rédiger un, puis se ravisa. Son escapade ne durerait pas plus d'une heure. Elle serait revenue avant qu'il ne rentre. Inutile de le déranger, pensa-t-elle.

Chapitre 10

Lundi

18 h 51

D'un geste hésitant, le conducteur tourna le bouton du volume sur la console centrale. Sans surprise, RMC, le Café du commerce, agressa leurs oreilles. Mais contrairement à beaucoup, Ariane appréciait cette station, surtout les émissions traitant de football. Elle ne connaissait aucun des joueurs cités, pas plus que leurs équipes respectives, mais nourrissait une inexplicable affection pour le FC Sochaux, club ouvrier au passé glorieux, à présent relégué au ventre mou de la deuxième division. Elle ne comprenait que vaguement les règles globales du jeu. Elle ne gardait en tête que l'essentiel : amener le ballon dans le but adverse. Ce qu'elle aimait, en revanche, c'était écouter des exaltés disserter de leur passion durant des débats infinis. Cette énergie qui jaillissait d'eux au moment d'évoquer chaque aspect, même les plus infimes, la fascinait. Elle-même en était capable pour des questions de mathématiques, de statistiques, d'algorithmes, mais jamais elle n'atteignait l'intensité d'un fan de foot.

— Cela vous dérange ? demanda le chauffeur du taxi.

— Non, non, j'aime bien.

Le chauffeur, les cheveux d'un blanc éclatant, le visage ridé par une longue existence, leva les yeux vers son rétroviseur central. Ils croisèrent le regard d'Ariane, sincère, retournèrent sur la route, revinrent vers la jeune femme par crainte d'un mirage. Rassuré, le chauffeur augmenta le son d'un cran ou deux. Un problème d'audition, déduisit Ariane.

Le sujet du jour concernait l'attaque du Paris Saint-Germain et la manière dont elle déséquilibrait le milieu de terrain lors de phases défensives.

Le flash info de 19 heures remplaça les joyeux fanatiques. Une voix féminine annonça les sujets avec célérité. Pour chaque brève, un titre orienté sur la suggestion de peur, quelques indications pour conforter la crainte, puis l'information suivante, le tout en deux à trois minutes maximum. La journaliste acheva par l'affaire de la vente d'Alstom au géant américain GE, vieille de plusieurs années. Des éléments controversés faisaient surface et suggéraient de potentielles malversations, jusqu'au plus haut. L'emballement gagnait en intensité, et l'on commençait à susurrer que Macron lui-même s'y était compromis pour financer sa campagne de 2017. Le lent poison du complot faisait son œuvre destructrice.

— On est arrivés, mademoiselle.

— On ne dit plus mademoiselle, vous savez ?

— Dans votre nouveau monde, vous voulez dire ?

— C'est le vôtre aussi, lui répondit Ariane chaleureusement.

— Oh, moi, dit-il en se retournant vers elle, un sourire doux sous une dense barbe blanche, je suis trop vieux maintenant. À votre génération de prendre les rênes.

— On essaye, mais vos congénères ne sont pas de votre avis !

— Alors poussez-les vers la retraite, dit-il dans un grand éclat de rire.

Ariane le remercia et quitta l'habitacle feutré, à la chaleur enivrante, pour un froid glaçant. Un vent puissant la fit chanceler. Elle se pencha en avant pour résister. L'air froid s'infiltra partout où il le pouvait, entre les couches, là où les ajustements se faisaient déficients. Elle trottina pour parcourir les quelques mètres qui la séparaient de la devanture. Elle aperçut quelques flocons tombés sur ses épaules. Le ciel libérait la neige.

Si cela durait quelques heures, ce serait suffisant pour paralyser complètement la ville et faire la une des chaînes d'info pendant plusieurs jours. Elle voyait déjà les débats enflammés sur Twitter, là où la polarisation et la conflictualité primaient en toutes circonstances, pour tout et surtout n'importe quoi : « La neige, pour ou contre ? »

Choisis ton camp, camarade !

Un dandy sans expression l'accueillit au moment où elle ouvrit la porte du *Volfoni*.

— Vous avez une réservation ?

Ariane aurait aimé lui renvoyer une réponse cinglante, mais elle avait besoin de poser quelques questions avant de se faire des ennemis.

— Bonsoir, non, je n'ai pas de réservation.

Le dandy regarda une tablette posée sur un socle devant lui, puis un papier à côté. La salle derrière lui grouillait de monde et de bruit. Sans les rides et les verres de vin, le brouhaha aurait ressemblé à celui d'une cantine scolaire. Le dandy releva finalement la tête, se retourna, regarda au loin dans un coin de la pièce, puis dit :

— Suivez-moi.

— Merci, répondit Ariane en le talonnant à travers les minces coursives de la jungle des mangeurs.

Il la guida jusqu'à une série de petites tables individuelles et lui indiqua l'une d'elles, la seule encore inoccupée. Ariane se glissa entre deux, pendant que le dandy tirait la sienne vers lui pour lui offrir un espace à peine suffisant pour passer. Elle fit attention de ne pas bousculer la table voisine, débordante et encadrée par deux quinquagénaires altières, et s'installa sur la banquette profonde et confortable qui longeait le mur dans son dos. Elle faisait face à l'ensemble de la salle, et sur sa gauche un bar en pierre s'avançait à la manière d'un ponton au cœur d'une marina. Au sol, une étroite bande dallée de tomettes dessinait des motifs à carreaux, entourée d'un parquet massif et sombre. Un mariage subtil de cartes postales italiennes, de design contemporain et de snobisme ajoutait l'endroit à la longue liste d'adresses prétentieuses que comptait Paris. « Frais chié », aurait dit son amie Maja, Polonaise-Canadienne, avec ses expressions québécoises qu'Ariane affectionnait tant.

Elle posa son sac sous la banquette tout en attrapant son iPad. Elle balaya du regard l'ensemble des clients. Parfois la chance se présente quand on s'y attend le moins. Peut-être que Nicolas était juste là, sous ses yeux, mangeant des gnocchis aux cèpes ou une escalope de veau *saltimbocca*. Elle fit le tour deux fois pour être sûre de ne rater personne. Elle remarqua cette même homogénéité des corps qu'elle avait vue chez Microsoft le matin même. Une uniformité des profils qui prenait des allures de décor de cinéma parsemé de figurants. Elle reconnut plusieurs fois le même costume, les mêmes chaussures, la même coiffure, les mêmes lunettes, l'exact même téléphone posé au bord de la table, à droite de l'assiette, à côté d'un verre à pied. Elle crut reconnaître le présentateur d'une émission de Canal+, mais impossible de se souvenir de son nom. Elle se rappelait juste qu'il faisait régulièrement polémique pour la stupidité de ses talk-shows et ses accointances avec une ministre aux dents acérées.

Une serveuse s'approcha de la table et lui apporta la carte. Elle ressemblait à une étudiante en quête d'extras pour payer ses études. En outre, elle avait le physique d'une hôtesse du Salon de l'auto. Ariane distingua son épuisement sous son maquillage.

— Vous voulez boire quelque chose pour commencer ?

— Non, merci. Je vais juste vous prendre un dessert.

— Ah d'accord, dit la serveuse, hésitante.

Elle se tourna pour chercher des yeux le dandy, manager du restaurant probablement.

— Je ne serai pas longue, continua Ariane avec un large sourire. Je raffole de votre tiramisu. J'assouvis mon caprice et je vous libère la table.

— OK, dit la serveuse, qui nota la commande.

— J'ai une question à vous poser. Comment vous expliquer… (Ariane cherchait la meilleure formulation.) Je vais être sincère. J'aimerais faire une surprise à un ami. Un ami que j'apprécie, si vous voyez ce que je veux dire.

Ariane appuya son propos avec un léger mouvement de tête.

— Je sais qu'il vit à côté d'ici, qu'il commande parfois chez vous à emporter. Je me demandais si quelqu'un pouvait me renseigner sur son adresse. Peut-être que vous l'avez déjà livré ? Ce soir, il est seul et j'aimerais lui faire cette surprise… vous comprenez ?

Ariane attrapa son téléphone et montra à l'étudiante la photo de Nicolas, celle que l'on trouvait sur son profil professionnel. L'étudiante parut d'abord hésiter. Avait-elle le droit de parler des clients du restaurant ? Existait-il une protection de ce type d'information ?

— Je ne crois pas que je puisse vous renseigner, madame, répondit-elle, méfiante.

— Je suis désolée, cela doit vous paraître saugrenu. Je le comprends. C'est que… Vous avez déjà dû connaître ça ? Ce coup de foudre qui vous traverse, qui vous hante des semaines durant et quand enfin vous décidez de prendre votre courage à deux mains, de ne pas laisser passer le destin, de le retrouver coûte que coûte, vous feriez n'importe quoi, non ? S'il vous plaît, j'ai besoin de ce petit coup de pouce.

Face au visage honnête d'Ariane, à son sourire enfantin, la serveuse sourit discrètement.

— Je me souviens de lui. Je l'ai déjà vu plusieurs fois, mais je ne suis pas là tous les jours.

— Et cette semaine ?

— Non, je ne l'ai pas vu depuis... un mois, je dirais. Mais si vous me prêtez votre téléphone, je vais aller me renseigner.

Ariane laissa la jeune femme s'éloigner avec la photo de Nicolas par le couloir qui menait aux cuisines.

La cacophonie ambiante s'accompagnait de tintements en tout genre. Le métal des fourchettes sur la porcelaine des assiettes, les goulots des bouteilles contre les bords des verres, les pieds des chaises sur le bois, les claquements de dents, de talons, le tout dans un ensemble informe de sons qui aurait pu étourdir un malentendant.

La jeune serveuse revint avec le tiramisu qu'Ariane avait commandé.

— J'ai parlé au garçon du bar. Il m'a dit qu'il le connaissait. Il y a deux-trois mois, c'est lui qui lui a apporté sa commande. Le service de livraison subissait une panne, alors comme c'est un bon client, le patron a accepté qu'on lui livre.

— Vous êtes fantastique ! Se souvient-il où il a apporté le plat ?

— Oui, sur une péniche, à cent mètres en sortant du restaurant. En revanche, il ne se souvient plus du nom du bateau. Il dit que c'était en rapport avec un film, mais c'est tout.

— Merci ! Merci infiniment, avec ça je suis sûre que je vais le retrouver.

Elle avala son tiramisu en quelques cuillères, paya, laissa un généreux pourboire et quitta *Le Volfoni*.

Quand elle sortit, une mince couche neigeuse recouvrait la chaussée. On était au moment charnière qui déciderait de l'actualité des jours à venir. Si la neige continuait toute la nuit, la couche accrocherait, la ville serait ensevelie. Dans le cas contraire, elle se transformerait sous peu en une pâte liquide et crasseuse. Une mélasse d'eau, de glace et de tout ce que l'homme charrie de fange avec lui.

Ariane regarda autour d'elle, s'orienta dans la direction que lui avait indiquée la jeune serveuse. Une large avenue descendait vers la Seine, parfaitement dans l'axe de ce qu'elle cherchait. Elle boutonna son manteau de bas en haut, protégea ses mains dans ses poches et longea l'avenue, face au vent, le cou rentré dans les épaules.

Elle traversa un passage piéton et entendit dans son dos un bruit de freinage d'urgence, puis un grand fracas métallique. Elle tourna la tête tout en exposant le minimum de peau à l'air libre et aperçut à une vingtaine de mètres une moto encastrée au milieu de la calandre d'un gros véhicule noir. Le même genre de 4 × 4 rutilant qu'elle avait vu au bas de Microsoft, le matin même.

Le motard gisait au sol un peu plus loin. Ariane se retourna complètement et s'apprêta à courir vers le carrefour pour porter secours à l'homme blessé. Elle s'arrêta après quelques pas. Un attroupement s'était rapidement formé. Quelqu'un tenait un téléphone, sûrement pour appeler les secours, pendant que d'autres s'agenouillaient pour constater l'état du blessé. Il n'y avait rien qu'elle puisse faire de plus.

Elle reprit sa route.

Chapitre 11

Lundi

20 h 05

Ariane contourna une autre moto BMW de grosse cylindrée et emprunta un étroit passage vers un chemin d'amarrage le long de la Seine où les bateaux s'alignaient proue à poupe. À la manière du quai 9 ¾ de la gare de King's Cross, il n'y avait que ceux qui savaient où chercher qui le trouvaient. Du haut des marches, on distinguait dans la pénombre une douzaine de péniches de toutes les couleurs au profil long, étroit et à fond plat.

Plusieurs se laissaient grignoter par le temps, constellées de taches de rouille, les peintures délavées et les espaces vitrés encrassés. Il aurait été difficile d'estimer leur date de construction. Ariane ne connaissait rien aux bateaux et ne se souvenait pas être jamais montée à bord d'une péniche. De la lumière artificielle éclairait quelques hublots confirmant que des humains, réels, avaient élu domicile sur ces barques améliorées.

Elle considéra cela comme une énigme supplémentaire du genre humain. Quelque chose qu'elle ne pouvait concevoir ou assimiler, mais qu'elle se refusait de juger. Chacun était libre de vivre selon ses aspirations ou névroses personnelles. De toujours, Ariane ne jugeait rien, ni personne, dans un mouvement qu'elle espérait réciproque. Mais elle se savait naïve.

Ici, la nuit semblait plus sombre. Les réverbères publics n'étaient pas idéalement positionnés, et l'éclairage du ponton s'effectuait par quelques petites touches de lumière au milieu d'un océan de ténèbres, telles des touches de pinceau sur une toile noire.

Ariane descendit les marches de pierre rendues glissantes par la neige vers le quai, à la recherche de la péniche que le barman du *Volfoni* avait indiquée.

Au bas de l'escalier, elle marcha dans une profonde flaque cachée par la fine couche de neige au-dessus. Ses Converses s'enfoncèrent, et l'eau glacée trempa ses pieds jusqu'à la cheville. Un violent frisson la parcourut.

Les tours de verre environnantes, parsemées de lueurs artificielles, se reflétaient à la surface du fleuve. Elles bougeaient, comme un sol qui prend vie, une gélatine incandescente. Seul le bruit incessant des voitures le long des quais recouvrait ce paysage funeste de sons aliénants, répétitifs, sourds.

De ses longs bras, proportionnels à son mètre quatre-vingts, Ariane serrait sa parka pour retenir la fine couche de chaleur qui la protégeait du monde extérieur. Elle chercha le nom de Nicolas, Kergan ou EGO sur les boîtes aux lettres regroupées au pied de l'escalier. Rien.

« *C'est en rapport avec un film* », avait souligné le barman à la jeune serveuse.

Elle alluma la torche de son smartphone, puis longea le quai. Elle éclaira une à une les péniches amarrées. Elle concentrait le faisceau sur les coques à la recherche de leur nom. Soudain l'un d'eux l'interpella. Elle se pencha, et lut : *MacReady*.

Un large sourire réchauffa son visage figé. Ce nom surgissait d'une décennie bénie où le cinéma américain pouvait encore tout tenter. *MacReady* renvoyait à l'un des grands chefs-d'œuvre de Carpenter, *The Thing*, et au personnage principal, interprété par Kurt Russel. Pour une fois que sa passion pour les films d'horreur lui était d'une quelconque utilité, Ariane ne bouda pas son plaisir.

La coque, la passerelle et la cabine étaient entretenues, la peinture récente et l'ensemble relativement propre. De larges fenêtres carrées laissaient entrevoir un intérieur cosy, à la manière d'un appartement bourgeois. Le pont inférieur cependant n'offrait que quelques hublots opaques.

Ariane s'approcha avec prudence. Elle regardait derrière et autour d'elle pour s'assurer que personne ne l'épiait. Elle ne vit aucun témoin. Elle longea le bord et scruta à travers chacune des vitres des signes de vie. Là une chambre, ici une cuisine, plus loin un salon, mais aucun indice de présence humaine. Elle observa un désordre important, comme si le ménage n'avait pas été fait depuis un long moment. Arrivée face à la planche d'embarquement, elle hésita, son pied s'avança, recula, puis s'engagea de nouveau.

La passerelle menait à une mince coursive qui faisait le tour du pont principal. La porte de métal face à l'appontement était percée d'un large œilleton. Ariane chercha une sonnette. Il n'y en avait pas. Elle toqua comme elle l'aurait fait à la porte de son voisin. Le métal tinta, mais elle n'entendit aucun son en réaction à l'intérieur. Elle recommença, sans plus de succès. Elle appuya sur la poignée, celle-ci était bloquée. Elle appuya plus fort, de tout son poids. La porte ne céda pas.

Elle réprima un juron de déception. À quoi s'attendait-elle en venant ici ? La naïveté de sa démarche lui sauta au visage.

Elle fit le tour en suivant la coursive. Une deuxième porte se trouvait à la proue. Plus étroite, une poignée en forme de volant, mais tout aussi immobile que la première.

Une troisième ouvrait un passage vers la poupe. Ariane tenta de tourner la poignée sans conviction.

Mais au contraire des deux précédentes, cette dernière bascula et la porte pivota. Ariane orienta la torche de l'iPhone vers la serrure. Des traces de griffures ainsi que de coups apparaissaient sur le métal du chambranle. Elle avait été forcée.

Sa veine jugulaire externe battait la mesure au rythme de ses palpitations. Elle n'était pas la seule à chercher EGO et Nicolas.

Chapitre 12

Lundi

20 h 17

Ariane resta figée quelques instants devant l'embrasure de la porte. Comme le matin même chez Microsoft, elle sentit un profond tiraillement l'assaillir. Son organisme se divisait en deux camps irréconciliables, deux groupes de radicaux. Sa jambe droite, excitée par l'odeur du gibier, n'attendait qu'une impulsion électrique pour se précipiter à l'intérieur. À l'inverse, sa jambe gauche, prise d'un tremblement involontaire, s'enlisait dans une panique incontrôlable. À quelques mètres de là se trouvaient les réponses aux nombreux mystères de ces derniers jours, voulait croire son cortex cérébral. Plus en profondeur, les neurones reptiliens sonnaient l'alerte face au danger. Celui qui était entré par effraction était peut-être toujours là ?

Que devait-elle faire ?

Ce n'était plus un jeu. Après ça, elle ne pourrait plus faire marche arrière. Elle était la petite fille modèle. Elle ne mentait jamais, se classait première de sa classe à chaque trimestre, faisait la fierté de son père, ne causait pas de soucis à sa mère et servait d'alibi à ses amies, qui, elles, exploraient le monde par l'interdit. Elle avait traversé son enfance avec une sagesse d'ancienne, puis son adolescence avec mesure.

Avait-elle les tripes pour le faire ?

Elle tenta une dernière échappatoire. Elle prit son smartphone et écrivit un message à Elga :

Tu es au courant pour la péniche de Nicolas ?
Je suis devant, la porte est fracturée.

Elle attendit tant qu'elle pouvait encore sentir ses extrémités. Elga ne répondit pas. Son corps, transi, commençait à trembler de bas en haut. Elle éclaira l'intérieur à la recherche d'une ombre menaçante, d'une confirmation qu'elle ne devait pas entrer. Elle aurait pu prévenir la police, envoyer un message à l'ancienne équipe de Franck Somerset. Mais c'était l'assurance de devoir répondre à la question de sa présence sur les lieux.

Elle regarda sa bague. Lui saurait quoi faire, comment agir. Mais comment être sûre qu'elle n'était pas parano ? Peut-être qu'il n'y avait rien. Elga travaillait, Nicolas voyageait, EGO n'était qu'un programme de marketing comportemental, et Ariane s'enfermait dans une névrose. Elle ne pouvait risquer de dévoiler ses obsessions à cet homme, elle ne pouvait risquer leur amour. Et puis il s'occupait de vraies urgences. Son travail sauvait des vies. Il la croyait chez lui, en sécurité, à digérer son dîner thaï. Elle ne devait pas le mêler à cette histoire.

Ariane chercha les ressources au fond d'elle, au fond de son estomac. Elle ferma les yeux le temps d'une inspiration et enjamba le seuil. La peur et l'excitation coulèrent plus fort encore dans ses veines. La chaleur l'enveloppa.

Elle éclaira autour d'elle. Elle ne voulait pas alerter un voisin en allumant la lumière. Elle se trouvait dans une chambre.

Chacun de ses pas faisait craquer légèrement le parquet. Elle balaya la pièce de son téléphone. Un lit, une armoire, une télévision et quelques livres, tout avait un rôle, mais rien n'était à sa place. Le lit avait été déplacé, l'armoire vidée, les livres éparpillés.

Un voleur en quête d'objets de valeur ?

Elle se risqua à dire : « Hé ho, il y a quelqu'un ? » plusieurs fois en espérant que personne ne lui réponde.

Elle avança dans une pièce intermédiaire qui faisait le lien avec le salon. La porte menant au ponton se trouvait sur sa droite. La décoration était simple, sans style particulier. Elle traversa le salon, puis la cuisine. Le même désordre régnait dans chacune d'elles. Sur une petite table accolée à la porte principale, elle remarqua une coupelle avec une clé de voiture. Le logo BMW trônait au centre. Ariane repensa à la moto devant les escaliers pour accéder à la barge.

Un voleur aurait-il laissé un véhicule de marque ? Peu probable, songea-t-elle. La peur s'intensifiait. Ariane revint sur ses pas. Les ombres balayaient la surface en suivant la cadence des remous. Dans un coin de la pièce intermédiaire, un escalier en colimaçon s'enfonçait vers le pont inférieur.

Elle hésita. Elle ne pouvait avoir fait tout ça pour rien.

Malgré ce besoin irrépressible de fuir cet endroit, une force plus puissante encore guidait ses jambes, marche après marche, vers l'étage inférieur. La chaleur s'amplifia. Sous le salon et la cuisine, une salle de bains précédait une deuxième chambre. Dans le prolongement, elle découvrit ce pour quoi elle était venue. Une dernière pièce hébergeait une sorte de bureau avec une série d'écrans informatiques en veille. Il y avait également une armoire remplie de serveurs en fonctionnement. La température y était sensiblement plus importante, le matériel tournant jour et nuit.

Elle accéléra ses mouvements. Il n'y avait qu'un informaticien pour avoir aménagé une salle pareille sur un bateau.

Elle s'approcha du clavier et appuya sur une touche. L'écran central s'alluma.

— Putain ! C'est ça ! laissa-t-elle échapper en voyant le logo d'EGO. J'ai réussi !

Une exaltation intense la submergea. Elle avait accès à l'ensemble de l'unité centrale ainsi qu'à la batterie de serveurs attenants. Elle ne perdit pas de temps et chercha l'accès à la messagerie cryptée. Elle chargea l'historique des commandes passées. Un listing s'afficha, avec à côté le jour et l'heure pour chacune.

Celui qui avait forcé la porte avait également tenté d'accéder à l'ordinateur. Il avait chargé un programme de hacking sophistiqué pour aspirer l'entièreté des données sauvegardées sur une clé USB. Ce dernier avait pris soin d'effacer toutes les métadonnées qui auraient permis à Ariane d'identifier le type de programme qu'il avait utilisé, ainsi que le modèle de sa clé, mais l'ordinateur gardait une trace dans les *logs* de connexion.

C'était très élaboré, s'étonna-t-elle. Peu de personnes possédaient les compétences et le matériel pour réaliser ce type d'intrusion informatique.

Elle devait partir, tout de suite. La disparition de Nicolas dépassait de très loin la simple querelle d'amoureux, elle en avait désormais la confirmation. Sa présence ici la mettait en danger, plus qu'elle ne l'avait imaginé. Elle s'appliqua à son tour à effacer les preuves de son passage. Ses mains couraient sur le clavier, ses yeux sautaient de ligne en ligne, le souffle court.

Se pouvait-il que d'autres viennent ? Qu'ils la trouvent ici ? Que lui feraient-ils ? Elle regarda de nouveau sa bague. Son bonheur était là, rassemblé dans ce petit symbole de métal. Ariane se concentra sur sa seule tâche. Un programme attira son attention. C'était peut-être la messagerie cryptée, pensa-t-elle. Elle le lança. Un carré s'afficha. EGO et le numéro de version apparurent en haut à gauche.

Un craquement à l'étage supérieur retentit au même instant. Dans un sursaut, Ariane laissa tomber son téléphone. Il tomba lourdement sur le sol dans un bruit sourd. La panique l'envahit. Elle se leva de sa chaise, recula vers les serveurs et se cacha de la porte. Elle s'obligea à ne plus faire un bruit, bloqua sa respiration et écouta. Elle cherchait dans le néant de minimes variations dans l'air qui confirmeraient qu'elle n'était plus seule.

Elle n'entendit rien de plus. Elle expira avec la plus grande discrétion possible, puis inspira avec la même précaution. Se pouvait-il que ce ne soit qu'un craquement de la coque ? Le bruit classique d'un bateau qui vit ? Elle s'appuya sur l'armature métallique, les voyants clignotants des serveurs damasquinaient ses pupilles. Elle ramassa son smartphone. L'écran s'émaillait de multiples éclats. Le verre s'était brisé sous le choc. Elle tenta de le déverrouiller. Les images, illisibles, ne permettaient plus d'interagir correctement. Elle regarda sa bague. Nerveuse, elle la fit tourner autour de son doigt. « J'aurais dû lui envoyer ce message, se dit-elle. Il aurait su quoi faire. »

À présent, elle était seule.

Elle rangea son smartphone abîmé dans sa poche arrière. Elle attrapa son sac, verrouilla l'ordinateur et se dirigea vers l'escalier à pas feutrés. Au bas des marches, elle attendit un moment, les sens en éveil et les muscles prêts à réagir au moindre son. Ses cuisses trépidaient, incontrôlables. Dans un silence assourdissant, elle monta les marches une à une, reproduisant la démarche discrète d'un félin. Elle traversa le salon, puis la chambre et rejoignit la porte par laquelle elle était entrée. Il n'y avait personne.

Enfin, elle poussa la porte et enjamba le cerclage d'acier. Le vent froid mordit ses joues rougies. C'est là qu'elle entendit un bruit sourd et sentit une douleur intense sur le haut du crâne. Le choc irradia sa tête, puis descendit le long de sa gorge, de ses vertèbres et ses articulations cédèrent. Telle une poupée de chiffon lancée contre un mur, elle s'effondra contre la paroi d'acier.

Un liquide visqueux, chaud, coula de sa chevelure dans son cou, sur ses épaules et le sol. La substance recouvrit ses yeux et dans un horizon magenta, Ariane perdit connaissance.

Chapitre 13

Mardi

2 h 22

Son cerveau poussait les parois de son crâne. Chaque centimètre carré d'os subissait une pression insupportable. Des pulsations soulevaient la zone temporale et appuyaient sur le maxillaire inférieur. La souffrance devint insoutenable.

Ariane ouvrit les yeux.

Elle cligna plusieurs fois des paupières, porta ses mains sur ses tempes et appuya pour tenter de stopper cette torture interne. Sa vision brouillée s'estompa progressivement. Elle était à même le sol, sur du béton strié par le temps. Au-dessus d'elle, à une dizaine de mètres se trouvait une armature d'acier rouillée soutenant des plaques de tôles ondulées.

Elle était dans un atelier. Elle se redressa sur les genoux en s'aidant des mains. Elle avait envie de hurler, que sa tête cesse de lui faire subir pareille torture. Des murs en pierre créaient la jointure entre le sol et le toit. Ils étaient longs et larges.

Ce n'était pas un atelier mais un entrepôt. Des résidus du travail d'ouvriers l'entouraient, des bouts de métaux en tout genre et des machines devenues silencieuses. Une faible lueur éclairait l'ensemble. Elle esquissait des monstres effrayants sur les pierres et, plus loin, dessinait les contours d'un camion utilitaire et derrière encore d'un 4 × 4 noir.

Des flashs des derniers jours s'entrechoquèrent dans son esprit. Un restaurant, son appartement, Elga, des recherches, une péniche, sa bague, puis comme un éclair plus fort que les autres, Nicolas et le logo d'EGO. Elle chercha son smartphone. Elle palpa ses poches, mais ne trouva rien. Elle n'avait plus son sac non plus. Sa crainte d'être observée, puis sa chute lui revinrent dans un éclair de lucidité et provoquèrent une terreur qui la submergea, engloutissant au passage ses terribles douleurs. Elle regarda ses mains tachées de sang, sa parka aussi et son pantalon, c'était le sien. Elle toucha la profonde entaille qu'elle avait sur le dessus du crâne. Une touffe de cheveux était collée sous une croûte molle en coagulation.

Elle avait été enlevée et emmenée dans ce lieu. L'agresseur était peut-être encore dans les parages, à l'observer. Le danger tant redouté se matérialisait. Elle prit appui sur une étagère pour se relever et scruta son environnement avec le maximum d'attention.

De grandes portes coulissantes fermaient l'entrepôt juste derrière le van blanc et le 4 × 4 noir. Une dizaine de mètres plus loin, elle aperçut une bâche de plastique opaque, sur une hauteur de deux mètres cinquante et une largeur de quatre, formant une sorte de tonnelle translucide. Des spots éclairaient vivement l'intérieur, métamorphosant l'ensemble en un cube luminescent. Des formes humaines s'activaient, dans un théâtre de jeu d'ombres. Ariane ne combattait plus la douleur. Seule une volonté de survie accaparait ses forces à présent. Elle lui permettait de ne pas se noyer dans la peur, de ne pas courir vers la porte, de signaler sa position à ses agresseurs.

Elle était plus maligne que ça. Elle pouvait se calmer, contrôler ses émotions, agir avec pragmatisme. Elle pensa à toutes ces victimes stupides dans les films d'horreur. Celles qui couraient partout en hurlant. Elle ne serait pas l'une d'elles.

Un bruit de moteur électrique brisa le silence de mort. Ariane pensa à la turbine d'un dentiste ou peut-être à une scie de chirurgien. Elle avança vers le van blanc avec précaution.

Lorsqu'elle atteignit le véhicule, le sifflement en provenance du cube descendit de deux ou trois octaves vers les graves, vers quelque chose de plus organique, comme du métal découpant de la viande. Elle entendit deux hommes. Ils parlaient dans une langue qu'Ariane ne connaissait pas. Elle pensa à une base slave, sans que ce soit du russe.

Elle longea le camion et s'approcha de la porte coulissante latérale. Elle était fermée à clé. Ariane rebroussa chemin vers le 4 × 4 noir. Une impression étrange la parcourut. Le sentiment qu'elle connaissait cette voiture. Elle la détailla. C'était un SUV noir de la marque BMW. Des milliers de véhicules comme celui-ci existaient dans les rues de Paris, alors pourquoi cette sensation ? Soudain, elle visualisa distinctement un souvenir où Elga descendait d'une voiture exactement comme celle-ci. Se pouvait-il que ce soit la même ? Son cœur tambourina plus fort encore. Elga était-elle ici ?

Elle regarda de nouveau autour d'elle avec le stupide espoir de voir son amie. De sa position, elle ne discernait rien de plus. Elle se coucha et se glissa sous le véhicule. De là, elle possédait une vision à trois cent soixante degrés. Elle scruta le cube et ses deux marionnettes. L'une des ombres projetait un liquide sur les parois. Des multitudes de taches brunes piquetèrent le plastique.

Les marques formaient ensuite des sillons. Il manquait quelques centimètres de plastique pour rejoindre le sol. Cet espace laissait apercevoir les semelles des ombres et le liquide qui gouttait. Il était rouge. Un rouge vif, un rouge de sang.

Ariane plaqua ses mains sur sa bouche et étouffa un cri dans sa gorge. Se pouvait-il que ce sang soit celui d'Elga ? Une vague d'horreur, plus puissante encore que les précédentes, la submergea. Des larmes inondèrent ses yeux, puis coulèrent le long de ses joues, gouttèrent, comme le sang le long des parois en plastique, et se mélangèrent à la fine couche de poussière sur le béton nu. Elle serra plus fort ses mains sur sa bouche pour empêcher tout son de la dénoncer.

Des abominations percutaient son esprit. Elle y voyait son âme sœur éventrée par des fous. Tétanisée, elle resta prostrée plusieurs minutes.

Après cet instant d'effroi, elle pensa : « Contrôle-toi. Reprends-toi. »

Elle ne pouvait rester là sans bouger à imaginer le pire pour Elga. Et puis, peut-être que ce 4 × 4 noir n'avait rien à voir avec elle. Peut-être que son imagination construisait cette angoisse comme une réponse traumatique à la tension qu'elle vivait depuis deux jours.

Elle reprit l'analyse de son environnement. Elle distingua dans le clair-obscur, derrière le cube, le cadre d'une porte fermée et à côté une fenêtre entrouverte. Elle identifia qu'en passant par la gauche elle profiterait d'un espace peu éclairé, idéal pour se fondre dans le décor, et d'un chemin moins encombré.

Elle rampa hors de sa cachette et se dirigea vers la fenêtre. À chaque pas, elle voyait plus distinctement les ombres à travers les cloisons de plastique. Des jets de sang éclaboussaient chaque côté. Le bruit se faisait plus étourdissant et variait d'intensité selon la matière que le métal tranchait. De toutes ses forces, elle rejetait toute image mentale d'Elga agonisante, pour se concentrer sur la seule façon de l'aider, sur le seul moyen de s'échapper et d'appeler la police, cette fenêtre, là, à quelques mètres d'elle.

Elle n'était plus qu'à une ou deux enjambées du cube. Elle distinguait clairement deux hommes. L'un était mince et long, tandis que l'autre était large et trapu. Leur discussion, brève et par à-coups, restait incompréhensible.

Ariane décomposait chacun de ses gestes pour ne générer aucun son. Il ne restait qu'une dizaine de pas.

« Contrôle-toi », se répétait-elle comme un mantra. Elle rejetait tout le reste comme des parasites inutiles.

À moins de cinq pas, une question la percuta. Une évidence qui se faisait jour au moment où la fuite se concrétisait. Tout cela était-il lié à EGO ?

Elle se sentit fragile, cernée, épiée, à la merci de menaces qu'elle envisageait à peine. À cet instant, elle pensa à Gilles, au commissaire Somerset, à la capitaine Laurence Milhau. C'était eux qu'elle voulait voir à cet instant. Une fois sauve, elle arrêterait la première personne qu'elle croiserait pour utiliser son téléphone et les préviendrait. Il fallait qu'ils viennent tout de suite pour sauver Elga. Un embryon de solution naissait.

Ariane s'arrêta devant la fenêtre entrouverte. La porte à sa droite était fermée. Elle ne tenta pas de l'ouvrir. Pour s'échapper hors du bâtiment, elle n'avait qu'à soulever le montant et relever les vitres encastrées dans l'armature. Elle s'y employa avec la plus grande délicatesse pour éviter tout grincement. Le cadre bascula vers le haut. L'espace créé sur la partie inférieure suffisait pour qu'Ariane se glisse de l'autre côté. Elle se retourna une dernière fois.

C'est là qu'elle vit l'un des deux hommes, grand et mince, les membres comme des allumettes. Il était sorti du cube. Entièrement concentrée sur sa manipulation, elle n'avait pas entendu le léger bruissement du prélart à son passage. Elle n'eut pas le temps d'avoir une bouffée d'angoisse. Elle n'eut que le temps de voir une ombre fondre sur elle. La stupeur accompagna son dernier battement de cœur. Le dernier son, lui, fut une détonation, puissante, soudaine, comme un pétard qui explose. Puis, du sang coula du front d'Ariane, de l'orifice créé par la balle.

Elle n'eut plus le temps de rien. Elle s'effondra. Morte sur le coup.

Partie 3 : La capitaine

L'archétype de la ***dominante*** *renvoie au leader dans sa forme la plus classique. Elle est stable et en quête perpétuelle d'excellence. Elle veut que les autres fassent selon ses règles. Hélas pour elle, le pouvoir isole, et de la solitude naît le despote.*

Chapitre 14

Mardi

15 h 23

Il se retourne une dernière fois.

Il est longiligne, mince, presque frêle, mais il part. Il n'y aura pas de marche arrière. Bientôt, il s'installera dans un avion qui le mènera à dix mille kilomètres, loin, très loin de leur vie à deux. Elle ne sera plus là pour le protéger. Elle revoit sa petite main dans la sienne, ses pieds hésitants quand il apprenait à marcher. Pour Laurence, c'était hier.

Elle le sent anxieux et excité. Il a peur et il a hâte. Il part chercher l'homme qui est en lui quelque part. Elle ne peut plus faire grand-chose pour lui, tout a été dit, tout a été fait. Un jour, c'est comme ça, il faut se dépouiller complètement de sa peau d'enfant.

De son côté, Laurence va retrouver sa tenue de femme, ranger celle de mère. Elle a continué à la porter cette vie de femme, comme elle le pouvait, quelque part entre son fils et son boulot de flic. Le plus souvent, cette tenue restait dans un tiroir à dépérir. Ça n'a pas été facile, la plupart du temps difficile. La femme s'effaçait toujours derrière la mère. La capitaine prenait le reste de la place disponible. Mais la femme est toujours là. Elle le sait.

Son esprit se verrouille en même temps que ses yeux se noient. C'est toujours comme cela. Dès qu'il y a souffrance, ses sentiments se terrent au plus profond. Ils s'assurent que personne ne peut les voir. C'est leur manière de préserver la justicière infatigable, qui tranche une à une les têtes de l'hydre sans jamais trépasser.

Blaise passe la sécurité, un signe de main furtif, il est aux trois quarts caché par un horizon de têtes. Elle tente de se mettre sur la pointe des pieds, mais les talons n'aident pas. Ça ne change rien, elle est trop petite. Un instant plus tard, il s'engouffre dans le terminal comme s'il faisait cela matin et soir. Si tout se passe comme prévu, ils ne se reverront pas avant une dizaine de mois.

Ses yeux sont noyés par les larmes. Elle déglutit sa peine et la pousse vers son estomac. Elle tourne les talons. Elle veut reprendre le cours des choses, accélérer la digestion de ce trop-plein.

Elle se souvient d'un jour où Blaise lui demandait pourquoi elle ne pleurait jamais. Laurence y avait réfléchi une seconde, puis comme une évidence, lui avait dit : « C'est parce que je n'ai pas d'épaule sur laquelle le faire. » Elle aimerait pouvoir, comme tout le monde, se reposer sur quelqu'un. Les autres ne font que cela, s'appuyer sur elle, sur sa constance. Mais quand c'est elle qui veut s'adosser, elle constate que les soi-disant mâles alpha ne sont faits que d'argile, fragile et friable.

C'est au moment où deux longues larmes vident le trop-plein qu'elle reçoit un message d'alerte : « *Urgent : Scène de crime, Paris XX*[e]*, croisement Gambetta-Pelleport. Plusieurs corps.* »

Le cours des choses reprend le dessus. C'est une chance inespérée de dissoudre sa peine.

Elle répond qu'elle arrive, puis transfère le message à son équipe, Marion, Gilles et Tanguy. Elle retrouve sa voiture en double file devant la porte du terminal F de l'aéroport Charles-de-Gaulle. Elle montre sa plaque aux deux agents qui font le tour du véhicule. En voyant qu'elle est capitaine à la Crim de Paris, ils la saluent respectueusement.

C'est l'heure de pointe. Malgré le gyrophare, elle met plus d'une heure pour rejoindre la porte des Lilas. Elle se fraye un couloir au milieu des embouteillages qui encerclent la capitale. Ça ressemble à un dôme de métal qui dissuaderait toute personne saine d'esprit de rejoindre le cœur de la cité.

Elle est encore à trois cents mètres des lieux quand elle entrevoit les camions de pompiers bloquant les voies d'accès et des attroupements autour des cordons de sécurité. Elle se gare le plus près possible et abandonne sa voiture au milieu du boulevard. Elle aperçoit Tanguy en premier. Comme à son habitude, il se charge d'interroger les témoins. C'est l'élément affable et sociable de l'équipe. Il en faut un, surtout depuis que Franck Somerset est parti.

Elle, son talent, c'est sa capacité à diriger, sa ténacité, elle domine les événements, même les plus épouvantables. Ses interactions avec le reste du monde sont plus délicates. Avant c'était Franck qui exerçait le contrepoids à l'autre bout de la balançoire. Leur duo s'équilibrait à la perfection. D'un côté, Franck et sa finesse dans l'analyse des comportements humains, de l'autre sa pugnacité à elle quelles que soient les circonstances.

Ensemble, ils ont traversé des centaines d'enquêtes durant plus d'une décennie. Ils ont résolu des affaires qui comptent parmi les plus importantes affaires criminelles françaises. Et pourtant, il y a deux ans, ils se sont fracassés contre le vengeur des catacombes. Depuis, c'est à elle que Vannod, patron du 36, a donné le commandement de la fameuse équipe de Somerset, sa couveuse.

Franck lui manque. Lui seul peut dire qu'il a déjà vu la capitaine Laurence Milhau pleurer. Elle a essayé de le retenir. Malgré sa détermination, ça n'a pas fonctionné.

Elle écarte les voyeurs sur son passage et montre sa plaque aux gardiens de la paix qui s'occupent de protéger l'intégrité des lieux. Une fois passée, elle prend quelques instants pour détailler l'ensemble. La scène est insolite. Au milieu du croisement entre le boulevard Gambetta et la rue Pelleport, un bus est couché sur le côté. Aidé par la chaussée enneigée, il a glissé sur le bitume jusqu'à percuter la façade d'un Monoprix. Une odeur de brûlé flotte dans l'air. Elle y détecte également des notes d'essence et d'huile de moteur. Pourquoi l'appeler pour un accident de la circulation ? Elle et son équipe, ce sont les crimes, les meurtres, et tout ce que les égouts du genre humain recrachent, qui occupent leur quotidien. Un carambolage, si impressionnant soit-il, c'est pour d'autres.

En faisant quelques pas pour contourner la carcasse du bus, Laurence découvre à l'opposé un amas d'acier qui devait autrefois être une voiture. Vu son état, le véhicule a dû être percuté par le bus, faire quelques tonneaux et s'encastrer contre un arbre à l'angle du carrefour. Laurence ne possède aucune expertise en automobiles, néanmoins elle sait reconnaître la plupart des marques et des modèles. Ça fait partie du job, et c'est important durant les filatures. Elle prend un instant pour trouver des détails caractéristiques, mais c'est impossible de définir quoi que ce soit. Elle ne saurait même pas dire où se trouve l'avant ou l'arrière. C'est devenu une sculpture d'art moderne à la gloire de Cronenberg.

Elle aperçoit Marion qui s'affaire autour de la carcasse. Elle récupère un à un des paquets étranges, puis les marque et les photographie. Elle l'interpelle.

— Qu'est-ce qu'on fait là ?

Marion lève la tête en direction de Laurence. Elle met une demi-seconde à la reconnaître, puis elle lui fait un grand sourire candide. C'est sa spécialité, quels que soient les lieux ou les événements, Marion sourit et garde un visage joyeux.

— Ah, je ne t'avais pas vue. On est là pour ça, dit-elle en secouant un paquet au-dessus de sa tête. Ce sont des morceaux de corps emballés dans une sorte de papier cellophane industriel. Ici, c'est un pied par exemple.

— De corps humain ? demande Laurence en s'approchant.

— Oui.

— D'où ça vient ?

— De la voiture. Il y avait un compartiment secret aménagé sous la banquette arrière. Il a dû s'ouvrir durant le carambolage. Une partie des colis a été éjectée de l'habitacle et s'est répandue un peu partout sur la chaussée.

— Un corps découpé ?

— Non, au moins deux, peut-être plus. Je fais le compte.

— Le conducteur ?

— Mort avant l'arrivée des secours.

— Seul ?

— Oui, pas d'autre mort ou blessé dans la voiture. Mis à part les cadavres en petits bouts, bien sûr…

— Des papiers d'identification ?

— Demande à Gilles, c'est lui qui s'est occupé de faire les observations à l'intérieur.

Laurence balaye du regard les alentours et tombe sur leur bureau d'analyse mobile, la Mystery Machine, garé à quelques dizaines de mètres en contrebas. Ce camion unique, c'est une idée de Franck. Il l'a imaginé et conçu à partir d'un vieux modèle de l'équipe de l'UGIVC, Unité gendarme d'identification des victimes de catastrophe. Il voulait être plus agile, plus réactif aussi. Il a apporté au fourgon des retouches personnelles durant tout un été avec l'aide des nouvelles recrues.

Ça aussi, c'était son idée, être en permanence entouré de sang frais. Quand ses supérieurs lui proposèrent de diriger son équipe, ses remarquables états de service et ses succès importants lui permirent d'imposer ce qu'il voulait. Le grand Somerset décréta ne vouloir sous ses ordres que des inspecteurs fraîchement diplômés, choisis par lui seul, sans aucune interférence. Il avait l'embarras du choix. Tous les esprits brillants des écoles de police de France voulaient travailler sous ses ordres.

Un jour, il reçut même une candidature d'Allemagne, une certaine Éléonore. Il hésita, elle avait toutes les compétences requises et même bien plus, mais la jeune femme sursautait au moindre son plus fort qu'un claquement de porte. Franck jugea que cette sensibilité au bruit risquait de poser problème dans le vif de l'action.

Ce que Somerset évitait soigneusement, c'était les briscards qui pensent avoir tout vu, les dépressifs qui attendent de se prendre une balle ou les ambitieux qui ont faim de leurs collègues. Lui s'irriguait d'idées neuves, d'instincts différents et des enthousiasmes propres à la jeunesse.

Laurence l'avait rejoint dans un deuxième temps. Ils se connaissaient depuis quelques années. À ses débuts, fougueuse, elle avait relevé plusieurs disparitions d'enfants au sein des différents orphelinats de la région lilloise. Tous s'en foutaient, les services sociaux, la mairie, la police, tous. Son commissaire de l'époque décréta que ce n'était que de banales fugues. Elle continua de creuser, et sa pugnacité lui attira les foudres du pouvoir politique local et par ricochet de sa hiérarchie. Laurence fut mise au ban. En quelques mois, les appétits particuliers lui coûtèrent sa carrière, son mariage, ses illusions.

Des années plus tard, Franck Somerset déterra le dossier en le croisant avec d'autres disparitions du même ordre en région parisienne. Il était persuadé que tout était lié à une vieille affaire non classée : « le charnier des enfants brisés ». C'était en 1978, sa première grande enquête et la seule qu'il n'avait jamais résolue. À défaut de retrouver ces gosses disparus, Franck leva le voile sur l'omerta mise en place entre les services de la mairie et le chef de la police. Des têtes tombèrent et la légende Somerset s'amplifia.

Durant le temps qu'il passa dans le Nord, un profond respect et une solide confiance se nouèrent entre Laurence et Franck, tel le ying et yang, ils se complétaient parfaitement. Alors une fois son équipe hors norme créée, c'est elle qu'il appela pour l'épauler. Laurence accepta immédiatement et déménagea dans la capitale, accompagnée de Blaise.

Comme un réflexe jamais abandonné, Laurence cherche Franck du regard au milieu du chaos. Les pompiers et le SAMU n'ont pas terminé d'évacuer les blessés qui voyageaient dans le bus. Comme un coup du sort, l'accident a eu lieu tout près de l'hôpital Tenon. Le personnel soignant donne un coup de main, et une extension temporaire s'est improvisée sur la voie. Les blessés graves reçoivent les premiers traitements sous le regard médusé des passants. Une rigole de sang se mélange à une mélasse d'eau glacée, de neige noirâtre et coule vers le trottoir. La neige tombée en abondance la nuit passée complique le difficile travail des sauveteurs. Le froid aussi, qui sèche, pique et rougit les peaux. Derrière, un premier camion de la télévision vient de se garer. Laurence interpelle Marion.

— Dépêche-toi de relever tous les morceaux, les journalistes arrivent, dit-elle en pointant l'index dans leur direction.

Marion redouble d'effort. Laurence descend la rue et rejoint la Mystery Machine. Quand elle entre, Gilles est concentré sur l'un des ordinateurs de leur laboratoire roulant.

— Tu as l'identité du conducteur ?

— Oui. Blaise a pris l'avion ?

— Oui. Alors qui est le conducteur ?

— Un certain Michel Bron, soixante-dix-sept ans, aucun antécédent.

Gilles lance l'impression d'une page. Les têtes à jet d'encre commencent leur tintamarre. Il attrape la feuille éjectée et la tend à Laurence. La fiche de police sur cet homme est mince. Aucune infraction, jamais entendu ou mis en cause dans une enquête, un casier absolument vierge. Un vieux monsieur anonyme comme il en existe des millions.

— Qu'est-ce qu'il foutait avec des morceaux de corps sous sa banquette ? Sors-moi tout ce que tu as sur sa famille.

— Donne-moi cinq minutes, répond Gilles en se replongeant dans ses écrans.

Laurence détaille ce qu'il a extrait du véhicule. Elle soulève un à un les sachets de plastique étiquetés. Plus tard, ils feront l'objet d'une analyse par l'équipe scientifique, empreintes, traces ADN, origine, composition et tout ce qui permet de reconstituer l'histoire d'un objet. Il y a un pack d'eau, des fruits, du chocolat, des bonbons, deux DVD, des croquettes pour un chien de taille moyenne, une enveloppe avec mille euros d'argent liquide, une paire de draps et un costume sortant d'un teinturier, ainsi que les papiers du véhicule. La carcasse est une Golf de 89.

L'imprimante crache de nouvelles pages noircies d'informations. Gilles les attrape et les tend à Laurence. Elle lit à voix haute les éléments les plus importants.

— Michel Bron, né le 17 mars 1941 à Bretignolles-sur-Mer, Vendée... Marié en 1963 avec Christiane Blanc... 1964, naissance de Jean, leur seul enfant... Travaille à la SNCF comme mécano durant trente-huit ans... retraite en 1999... Décès de son fils en 2003, suivi quelques mois plus tard par celui de son épouse... Tuteur légal de sa petite-fille, Mila et seule famille connue... Adresse...

Laurence relève la tête, songeuse.

— Qui est la mère de la petite-fille ?

— L'enfant n'a été reconnu que par le père. On n'a rien sur sa mère.

— Creuse, je veux m'assurer qu'il n'y a rien de ce côté-là. Vérifie aussi l'adresse de la carte grise, que c'est toujours là où il vit.

Laurence sort. Elle a une pensée furtive pour son fils. Il doit être au-dessus de l'Atlantique, ou de l'Angleterre. Il lui manque déjà.

La foule, compacte, continue de s'amasser autour des cordons de sécurité. Il y a plus de smartphones à bout de bras ou à bout de perche que durant le 14 Juillet. Laurence a vu ce que l'homme a de pire en lui. Elle connaît sa violence la plus extrême, sa jalousie, son orgueil, sa folie. Elle a tout vu, plusieurs fois, et pourtant, elle ne peut réprimer un juron quand elle voit cette foule profiter de la souffrance, de la mort, comme si elle était devant un spectacle. Il y a pire que la folie humaine, il y a la psychose collective, se dit-elle en approchant du cordon policier.

Elle interpelle le gardien de la paix qui s'occupe de repousser les curieux.

— Qui est votre boss ?

— C'est le brigadier Hautin, répond-il. Il est là-bas, capitaine.

Il montre du doigt un petit homme rondouillard qui discute avec un des pompiers. Laurence s'avance vers lui.

— Brigadier Hautin, capitaine Milhau, dit-elle en lui montrant sa plaque. Je dirige l'enquête criminelle. J'ai besoin que vous élargissiez le cordon de sécurité de cinquante mètres. On en a pour une partie de la nuit, et on est trop à l'étroit avec tout ce monde autour de nous.

Le brigadier la regarde sans trop savoir comment il doit répondre. Dans la police, il est difficile pour un homme de voir une femme avec un grade supérieur au sien. Peut-être pas autant qu'en politique, mais comparable au secteur privé. Laurence ne lui laisse pas le temps de réfléchir.

— Brigadier Hautin, j'ai besoin de me répéter ou je m'adresse au-dessus de vous ?

— Non, non, on s'en occupe, grommelle-t-il en portant sa radio devant sa bouche.

Laurence rejoint Tanguy. Il relève les témoignages de tous les témoins de l'accident. Ils sont nombreux. La plupart sont choqués par la violence du carambolage, la vue du sang et les blessures impressionnantes des passagers du bus. Ils décrivent tous comment un cycliste a provoqué l'embardée du bus, puis sa collision avec la voiture qui a fini encastrée contre l'arbre. L'un d'eux a essayé de courir après le cycliste.

Tanguy lui demande :

— Sauriez-vous me le décrire ?

— Bah, c'est un cycliste… dit le jeune homme de bonne foi. Il ressemble à tous les cyclistes que l'on voit partout.

— Il n'y a pas un élément qui vous a interpellé ?

— Il était sur un Velib et portait un genre de costume, mais à part ça, non. Il ne s'est même pas retourné pour voir le résultat de sa connerie.

Tanguy a déjà relevé une bonne douzaine de témoignages comme celui-là quand Laurence l'interpelle.

— Tu as bientôt fini ?

— Oui, pourquoi ?

— J'ai une adresse pour le conducteur de la voiture, tu m'accompagnes ?

— Donne-moi cinq minutes.

Chapitre 15

Mardi

17 h 21

Le silence remplit l'habitacle. Seule la sirène qui force le passage au milieu de la circulation grouillante se fait entendre. Les pare-chocs sont collés les uns aux autres.

Les conducteurs portent leur masque de haine. Ils se regardent les uns les autres, les yeux injectés de pulsions primaires. La tête en pilotage automatique pour rejoindre le pavillon de banlieue – pour les plus chanceux –, les clapiers empilés pour les autres. Tout le reste de leur corps est passé sous le contrôle d'une rage pure. Là, une mère de famille avec deux sièges enfants bloque tout un carrefour pour s'assurer que personne n'arrivera à son domicile plus vite qu'elle. Ici, un scooter explose le rétroviseur d'une personne âgée qui ne l'avait pas vu doubler par la droite. En fracassant l'enveloppe de plastique, il lui lance un doigt d'honneur, l'insulte, elle et toute sa descendance. Les règles du vivre-ensemble n'ont plus cours dans la jungle urbaine. Elles ne sont même pas un lointain souvenir, elles ont disparu dans un vortex temporel. Respecter une priorité est une marque de faiblesse, laisser un espace de sécurité l'assurance d'une queue de poisson, s'arrêter devant un passage piéton déclenche une révolution de klaxons. Une fois inséré dans le trafic, chacun mute en tueur potentiel. Si l'absolution existait, il écraserait, percuterait, pulvériserait à grands coups de carlingue en acier tout ce qui l'entrave. Les rues sont saturées de meurtriers qui ne sont pas encore passés à l'acte. Ce sont des apprentis sans diplôme qui n'attendent qu'un stage pour montrer ce dont ils sont capables. Une étincelle, et les avenues, boulevards, rues ou impasses de la capitale rougiront telle une gigantesque boucherie.

Avec la neige qui s'est installée un peu partout cela pourrait créer un crépuscule parfait, imagine Laurence. Son regard glisse sur les visages déformés derrière les vitres. Toute cette fureur qui veut exploser la galvanise, telle une intraveineuse d'adrénaline.

Une sonnerie de téléphone retentit. Le nom « Somerset » s'affiche au milieu de l'écran central. Surprise, Laurence décroche, et la voix de Franck gronde à travers les haut-parleurs.

— Laurence, c'est Franck, j'ai besoin d'un service.

— Bonjour, Franck…

— Oui, bonjour, excuse-moi. Comment vas-tu ?

— Blaise vient de prendre l'avion.

— Son année au Canada ?

— Oui.

— Ça annonce beaucoup de changement pour toi. Je suis sûr que tout va bien se passer.

La voix apaisante de Franck agit comme un antidépresseur. Laurence aimerait parler, déverser le lourd sac qu'elle transporte sur le dos, mais c'est impossible.

— Tu m'appelais pour un service ?

— Oui… Comment te dire… Je suis sur une affaire

— Comment ça ? demande-t-elle, une pointe d'excitation involontaire dans la voix. Tu t'es décidé à reprendre du service ?

— On m'y force.

— Qui ?

— Couraud.

— Le général ?

— Oui, il s'est passé quelque chose avec Elga.

— Elga Salustri ?

— Oui.

Ce prénom semble résonner d'un lointain passé et pourtant, c'était seulement il y a deux ans. Deux ans que l'affaire du vengeur des catacombes a brisé leur duo. Depuis, Franck mène une vie simple. Il se consacre à ses passions. Il parcourt Paris et ses recoins les plus secrets. Il écrit un peu aussi. C'est ce qu'il lui dit quand ils se voient de temps en temps. Avec sa soixantaine fringante, il est toujours ce grand type au charisme magnétique, même si Laurence voit bien qu'il a perdu quelque chose dans cette affaire. Il n'a plus confiance en sa capacité à cerner l'humain. C'est comme si ce don qu'il cultivait depuis son enfance l'avait abandonné.

— Que se passe-t-il, Franck ?

— Je ne sais pas, c'est difficile à expliquer.

— Essaye…

— Non, je n'ai pas le temps, plus tard. J'ai d'abord besoin que tu me rendes ce service.

Malgré le système audio de piètre qualité, sa voix est intense. Laurence y retrouve sa force, bien loin des derniers échanges qu'ils ont eus quelques semaines plus tôt.

— Dis-moi ?

— J'ai besoin que tu m'identifies un type sur une photo.

— Cela fait partie d'une enquête en cours ?

— Non, c'est officieux, je suis tout seul sur le coup.

— Envoie-la à Gilles, il verra ce qu'il peut faire. Il a toujours accès à Diva, le programme d'Ariane. Pour toi, il l'utilisera, ça devrait accélérer les choses.

— Merci.

Il hésite avant de raccrocher.

— Oui…

— … Je suis là s'il y a besoin.

Laurence sait qu'elle peut compter sur Franck.

— Je suis sur quelque chose également, on se rappelle, dit-elle en raccrochant.

Un grésillement désagréable résonne au moment où la connexion est interrompue. Laurence se penche vers la vitre. Elle reprend son observation inlassable des bas instincts. Quelque chose l'intrigue dans cette demande de Franck. Elle n'arrive pas à mettre le doigt dessus, mais elle ne peut s'empêcher de s'interroger. Et si le vieux commissaire avait des ennuis ? Il lui faudra tirer ça au clair quand elle reviendra au commissariat. Son instinct lui suggère que si l'affaire est sérieuse, le grand manitou du 36, le directeur Vannod, sera dans la confidence.

— Je ne savais pas qu'il avait repris, dit Tanguy.

— Je ne suis pas sûre que ce soit une reprise.

— Tu as eu des nouvelles depuis… ?

— Oui, le coupe-t-elle.

Tanguy attend que Laurence complète, qu'elle apporte des détails, du contexte, peut-être même un sentiment ou deux, mais elle ne dit rien de plus.

— Comment va-t-il depuis le vengeur des catacombes ?

— Pas très bien. Le problème, c'est la confiance. Sans elle, il est moins bon… Nous sommes tous moins bons sans elle.

— Tu crois qu'il va revenir ?

— Je n'en sais rien. Nous verrons.

Ils se garent au bas du 86 de la rue de Miromesnil, face au porche. Sur place, il y a déjà un véhicule de la BRI. Quatre gorilles patientent à l'intérieur. Laurence les a appelés en renfort.

La Brigade de recherche et d'intervention est celle qu'on appelle quand quelque chose peut tourner mal. Ce sont des tatoués qui aiment utiliser leur physique pour débloquer une situation. Pour Laurence, c'est un peu comme une extension de son arme de service. Dans son quotidien, elle ne sert à rien, mais dans certaines circonstances, elle aime l'avoir sous la main.

— Tu as besoin que j'aille les briefer ? demande Tanguy en sortant du véhicule.

— Laisse-moi ce plaisir. Va plutôt voir s'il y a une gardienne.

L'immeuble haussmannien est massif et majestueux. Il rappelle la période faste de la fin du XIXe. Il se dresse, fier, et bombe le torse à travers des balcons cerclés de fer forgé. Les lieux, de même que le quartier, respirent l'aisance bourgeoise. À un jet de pierre au sud se trouve le palais de l'Élysée où logent le président monarchique et une partie de sa cour. Difficile d'imaginer un retraité de la SNCF vivre ici, sauf s'il a bénéficié de loyers bloqués, un des rares relents socialistes de la capitale française. Laurence s'avance vers les gorilles de la BRI. Ils ressemblent à quatre taureaux bourrés aux hormones serrés dans une boîte de conserve. Celui à la place du conducteur baisse sa fenêtre et la toise comme si elle était une pervenche ou une prostituée.

— Capitaine Milhau, c'est pour moi que vous êtes là.

Il pose son bras gauche sur le rebord de la portière. Ses muscles protubérants sont maquillés de tatouages tribaux.

— Vous bougez pas, et je vous dirai si j'ai besoin de vous, poursuit Laurence.

— Attends, lui lance le gorille, l'air irrité. On n'est pas venus ici pour poireauter. Dis où, et on se charge du boulot vite fait.

— Je viens de te le dire, tu attends ici, et je te sonnerai si nécessaire.

Laurence rejoint la double porte de bois qui s'ouvre sur une cour intérieure tout aussi bien entretenue que le reste des lieux. Tanguy interroge une petite dame à l'œil vif et au débit de mitraillette. Il se tourne vers elle.

— Laurence, voici Preciosa, la gardienne de l'immeuble.

— Bonjour, madame, capitaine Milhau, lui dit-elle en lui serrant la main. Nous aurions besoin d'accéder à l'appartement de M. Bron.

— Bonjour. Comme je le disais à votre collègue, j'ai le double des clés, suivez-moi.

Elle ouvre un sas vitré qui donne accès à un large escalier en bois massif. Il s'enroule, tel un boa constrictor, autour de la cage d'un vieil ascenseur tout juste aux normes.

— Je monte à pied, lance Laurence.

— Il y a six étages, répond Preciosa.

Laurence est déjà à mi-étage.

— Elle fait toujours ça, je pense que c'est autant pour impressionner que pour la ligne, chuchote Tanguy dans un sourire.

L'appartement de Michel Bron est au milieu du palier des chambres de bonnes. Le sien est le plus grand, mais conserve une étroitesse dans chacune des trois pièces qui le composent. C'est comme les grands appartements des étages inférieurs, mais miniaturisé. C'est la version pour le pauvre. Elle donne au bourgeois la bonne conscience de pratiquer la mixité sociale.

Preciosa raconte par le menu la vie de l'immeuble et la place de M. Bron dans cet équilibre local. Elle ne peut s'arrêter, comblant sa nervosité de mots. Au moment où elle pousse la porte, elle libère une chienne toute noire. Elles se connaissent. La chienne lui fait la fête avant de venir renifler les jambes de Laurence puis celles de Tanguy.

— Leia, elle s'appelle. Elle est très gentille, comme son maître. Vous savez, c'est un vieil homme agréable, courtois, toujours un petit mot pour chacun. Tiens, quand il est parti ce matin, il est venu me voir pour m'informer que sa petite-fille venait ce soir. Vous savez, il n'a plus qu'elle, et elle n'a plus que lui. Oh, j'espère qu'il ne lui est rien arrivé de grave.

C'est Tanguy qui lui répond.

Laurence déambule déjà à travers l'appartement. Le style est modeste, avec seulement quelques meubles, tous d'un certain âge. Elle ne se souvient pas avoir déjà vu une cuisine aussi petite, on ne peut y tenir qu'à une personne à la fois. Cependant comme le reste du domicile, chaque chose est rangée à sa place, propre, net.

— Savez-vous quand sa petite-fille doit arriver ? demande Tanguy.

— Non, mais j'imagine que c'est lui qui allait la chercher à la gare. Il ne voulait jamais la laisser venir en métro, comme depuis son plus jeune âge. Il est à l'hôpital, vous m'avez dit ? J'espère qu'il n'a rien de trop grave.

Tanguy parle d'un accident. Il contrôle l'information, évalue le contexte et adapte sa tactique d'interrogatoire en conséquence. Laurence remarque un calepin sur la petite table ronde au milieu du salon. Un pot contenant quelques stylos à bille et crayons de bois est posé dessus. Elle distingue clairement les sillons laissés par le dernier message qu'il a écrit. Elle attrape un crayon de bois et, de façon ancestrale, noircit la page pour faire ressortir les sillons.

Une liste apparaît :

— *Teinturier, draps et costume.*

— *Acheter pack d'eau, fruits, chocolat, confiseries.*

— *Enveloppe argent Mila.*

— *Réserver restaurant.*

— *Fnac, DVD, thème « années 1980 »,* The Thing *ou* Predator ?

— *Croquettes Leia.*

— *Transport du paquet.*

— *Mila, 19 h 49, gare du Nord.*

Deux lignes l'interpellent, les dernières : « Transport du paquet » et « Mila 19 h 49 ». Elle lève la tête et coupe Preciosa qui continue à bombarder Tanguy de mots.

— Vous savez d'où vient sa petite-fille ?

— Heu… Je crois me souvenir qu'elle fait ses études à Lille. (Elle réfléchit quelques instants.) Oui, oui, j'en suis sûre maintenant, nous en avions parlé.

Laurence regarde sa montre, puis se tourne vers Tanguy.

— OK, on s'en va. Demande à Marion d'envoyer une équipe scientifique ici. Madame, dit-elle en s'adressant à Preciosa, vous allez refermer derrière nous et d'autres policiers viendront plus tard. Dans l'intervalle, personne ne peut accéder à cet appartement, et j'aimerais que vous preniez la chienne avec vous.

La gardienne, surprise de se faire commander de la sorte, acquiesce poliment.

— On va où ? demande Tanguy pendant qu'ils descendent.

— À la gare du Nord, un train arrive à 19 h 49.

Chapitre 16

Mardi

19 h 19

L'engorgement des artères parisiennes est tel que même le gyrophare n'a plus le pouvoir de séparer cette mer de métal en deux. Laurence et Tanguy restent parfois arrêtés de longues minutes au milieu des tueurs en série pas encore passés à l'acte. Il leur faudrait une déviation rien que pour eux. Cela leur donne le temps de réaliser une conférence téléphonique avec Marion et Gilles restés sur les lieux du carambolage.

— Les trois corps ont été envoyés à l'institut médico-légal, dit Marion dont l'accent chantant du Sud égaye même les plus morbides déclarations.

— Trois ? demande Laurence.

— Oui, celui du conducteur et les deux corps découpés. On hésitait entre deux et trois cadavres démembrés, mais il n'y en a bien que deux. Je n'ai trouvé que deux têtes et je n'ai que deux paires de membres chaque fois.

— Tu as une idée de leur sexe ? Âge ? Origine ethnique ?

— Je n'ai pas déballé tous les morceaux, mais j'ai vu passer un sexe masculin, donc il y a au minimum un homme. Pour l'âge, aucune idée, et pour l'ethnie, à part qu'ils ne sont pas d'origine africaine, je ne sais pas.

— Tu suis le convoi et tu fais en sorte que l'autopsie commence tout de suite.

— Oui, je te tiens au courant.

Du côté de Gilles, il n'y a pas plus d'informations que lorsque Laurence a quitté les lieux. Tout au plus un dossier plus étayé sur Michel Bron, mais toujours aussi vide concernant les antécédents criminels. Pour l'accident en lui-même, une simulation informatique grossière réalisée en une quinzaine de minutes donne déjà des conclusions robustes sur le déroulement.

— Il n'y a que peu de zones d'ombre. Hormis la violence du choc, le reste est assez classique, presque banal, dit Gilles d'un ton las. Au carrefour, un cycliste arrive de la droite, brûle un feu et force un bus lancé à une cinquantaine de kilomètres à l'heure à effectuer une manœuvre d'évitement qui le déstabilise. La voiture se trouvait sur sa gauche – celle avec les corps démembrés –, le bus arrache en partie l'avant du véhicule et se retourne sur le côté. Le conducteur n'a plus aucun contrôle, l'automobile part en tonneaux et s'encastre dans un arbre sur le trottoir opposé. Le conducteur meurt presque sur le coup.

— Des détails sur la voiture ?

— C'est une Volkswagen Golf de deuxième génération, modèle Memphis, 1989, 1,8 litre GTI seize soupapes, quatre cylindres en ligne, traction, boîte manuelle, cinq rapports...

— OK, OK, ne me fais pas un cours, coupe Laurence, je veux juste savoir si on peut l'utiliser pour comprendre comment elle s'est retrouvée avec des membres découpés à l'intérieur.

— C'est Michel Bron qui l'a achetée en avril 1989, il en a toujours été le propriétaire.

— Et pour les aménagements secrets ?

— Ça n'est évidemment pas une option proposée par Volkswagen, tente Gilles pour alléger la conversation.

— Le modèle Ted Bundy, avec compartiment pour la victime et option pour la béquille ou le faux plâtre, renchérit Tanguy. Je vois d'ici la publicité à la télévision, avec un soleil couchant en arrière-plan et une blonde pulpeuse en proie qui porte les courses.

Gilles et Tanguy rient de concert. La soupape se soulève. Une partie de la pression s'échappe dans ces ricanements.

— Vous avez fini ? s'impatiente Laurence, un sourire au coin de lèvres.

Gilles reprend d'un ton sérieux :

— Difficile de savoir quand et comment ces compartiments ont été réalisés, mais j'y travaille.

— Son trajet ?

— Le programme mouline. On a envoyé des gars interroger le pressing et le supermarché où le vieux a fait ses courses. Ils ont confirmé son passage. J'ai les heures où il y était, que j'ai corroborées avec les images des caméras de surveillance publique. J'ai reconstitué une partie de son trajet, mais je perds la Golf sur une portion non équipée. J'ai simulé plusieurs itinéraires possibles. Pour chacun d'eux, le programme analyse les images disponibles pour retrouver la Golf. Il me faudra au minimum douze heures pour reconstruire tout son parcours, mais d'expérience table plutôt sur vingt-quatre.

— Et sur place, comment ça se passe ?

— Tu sais ce que c'est... Il y a tellement de monde qui cherche à filmer la moindre trace de sang ou de mort que l'on a envie d'anéantir l'humanité.

— Tu les as tous pris en photo, au cas où l'un de ces connards serait lié ?

— Oui, j'ai des panoramiques de la foule et un drone au-dessus.

— Appelle-moi dès que tu as le trajet du vieux.

Laurence lève le bras pour appuyer sur le bouton rouge de la console centrale, mais Gilles l'interrompt. Elle suspend sa main au-dessus du levier de vitesse.

— Franck m'a appelé. Il voulait que j'identifie quelqu'un.

— Je sais. Tu as trouvé ce qu'il cherchait ?

— Ce n'était pas gagné d'avance, mais une intuition et une fonctionnaire aidante ont fait le job.

Laurence termine son mouvement et raccroche. Un silence s'abat dans l'habitacle. Un silence lourd qui souligne l'usure des corps et des têtes. Laurence et Tanguy, chacun dans sa bulle, classent ces premiers éléments séparément.

Tanguy termine le premier.

— Comment une personne âgée, sans aucun antécédent, se retrouve-t-elle à transporter des cadavres à travers Paris ?

— L'argent, répond Laurence sans aucune hésitation.

— L'argent ?

— Oui, l'argent. Il n'y a que deux options possibles. Soit Michel Bron était un habile tueur en série fauché par le sort. Soit c'est un coursier pour la mafia. Cette manière de découper et d'emballer les corps, ça sent la pègre à plein nez. Et puis tu as vu chez lui ?

— Tu veux dire qu'on est loin de l'appartement de Jeffrey Dahmer ? Qu'on n'a pas trouvé de têtes humaines, de photographies de ses crimes, de mains, de cœur au congélateur ou de pénis en train de frire dans une casserole ? Mais c'est rarement aussi évident…

— C'est un vieux monsieur sans histoire. Il fait ça pour sa petite-fille, ça crève les yeux. Les vrais commanditaires utilisent ce type parce qu'il passe inaperçu.

— On n'a aucune preuve qui aille dans ce sens.

— Tu verras. Quand on les aura, elles me donneront raison.

Le carrefour est bloqué de toutes parts. Chaque voie d'accès déverse un flot continu et anarchique de voitures, et au milieu zigzaguent des trottinettes, des scooters, des vélos. Sous cet angle, Paris ressemble à Mexico City, une ville grouillante, étouffante, où tout n'est que chaos.

— Tu la joues Somerset maintenant ? Tu fais confiance à ton instinct plus qu'aux indices concrets ?

Laurence se tourne vers Tanguy et le fusille du regard.

— Oh, ne prends pas la mouche, c'était pour plaisanter !

— Tu as vu sa liste de courses ?

— Oui.

— Alors ta preuve est là. Il a écrit « transport du paquet ». Non seulement, un tueur n'écrirait jamais ça entre ses courses et le pressing, mais cela suggère aussi qu'il ne savait pas qu'il y en aurait plusieurs. Il précise « du paquet » et non « des paquets ». Il n'est qu'un coursier, une mule. Le faisceau d'indices concorde.

— Je m'avoue vaincu, capitaine Milhau, sourit Tanguy en levant les mains au-dessus de sa tête.

— Et si tu crois que Somerset ne s'appuyait que sur son instinct, c'est que tu l'as mal cerné. Toi qui as étudié la psychologie comportementale, tu me déçois. Franck construit sa conviction à partir de ce qu'il lit sur les autres. Les indices lui servent à penser contre lui-même. Si une preuve matérielle contredit sa lecture cognitive des faits, c'est par là qu'il commence sa chasse. Cela devient sa priorité numéro un. Comme une névrose, il doit raccorder les faits à ses ressentis. Pourquoi crois-tu qu'il s'entoure de pragmatiques ? De scientifiques ? Il s'arme de contradicteurs. C'est de là qu'il tire sa force, Tanguy. Si un jour tu veux marcher dans ses traces, tu devras apprendre à faire pareil.

— Penser contre soi-même, répète Tanguy. Probablement la tâche intellectuelle la plus délicate et subtile qui soit…

Un ange passe entre Laurence, nostalgique, et Tanguy, songeur.

— Et dire que le vieux a fait tout ça pour subvenir aux besoins de sa petite-fille étudiante, reprend Tanguy, comme une conclusion à un conte macabre.

Laurence aussi doit supporter seule le quotidien d'un adolescent, bientôt un homme. Quand l'argent ne coule que d'une source, il n'y a pas de marge de sécurité. La frontière est très mince entre vivre et survivre, et les additifs pour repousser cette frontière deviennent vitaux. En entrant dans cet appartement, en lisant la liste, en écoutant cette gardienne dire « qu'il n'avait qu'elle et qu'elle n'avait que lui », pour Laurence, il n'y avait plus de mystère sur le rôle du vieil homme. Si son armure protectrice était celle de tout un chacun, elle trouverait cela triste, tragique. Mais alors, elle ne serait pas armée pour assumer le rôle de capitaine d'un groupe de la Crim. Au fond, elle ne ressent qu'une profonde injustice, une colère qui la porte et l'aiguise. La nouvelle génération utilise les nouvelles technologies, Franck s'appuyait sur sa finesse psychologique, elle, ce sont ses tripes et sa rigueur qui la rendent intraitable.

— Le vieux est secondaire. Pour découvrir qui sont les victimes démembrées et qui les a tuées, il faut remonter aux commanditaires qui l'ont employé.

— Et tu penses que sa petite-fille saura ? demande Tanguy, dubitatif.

— Nous verrons. Mais à l'heure qu'il est, nous n'avons rien d'autre.

Chapitre 17

Mardi

19 h 42

La gare du Nord est singulière. Elle a quelque chose que les six autres gares parisiennes abritant de grandes lignes ne possèdent pas. C'est un lieu à l'atmosphère mélancolique, triste par endroits, pessimiste à d'autres. Et puis il y a un foisonnement, une effervescence incontrôlée, une surtension qui se propage de corps en corps. Elle constitue un temple bipolaire. Est-ce parce qu'elle possède le plus important trafic d'Europe ? Qu'il y a six fois la population totale de la France qui traverse ses coursives, longe ses murs, se serre, se colle, se croise chaque année ? Ou peut-être est-ce parce qu'elle est la plus internationale ? Ou qu'elle dessert les zones les plus pauvres du territoire national ? Il y a un peu de tout cela, mélangé à une histoire de plus d'un siècle et demi, des risques terroristes, des retrouvailles, des séparations, des bousculades, des pauvres, des travailleurs, des touristes ; des gens, partout.

Il y a cette architecture aussi, tout aussi duale. À la base, une forme de hangar industriel de deux cents mètres de long sur cent quatre-vingts de large, qui abrite un « U » typique des gares urbaines du milieu du XIXe siècle. À l'avant, elle arbore sa puissance au travers d'une façade magistrale, de pierre et de verre, ornée de vingt-trois statues à l'effigie des destinations principales. Derrière, une structure métallique érige la nef centrale, soutenue par des colonnes de fonte. Elle surplombe les voyageurs à trente mètres de hauteur et s'étale sur soixante-dix mètres d'amplitude. Le monument est à la confluence de la modernité et du conservatisme, sautant d'un pied sur l'autre, comme le fou entre dépression et excitation.

Laurence et Tanguy laissent la berline face aux trois arches du pavillon central. Laurence marche vite, Tanguy la suit à quelques pas. Des centaines de regards la dévisagent. Ils ont repéré la bagnole, sentent la flic. Ils scannent chacun de ses mouvements, flairent le danger. L'onde de peur se répand parmi les agents de l'économie parallèle comme à travers un troupeau de buffles quand une lionne approche.

Laurence aime sentir cette tension animale autour d'elle. Elle est tout à la fois la prédatrice et la proie. Son pas claque sur le parvis. En jean, cuir et talons, rien ne signale son appartenance à la race des grands fauves, mais si l'un d'eux se mettait à courir, elle n'aurait qu'à attraper son arme de service qu'elle porte à la taille comme les Américains.

Ici, c'est leur Bourse. Les traders de l'économie parallèle s'y rassemblent comme autour d'un cours d'eau dans la savane. S'ils avaient les autorisations, ils concurrenceraient le CAC 40 ou le SBF 120. Comme pour les cotations officielles, il existe un vaste portefeuille de valeurs refuges. Il évolue peu, pour permettre au capital de ne pas subir de révolution. L'herbe bien sûr, la cocaïne, la star permanente, l'héroïne qui doit renouveler ses actionnaires en permanence et la French tech avec toute une panoplie de substances de synthèse en forme de start-up.

Elles apparaissent et disparaissent aussi vite, des étoiles filantes. Autour, le premier employeur reste l'artisanat dans toute sa diversité : les dealers, les fraudeurs, les voleurs, les faussaires, les pickpockets, les malfaiteurs, les escrocs, les cambrioleurs, les maquereaux, les passeurs, les prêteurs sur gages, les esclavagistes, chacun propose ses services, en groupe ou free-lance selon la discipline ou la complexité du projet.

Il sera 19h49 dans quelques minutes. À cette heure-ci, les quais aux départs se vident peu à peu. Le ratio entre les travailleurs, autorisés et parallèles, s'inverse. Ça devient dangereux pour les diurnes.

Tanguy identifie la voie sur l'un des immenses panneaux d'informations qui surplombent l'accès aux trains. Il réquisitionne une petite grappe de contrôleurs en discussion houleuse sur leurs actions syndicales de la semaine. Il leur présente la photo de Mila que Gilles lui a envoyée sur son portable. Un visage fin, brune, cheveux mi-longs, un sourire franc, ils ne devraient pas avoir trop de mal à l'identifier au milieu des autres voyageurs. La petite grappe accepte cette tâche additionnelle, même le contrôleur avec le collier de barbe est prêt à travailler, c'est dire la force de persuasion de Tanguy.

Le TGV en provenance de Lille Flandres arrive avec dix minutes de retard, presque en avance dans l'univers temporel de la SNCF. Mila fait partie du gros des voyageurs qui se massent pour jaillir hors de la machine. La petite armée levée par le policier l'identifie dans la foule et la guide jusqu'à Laurence et Tanguy. Ce dernier lui demande si elle est bien Mila Bron, elle lui répond avec spontanéité, sans agressivité. Ensuite, elle croise le regard de Laurence. Son visage se fige. Elle baisse les yeux et voit l'arme accrochée à la ceinture, comprend qu'ils sont flics. Une lame d'inquiétude remonte de son ventre. Tanguy suit les micro-expressions qui la parcourent.

— J'ai une mauvaise nouvelle, dit-il.

— Oh non…

Ses joues s'empourprent tandis que des larmes se forment déjà.

— C'est au sujet de votre grand-père. Il a eu un accident. Je suis désolé.

Son sac à dos glisse de son épaule droite au moment où elle s'affaisse sous la peine. Les autres voyageurs passent à côté d'elle en tendant l'oreille. Ils espèrent que quelque chose d'extravagant va se produire, qu'ils pourront en être les témoins. Peut-être qu'ils assisteront à des cris, peut-être un esclandre, les optimistes espèrent même un affrontement, avec des coups et du sang. Les plus alertes préparent leur téléphone, prêts à lancer un Facebook Live ou à poster une story sur Insta. Déçus, ce ne sont que des pleurs, sans intérêt, et leur journée restera amèrement ordinaire. Une fois de plus.

Laurence s'approche de Mila et la soutient.

— Venez, nous allons vous aider.

Mila la regarde. Elle s'appuie sur cette étrangère au regard froid, à l'épaule dure et stable. Tanguy, aidé par son armée de syndicalistes, saisit les bagages dont elle a oublié l'existence. Jusqu'à la voiture, Mila veut comprendre ce qui est arrivé à son grand-père, mais les mots ne sortent pas correctement. Ils se bloquent entre sa gorge et sa bouche, s'agglomèrent en une boule de sons douloureux. Elle tente de déglutir pour les renvoyer vers son estomac, mais ça ne fonctionne pas. La boule continue de grossir sans qu'elle y puisse rien. Maintenant, elle pense aussi à son père. Elle pense que s'il est arrivé quelque chose à son grand-père, elle sera officiellement orpheline. Le poids de la solitude s'abat sur son cœur. Elle se laisse guider. Laurence fend la foule pour elle, il n'y a qu'à avancer.

Ils montent tous les trois dans la voiture.

— Votre grand-père a eu un accident cet après-midi, commence Laurence tournée de trois quarts, pendant que Tanguy conduit. (Elle tente d'attraper le regard de la jeune femme.) Il n'a pas survécu.

— Oh, mon Dieu… répond Mila. Oh, mon Dieu…

Elle n'arrive à répondre que ça, en boucle, basculant légèrement d'avant en arrière sur la banquette, les yeux perdus sur le plancher.

— Je m'appelle Laurence Milhau, je suis capitaine à la Crim et voici Tanguy Le Goff, inspecteur dans mon équipe.

— Oh, mon Dieu…

— Nous avons besoin de vous interroger pour comprendre ce qui est arrivé à votre grand-père. Il y a des zones d'ombre dans son accident. Votre aide nous serait d'un grand secours.

— Des zones d'ombre ?

— Oui, je vous expliquerai tout quand nous serons au commissariat.

Mila se recroqueville sur elle-même durant le reste du trajet. Elle prend la position qu'elle avait découverte quand son père l'a quittée, puis sa grand-mère, à tour de rôle. Elle fait partie des résilientes. Elle n'a jamais utilisé ses drames comme catalyseurs pour sombrer. Cependant, elle a besoin de retrouver cette position instinctive de protection. Une manière de se rendre imperméable au monde. Laurence et Tanguy respectent cette retraite et laissent un nouveau silence intense et triste s'installer jusqu'au 36, rue du Bastion à Clichy.

C'est le nouveau QG de la police judiciaire depuis le déménagement des antiques bureaux du quai des Orfèvres. C'est vite devenu le « Bastion » dans le jargon. Le bâtiment est grand, moderne, collé au tout aussi récent tribunal judiciaire de Paris. À l'intérieur, on retrouve la disposition de n'importe quelle barre d'immeubles convertie en espace d'affaires anonyme. Des bureaux identiques à chaque étage, une cafétéria tout équipée, la clim à 19° en été comme en hiver, des halogènes blafards au plafond. C'est lisse, terne, sans histoire et sans culture, mais c'est confortable. Une illustration à hauteur de flic du grand remplacement de l'ancien monde par le nouveau. Comme pour le reste de la société, il faut changer, évoluer, s'adapter à cette terre qui tourne, avance, expulse hors de sa surface les impropres à la transformation.

Laurence guide Mila à travers ce décorum d'hôpital, incolore et triste. Tanguy prend en charge l'interrogatoire, il n'a besoin de personne pour que son talent s'exprime. Laurence préfère rejoindre le bureau de Vannod, le patron de la Crim parisienne. Il n'est pas rare qu'il reste au-delà de 21 ou 22 heures. Elle espère que ce sera le cas ce soir aussi.

Elle atteint les étages supérieurs, parcourt deux ou trois couloirs tous identiques, puis frappe à une porte sur laquelle on peut lire « Directeur régional de la police judiciaire ». Une voix masculine et rocailleuse tonne en retour. Elle entre. Une odeur âcre de cigare emplit toute la pièce. Ce dernier, de la taille d'un barreau de chaise, fume sur le rebord d'un cendrier plein. Si elle était encore gare du Nord, Laurence penserait que c'est Tony Soprano, le parrain de l'économie parallèle. Ici, c'est son sosie déguisé en chef des poulets. Vannod est une relique d'un temps où Pasqua incarnait la loi et l'ordre.

— Qu'est-ce que vous me voulez, Milhau ?

— Vous savez que c'est interdit de fumer dans ce bâtiment ? On est plus à l'ancien 36, c'est l'époque moderne ici, dit-elle d'une voix cassante en s'asseyant dans un fauteuil rabougri qui fait face au bureau.

Elle lève les yeux vers le détecteur de fumée. Quelqu'un l'a démonté brutalement. Le bloc de plastique pend mollement le long d'un fil électrique.

— Je vous emmerde, Milhau, c'est encore moi le patron, je fais ce que je veux, et il est… (Il s'arrête et regarde une horloge accrochée au-dessus de la porte.) Merde, déjà !

Il farfouille dans une des piles de documents qui recouvrent la totalité de son bureau. Un meuble en bois massif, souvenir d'un temps où l'État achetait pour que ça dure. Vannod n'a rien changé de sa pièce. Il a fait tout transférer à l'exact identique de celle qu'il occupait depuis deux décennies quai des Orfèvres, si bien qu'elle ressemble à une capsule temporelle. Partout ailleurs, c'est le nouveau millénaire, à l'exception de cet endroit et de la pièce dans laquelle on a installé le mobilier de la mythique salle Bertillon. On y retrouve l'atmosphère brumeuse, irritante, lourde d'une époque révolue.

— Vous êtes là pour cet accident en face de l'hôpital Tenon ?

— Pas vraiment.

— Pas vraiment ? Qu'est-ce que c'est que cette réponse ? Il n'y a que les femmes pour faire des phrases qui veulent dire tout et leur contraire.

Il continue de fourrager à travers des centaines, des milliers peut-être de rapports de police. Il ajoute :

— Les femmes et les politicards…

— Si je faisais un rapport sur vous chaque fois que vous sortez une connerie sexiste, vous seriez déjà à la retraite depuis… pffff, elle souffle et guide sa main de son front vers le ciel. Je me demande même si vous auriez pu porter un jour un insigne en fait !

— Faites pas chier avec vos conneries progressistes, Milhau. Gardez ça pour les manifs de bobos.

D'un air amusé, Laurence regarde Vannod explorer l'épaisse strate de papiers. Elle imagine qu'à la manière des sédiments de la croûte terrestre, si l'on forait au travers des couches successives, on pourrait retracer une partie de l'histoire criminelle parisienne. Ça lui fait du bien de venir ici. Elle ne l'avouera pas à Vannod, mais c'est sa façon de prendre un shoot de nostalgie, de ne pas oublier ce qui était. À peine deux ans. Un clignement de paupières à l'échelle de l'Histoire, et pourtant c'est comme si un siècle s'était écoulé.

— Dites, il n'y a que les hommes pour saloper leur porcherie de la sorte.

Elle rit, franchement, comme pour se libérer du poids de sa journée. Au son de « porcherie », Vannod a stoppé net son excavation. Il lève la tête vers Laurence dans un mouvement lent et théâtral.

— Oh, arrêtez votre cirque, s'esclaffe Laurence qui n'est ni impressionnée ni patiente. Vous avez eu des nouvelles de Franck ces derniers jours ?

Vannod attrape son cigare qui s'est éteint entre-temps. Il le serre entre ses dents, le fait rouler de gauche à droite dans sa bouche tout en le mâchouillant. Il ressemble au sergent Apone emmenant Ellen Ripley pour son deuxième voyage sur LV-426.

Avant de répondre, il bougonne des injures incompréhensibles.

— Pourquoi vous me demandez ça ?

— Comme ça. Curiosité de flic.

Sans un mot de plus, Vannod repose le cigare sur le bord du cendrier et reprend ses recherches. Laurence toise le vieux divisionnaire, se lève et plaque sa main au milieu du monceau de rapports.

— Qu'est-ce que vous cherchez ?

Vannod lève la tête vers Laurence, le regard mauvais. La moutarde lui monte au nez. Il n'aime pas qu'on l'emmerde. Avec n'importe qui d'autre entre ces murs, la volée de bois vert serait mémorable. C'est une atteinte à son espace, à son autorité. Mais le directeur de la police judiciaire n'est pas une tête brûlée. Il gueule d'autant plus que son interlocuteur ne répondra pas. Mais là, c'est la capitaine Laurence Milhau qui se tient face à lui. Il connaît par cœur son caractère inflexible et hautement inflammable.

— Qu'est-ce que vous me voulez ?

— Que vous arrêtiez d'éviter de répondre à mes questions ! peste-t-elle. Que vous me disiez si vous avez des nouvelles de Franck.

— Oui, j'en ai et je sais qu'il vous a appelée aujourd'hui.

Pour Laurence, cette confession confirme un pressentiment et déclenche une alerte rouge dans son esprit. Si Vannod est dans la confidence, l'affaire est sérieuse.

— Qu'est-ce qui se passe ? Qu'est-ce qu'il vous a dit ?

Vannod arrête enfin son déblaiement du temps qui passe et concentre son attention sur Laurence. Il s'appuie au dossier de son fauteuil. Un grincement sonore l'accompagne.

— L'histoire de Franck est étrange. Je suis tenu au secret. Cette merde tombe directement des chiottes du ministère. Ça vient du général Couraud. Affaire ultrasensible, Milhau, il ne faut pas déconner. Ça ne se joue pas sur notre terrain, c'est la division au-dessus, là.

— Je comprends rien à vos métaphores foireuses ! Que l'on ne déconne pas avec quoi ?

— Il cherche Elga Salustri. Vous connaissez. La femme qui vous a aidés dans l'affaire du vengeur des catacombes. On m'a passé le message par un canal officieux, en spécifiant que ça ne me regardait pas. J'ai quand même passé quelques coups de fil. Cette fille a été arrêtée hier, dans la matinée, au sein même de son entreprise. Ça ne vient pas de chez nous et pourtant, selon les types de la sécurité, ils avaient des plaques officielles. J'ai reçu un deuxième message du canal officieux, me rappelant, fermement cette fois, que ça ne me regardait pas, ni personne de la police. Elle a disparu dans la nature et impossible de savoir quel service est derrière et pourquoi. Vous savez ce que ça veut dire ?

Laurence se rassied. Elle réfléchit. Vannod change de position. Le siège émet un râle sous son poids très largement excessif.

— Vous pensez à quoi ? dit-elle.

— À votre avis ?

— Elle se volatilise, arrêtée par un service impossible à identifier, on vous ordonne de regarder ailleurs. Ça ressemble à une barbouzerie. Son père était dans la politique ?

— Ancien ministre. Il y a vingt-cinq ans.

— Un lien ?

— Je viens de vous dire qu'on m'a fermé la porte à la gueule.

— Vous savez au moins pourquoi ils l'ont arrêtée ?

Vannod recommence à mâcher son cigare éteint.

— Je prends ça pour un non…

Laurence réfléchit quelques secondes. Elle se remémore la conversation qu'elle a eue avec Franck quelques heures plus tôt. Il voulait identifier « le visage d'un type », quelque chose d'officieux, sur lequel il était tout seul. Elle sort son smartphone de la poche intérieure de son cuir et pianote un message WhatsApp à destination de Gilles :

Envoie-moi les informations que Franck t'a demandées.

Elle relève la tête vers Vannod.

— Quels services secrets, à votre avis ?

— DGSE, DRM, DRSD, DGSI, SCRT, qu'est-ce que j'en sais…

Le téléphone de Laurence vibre. Une notification s'affiche :

OK

— Quel rapport avec Franck ?

— Elga, je suppose. Il va falloir que vous gardiez un œil sur cette histoire, Milhau.

Elle acquiesce. Pour Franck, elle prendrait le premier avion pour le bout du monde s'il en avait besoin. Bien sûr qu'elle va concentrer toute son attention sur cette étrange affaire.

— Et pour cet accident ? demande-t-il.

— Quoi ?

— On est partis pour quoi ? Une affaire merdique ?

Vannod ne s'intéresse pas aux détails. Il ressemble à un centre de triage. Il dispatche les dossiers et s'assure que ceux qui pourraient créer des vagues et soulever l'intérêt d'un gratte-papier du ministère soient gérés avec le plus grand soin. Dans cet art délicat, il possède une expérience longue et solide. Il a vu passer du monde, beaucoup de monde, plusieurs gouvernements, deux à trois fois plus de ministres et dix fois plus de scribouillards sensibles au moindre titre dans la presse. Ce qui lui a permis de garder son poste depuis si longtemps, c'est sa capacité à repérer les dossiers merdeux dès les premières heures de l'enquête. Il a un flair exemplaire pour sentir le fumier.

— Je ne sais pas, dit-elle en se levant, prête à partir.

— Ce n'est pas la réponse que j'attends.

Laurence hésite.

— Donnez-moi douze heures, et vous aurez une réponse claire.

— Douze heures, Milhau. Si je n'ai pas la réponse qui convient demain avant que je déjeune, je demande à Kovacs de venir en renfort.

Laurence ne relève pas. Elle déteste Kovacs. C'est un boy-scout. La raie sur le côté, la chemise impeccable, un corps sec, un esprit affûté et surtout l'ambition mordante. Vannod ne fait que créer une motivation supplémentaire. Comme si Laurence en avait besoin. Comme si elle avait quatorze ans et qu'elle n'était pas capable de définir ses priorités. Vannod déploie les mêmes modèles éculés que les managers étriqués de grosses boîtes. Il infantilise, surveille et construit une peur fictive.

Chapitre 18

Mardi

21 h 24

Laurence rejoint Gilles dans l'open space étroit qui abrite l'ensemble de leur groupe. Cette discussion avec Vannod n'a fait que décupler ses interrogations au sujet de l'appel de Franck. Et ses craintes aussi. Elle sort son smartphone et va pour composer son numéro, mais elle suspend son geste et remet le téléphone dans sa poche. Elle veut avoir plus d'informations avant d'appeler Franck, comprendre qui il voulait identifier et savoir si Gilles peut glaner quelques informations sur l'arrestation d'Elga.

Leur espace ne rassemble que quelques bureaux. Quand elle entre, Gilles est concentré sur plusieurs écrans. Il travaille encore à l'identification du chemin emprunté par la Golf 89 du vieil homme.

— Tu en as pour longtemps ?

— Je n'espère pas.

— Je voudrais que tu te penches sur autre chose en parallèle.

— Je suis à ta disposition, dit-il d'un ton laconique.

Il emploie ce ton-là quand il cherche à revendiquer quelque chose. Il n'utilise jamais une attaque directe ou un reproche clair, il préfère éviter l'affrontement. C'est aussi pour cela qu'elle l'apprécie. Il est constant, comme elle. Toujours au même niveau, jamais dans l'excès de parole ou de passion, il traverse les enquêtes et la vie dans un calme régulier, proche du flegme anglais. Il est originaire de Bretagne. Peut-être que l'impassibilité britannique traverse la Manche de temps à autre.

Laurence sent qu'une chose l'embarrasse. Cette rébellion sibylline cache une cause plus importante. Elle grandit depuis quelques mois. Ce fut d'abord de petites pointes. L'impossibilité de rejoindre l'équipe pour une soirée improvisée, la prise de vacances, un rendez-vous en plein après-midi, des détails qui, ajoutés les uns aux autres, dessinent le portrait d'une vie intime en plein bouleversement.

— Qu'est-ce qui t'arrive ?

Il se retourne vers elle. Il commence sa phrase, s'arrête, hésite, reprend, s'arrête de nouveau, inspire, puis se lance.

— Écoute, bientôt, tu ne pourras plus compter sur moi.

Si Laurence s'attendait à une annonce surprenante, elle n'avait pas anticipé une requête si abrupte.

— Comment ça ?

— Je ne veux plus m'occuper d'affaires comme celles-là. On n'arrête pas, elles s'enchaînent comme sur une chaîne de montage. Les choses doivent changer.

— Une femme ?

Cela ne peut être qu'une femme. Seuls le couple, puis l'enfant, dérèglent un quotidien huilé.

— Entre autres, mais c'est aussi mon choix. Je ne veux plus m'impliquer comme nous le faisons. (Il regarde sa montre.) Ça fait plus de quarante-huit heures que j'y suis en prenant à peine quelques pauses sur ce canapé pourri, dit-il en pointant une relique de leur bureau du vieux 36 que toute l'équipe tenait à conserver. Je ne veux plus faire ça. J'ai une vie en dehors d'ici maintenant, quelqu'un qui m'attend et si je ne m'en occupe pas, je vais finir comme…

Il s'interrompt comme quelqu'un qui court vers un ravin et s'arrête au dernier moment.

— Termine ce que tu voulais dire. Tu vas finir comme qui ?

— Non, Laurence… C'est tout. (Il se tourne vers ses écrans.) C'est ma dernière. Après cette affaire, je demande mon transfert. Je voulais que tu le saches.

Laurence vacille à l'intérieur. La déflagration la désarçonne. À l'extérieur, c'est à peine si elle a tressailli. Tout ce qu'elle ressent est toujours camouflé sous une épaisse cloison de contrôle de soi.

Aucune existence classique ne peut s'adapter à ce travail. Seuls des infirmes psychiques s'abandonnent à cette vocation. Au fond, elle en est soulagée. Soulagée qu'il n'ait pas que ça, que les ténèbres perpétuelles, celles qui rongent et noient toute personne seule. Elle respecte son choix. Elle sait que ce n'est pas facile pour lui d'abandonner.

Elle laisse un long soupir alourdir l'atmosphère.

— C'est d'accord, j'appuierai ton transfert.

— Ah…

La surprise le saisit et le bâillonne.

Gilles se retourne de nouveau et regarde Laurence avec un profond remerciement dans le regard, suivi d'un éclair de soulagement.

— Mais à une seule condition, reprend Laurence avec la fermeté de ceux qui ne négocient pas.

— Quoi ?

— J'ai aussi besoin de toi pour m'aider à comprendre sur quoi travaille Franck. En plus des corps découpés dans la Golf du vieux.

— Qu'est-ce que tu veux que je fasse exactement ?

— Il s'est passé un truc avec Elga Salustri. Elle s'est fait arrêter ce matin. On ne sait ni pourquoi, ni par qui. La demande de Franck était en rapport avec ça. Je crains que ce ne soit plus compliqué encore et veux m'assurer que Franck ne... Bref, je veux que tu creuses le profil qu'il t'a demandé d'identifier et cette histoire avec Elga. Je veux comprendre ce qu'il s'est passé.

Gilles sait que ce n'est pas une proposition, ce n'est même pas un ordre, c'est un état de fait.

— D'accord. J'accepte de t'aider. Je ne le fais pas que pour toi. Je le fais aussi pour Franck. En souvenir de l'équipe que nous étions.

Il la regarde dans les yeux. Laurence jurerait que ses yeux scintillent légèrement. Un mélange de tristesse et de joie le déchire. Elle continue comme si de rien n'était. C'est sa façon de l'aider à ne pas douter de son choix.

— Tu as une copie de ce que tu lui as envoyé ?

— Oui, voilà, dit-il en lui tendant un feuillet.

Les quelques pages rassemblent les informations sur un certain Assan Olaf, réfugié syrien d'une vingtaine d'années. Le rapport estime qu'il est sur le sol français depuis dix-huit mois environ avec ses sœurs jumelles. Laurence détache la copie d'une demande de refuge politique ainsi que diverses démarches pour lui et ses deux petites sœurs. Il y expose sa situation de misère et demande une aide afin de subvenir à leurs besoins vitaux. Tout est encore à l'étude au sein d'une bureaucratie qui a le temps. « Qu'est-ce qui t'intéresse chez ce garçon, Franck ? » s'interroge Laurence. Elle plie les pages et les range dans la poche arrière de son jean.

— Pour tout ce qui concerne Franck et Elga, tu restes discret, personne ne doit savoir que tu creuses, OK ?

— Entendu. Je vais envoyer un message à Ariane, son amie. (Gilles hésite, puis ajoute :) J'ai gardé le contact avec elle.

— Alors au boulot et n'oublie quand même pas le parcours de la Golf du vieux. Vannod nous met la pression. Dans douze heures, je dois lui apporter du concret.

Gilles reprend son analyse des milliers de sources disponibles de vidéos de surveillance dans l'ensemble de Paris.

— Je ne suis plus très loin, j'ai encore besoin d'une heure et j'aurai une ébauche. Ensuite, je passerai sur Franck et Elga.

Laurence fait quelque pas et pose la main sur son épaule. Elle dépasse la limite stricte qui régit son rapport aux autres.

— Je suis heureuse pour toi.

— Merci, conclut-il dans un souffle de remords.

Laurence rejoint Tanguy qui termine l'interrogatoire de Mila Bron. Au détour d'un couloir, elle reprend un café. La machine est rutilante, et pourtant, les anciennes et leur jus de chaussette dégueulasse lui manquent. Tanguy pianote sur le clavier de plastique de son ordinateur le rapport d'interrogatoire de Mila Bron.

— Alors ? dit-elle en s'asseyant à son poste.

— Elle ne sait rien, répond Tanguy sans s'arrêter de taper. Le vieux lui a toujours caché comment il faisait pour lui payer ses études.

— Naïve ?

— Non. Ils vivaient chichement. Elle travaille à côté. Jamais vraiment d'extra ou de shopping improvisé. Elle ne s'est jamais rendu compte que même comme cela, la seule retraite d'un cheminot ne leur permettait pas de survivre à Paris.

— Les amis du vieux ? Ses connaissances ?

— Aucun lien apparent avec des criminels, mais je creuse plus loin. Je te fais signe si quelque chose ressort.

— Tu savais pour Gilles ? dit-elle.

— Quoi ?

— Il veut partir… Une femme…

Tanguy se retourne vers Laurence. Il n'est ni étonné, ni déçu.

— Je m'en doutais. Il est différent depuis plusieurs mois. C'est bien qu'il se préserve.

— Tu la connais ?

— Non, il est très secret sur le perso.

L'iPhone de Laurence vibre. Un message s'affiche :

Début des autopsies dans trente minutes.

Elle n'a pas l'habitude d'y assister, mais, cette fois-ci, la curiosité lui impose de s'y rendre. Elle s'occupe de l'autopsie, et ensuite elle reprendra cette histoire autour d'Elga et de Franck. La nuit sera longue et blanche. Plus personne ne l'attend à la maison de toute manière.

Chapitre 19

Mardi

21 h 49

Laurence rejoint sa berline garée devant le 36. C'est le seul hommage à l'histoire de l'ancien Quai des Orfèvres. Hypocrite, pense Laurence, car il n'y a bien que ça qui n'ait pas changé, un simple numéro.

Elle parcourt rapidement la distance qui la sépare de l'institut médico-légal à l'autre bout de Paris, sur les quais de Seine, en face de la gare d'Austerlitz. C'est un grand bâtiment en brique rouge où les experts en médecine légale s'activent à disséquer l'humain.

Depuis le début du xxe siècle – 1913, pour être exact –, ils s'y forment également. Un siècle que ces murs, parsemés de larges fenêtres, accueillent tous les corps retrouvés sur la voie publique parisienne, les cadavres non identifiés y compris. On y trouve aussi une bibliothèque sur deux niveaux. Elle rassemble toute la littérature sur le sujet, avec autour des tables de travail une collection de crânes de toutes formes, toutes tailles, enfermés dans de larges vitrines. « *C'est pour égayer !* » aime à dire le responsable en chef. Les objets parfaits pour décupler la concentration et rappeler pourquoi les étudiants œuvrent.

Durant ses propres études, Laurence venait s'y réfugier. À mi-chemin entre l'hôpital et l'université, ce petit bâtiment recèle des richesses insoupçonnées, aussi bien dans ses livres qu'en dehors.

Laurence y pénètre par l'entrée est, près du métro aérien. De là, elle longe la cour intérieure, puis sur sa gauche, elle gravit un large escalier en pierre, jusqu'au premier étage, lieu des salles d'autopsies. La nuit apporte une touche supplémentaire, une pointe de morbide, de gothique, qui transcende l'atmosphère.

À l'intérieur, Marion retranscrit ses impressions sur un calepin tandis qu'un médecin enfile des gants au-dessus d'un large évier en inox. Les halogènes éclaboussent la pièce d'une intense lumière artificielle. Laurence salue Marion de la tête et s'avance vers le légiste.

— Capitaine Milhau, lui dit-elle en lui serrant la main.

Celle du médecin est immense, tendre, et recouvre la sienne en totalité. Le contact du latex provoque un sentiment d'emprisonnement. Par réflexe, elle retire sa main. Le type est dans les mêmes proportions. Du haut de ses deux mètres, il la domine de deux têtes. D'un large sourire, il s'amuse du réflexe involontaire de Laurence.

— Merci d'avoir accepté de réaliser cette autopsie en urgence.

— Je vous en prie, capitaine. Dr Mathieu Gbetro, j'ai l'habitude de travailler la nuit. Ça fait jaser les collègues. Ils pensent que je fais ça pour faire parler… Alors que c'est juste que j'aime dormir tard, conclut-il d'un rire puissant.

Une vague de décontraction se déverse à travers la petite pièce.

— Votre nom me dit quelque chose.

— C'est à mon frère que vous pensez. On a été contaminés par le virus de la médecine dans ma famille. Ça vient de notre père. Mon frère exerce à Sainte-Anne. C'est lui qui a trouvé Philippe Silva, la première victime du vengeur des catacombes, il y a deux ans.

— Ah oui, je me souviens. La médecine de père en fils.

— C'est ça. Mon père était chirurgien, mon frère c'est la tête, moi les cadavres. Je ne sais pas ce qu'il faut en conclure.

Au centre, à côté de la table d'autopsie se trouvent deux chariots de préparation. Dessus, les morceaux de cadavres sont encore emballés dans du papier plastique. Ils sont alignés les uns à côté des autres pour reconstituer deux corps. Laurence s'avance et observe. Elle comptabilise machinalement les morceaux. Marion lève la tête de ses notes.

— On a essayé de les reconstituer sans les déballer pour l'instant. Il est possible que l'on ait interverti quelques morceaux.

Le Dr Gbetro les rejoint à son tour. Il allume la lampe scialytique et utilise le bras télescopique pour l'approcher des corps. L'éclairage intense ne laisse aucune ombre, chaque détail est parfaitement visible. Le papier cellophane réfléchit une partie des rayons. On distingue au-dessous la peau et certaines parties du corps : le visage, les cheveux, les tétons, les organes génitaux, les mains et les pieds. Des taches rouges teintent par endroits le plastique. Le Dr Gbetro se penche au-dessus et examine longuement chacune des reconstitutions.

— Docteur Gbetro, dit Laurence, pourquoi si peu de sang ?

— Mathieu s'il vous plaît, capitaine, dit-il. Appelez-moi Mathieu.

Laurence acquiesce de la tête.

— Ils se sont vidés de leur sang au moment de la découpe.

Il détaille chacun des deux corps, ajuste plusieurs fois les spots de lumière blanche, hésite une seconde, puis dit :

— Commençons par la femme, nous verrons le deuxième corps ensuite.

Il écarte la table métallique du deuxième corps vers un coin de la pièce et centre le premier pour que la lumière l'englobe. Les bouts de chair emballés sont comme sous le soleil, au zénith, un solstice d'été.

— Je vais déballer un pied.

Il saisit le gauche et d'un mouvement habile et précis ôte l'enveloppe au scalpel. Une fois terminé, il se penche et analyse avec attention la découpe des chairs, de l'os, de la peau.

— C'est propre. C'est professionnel, je peux déjà vous le dire.

Le Dr Gbetro se redresse, plante ses grands yeux rieurs dans ceux de Laurence et ajoute :

— Il n'existe pas encore de tutoriel sur l'équarrissage d'un corps humain sur YouTube. Que Dieu nous en préserve. Je ne sais pas si c'est une bonne nouvelle pour votre enquête, capitaine, mais celui, ou celle, qui a fait ça, l'avait déjà fait, plusieurs fois. Ça vous fait un fou de plus en liberté, mais au moins le champ des suspects se restreint.

— Ça confirme ce que l'on supposait, répond Laurence.

— Bien, continuons. Je vais ouvrir tous les paquets en partant des extrémités, jusqu'à la tête.

Le docteur fait preuve d'une grande dextérité. Il libère chaque morceau en une ou deux minutes, les replace ensuite en assemblant son puzzle de chair et d'os. Sur la main gauche, un scintillement attire son regard. C'est un bijou. Il se retourne et attrape une petite pince coupante. Il insère l'outil entre la peau et le cerclage d'or, le cisaille et le dépose ensuite dans une coupe de métal.

Laurence approche, regarde l'anneau fendu. Une inscription, sur l'intérieur, attire son regard.

— Je peux vous demander une pince ? demande-t-elle.

— Là bas, dit le Dr Gbetro en montrant une zone derrière Marion.

Cette dernière se retourne, prend une pince et la tend à Laurence qui attrape délicatement la bague et l'approche d'un des faisceaux de la lampe scialytique. Un message est gravé. Les lettres sont minuscules et pourtant les formes et les déliés conservent une précision étonnante.

Laurence lit les quatre mots. Son cœur s'emballe. Cette phrase crée une immense collision de faits, d'hypothèses et de drames dans sa tête. Cette affaire prend un tournant personnel auquel elle n'était pas préparée. Elle manque de laisser tomber la pince.

— Quelque chose ne va pas, Laurence ? demande Marion qui regarde le visage de sa capitaine se décomposer.

— Mathieu, déballez la tête, s'il vous plaît.

— Nous le ferons en dernier.

— Non, faites-le tout de suite. Je dois voir son visage.

Le Dr Gbetro se redresse. À la vue de Laurence, il comprend l'urgence. Il ne perd pas une seconde, fait le tour de la table, se positionne à la verticale de la tête et entame le travail.

— Pour la tête, il faut redoubler de précaution pour ne pas l'abîmer.

Doucement, il la déballe. Le plastique s'écarte centimètre par centimètre et laisse apparaître un visage figé dans un masque de peur. Le front est percé en son centre d'un petit trou, net. C'est par là que la balle est entrée. Elle n'a pas fait d'autres dégâts extérieurs, mais le cerveau, lui, a été mortellement mutilé. Les yeux sont écarquillés. Ils observent la mort. Le nez se dévoile à peine que Laurence sait déjà à quoi ressemblera l'ensemble. Elle reçoit un shoot d'adrénaline. Il est puissant. Ça la secoue. Une main serre son estomac, le tord. L'acide remonte le long de sa gorge. Elle lève la tête vers Marion. Alors qu'elle vit tout à l'intérieur, Marion extériorise le choc. Elle vacille. Elle en perd sa légèreté.

— Qu'est-ce que c'est que cette connerie ?

— Je ne sais pas, répond Laurence. Je ne sais pas encore. Mais ça change tout.

Laurence fait quelques pas vers la baie vitrée, regarde à travers la nuit noire. Une foule d'interrogations et de sentiments à vif se télescopent dans son esprit.

— Ce que je sais, en revanche, dit-elle, c'est que cette affaire n'a plus rien à voir avec ce que nous envisagions.

Chapitre 20

Mardi

22 h 27

— Vous connaissez cette femme ? demande le Dr Gbetro, surpris par ces vives réactions.

— Oui, répond Laurence.

— Qui est-ce ?

— Une femme qui nous a aidés dans une affaire. Ouvrez le deuxième, je veux voir son visage à lui aussi.

Le docteur s'exécute.

— Une affaire non classée ? dit-il en s'approchant de la table.

— C'est compliqué.

Le Dr Gbetro regarde Laurence. Il va pour poser une nouvelle question, mais au lieu de ça, il se reprend, déplace la lampe et procède avec la même délicatesse sur la deuxième tête. Aux trois quarts, il prévient :

— Celle-là est dans un sale état. Une partie du visage a été arrachée. Probablement par l'impact d'une balle.

Laurence et Marion s'approchent pour constater. Le Dr Gbetro termine son geste et dévoile un visage défiguré. La moitié droite a été soufflée. Laurence ne peut s'empêcher de chercher Franck à travers cette gueule cassée.

— Il te dit quelque chose ? demande-t-elle à Marion.

— Difficile à dire dans cet état. Non. Et toi ?

Laurence secoue la tête. Elle a au moins le soulagement de ne pas découvrir Franck découpé sur une table d'autopsie. Elle s'adresse au docteur.

— J'ai besoin d'une identification au plus vite.

— Je vais faire tout mon possible. Si on a de la chance, ses empreintes sont fichées, et c'est seulement une question d'heures. Sinon, je verrai avec les empreintes dentaires ou l'ADN. Ça prendra plusieurs jours, pour savoir si on a quelque chose. En revanche, j'ai cru voir un détail.

Il tourne la tête. Derrière, à la base de l'implantation capillaire, il y a un tatouage. Ce dernier n'est pas plus grand qu'une pièce d'un centime et forme un simple triangle dont l'un des côtés est inachevé.

— Qu'est-ce que ça représente ? s'interroge Laurence en se penchant vers le symbole.

— Un petit triangle…

— Delta, le coupe Marion. Cette version incomplète de la lettre grecque signifie l'ouverture au changement, au renouveau dans sa vie.

Laurence lui adresse un regard interrogateur.

— Je m'intéresse aux symboliques des tatouages. Celui-ci est rare, mais je l'avais déjà vu.

— Ça te fait penser à quoi ?

Marion réfléchit. Sa bouche s'arque d'une demi-lune inversée. Elle inspire bruyamment.

— Le triangle est un symbole géométrique très utilisé pour son fort sens figuratif. Depuis l'aube de l'humanité, il représente quantité de concepts et de pensées. Chez les francs-maçons, par exemple, on l'associe à la lumière, au sublime. Chez les chrétiens, il est la Sainte-Trinité, un signe d'attachement spirituel. Selon son orientation, c'est le feu, la masculinité, ou, à l'inverse, l'air qui permet au feu de grandir. Il fut aussi utilisé par les bâtisseurs pour désigner la perfection, pour d'autres, il est la puissance supérieure de la sagesse. Bref, ce peut être quantité de significations différentes.

— Nous ne sommes pas plus avancés, conclut Laurence. Marion, je veux que tu assistes Mathieu. Tu accélères tout ce qui peut l'être pour que l'on ait une identification au plus vite. C'est ta priorité numéro un.

— Tu vas où ?

— Je retourne au Bastion.

— Pourquoi ?

— Il y a quelqu'un que je dois voir.

Marion hésite. Avant que Laurence ne franchisse la porte, elle l'interpelle.

— Qu'est-ce qu'il y a d'écrit sur la bague ?

Laurence s'arrête. Sans se retourner, elle voit les quelques mots tourner dans son esprit. Pourquoi ne l'avait-elle pas compris depuis longtemps ? Comment est-elle passée à côté d'une telle évidence ?

— Regarde, mais ne lui dis rien, c'est à moi de le faire.

— Dire quoi ? À qui ?

Laurence claque la porte derrière elle. Des larmes de rage coulent sur ses joues. Deux fois dans une même journée, c'est une première, une première macabre.

Chapitre 21

Mardi

23 h 03

La nuit, le 36, quai des Orfèvres résonnait des échos de l'enfer. Les vagues se déversaient inlassablement. Ici, au Bastion, entre ses nouveaux murs fraîchement bâtis, il n'y a plus qu'un brouhaha étouffé par l'isolation.

Laurence monte quatre à quatre les escaliers. Son cœur bat fort, à cause de l'effort, mais aussi par la peur des conséquences de ce qu'elle va dire. Comment va-t-il réagir ? Saura-t-elle trouver les mots ? Qu'est-ce que Franck dirait ? Aurait-il compris bien avant ? Bien sûr, pense-t-elle, la colère contre elle-même mordante.

Elle pousse la porte de l'open space. Il n'a pas bougé, toujours baigné par le halo bleu de ses écrans et une odeur de pizza froide. Il se retourne. Il est étonné de la voir. Des cernes gris creusent ses orbites.

— Ah, je ne pensais pas que tu repasserais. Je ne suis plus très loin pour le trajet du vieux. Je crois que c'est dans le XXe qu'il a récupéré les corps.

— J'ai quelque chose à te dire.

Gilles se lève. Fait un pas vers Laurence.

— Je sais pour Ariane.

Une grimace de surprise fige le visage de Gilles.

— Il est arrivé quelque chose… Je ne sais pas comment te le dire.

Gilles reçoit chacun de ses mots comme des coups de poignard invisibles. Impossible de se protéger. Impossible de comprendre leur origine, leur but, leur raison. Il fait un pas de plus, lève la main comme pour se défendre.

— Attends, je comprends rien à ce que tu dis.

Laurence va bientôt le crucifier. Elle ne le veut pas, mais elle le doit. C'est à elle de le faire. À elle de supporter ce rôle.

— Elle est morte, Gilles, je suis désolée.

Ce coup-là lui coupe la respiration. Ses genoux fléchissent sous le poids de la douleur foudroyante.

— Quoi !? Mais qu'est-ce que tu racontes ?

— Ariane est morte. Elle fait partie des deux corps que l'on a retrouvés dans la voiture du vieux.

Ses yeux se remplissent d'une stupeur triste et d'une rage humide, à une vitesse ahurissante. Il ne respire plus. Il se noie. Laurence cherche des phrases qui soulagent, de l'empathie, des formules magiques contre ces douleurs qui anéantissent l'âme. Elle n'est pas Franck, elle n'a rien à proposer, que ces quelques mots rugueux comme des pierres. Alors, elle s'approche de lui et le prend dans ses bras. Il se laisse faire, toujours entre l'incompréhension et la sidération. Elle le serre fort. Elle tente de lui retirer ce poids, mais c'est impossible. Elle ne peut que se tenir là, près de lui, pour qu'il s'appuie.

— Putain, mais qu'est-ce que c'est que ce cirque, Laurence ? dit-il après un instant en la repoussant.

— Je suis désolée.

— Je ne te crois pas.

— *Ariane, épouse-moi, Gilles*, dit-elle. J'ai vu ton message à l'intérieur de sa bague de fiançailles. J'ai vu son visage.

Il ne peut plus repousser l'inévitable, alors il sombre. Elle l'agrippe. Elle tient bon pour lui. Il se lâche et déverse tout son bonheur perdu.

@@@

Le liquide noir coule dans un bruit ténu. Laurence saisit le gobelet par le haut et le porte à sa bouche. La fumée blanche s'échappe. Elle souffle, puis boit une gorgée. Le café lui brûle la langue, le palais, la gorge. Ses mains tremblent. Elle éprouve des difficultés à contenir le trop-plein d'émotions de cette nuit en enfer.

Gilles tenait à la voir. Elle ne le voulait pas. Devant sa volonté, sa fureur, elle n'a pas pu s'y opposer. Ils sont partis ensemble à l'institut médico-légal. Quand il l'a vue sur la table d'autopsie, il est resté prostré plusieurs minutes. Marion a tenté de le réconforter, mais c'était inutile. À ce stade, il n'y a plus rien à faire. Ensuite, il a disparu dans la nuit. Laurence a tenté de l'arrêter, mais c'était impossible.

Elle est épuisée, comme happée par le vide au bord d'un précipice. C'est une toute nouvelle traque qui s'ouvre. Elle va devoir comprendre qui a tué Ariane. Pourquoi ? Et surtout, quel est le lien avec l'arrestation d'Elga ? Pour cette nuit, il n'y a plus rien qu'elle puisse faire. Elle regarde sa montre. Il est bientôt 1 heure. Elle prend son téléphone et compose le numéro de Franck. Elle tombe sur le répondeur dès la première sonnerie. Elle lui laisse un message : « Franck, rappelle-moi dès que tu as ce message, de jour comme de nuit, c'est très urgent. »

Elle a besoin d'en avoir le cœur net, de s'assurer qu'il ne lui est rien arrivé. Elle décide de se rendre directement à son domicile.

Elle sonne à l'interphone, sans résultat. Elle n'agit plus que sous l'effet de la tension extrême accumulée ces dernières heures, alors elle tire la gardienne de son lit pour lui faire ouvrir la porte de l'appartement.

— Mais je ne peux pas faire une chose pareille, dit celle-ci interloquée, les cheveux en bataille et les paupières papillonnantes à cause de la lumière des parties communes.

Laurence lui colle sa plaque sous le nez.

— Je ne vous demande pas votre avis, madame. Je vous donne deux minutes pour enfiler quelque chose.

Malgré l'effervescence intérieure, sa voix est posée, son ton ferme. Elle enrobe son injonction du sourire de la Joconde, il est là, on le sent, mais ce n'est qu'une perception, peut-être un mirage. L'alliage engendre l'acquiescement automatique du subordonné. La gardienne enfile un long manteau qui recouvre l'ensemble de sa robe de chambre. Sur sa droite, une boîte en bois, à hauteur d'épaule, renferme une vingtaine de crochets, une clé pendue à chacun. Elle saisit l'une d'elles, ferme sa porte et devance Laurence pour rejoindre l'appartement de Franck.

Elle a encore une hésitation au moment de tourner la clé dans la serrure. Elle lance un regard à Laurence. Le visage est sans appel. Elle se concentre de nouveau et déverrouille la serrure.

— Restez sur le palier, je vous prie, lui dit Laurence en posant la main gauche sur le chêne massif, de l'autre, elle défait la courroie du holster, libérant son arme.

Elle pousse la porte sans s'annoncer et fait quelques pas en posture de trois quarts, prête si un danger se présente. Elle traverse le couloir qui mène au salon. Le parquet craque sous ses talons. Il n'y a personne. Elle fait de même dans la cuisine, puis la chambre, le résultat est identique.

— Vous pouvez partir, je claquerai la porte en partant, lance-t-elle à la gardienne.

Avant de s'en retourner, décontenancée, celle-ci la regarde depuis l'entrée avec deux grands yeux noirs. Sur le balcon de l'appartement, Laurence prend quelques longues inspirations et se laisse envelopper par le froid, la nuit opaque et la vision oppressante du cimetière du Père-Lachaise. Depuis qu'elle le connaît, il a toujours vécu ici. Ils n'en ont jamais parlé, mais elle est persuadée que ce n'est pas une coïncidence, comme s'il souhaitait voir chaque matin sous sa fenêtre les restes des morts une fois qu'ils nous ont quittés.

Elle se souvient qu'un jour Franck lui avait dit qu'en se penchant, de ce balcon, on pouvait voir la tombe de Jim Morrison, le légendaire leader des Doors, et membre du club des 27. Ces stars mortes à l'âge de vingt-sept ans, comme Jimi Hendrix, Kurt Cobain, Brian Jones, Janis Joplin ou, plus récemment, Amy Winehouse. Elle s'y essaye. Effectivement, à l'endroit indiqué, elle voit des lueurs fugitives à la surface de la nappe blanche formée par la neige tombée la nuit précédente. Presque un demi-siècle après sa mort, il y a encore des gamins pour se réunir sur sa tombe durant la nuit.

Ou peut-être qu'ils ne sont plus si jeunes.

La ville étincelle comme recouverte de lucioles posées sur un lac gelé. Laurence attrape une cigarette dans la poche intérieure de sa veste en cuir et l'allume. Elle aspire une profonde bouffée, le bout embrase l'obscurité. Elle savoure chaque nuage de fumée, pousse la nicotine dans sa gorge, repousse la bile qui l'écorche de l'intérieur et répand la drogue au sein de chacune de ses alvéoles.

Elle marche dans l'appartement vide, silencieux. Elle recherche quelque chose qui lui dirait où est Franck, un phare au cœur des ténèbres. Elle s'approche d'un vieux secrétaire

Louis XVI. L'abattant est ouvert. Dans cette position, il lui sert de bureau. Il est recouvert d'un cuir vert bouteille émoussé, dessus plusieurs livres éparpillés. Elle attrape le premier qui vient et lit : *Un merveilleux malheur* de Boris Cyrulnik. En dessous, il y a des feuillets manuscrits et annotés. Laurence parcourt quelques lignes. Franck y raconte son enfance au côté de sa mère autiste. Il a déjà évoqué cette femme extraordinaire qui devait cacher ses troubles psychiques pendant plusieurs décennies pour ne pas être internée et perdre la garde de son fils.

« C'est elle qui m'a appris à repérer les natures humaines, lui avait-il dit. Pour elle, c'était une question de survie, et la survie transforme un simple don en génie. »

Elle repose les feuillets, attrape son téléphone et envoie un message à Marion et à Tanguy :

Rendez-vous à 7 heures chez Ariane, je veux la scientifique et un mandat de perquisition.

Elle a quelques heures pour dormir. L'épuisement creuse son dos, affaisse ses épaules, comprime ses cuisses. Elle est fatiguée, lasse. Elle regarde sa montre. Il a atterri. Que fait-il à cet instant ? Comment est-il ? Que lui a-t-elle appris ? Que gardera-t-il en héritage ?

Son fils lui manque tellement.

Chapitre 22

Mercredi

6 h 00

Laurence sursaute à la première note stridente de la sonnerie de son téléphone. Sa respiration est haletante, son cœur palpite, dehors, il fait encore nuit. Elle se redresse en s'appuyant sur son avant-bras gauche. Il est ankylosé, des heures qu'il supporte le poids du reste du corps, que la circulation sanguine ne l'irrigue plus correctement. Elle fait quelques moulinets et a besoin de quelques secondes pour comprendre où elle se trouve et pourquoi.

Elle se rend dans la salle de bains. Face à la douche, Franck a accroché un long miroir. Il réfléchit le corps dans son ensemble, des pieds jusqu'à la tête. Elle se dévêt pour prendre une douche et ne peut s'empêcher de se regarder. Elle est face à ses quarante-cinq ans. Elle les voit, à peu près partout ils ont remplacé sa vingtaine. Par endroits, ils ont pris. À d'autres, elle a gagné au change. Elle ne s'apitoie pas.

Son corps est athlétique. Elle est belle. Elle l'était déjà avant, le reste aujourd'hui, sa morphologie évolue avec le temps. Elle monte dans le bac en fonte, règle la température, brûlante au début pour se délasser, puis glacée pour fouetter ses sens et la préparer à ce qui l'attend dehors.

Alors qu'elle fait couler un café, elle voit un détail qu'elle n'avait pas remarqué la nuit précédente dans l'obscurité. L'ordinateur portable de Franck est posé dans un recoin de la cuisine, sur une petite table à peine visible entre la porte et le réfrigérateur. Elle pose son doigt sur le trackpad et frôle légèrement la surface plastique. L'écran s'allume instantanément et affiche la dernière page que Franck a consultée : Google Maps. Une épingle rouge apparaît sur une carte, à la lisière de Paris. Laurence regarde attentivement l'adresse. Elle ne connaît pas cet endroit. Elle note les coordonnées sur son téléphone et part rejoindre le reste de son équipe dans le XVIIIe arrondissement, rue Poulbot, à l'adresse connue du domicile d'Ariane.

Lorsqu'elle arrive, Tanguy et Marion sont déjà sur place. L'ensemble de la rue pavée, en bordure de l'espace Dalí à Montmartre, est verrouillé par plusieurs voitures et camions de police. Laurence abandonne la sienne au milieu de la route, devant une barrière improvisée par un gardien de la paix. Elle quitte sa bulle d'air chaud, perd vingt degrés et s'enfonce dans le froid. Il s'échappe des bouches de tous ceux qui s'affairent autour des véhicules des bouffées blanches d'oxygène consommé. Elles disparaissent une, deux secondes après. Marion organise le travail de la scientifique, tandis que Tanguy interroge le voisinage.

— Des nouvelles de Gilles ? demande-t-elle à Marion.

— Non. J'ai essayé de l'appeler, mais répondeur, dit-elle, la mine sombre.

Elle porte les mêmes fringues que la veille. Comme Laurence. L'épuisement de sa nuit, blanche probablement, rampe sur son visage, de ses yeux vers son nez, puis sa bouche. Le métier marque. La passion, le sens du devoir, la vocation effacent les traces, mais quand on ne peut plus mettre de la distance, que l'on est touché soi-même, les sillons s'incrustent profondément. Ce matin, il ne reste plus grand-chose de sa joie de vivre, et même son accent chantant paraît atténué.

— Ça m'inquiète, ajoute-t-elle, mais je suppose que c'est normal qu'il veuille s'isoler.

— Tanguy est au courant ?

— Oui, je lui ai dit.

— L'autopsie ?

— Terminée. Pas d'identification du deuxième corps pour l'instant. Ils sont morts tous les deux de la même façon, une exécution. Ariane est morte sur le coup. L'homme, en revanche... (Elle bute sur un mot. Déglutit. Reprend...) Le Dr Gbetro a relevé des signes qui l'amènent à penser qu'ils l'ont découpé alors qu'il agonisait.

— Putains de barbares.

— Ouais, des barbares... (Ses yeux fixent l'horizon.) Le rapport préliminaire est dans ta boîte mail.

Laurence s'approche d'un pas. Elle lève la main vers Marion, mais se rétracte à mi-chemin.

— J'aimerais te dire qu'il faut garder la tête froide, ne pas te laisser atteindre, faire barrière. Mais je crois que je vais laisser ça.

Elle reprend son mouvement, va jusqu'au bout, pose sa main sur l'épaule de Marion.

— La meilleure façon de l'aider, c'est d'attraper les bouchers qui ont fait ça, de les coffrer.

Marion plante son regard dans celui de Laurence. Elle voudrait dire quelque chose, mais ça ne vient pas. Alors elle hoche simplement la tête, une encombrante tristesse au fond des pupilles. Son empathie naturelle la consume. Elle ressent le meurtre d'Ariane comme Gilles le subit. Laurence comprend qu'elle ne pourra pas faire ce job très longtemps.

Sans détachement, on se noie dans la brutalité humaine et l'injustice ordinaire.

— Si tu as de ses nouvelles, préviens-moi tout de suite, conclut-elle.

Laurence fait quelques pas. Sur le capot d'une des voitures, il y a des cafés. Elle saisit un gobelet fumant et en profite pour se réchauffer les mains. La température continue de chuter. La neige reprend. Paris a connu une journée d'accalmie, mais comme le lundi précédent, de gros flocons d'un blanc pur tombent sur le couvercle de plastique. Ils fondent en un instant au contact de la vapeur. Sur la chaussée, une nouvelle couche recouvre la précédente, transformée en large plaque de glace.

Tanguy remarque Laurence et s'approche.

— J'ai appris pour Ariane, pour Gilles, dit-il en guise de bonjour.

Lui aussi est livide, comme Marion.

— Il va avoir besoin de nous, ajoute-t-il.

— On fera corps.

Laurence lève la tête vers le ciel gris constellé de points blancs. Des flocons se posent sur ses joues, dans sa longue chevelure blonde ondulée, puis disparaissent.

— Ce matin sur Inter, dit-il, ils s'attendaient à plusieurs centimètres dans la journée. Déjà lundi, c'était compliqué, mais là, ça va être le chaos total.

Paris vit mal ces épisodes neigeux. Ils ne durent que quelques jours, une fois par an, parfois deux. Durant ces quarante-huit ou soixante-douze heures, l'apocalypse blanche se répand partout. Les routes se bloquent, les magasins sont pris d'assaut, les chaînes de télévision filment en boucle les mécontents, et les pouvoirs publics peinent à mobiliser les maigres infrastructures pour résoudre le problème. La culture française fait le reste. Les uns accusent le gouvernement, pendant que d'autres cherchent encore les coupables.

— Continue à interroger le voisinage. Nous, on entre, dit-elle, comme pour sonner la charge.

Laurence, Marion et une demi-douzaine d'agents de la scientifique gravissent les étages quatre à quatre. Ils croisent un jeune homme en costume-cravate, lunettes cerclées de métal, cheveux courts impeccables et serviette en cuir à la main. Il se plaque contre le mur au passage de la colonne policière, zélé de ne surtout pas faire entrave aux forces de l'ordre.

Laurence imagine un comptable, un financier, ou un assureur, bref un métier ennuyeux.

Arrivés sur le palier, tous s'écartent pour laisser place au serrurier. Il ausculte la serrure quelques instants.

— À première vue, elle n'a pas été forcée, dit-il. J'ai des traces sur la variure, mais c'est ancien. Un examen ultérieur, plus poussé, pourra le confirmer.

— Vous pouvez l'ouvrir sans la forcer ? demande Laurence.

— Oui.

— Allez-y, ordonne-t-elle.

Il retire un crochet et un entraîneur de l'étui en cuir qu'il porte à la taille. Le geste sûr et précis, il n'a besoin que d'une minute et demie pour que la porte s'ouvre.

Laurence et Marion en profitent pour enfiler une combinaison intégrale qui empêchera la contamination des lieux.

— Laissez-nous faire un premier tour avant d'entrer, demande-t-elle à l'équipe scientifique.

Suivie par Marion, Laurence entre avec précaution, faisant attention à l'endroit où elle pose chacun de ses pas. L'entrée donne sur un couloir étroit qui mène à quatre portes, trois sur la gauche et une au bout. La première ouvre sur un salon, la deuxième sur une petite cuisine, la troisième sur la chambre et, au bout, on distingue la salle de bains par l'entrebâillement d'une autre porte.

Dans le salon, Laurence détecte des signes que l'appartement a été fouillé. Ce n'est pas comme dans les films où les meubles sont sens dessus dessous, mais avec son expérience, elle a appris à repérer des détails significatifs en un clin d'œil. Sur un bureau, des documents sont en désordre. En dessous, une démarcation poussiéreuse délimite la surface d'une unité centrale d'ordinateur, manquante. Il y a aussi des câbles nus qui pendent des multiples écrans au-dessus. De la bibliothèque, des livres sont tombés, tandis qu'à l'opposé une vitrine pleine de figurines à l'effigie de la pop culture n'a pas été touchée.

Laurence attire l'attention de Marion d'un geste. Elle lui montre les traces sous le bureau et met la main sur son holster. Elle ouvre la fermeture Éclair de la combinaison de protection, saisit son Glock 17 et le fait glisser le long de sa cuisse, prêt à être armé. Marion fait de même avec son Sig-Sauer SP 2022, l'arme de poing classique de la Police nationale et de la gendarmerie française. Laurence a fait une demande de dérogation pour utiliser un Glock 17. C'est avec cette arme qu'elle s'est perfectionnée au tir sur cible mouvante, à l'époque où elle vivait à Lille avec le père de Blaise, un type de la SDLP, Service de la protection. Des super gardes du corps entraînés au combat rapproché, au maniement des armes et aussi à se prendre une balle pour les personnes qu'ils protègent. La plupart utilisent le Glock 17 en raison de son chargeur de grande capacité et sa sécurité à déverrouillage rapide, qui permet un meilleur temps de réaction en situation opérationnelle.

Les deux femmes se déploient au sein de l'appartement et vérifient que les auteurs du crime ont déserté. Les lieux sont vides. Laurence demande aux agents de la scientifique de commencer leur travail. Elle espérait trouver des pistes dans les ordinateurs d'Ariane, mais c'est ce que les voleurs sont venus récupérer.

— Cherchez partout s'il y a quelque chose d'exploitable, dit-elle à un des agents. Et donnez-moi votre talkie.

Elle attrape l'appareil de plastique noir, le colle à sa bouche et demande sur le canal de la police que le serrurier remonte.

Dans la seconde, elle reçoit une confirmation grésillante qu'il est en chemin. Elle lance alors le talkie en direction de son propriétaire. Ce dernier a besoin de ses deux mains pour le rattraper avant qu'il ne percute le sol.

— Je veux que vous regardiez de nouveau la serrure, dit-elle en haut des escaliers au serrurier qui arrive suffoquant.

— Pour...quoi ? dit-il, le souffle court, les mains sur les hanches, plié en deux.

— Dites-moi si quelqu'un d'autre que vous a pu trafiquer la serrure pour l'ouvrir sans laisser de traces apparentes.

Il la regarde, intrigué, cherche dans sa posture la raison de cette question.

— Faites ce que je vous dis.

— Bien, bien...

L'homme s'exécute néanmoins. Il s'agenouille face à la poignée, tire une lampe torche de sa ceinture et la braque dans la direction du cylindre et du coffre. Il penche le faisceau de droite à gauche, puis de haut en bas, auscultant le trou comme le ferait un médecin avec la gorge d'un enfant.

— Non, je ne vois rien. Je ne pense pas que quelqu'un d'autre l'ait ouverte avant moi.

— Merci, je vous libère, dit Laurence en rentrant de nouveau dans l'appartement.

— Donc ils avaient la clé, dit Marion sur sa droite.

— Ça y ressemble.

— Ils cherchaient les ordinateurs, à première vue, ils n'ont touché à rien d'autre. Ce n'est pas un simple cambriolage.

Marion s'écarte pour laisser passer deux agents. Ils ressemblent à des apiculteurs. Laurence fait quelques pas dans le salon. Elle quadrille la pièce à trois cent soixante degrés, observe l'ensemble, mais ne s'attarde sur rien. Les hypothèses et les questions fusent dans son esprit.

— Donc ils ont été exécutés tous les deux d'une balle dans la tête, dit-elle à l'adresse de Marion.

— Oui.

— Puis, leurs corps sont découpés, et un vieux est payé pour les transporter. Où ?

— Quelque part où on ne les aurait jamais retrouvés.

— Ensuite, ils fouillent son appartement et emportent ses ordinateurs.

— On est très loin du simple homicide. Ce sont des professionnels, ça paraît évident.

— Oui, des pros qui cherchent quelque chose de précis, quelque chose qu'elle gardait dans son ordinateur. Une information ? Des preuves ? Ça doit avoir un lien avec Elga.

— Un lien avec Elga ? Elga Salustri ? Quel rapport ?

Laurence l'entraîne dans un coin de la pièce, entre un bar qui ouvre vers la cuisine et un canapé. Elle lui raconte sa discussion avec Vannod à propos de l'arrestation mystérieuse d'Elga. Elle poursuit sur Franck Somerset, sa volonté d'aider Elga et son coup de fil la veille pour que Gilles l'aide à identifier un jeune réfugié syrien, un certain Assan Olaf.

— Et tu crois que c'est lié ?

— Elga arrêtée par des services non identifiés. Trente-six heures plus tard, on retrouve sa meilleure amie exécutée et découpée, ainsi que son appartement fouillé et ses ordinateurs emportés. Les coïncidences sont grosses ! Souviens-toi de ce qu'Elga avait fait durant l'affaire du vengeur des catacombes.

— Elle avait appelé Ariane pour l'aider.

— Exact !

— Ça sous-entend que les mêmes ont arrêté Elga, exécuté Ariane et la deuxième victime ?

Laurence hoche la tête, affirmative. Marion fronce des sourcils interrogateurs. Les zones d'ombre sont encore trop nombreuses pour avoir la certitude que ce sont les mêmes. Laurence est cependant convaincue que les deux affaires sont liées, et donc que Franck possède une part de la vérité.

Elle attrape son téléphone et appuie sur son nom. Comme la veille, elle tombe sur le répondeur dès la première sonnerie.

— Fait chier ! crie-t-elle.

— Quoi ?

— Impossible d'avoir Franck. Il est toujours sur répondeur.

— Ça commence à faire beaucoup de gens qui disparaissent ! (Puis Marion ajoute, nerveuse :) Tu crois qu'il lui est aussi arrivé quelque chose ?

— Je veux que tu te concentres sur le deuxième corps. Il faut l'identifier ! Je suis persuadée que c'est l'une des clés pour comprendre ce qui se passe, répond Laurence sur un ton monocorde en ignorant sa question.

— OK.

— Tu as une idée si les empreintes ne donnent rien ?

Marion sourit en baissant la tête.

— Oui, mais je t'en parlerai plus tard, si cela fonctionne. Et toi, tu pars sur quoi ?

— Moi, je me concentre sur Ariane. Je le dois à Gilles. Je vais reconstituer son emploi du temps. Je veux savoir ce qu'elle a fait avant qu'on la tue et si ça avait un lien avec Elga.

Laurence appelle le responsable de l'équipe scientifique, un grand type sec à la calvitie prononcée, et s'assure que le travail se déroule correctement. Elle lui détaille précisément ce qu'elle veut et dans combien de temps elle en a besoin. Le type note les directives sur un cahier.

Ils rejoignent ensemble la chambre d'Ariane.

— On n'a pas encore attaqué ici, dit-il.

— Je n'ai pas compris cette commande, répond une voix métallique.

Dans un geste réflexe, Laurence, surprise, met sa main sur son Glock. Le responsable de l'équipe scientifique la rassure aussitôt.

— C'est un assistant personnel Google. Il se déclenche à la voix, dit-il en pointant du doigt un galet de plastique blanc posé sur une commode.

Laurence s'approche de l'objet. Seules trois discrètes diodes vertes différencient l'appareil électronique d'un classique bibelot.

— À quoi sert-il ?

— Il répond à vos questions, comme le moteur de recherche. Mais ça fonctionne par commande vocale. Vous pouvez aussi écouter de la musique, la radio, ou vous commander une pizza ou un taxi.

Il s'approche à son tour de l'appareil.

— Quelle température fait-il ?

— Il fait – 3 °C ce matin, et il est prévu 2 °C cet après-midi, répond la voix métallique.

Laurence opine d'une moue dubitative. Plus les années passent, plus elle se sent en décalage avec ces évolutions technologiques dont elle ne comprend pas l'intérêt.

Elle regarde son téléphone et l'adresse consultée par Franck sur son ordinateur. Si cela a un rapport avec Elga, elle y trouvera peut-être le lien qu'elle cherche avec Ariane. Elle salue Marion ainsi que l'équipe scientifique, puis quitte l'appartement. Elle dévale l'escalier étroit et mal éclairé. Au milieu, elle s'arrête brusquement. Une idée vient de lui traverser l'esprit avec la force d'une épiphanie. Elle remonte vers l'appartement et file directement dans la chambre. Elle s'arrête à quelques centimètres du galet blanc Google.

— Quelle était l'avant-dernière question ? dit-elle.

— Donne-moi l'adresse du restaurant *Le Volfoni*, répond la voix métallique.

Laurence sent l'excitation fourmiller dans ses jambes. C'est comme si elle pouvait parler avec le fantôme d'Ariane.

— Quelle est l'adresse du *Volfoni* ? demande-t-elle.

— Le restaurant *Le Volfoni*, 16, boulevard de la République à Boulogne-Billancourt.

Chapitre 23

Mercredi

7 h 37

Laurence sort de l'immeuble d'Ariane. Le trottoir et les voitures disparaissent sous une épaisse couche neigeuse. La semelle de ses escarpins s'enfonce de plusieurs centimètres. Les journalistes de BFM/TV ont certainement arrêté l'ensemble des programmes pour se lancer dans une longue édition spéciale sur la catastrophe naturelle en cours. Laurence imagine les jingles tapageurs, les intervenants qui se succèdent sur le plateau et les envoyés spéciaux aux quatre coins de Paris. Succès d'audience garanti.

Elle interpelle l'agent de la paix qui ferme la voie à la maigre circulation habituelle des lieux.

— Vous avez vu l'inspecteur Le Goff ?

— Qui ?

— Le type châtain et barbu de la Crim.

— Ah, celui qui s'occupe du voisinage ! Je l'ai vu partir vers la rue du Calvaire.

Elle se retourne et oblique dans la ruelle qui remonte vers la place du Tertre. Elle longe un étroit terrain vague en pente abrupte. Le froid l'engourdit de la tête aux pieds. Pour gravir quelques marches, elle prend appui sur un muret de pierre et rejoint une place naine composée de deux bancs, deux arbres et un réverbère. C'est une version miniature et adorable des squares parisiens.

Son pied glisse sur un amas de glace, camouflée sous la mousse blanche. Elle se raccroche à la pierre. Les pointes du granit déchirent sa paume, et le froid la saisit telle une plaque de cuisson chaude.

— Merde, fait chier, putain de temps ! crie-t-elle.

— Des escarpins dans la neige, tu vas te casser quelque chose, l'interpelle quelqu'un.

Elle lève les yeux. Tanguy la regarde, les bras croisés sur la poitrine, attendant qu'elle déverse sa bile contre la nature, l'existence, le gouvernement, les taxis et surtout les connards de cyclistes.

— Aide-moi, au lieu de ne rien faire.

Il lui attrape le bras et la tire d'une main ferme vers lui. Emportée par l'élan, elle le percute, torse à torse. Elle s'écarte. Parfois, ça l'emmerde qu'il ait quinze ans de moins qu'elle, et à d'autres moments, c'est ce qu'elle aime.

— Qu'est-ce que tu as ?

— Le patron d'un restaurant, plus bas, l'a vue avant-hier. Elle est venue y prendre son petit-déjeuner. Elle y a ses habitudes. Il m'a dit qu'un jeune type s'intéressait à elle.

— Comment ça ?

Il attrape son calepin dans sa poche arrière, remonte quelques pages en arrière.

— L'homme était jeune, un peu plus de trente ans, athlétique, le visage fin aux origines slaves. Il l'observait dans un coin de la pièce et l'a suivie un instant après qu'elle a quitté son établissement.

— Il l'avait déjà vu ?

— Non, le patron pense à un admirateur secret.

Laurence observe Paris voilé d'une brume grisâtre, puis se concentre à nouveau sur Tanguy.

— Il faut identifier ce type. C'est peut-être une coïncidence, c'est peut-être le boucher qui l'a tuée.

— En l'absence de Gilles, on a besoin de renforts.

— Appelle le petit Greg pour moi et demande-lui de se charger de ça, dit-elle. Il le fera.

Tanguy acquiesce. Il compose un numéro sur son téléphone, échange quelques mots et raccroche.

— C'est bon, Greg s'en charge, mais tu lui en devras une, dit-il à Laurence.

— Autre chose ?

— Oui, en partant elle a précisé qu'elle rejoignait une amie dans les bureaux de Microsoft France.

— Elga !

— Je lui ai demandé. Elle n'a pas précisé son prénom.

Laurence sent qu'elle tient une piste. Elle regarde l'adresse des bureaux de Microsoft sur son smartphone. Sans surprise, la réponse confirme son intuition, c'est la même que cherchait Franck sur Google Maps. Il a quelques heures d'avance, et elle le maudit silencieusement de ne pouvoir le joindre. Si elle le pouvait, elle localiserait son mobile.

Elle lance les clés de sa berline en direction de Tanguy. D'un réflexe rapide, il les attrape au vol.

— On va où ?

— On suit les traces fraîches.

Laurence pousse le bouton du chauffage à son maximum. Un souffle ardent s'engouffre dans la berline. L'essieu avant patine le temps que les roues dégagent la neige et accrochent les pavés. Tanguy conduit avec une délicatesse naturelle.

Paris s'emmitoufle dans sa redingote neigeuse. Laurence profite du calme à l'intérieur de la voiture pour se lover dans le fauteuil moelleux. Elle se réchauffe les mains sur les aérateurs et contemple les visages renfrognés dans les voitures autour. Elle en tire son inspiration. Un océan de pulsions négatives si puissant que si un régime autoritaire trouvait la formule pour les unir tous, il détruirait la démocratie d'un claquement de doigts.

De cette vision ténébreuse, elle bondit d'hypothèses en déductions, quand une sonnerie de téléphone la tire de ses réflexions. C'est Gilles. Elle se redresse aussitôt et décroche.

— Où es-tu ?

— Au Bastion, j'ai terminé le parcours du vieux, dit-il d'une voix neutre. J'ai isolé un endroit où je pense qu'il a récupéré…

Il se tait subitement.

— Attends, tu ne peux pas…

— Je sais où il a récupéré les paquets, la coupe-t-il. J'ai fait une demande de commission rogatoire au proc. J'emmène le RAID pour la descente. Nous y serons vers 9 heures, 9 h 15 au plus tard.

— Non, Gilles, attends ! Je ne peux pas te laisser continuer cette enquête. Tu es impliqué…

— Laurence, je t'interdis de…

Il s'arrête avant de dire des mots qu'il regrettera.

Son ton irradie une rage si intense qu'elle pourrait broyer tout ce qui l'entoure. Laurence sait qu'elle ne pourra pas le retenir. Elle ferait exactement la même chose dans sa situation. Demanderait-on à un médecin de ne pas sauver sa femme s'il le pouvait ? Elle ne peut lui retirer le seul exutoire qui lui reste. Là où il est, il n'y a que les piliers de la vengeance qui tiennent encore.

— Très bien, mais je viens avec toi.

— Non.

— Ce n'est pas une proposition, Gilles. Si tu ne m'attends pas, j'appelle personnellement le proc.

Un nouveau silence gorgé de fureur s'installe dans l'habitacle. Tanguy hésite à intervenir.

— Très bien, répond Gilles. Quand arrives-tu ?

— Pas tout de suite. Je dois voir quelque chose avant. Envoie-moi l'adresse, et je t'y retrouverai. Tant que je ne suis pas là, vous surveillez. Et en attendant, j'ai besoin que tu fasses quelque chose pour moi.

Gilles ne répond rien. Il n'y a que son souffle qui passe à travers la connexion téléphonique. C'est la respiration d'un animal blessé.

— Gilles ?

— Je t'écoute ?

— Je veux que tu localises le portable de Franck avec l'historique de ses déplacements sur les vingt-quatre dernières heures.

Tanguy zigzague entre plusieurs voitures. Le trafic se densifie. Il devient suffocant. Silence à l'autre bout de la ligne.

— Tu es encore là ?

— Ça prendra quelques minutes. Je t'envoie ça sur ton portable.

— Une dernière chose, est-ce que tu sais pourquoi Ariane aidait Elga ?

À nouveau, le temps se suspend, et on n'entend plus que la respiration prononcée de Gilles s'échapper de l'acoustique bon marché de la voiture.

— Un problème avec son mec, Nicolas, le fondateur d'EGO. Je n'en sais pas plus, dit-il en raccrochant dans la foulée.

L'atmosphère dans l'habitacle garde toute sa pesanteur.

— Je n'ose imaginer ce qu'il ressent, dit Tanguy. C'est de ces chocs dont on ne se relève jamais.

Trois minutes plus tard, Laurence reçoit un fichier qui contient le bornage du téléphone de Franck durant les dernières vingt-quatre heures. En traçant une ligne imaginaire, elle reconstitue un chemin. Elle s'arrête sur le dernier point. C'est au milieu du quartier de la Défense, à l'ouest de Paris. Elle agrandit la carte. Un point rouge clignote au milieu de l'enchevêtrement de tours de bureaux. Le téléphone n'a plus bougé depuis une dizaine d'heures. Une angoisse remonte dans sa gorge.

« Fais que je ne te retrouve pas comme Ariane », pense-t-elle.

Chapitre 24

Mercredi

08 h 22

Entre le restaurant *Le Volfoni*, adresse qu'Ariane a recherchée grâce à son assistant virtuel, et les bureaux de Microsoft, Laurence demande à Tanguy de se rendre en premier chez le géant de Seattle. Franck y est allé lui aussi. Il y avait la recherche sur son ordinateur, confirmée ensuite par le rapport de bornage de son téléphone.

Après une demi-heure, Tanguy oblique vers le parvis et s'arrête à hauteur du poste de contrôle, face à une barrière. Il baisse sa vitre, une bourrasque d'air glacé s'engouffre dans l'habitacle. Laurence attrape les coins de son manteau et les resserre contre sa poitrine. Tanguy montre sa plaque et demande que le chef de la sécurité soit informé de la présence de la Crim. L'agent, habillé d'un costume noir impeccable, observe longuement la carte de police, puis appuie de sa main droite sur un bout de plastique fiché dans son oreille. Il rapporte la demande de Tanguy à un interlocuteur inconnu. Après une dizaine de secondes, il fait un geste d'approbation et indique de la main l'endroit où Tanguy peut laisser leur véhicule. La barrière se lève.

Laurence et Tanguy n'ont que quelques pas à faire pour rejoindre le hall. La température les oblige pourtant à se dépêcher. À leur arrivée, une armoire à glace de deux mètres dans un costume noir identique à celui du poste de garde les accueille avec un accent prononcé d'Europe de l'Est. Il leur demande à chacun leur badge.

— Police criminelle, lui répond Laurence en le levant à hauteur de son visage. Je veux voir votre responsable.

— Attendez là, ordonne l'armoire.

Laurence se retourne vers Tanguy et lui lance dans un chuchotement :

— Je vais tenter quelque chose, tu ne dis rien, tu me suis quoi qu'il arrive.

Tanguy la regarde, son sourcil droit légèrement froncé en signe de surprise. D'un pincement de ses lèvres, il lui assure qu'il la suit. Pour cette fois, elle tiendra la barre de l'interrogatoire et lui ne sera que le gabier. L'armoire revient vers eux. Il a vraiment la gueule d'un mercenaire des Balkans. Il claudique légèrement de la jambe droite. Son genou ne coulisse plus correctement. C'est peut-être ce qui l'a obligé à s'éloigner de l'action et à trouver une planque au calme.

— Veuillez me suivre, ordonne-t-il.

Il chante les « R » comme à la chorale d'une église.

Le hall se décompose en trois parties. Celle avec les agents d'accueil au centre, un bar hipster à droite, et un showroom de quelques présentoirs à gauche. Il les guide jusqu'à une petite table, légèrement excentrée par rapport aux autres, non loin du troquet pour bourgeois new-yorkais.

— Vous voulez un café ?

Laurence regarde Tanguy qui fait oui de la tête.

— Deux, courts, noirs, s'il vous plaît.

D'un geste, il leur intime de patienter là. À cette heure matinale, ce n'est pas encore l'affluence dans le hall, seuls les plus matinaux ou des plus ambitieux arrivent. Le mercenaire abîmé s'éloigne vers le comptoir, puis revient avec deux expressos dans des tasses en porcelaine au design moderne posées sur des plateaux fins en bois recyclable et respectueux de l'environnement.

— M. Ouda sera là dans quelques minutes.

Il reste à côté de Laurence et Tanguy pendant qu'ils prennent leur café en silence. Laurence réfléchit. Elle hésite, repense aux événements des dernières heures. La ruse qu'elle prépare est un fusil à un coup. Si elle se trompe, ils n'auront pas d'autre chance et perdront une piste capitale. Elle se repasse chaque mot de sa conversation avec Vannod. Elle possède une mémoire auditive de grande qualité, largement au-dessus de la moyenne. Elle aime ces instants où tout peut basculer d'un côté ou de l'autre, ces moments où elle est sans filet. La pression, elle la supporte, comme une capsule pressurisée. C'est là qu'elle est la meilleure, dans la gestion de ses émotions.

De son côté, Tanguy scrute l'architecture épurée. Partout, du blanc et du verre se lient autour d'inserts de bois et de végétation. L'assemblage prend des airs de biome ordonné, d'alliance entre la construction de l'homme et une végétation naturelle. Tout est à sa place, propre, rien ne dépasse. Les cinq ou six mètres de hauteur sous plafond aèrent l'ensemble. Tanguy prend une longue inspiration, apaisante.

Quelques minutes plus tard, deux types sortent d'un ascenseur et rejoignent les deux flics comme si un avion allait partir sans eux. Le plus jeune prend la parole

— Yash Ouda, directeur de la sécurité du bâtiment, dit-il en serrant la main de Laurence. Que puis-je faire pour vous, ins… ?

— Capitaine Milhau, le coupe-t-elle. On est envoyés par la Direction du renseignement militaire.

Le coup est parti. En commençant sa phrase, elle ne savait pas si elle utiliserait la Direction générale de la Sécurité extérieure, celle de la Sécurité intérieure, la Direction du Renseignement et de la Sécurité de la Défense, le Service central du renseignement territorial ou même Tracfin, le Renseignement financier. Autant de tentacules du Kraken des services secrets français.

— Je vous demande pardon ? répond Yash Ouda, interloqué.

Laurence se sent enfermée comme dans un corset à l'intérieur de son cuir. Quelqu'un, dans son dos, tire sur les lacets à s'en faire saigner les mains. Elle doit tenir, c'est là que tout se joue.

— Depuis quelques années, la DRM, le Renseignement militaire et la Crim se sont rapprochés. Nous travaillons main dans la main sur certaines enquêtes sensibles. (Laurence tend son badge au jeune qui le saisit et le regarde attentivement.) On nous envoie revoir avec vous ce qui s'est passé avant-hier.

Par deux fois, Yash passe du badge au visage de Laurence. Il prend son temps, ne se jette pas dans la gueule du loup. Le silence et la patience sont ses meilleures défenses pour déjouer une manipulation. Laurence, impassible, le regarde intensément chaque fois que ses yeux quittent son badge et sa plaque.

Il finit par se retourner vers le deuxième type. Celui-là est plus vieux, au milieu de la quarantaine, comme Laurence. Il met la main sur l'épaule de Yash et lui dit :

— Laissez-nous.

Yash lance un dernier regard à Laurence et tourne les talons. Elle le sent, quelque chose dérape.

— Suivez-moi, je vous prie, dit l'autre homme.

Il les emmène jusqu'à un coin plus à l'écart. Il est grand, sec, les cheveux coupés court et les tempes grises. Ses yeux sont d'un vert d'eau intense et son faciès anguleux. Il se retourne et demande :

— Qui vous envoie ici, capitaine Milhau ?

Il fixe Laurence dans les yeux. Ses pupilles sont comme deux lasers pointés directement sur ses pensées.

— Je viens de vous le dire.

— Non, vous venez de raconter des conneries, capitaine.

L'attaque est frontale. L'homme aux yeux perçants continue :

— Je suis de la DRM. Nous n'avons jamais travaillé avec la Crim, ni avec aucun service de police d'ailleurs. Alors je vous repose la question, que faites-vous là ?

Laurence est acculée. Son stratagème s'effondre. Il n'y a que deux issues possibles, et elle n'a qu'une poignée de secondes pour choisir laquelle. Alors, elle fait ce qu'elle sait faire de mieux. Elle tient tête.

— Je suis là pour un double homicide.

Les yeux verts ne réagissent pas, même pas un tressaillement. Laurence poursuit.

— L'une des victimes est une amie intime d'Elga Salustri, elle est venue ici, et je pense qu'elles se sont vues juste avant que vous l'arrêtiez.

L'iris se rétracte légèrement. Enfin une réaction, Laurence s'y accroche et pousse plus loin.

— Vous avez arrêté Elga Salustri pour une raison que j'ignore. En revanche, je sais que sa meilleure amie, une mathématicienne, l'aidait pour quelque chose et je crois que c'est ce qui lui a coûté la vie. Aujourd'hui, elle pourrit sur une table d'autopsie, le corps découpé en morceaux. Alors je me fous de savoir pour quel service de renseignement vous travaillez, ce qui m'intéresse, c'est de comprendre qui a tué cette jeune femme et pourquoi !

L'homme de la DRM reste de marbre. Il continue de braquer ses deux lasers verts sur Laurence. Il réfléchit un instant puis dit :

— Tout ce qui concerne Elga Salustri est classé secret-défense. Vous n'avez pas l'habilitation nécessaire pour y accéder. Je le regrette, mais je vais vous demander de quitter ces lieux.

— Vous êtes en train de faire entrave à une enquête criminelle sur un double homicide.

— Je vous ai répondu.

— Déclinez votre identité.

— Votre autorité ne s'exerce pas sur moi, capitaine. Voici mes papiers officiels.

Il lui tend un porte-cartes. Laurence l'ouvre. À l'intérieur, une carte d'identification de la DRM. Il y est écrit le nom « Paul Bicet » et en dessous « Officier de terrain ». Elle le referme et lui rend.

— Je n'en ai pas fini ici, dit-elle en partant.

— N'interférez pas, capitaine Milhau, ce n'est pas de votre ressort, et ce serait fâcheux pour vous, votre équipe, vos carrières, la menace-t-il avec calme dans son dos.

Laurence ne se retourne pas. Elle traverse le hall central d'un pas décidé. Elle fait claquer ses talons sur la pierre au rythme de ses réflexions. La dernière fois qu'on l'a menacée de la sorte, elle était encore jeune inspectrice. Elle levait le voile sur des disparitions d'enfants qu'un petit groupe de notables voulait étouffer coûte que coûte. Son obstination avait eu un prix : sa carrière et un mariage. Mais c'est aussi cette pugnacité qui lui avait fait croiser la route de Franck Somerset, puis mener la carrière qui est la sienne. Cet homme ne lui fait pas peur. Le pouvoir d'au-dessus ne l'influence pas. Ils ne font qu'accroître sa détermination. Ce sont les catalyseurs de sa ténacité

Ils retournent à la berline. Dans l'habitacle, un silence s'installe durant un instant, avant que Tanguy ne le brise en premier.

— Tu risques gros si tu persistes. Ces gens-là ne menacent pas à la légère.

Laurence ne répond rien.

— Qu'est-ce qu'on fait maintenant ? On ne nous laissera jamais interroger personne ici, ou même visionner les vidéos de surveillance. Qu'est-ce qu'elle a pu faire pour que les renseignements militaires l'arrêtent ? Je n'ai jamais vu ou entendu quelque chose pareil !

— C'est vrai. Mais ils viennent de nous confirmer que nous regardions au bon endroit. Pour l'instant, ils verrouillent l'accès principal. Nous trouverons le moyen de faire le tour.

— Tu ne crois quand même pas qu'ils auraient pu exécuter Ariane ?

— Je ne sais pas.

— Déconne pas, Laurence ! Certes, ce ne sont pas des enfants de chœur, mais tuer, puis découper une civile ! Je n'y crois pas.

— Je suis persuadée qu'une partie de la réponse se trouve dans l'identité du deuxième corps.

Tanguy attrape une cigarette, l'allume puis entrouvre sa fenêtre.

— Qu'est-ce qu'on fait maintenant ? Tu veux rejoindre Gilles ?

— Non. Donne-moi une clope et ensuite emmène-nous au *Volfoni*. Je veux comprendre ce qu'Ariane y faisait.

Chapitre 25

Mercredi

9 h 15

Le restaurant italien n'a pas encore ouvert ses portes. À l'intérieur, une femme de ménage passe une serpillière entre les tables. Laurence tape à la fenêtre pour attirer son attention. Celle-ci lui répond par gestes que le restaurant est fermé. Laurence sort sa plaque et la place en évidence sur la vitrine. La femme s'approche pour lire puis déverrouille la porte principale.

Elle ne parle pas bien français. Elle est nerveuse, elle n'a probablement pas de papiers. Une main-d'œuvre à bas coût, sans droits, corvéable à merci. Tanguy la met en confiance, récupère les coordonnées de son patron et compose son numéro. Le propriétaire répond avec froideur. Tanguy choisit la manière douce pour entamer la discussion. C'est peine perdue, le propriétaire répond à chaque question qu'il n'a rien à dire et qu'il va contacter son avocat. Laurence perd patience, prend le téléphone et le menace de faire fermer son établissement dans l'heure s'il ne les rejoint pas au restaurant sur-le-champ. Le propriétaire accepte, il n'a pas le choix.

Il arrive en scooter. Il porte tout l'attirail du hipster bourgeois. Ce triste sire cultive le S.A.D, la Suffisance comme approche, l'Arrogance comme réponse et le Dédain comme raison d'être. Un cocktail classique, mais qui provoque invariablement un arrière-goût dégueulasse au fond de la bouche. Laurence connaît toujours des difficultés à conserver son flegme face à ce type de dandys. Souvent, elle s'imagine prendre son Glock par le canon pour exploser leurs gueules à coups de crosse. Elle commencerait par broyer leurs globes oculaires contre leurs orbites, puis elle briserait leurs mâchoires dent par dent et finirait par enfoncer l'arête nasale tel un clou à l'intérieur du crâne.

Cette vision libératoire provoque un soulagement relatif. Comme attendu, le dandy n'est pas coopératif. Laurence est obligée de lui forcer la main. Finalement, les menaces de contrôles sanitaires dans les cuisines, fiscales pour les comptes et des contrats de travail de tous les employés modifient son comportement du tout au tout. Le dandy se métamorphose en majordome prêt à assouvir les moindres désirs de Laurence. Il connaît les codes de sa caste sur le bout des doigts. Fort avec les faibles, faible avec les forts.

Il envoie une photo d'Ariane à chacun de ses employés sur leur portable et leur demande qui la reconnaît. Une poignée de minutes plus tard et deux cafés offerts par la maison, une étudiante lui répond qu'elle l'a servie deux jours plus tôt. Par téléphone, Tanguy prend son témoignage et lui demande de venir remplir une déposition au Bastion dès que possible. Ariane était venue trouver l'adresse d'un homme. Il suppose que c'est le compagnon d'Elga. Il note les indications que le garçon du bar lui avait données.

En suivant ses instructions, Laurence et Tanguy rejoignent le pont d'amarrage des péniches, non loin du *Volfoni*. Sur le quai, l'accès à l'une d'elles est bloqué par des barrières de protection. Un bateau est calciné. Son pont supérieur a été dévasté par le feu, et il ne reste plus que la coque, à nu par endroits. C'est même un miracle qu'il flotte encore.

— Évidemment, souffle Tanguy en observant l'étendue des dégâts.

— Toujours un temps de retard, bougonne Laurence. Mais une nouvelle fois, la confirmation que l'on suit les bonnes traces. Ariane est venue ici. Je ne sais pas ce qu'elle a trouvé, mais ensuite, ils l'ont kidnappée, puis abattue.

— Qui ça, « ils » ?

Laurence se tourne vers Tanguy et lui sourit.

— Toute la question est là ! Est-ce que c'est la DRM ? Ou d'autres que nous ne voyons pas encore ?

— À qui tu penses ?

— Rejoignons Gilles, peut-être que lui a trouvé ce que l'on cherche.

@@@

Gilles saisit le gilet que lui tend un des Robocops. Derrière leur équipement, la combinaison, la chasuble, le casque, la cagoule, les lunettes, les gants, on ne peut plus reconnaître de signes distinctifs. Ils sont intégralement camouflés sous ce costume de flic d'élite. Ceux qui interviennent en dernier recours. Leur mission : Recherche, Assistance, Intervention, Dissuasion, le RAID.

Ce que Gilles attend d'eux aujourd'hui, c'est l'Intervention.

Laurence s'approche de lui. Tanguy est resté dans la berline, garée dans une rue parallèle, moteur allumé. Il est en alerte. On ne sait jamais ce qui pourrait se passer.

— Tu ne peux pas entrer avec eux, Gilles.

Il lève les yeux vers elle. Ses pupilles ne sont que rage et fureur contenues dans un espace bien trop petit et fragile.

— Tu ne peux pas te faire vengeance. Tu le sais.

Gilles baisse la tête, enfile le gilet pare-balles, puis clipse les lanières sur ses côtes. C'est comme un corset pour faire la guerre. Il sort son arme de service, vérifie le chargeur et la culasse. Laurence attrape son bras.

— Tu m'écoutes ? Ne fous pas ta vie en l'air.

Gilles plante son regard dans celui de Laurence.

— Elle l'est déjà, foutue, cette vie...

Laurence serre son avant-bras pour lui signaler toute son affection. Son devoir de capitaine d'équipe voudrait qu'elle lui refuse de participer à cette intervention, mais elle n'en a pas la force. Elle ne veut pas lui ôter ça.

— Promets-moi de ne pas les laisser gagner, dit-elle au moment où il rejoint les Robocops du RAID.

Le chef de l'escouade s'approche de Laurence.

— Il n'a pas l'air dans son assiette votre gars, là.

— Nuit difficile.

— Je ne veux pas d'écart, capitaine Milhau, sinon je le dégage de mon opération.

— C'est un professionnel. Il agira comme tel.

Le chef d'escouade jauge Laurence, puis rejoint ses hommes et donne ses instructions. Ils vont encercler le hangar où Michel Bron s'est arrêté avant de mourir broyé par un bus. Gilles est persuadé qu'il a chargé là les deux corps démembrés, dont celui de celle qui devait devenir sa femme. L'amour de sa vie, comme disent les romantiques.

Le lieu et la méthode empestent le grand banditisme. Cela suppose l'interpellation de suspects violents, lourdement armés et prêts à mourir. C'est pourquoi Gilles leur oppose le même type de bonhomme en face, avec en plus une plaque et une dégaine de *Punisher*. Ces superflics sont prêts à ce que ça dégénère. Lui aussi.

Au fond, il l'espère.

Son gilet pare-balles pèse une tonne. Pourtant, il respire mieux enfermé entre ces plaques de kevlar. Un des Robocops vient vérifier son équipement. Il lui rappelle également les consignes. Elles sont simples. Gilles reste derrière en toutes circonstances et laisse faire les pros. Il pourra entrer quand toute menace sera écartée. Ils sont une vingtaine à se positionner. Le hangar, vestige d'une époque où Paris possédait encore des usines, est percé de trois entrées. Une double porte devant pour les véhicules, et deux portes plus petites pour le personnel, sur le côté et à l'arrière. Trois groupes se positionnent devant chacune d'elles, tandis que deux snipers ont pris place sur les hauteurs de deux bâtiments avec vue plongeante sur l'opération. Un serrurier s'est occupé de neutraliser chaque verrou. Le leader du groupe Alpha donne le top départ. Dans un mouvement synchronisé, les trois escouades s'engouffrent dans la tanière de métal rouillé.

Laurence est retournée dans le camion principal et suit l'intervention à leur radio. Gilles s'est positionné à l'angle de la construction voisine. Au premier coup de feu tiré, il a prévu de s'élancer pour les tuer lui-même. Il est prêt. Il compte à rebours. 10, 9, 8... Il va un peu plus lentement qu'à la normale. 7, 6, 5... Son palpitant tape contre la plaque de fonte. 4, 3, 2... Le leader de l'équipe Alpha lance au travers de l'intercom : « Sécurisé ». Pas un coup de feu, et pour cause, quand Gilles entre à son tour dans le hangar, il comprend que la lutte a déjà eu lieu. Dans un coin, derrière une camionnette blanche, deux cadavres baignent dans une mare de sang partiellement sèche. Non loin, une demi-douzaine de douilles. Gilles s'accroupit et reconnaît du 9 mm parabellum.

Le chef d'escouade vient vers Gilles.

— Vos gars sont déjà morts, abattus.

— Je vois ça, répond-il.

— Le reste du bâtiment est vide. Aucune trace des assaillants hormis ces quelques douilles.

— Merci, conclut Gilles.

Gilles s'approche des deux dépouilles. C'est du travail de pro, deux balles dans la poitrine, une dans la tête de chacun. Il n'est pas spécialiste en médecine légale, cependant il a vu assez de cadavres pour savoir que ces deux-là sont morts depuis à peine une heure ou deux. La frustration est immense, tel un brasier qui dévore du petit bois. Il regarde les hommes étendus. Les rats n'ont eu qu'une courte longueur d'avance, mais ils ont déjà commencé à se repaître. Les parties molles, yeux, extrémités, testicules, ont été déchiquetées par leurs petites dents acérées.

Il attrape sa Mag Lite, s'agenouille près d'un des corps et le balaye du faisceau lumineux comme un pinceau sur une toile. C'est à peine un adulte, vingt ans tout au plus, la carrure d'une allumette. Le jet de lumière s'arrête sur son visage. Un masque recouvre la moitié inférieure. De sa main libre, il saisit un stylo-bille dans la poche arrière de son jean. Il l'utilise pour soulever doucement le bout de tissu. Ce qu'il voit fait remonter le contenu de son estomac. La bile chaude enflamme sa gorge. D'un réflexe, il s'écarte, son dos part en arrière.

— Putain ! crie-t-il en tombant sur les fesses. C'est dégueulasse !

Il se relève d'un bond, les intestins noués. Il fait quelques pas, braquant la lampe torche dans un large cercle. L'entrepôt est vide. L'un de ces lieux abandonnés que la société parallèle s'est réapproprié. Au milieu, il s'arrête sur une tente en plastique. Elle forme un carré de protection. Il la rejoint en quelques enjambées, l'ouvre par l'un des pans et éclaire l'intérieur. Du sang recouvre tout. Projeté, aspergé, éclaboussé, pulvérisé, des litres, encore des litres, il n'y a que ça partout où il regarde. Son abdomen tente une nouvelle fois de rejeter tout ce qu'il contient par le haut. Il s'écarte et vomit tout, tout ce que son bide a encaissé. Des larmes chaudes coulent le long de ses joues.

— Ça va ? demande Laurence qui accourt pour l'aider.

À présent qu'il n'a plus la vengeance pour le soutenir, il s'effondre en totalité. Laurence le retient. Elle fait appel à deux des Robocops pour qu'ils viennent l'aider. À son tour, elle observe le hangar, puis l'intérieur de la bâche de plastique. Elle se fige là où Ariane s'est vidée de tout son sang, de toute sa vie.

Chapitre 26

Mercredi

10 h 53

Tanguy ouvre la portière de la berline, un large pan de neige glisse le long de la vitre et de la tôle. Plusieurs centimètres recouvrent l'ensemble du véhicule, ainsi que la route et les trottoirs alentour. Le soleil est au zénith. Un faible halo luminescent transperce l'opaque ciel gris. L'apocalypse est en marche. Les voitures se frayent un chemin sur la route devenue boueuse et glissante. Les piétons s'emmitouflent derrière chaque parcelle de tissu qu'ils peuvent tirer de leur manteau, pull, chemise ou écharpe. Les deux-roues ont perdu leur primauté. Une révolution passagère où le saint scooter, l'apôtre vélo et le Roi mage trottinette ont tous trois été décapités en même temps. Comble d'une époque, où c'est Mère Nature qui rend la voiture *great again*.

Les tueurs en série sont tous métamorphosés en petits agneaux frêles et apeurés. Les flocons de la taille d'un bouton de manchette tombent en rafales. Ils s'agglutinent les uns aux autres comme si leur vie en dépendait. Les essuie-glaces fonctionnent à la vitesse maximum, et leur mouvement lancinant racle sur le pare-brise, là où la glace s'agrippe.

En ce jour du Jugement dernier, Tanguy est obligé d'effectuer un slalom délicat entre les voitures qui ont dérapé, celles qui sont bloquées et celles que leurs propriétaires ont abandonnées là, en plein milieu, se disant que d'autres s'en occuperaient. Certains déséquilibrés agitent les bras au passage du véhicule de police, pour qu'ils s'arrêtent. Tanguy rétrograde. Il utilise le frein moteur pour garder le contrôle de la voiture et passe sans ralentir. L'homme qui levait les bras vers lui lui lance une salve d'injures incompréhensibles, puis un doigt d'honneur beaucoup plus explicite.

Le reste de l'odyssée ressemble à la première partie avec un enchevêtrement chaotique de moyens de transport en commun et personnel mouchetant le macadam. La neige s'empile sur tout ce qui ne peut pas bouger : immeubles, trottoirs, arrêts de bus, lampadaires, arbres, monuments et sans-abri. La Ville lumière termine sa mue en cité finlandaise dans un climat vespéral.

Dans l'habitacle surchauffé, la mort règne. Gilles à l'arrière n'a plus dit un mot depuis qu'il a vomi toutes ses tripes. Laurence n'ose briser ce silence. De son côté, Tanguy conduit et imagine l'enterrement de l'équipe de Franck Somerset.

Pour Gilles, c'était déjà acté qu'il la quitterait. Le meurtre d'Ariane accélérera le processus. Il sait que Marion y réfléchit aussi. Il l'a vue s'abîmer face à l'implacable brutalité ordinaire. Franck Somerset a disparu après l'affaire du vengeur des catacombes. Bientôt, il ne restera que Laurence et lui. Auront-ils la capacité de reconstruire l'équipe ? Tanguy aimerait.

Ils font un détour et s'arrêtent au pied de l'immeuble de Gilles.

— Je vais m'occuper de le remonter chez lui et de lui faire prendre une douche, dit Tanguy.

— Très bien, je rejoins le Bastion, dans ce cas-là, répond Laurence.

Avant qu'ils ne partent, elle prend Gilles dans ses bras, car elle n'a plus de mots pour lui signifier qu'elle sera toujours là. Lui n'est déjà plus, son enveloppe est molle, vide, tandis que ses pensées traversent un purgatoire.

Au Bastion, l'accueil grouille de vie plus abondamment que d'habitude. Une vie protéiforme, composée des rejetés, des rebuts, des déclassés, des bannis, des chassés, des exclus et bien sûr de ceux payés pour les contenir, les mettre à l'écart, les rendre invisibles. L'explosion de couleurs tranche avec l'extérieur en monochrome. Ici, il y a du rouge, du vert, du bleu, du mauve, des rayures, des carreaux, de la grosse maille, du synthétique, du vinyle, et plein d'accessoires, souvent dépareillés, comme tout le reste. Rien ne colle, rien ne s'associe, rien n'est pensé harmonieusement ou en vue d'une esthétique. Un patchwork de moche, une confusion d'objets et de corps qui suivent la rythmique de leur passé, de leur présent, et bientôt de leur futur, seule chose qui les réunit tous. Ça et la misère.

Dans leur open space, Marion s'affaire à déplacer des tableaux sur lesquels elle accroche les différentes ramifications de l'enquête. Sur l'un, les éléments de l'accident de Michel Bron la veille. On y observe plusieurs plans de l'accident et des morceaux de corps, ainsi que des photos de l'appartement du vieillard, ses informations personnelles, celles de sa petite-fille Mila et son lien avec le hangar.

À côté, un deuxième panneau sert à reconstituer les éléments concernant Ariane, son corps débité dans la Golf de 89 et son appartement fouillé par des ombres. Il y a aussi les informations sur son passé, ses liens avec Elga, son programme

Diva que l'équipe connaît bien, ses liens avec Gilles et sur une carte la reconstitution de ses derniers mouvements.

Un troisième, encore vide, servira aux victimes retrouvées dans le hangar.

Un quatrième se consacre au deuxième corps démembré. Un nom trône au-dessus des photos de l'autopsie. Laurence s'approche pour le lire.

— Comment tu as fait ?

— Pour trouver son nom ? répond Marion.

— Oui.

— Une intuition. Quand j'ai vu le corps reconstitué, j'ai pensé qu'il avait des origines moyen-orientales. Ensuite, le Dr Gbetro a relevé de nombreuses cicatrices antérieures aux faits. Son hypothèse était qu'il avait vécu dans un pays en guerre. Alors, j'ai pensé que ce pouvait être un réfugié syrien. J'ai envoyé sa photo et ses empreintes à une copine chez Frontex, l'Agence européenne de gardes-frontières, et on a eu de la chance.

Laurence s'approche de la photo d'identité du jeune homme épinglée sur le tableau.

— Elle fait partie de son dossier pour sa demande d'asile politique, dit Marion.

Laurence analyse ses traits, ce visage poupin, ces iris d'un noir d'encre, tout comme ces cheveux courts. Il pourrait être son fils. Il pourrait avoir traversé l'Atlantique pour vivre sa vie lui aussi. D'un geste de la main, elle caresse les contours de la photo. Elle ne pensait pas que le manque serait si vif.

— Assan Olaf, lit Laurence à haute voix.

Elle reconnaît le nom de l'homme que Gilles a à identifier pour Franck. C'est comme une boucle qui se referme, un retour aux premières heures de cet enchaînement chaotique de disparitions et de meurtres.

— Tu as plus d'informations sur lui ? demande-t-elle. Qu'on comprenne ce qu'un réfugié syrien vient faire dans cette histoire.

Dans son dos, elle entend des bruits de pas qui s'arrêtent dans l'embrasure de la porte.

— Je devrais pouvoir vous aider à comprendre ce qu'il se passe, dit une voix.

Laurence connaît si bien ce timbre qu'une vague de chaleur la traverse de part en part. C'est le son de la chasse, du traqueur, du rouage qui la complète parfaitement.

— Enfin te voilà, Franck ! s'écrie-t-elle en se retournant. Ça fait des heures que je te cherche.

— Je suis là.

— Qu'est-ce que tu foutais ?

— Je vais te le dire.

Partie 4 : L'exilé

*L'archétype du **héros** est plus subtil que la conscience populaire le décrit. C'est un soldat qui lutte pour l'honneur et fera tout ce qui est en son pouvoir pour défendre cette valeur. Mais c'est aussi là que réside sa plus grande faiblesse, dans ce don de soi, jusqu'à s'oublier et se perdre lui-même.*

Chapitre 27

Dimanche

14 h 37

Je m'y reprends à deux fois pour tracer la fine courbure de son nez. Il est fin, petit, légèrement retroussé. Une fois dessiné, le croquis dégage l'autorité naturelle du modèle. J'ajoute cette colombe qu'elle a tatouée sur sa peau. C'est la marque de Picasso, je l'ai déjà vue dans un livre. En dessous de la photographie, il était écrit que le peintre avait voulu signifier que l'art pouvait influer sur la vie politique. Tout le paradoxe de cette femme apparaît dans cette petite colombe aux formes naïves.

Je ne sais rien d'elle. Elle ne m'a donné ni prénom, ni nom. Elle m'a juste expliqué qu'elle avait pouvoir de vie ou de mort sur moi, ainsi que sur Nesrin et Hiba. Je lui cherche un surnom. Après quelques secondes, je décide que ce sera la Colombe. Je n'ai pas d'imagination pour trouver des sobriquets. La Colombe m'a dit ce qu'elle attendait de moi.

J'ai acquiescé malgré le risque insensé que ça représente. Que pouvais-je faire d'autre ? C'est Nesrin et Hiba qui sont menacées.

J'entends un pas lourd se diriger vers la porte. Je range en hâte le dessin de la Colombe dans une poche. Je ne veux pas qu'on le voie. On pourrait me demander qui elle est, et je ne saurais quoi répondre.

L'homme entre, me jauge et me juge du haut de sa stature imposante.

« Raconte-moi ton histoire », me dit-il, après avoir pris une chaise, l'avoir fait grincer sur le sol et s'être assis en face de moi. La table bouge lorsqu'il pose ses coudes dessus et met sa tête dans ses mains.

Son œil gauche diverge du droit. Ils ne sont pas alignés correctement. Je passe de l'un à l'autre sans savoir lequel je dois regarder pour capter son attention. Il ne dit rien, et pourtant sa force pulse tout autour de lui, comme un halo luminescent. Il a une barbe de quelques jours. On pourrait penser qu'elle est là car il se néglige, mais je vois à son cou et à ses joues que la démarcation avec la peau rasée est nette, droite, sans accroc. Il dissimule sa vraie nature derrière quelques artifices.

Il allume une cigarette, puis me tend le paquet et fait un signe de la main en direction d'un type muet dans son dos. Ce dernier lui apporte un cendrier. J'en prends une, même si je n'ai jamais vraiment fumé. Je n'avais rien, alors je ne voulais pas une dépendance en plus. Maintenant, j'ai de l'argent, un peu, assez pour avoir un toit pour Hiba, Nesrin et moi. Oh, rien d'occidental, encore moins européen, mais pour celui qui a tout perdu dans le gouffre de la guerre, le peu que j'ai est déjà un trésor incommensurable.

— Alors d'où viens-tu, Assan ?

Je ne suis pas encore sûr de vouloir lui dire la vérité. Je ne sais pas si je peux lui faire confiance. Pas confiance comme on l'entend ici, ça, je sais que cela n'existe pas pour un homme comme moi. Non, juste confiance pour qu'il ne cherche pas à m'enfermer, à m'asservir, à me violer, à me vendre ou à me tuer. Est-ce que je peux lui accorder cette confiance-là ? Juste le minimum qui sépare les barbares des gens civilisés. Je sens le tapotement de son pied sous la table. Il s'impatiente. J'ai appris à faire attention aux moindres vibrations qui m'entourent, même les plus infimes.

— Je viens de Deraa.

— C'est au sud de Damas, ça ?

— Oui, pas loin de la Jordanie.

— C'est par là que tu es passé ?

— Non.

— Par le nord alors ? La Turquie ?

— Non.

Je vois que cela l'agace que mes réponses ne soient pas plus développées. Il voudrait que je parle sans discontinuer. Que je dégobille qui je suis, d'où je viens, ce que je fais. Il n'a pas connu mon enfer. On en sort dépouillé de tout, même de mots, la violence nous les prend. Les rares qu'il me reste portent un poids, un coût.

— Par où alors ?

— Par l'Irak, puis l'Iran.

Il lève les sourcils, et son front se plisse de plusieurs rides profondes. Les commissures de sa bouche s'abaissent et le milieu remonte. L'écart anormal de ses yeux s'accentue. Il est étonné.

— Ce n'est pas la route classique, ça. Pourquoi partir vers l'est pour revenir vers l'ouest ?

— Un concours de circonstances.

— Développe, dit-il avec une fermeté soudaine.

Elle n'est pas brutale, même pas teintée de colère. Elle ne fait que claquer, à la manière d'un coup de fouet au-dessus de l'oreille d'un cheval. Le son suffit à faire comprendre l'ordre et la volonté.

— Je n'avais pas d'argent pour payer les passeurs et j'avais la charge de mes deux sœurs. J'avais entendu des choses horribles sur les trajets traversant la mer pour la Grèce et je n'étais pas sûr d'être capable de les protéger. Alors j'ai choisi de partir vers l'est, de passer en Irak et de chercher du travail.

— Qu'est-ce que tu comptais faire comme travail ?

— Je voulais proposer mes services d'interprète, pour les Français. Je pensais économiser, acheter des faux papiers, une voiture et faire le voyage jusqu'en Europe par la route.

— Pas bête, répond-il. Comment tu as fait pour avoir un français aussi bon ?

— Mon père.

— Ton père était français ?

— Non, mais il était professeur et le parlait couramment. Avant même que l'on ne prononce nos premiers mots, il nous parlait en français, tous les soirs. On apprenait à lire avec un livre français également. Pour lui, c'était un moyen de nous émanciper.

— Où est-il aujourd'hui ?

Même si je savais que cette question allait venir, je sens ma gorge se nouer. Cela m'oblige à repenser à lui et au dernier jour. Je tente de chasser ces fantômes, de les renvoyer dans le purgatoire où je les ai laissés crever.

— Mort.

— Comment ?

Je n'ai pas envie de parler de ça. Cet homme ne peut pas comprendre ce qui est arrivé à mon père, ou à mère. Parler de leur mort, c'est comme les salir. Comme rappeler leur esprit ici et les torturer une fois de plus. Mais je n'ai pas le choix.

— Bombes.

— Désolé.

Son visage n'exprime rien. Pourtant il paraît réellement touché, comme si un éclair d'empathie inattendue traversait son corps, puis disparaissait aussitôt.

— Comment as-tu fait en Irak ? Tu avais deux bouches à nourrir en plus de la tienne.

— Je suis allé à Erbil, dans le Nord, pas loin de la frontière avec l'Iran et la Turquie.

— Erbil ? Pourquoi là-bas ?

— La route était moins dangereuse que celle de Bagdad, et il y a un consulat français là-bas.

— Malin !

Il se tourne vers l'homme muet dans son dos et lui dit :

— Vladimir ne nous a pas menti. Il est plus malin que les autres ce petit-là.

Il reprend sa position initiale, plante de nouveau son regard asymétrique dans le mien, son sourire s'efface et il dit :

— Ensuite ?

— Au consulat français, j'ai proposé mes services, dis-je. Quelques jours plus tard, ils m'ont présenté à un Français qui venait d'Iran. Il avait besoin d'un interprète pour deux semaines.

— Comment s'appelait-il ?

Il voit que j'hésite une nouvelle fois à lui répondre. Ses yeux se durcissent, il change de position, croise ses bras sur son torse. Il n'aime pas qu'on lui résiste. Je n'ai pas le choix de toute manière. La Colombe a été très claire sur ce point. Je devais accepter la proposition de Vladimir de rencontrer cet homme. Maintenant, je suis condamné à lui faire cette confiance impossible. Résister n'a aucun sens.

— Gérard.

— Gérard comment ?

— Gérard Lefebvre.

Il note le nom sur un petit calepin qu'il tire de la poche de sa veste, puis il arrache la feuille et la tend au-dessus de sa tête. Dans son dos, l'homme muet se saisit du message, puis repart, toujours sans mot dire. Sa joue gauche est couverte d'une cicatrice de brûlure.

— Que faisait-il en Irak ?

— Il dirigeait l'antenne iranienne d'une entreprise française. Il vendait des usines agroalimentaires. L'Iran lui servait de plateforme pour étendre son activité avec l'Irak, l'Azerbaïdjan et le Turkménistan.

— Destinations paradisiaques !

— Il aimait à dire que l'Iran était son deuxième pays après la France. Il y avait fait son service militaire étant jeune. Il connaît bien la région. Il parle persan.

— Chacun son truc. (Il décroise les bras, allume une nouvelle cigarette et prend une position confortable sur la chaise.) Qu'as-tu fait ensuite ?

— J'ai laissé mes deux sœurs à Erbil chez un couple que le Français connaissait et je l'ai suivi à travers tout le nord de l'Irak, de l'Iran et l'Azerbaïdjan. Il était accompagné d'un Iranien et d'un ingénieur français. Nous visitions des sites potentiels pour l'implantation d'usines de fabrication de sucre. On faisait beaucoup de route. On a eu le temps de se parler, de faire connaissance. Je lui ai confié mon but de rejoindre la France. Il m'a aidé. Il a obtenu des papiers provisoires iraniens pour mes sœurs et moi et ensuite il m'a fait un contrat qui nous a permis de demander un visa pour la France. Cela a pris quatre mois, mais le visa est arrivé. Durant cette période, j'ai continué à travailler pour lui à Téhéran. Il nous a payé les billets d'avion, et nous sommes partis. C'est grâce à cet homme si aujourd'hui mes sœurs sont ici, à l'abri de la guerre. Je lui dois beaucoup.

— Un homme vertueux assurément, dit-il avec une pointe de sarcasme. Ensuite ?

— Ensuite… dis-je en inspirant profondément. Ensuite, ce fut plus difficile encore. Gérard m'avait donné de quoi tenir quelques mois, mais mon visa n'était que temporaire. Il ne me permettait pas de chercher un logement, ni de trouver une école pour Hiba et Nesrin. Nous avons échoué dans un camp de migrants aux portes de Paris. Les trafics d'êtres humains, la drogue, les viols, la violence m'ont obligé à fuir pour protéger mes deux sœurs. Un soir, j'ai dû me battre pour empêcher des barbares de les prendre. J'ai été blessé par un coup de couteau, j'avais peur d'aller à l'hôpital, d'être arrêté par la police, et ensuite... J'ai contacté Gérard. Par chance, il était de passage en France au même moment. Il est venu me chercher avec mes sœurs et nous a emmenés chez lui, à quelques kilomètres au nord de Paris, dans une petite ville de province. Il nous a accueillis au sein de son foyer, avec Corinne, sa femme. Une nouvelle fois, il nous a aidés.

Repenser à cette période me trouble. Là-bas, j'y ai vu mes sœurs sourire d'insouciance. Après une année, elles partageaient de nouveau un dîner en famille et une chambre d'enfant. Corinne connaissait une directrice d'école, qui par compassion et sens du devoir, a accepté de prendre mes sœurs sans poser de questions. Les voir reprendre le chemin de l'école fut le plus beau jour de ma vie depuis le début de la guerre. Pour la première fois depuis des mois, elles ont goûté à l'affection, à la bienveillance. Elles pouvaient encore se reconstruire. Moi, je n'en suis plus capable. Les horreurs de la guerre ne guérissent plus passé un certain âge.

L'homme muet revient avec une tablette tactile qu'il donne à l'homme qui m'interroge.

— Une seconde, me demande-t-il avec une politesse hors de propos.

Je ne peux pas voir ce qu'il y a sur la tablette. J'imagine que c'est en rapport avec ce qu'il avait griffonné, sûrement des informations sur Gérard Lefebvre. Il glisse son doigt sur la surface tactile. Ses yeux courent entre les lignes en ordre dispersé. Cela lui prend une à deux minutes. Il rend la tablette, puis se réinstalle confortablement sur sa chaise. Ses expressions sont réduites au minimum. C'est à peine s'il respire ou déglutit. Impossible de savoir ce qu'il retient de sa lecture ou ce qu'elle a provoqué.

— Ensuite ?

— Ensuite, eh bien… (Je reprends mon souffle sans savoir pourquoi il me manque.) Une fois guéri du coup de couteau, j'ai laissé Hiba et Nesrin chez les Lefebvre – elles étaient bien là-bas, mieux qu'avec moi – et je suis reparti à Paris pour trouver du travail. J'ai juré à Gérard que je trouverais l'argent pour Hiba et Nesrin, pour le rembourser. Il ne le voulait pas, mais moi, j'y tiens. C'est mon devoir. J'ai fait un peu de tout, jusqu'à rencontrer Vladimir et ce travail, ici.

L'homme laisse un silence s'installer. Il me regarde dans les yeux, sans bouger. Puis il se penche et repose les coudes sur la table branlante.

— Que veux-tu, Assan ?

— Pardon, monsieur ? Je ne comprends pas.

— C'est simple, si je te donnais une baguette magique et que tu puisses l'utiliser une fois et une fois seulement, que voudrais-tu ?

Je ne me suis jamais posé une telle question. Ou peut-être que si, enfant, avant la guerre. Je ne m'en souviens plus. Depuis les combats, le sang, la mort, la faim, la peur ont bouffé tout mon horizon. Alors penser à la magie serait comme un sacrilège.

Alors quoi ? Que vouloir ?

Une évidence.

— Je voudrais une belle vie pour mes sœurs.

L'homme jauge ma réponse. Puis il fait de nouveau un signe à l'homme muet.

— Ça, je peux te l'avoir, dit-il avec l'assurance des hommes riches. En revanche, tu vas devoir me donner quelque chose en retour.

Chapitre 28

Dimanche

15 h 15

Sur la tablette, l'homme muet au visage brûlé me montre des photos. Plusieurs sont d'une femme entre trente et trente-cinq ans, les cheveux d'un noir de jais, les lèvres charnues, un nez fin, un regard intense et franc, l'assurance et le charisme des bien nées. Tantôt elle est dans la rue, tantôt dans un café Starbucks ou devant un cinéma.

Sur une autre série, l'homme balafré pointe du doigt le bas d'un immeuble, puis une porte d'appartement sur un palier et enfin un immense bâtiment en forme de trident avançant sur la Seine. Il parle de la femme comme de la cible, de l'appartement comme du point de contact et de l'immense trident comme de l'objectif où je dois récupérer un paquet et ensuite le lui rapporter. Il utilise des termes techniques propres aux interventions militaires. J'en comprends le sens global sans assimiler les nuances de ce jargon.

À mesure que les photos défilent, il explique ce qu'il veut de moi. Mon esprit vagabonde, et mon corps reste sur place. Je flotte loin, très loin. J'ai fini par me faire piéger, comme tous les autres de ma condition, chair à canon apatride. J'ai réussi à éviter la route des passeurs, la noyade dans la Méditerranée, l'esclavagisme, la traite sexuelle, les camps de l'Europe de l'Est, les fachos d'Italie, j'ai même rencontré l'humanisme français au travers d'un homme et de sa femme, mais malgré tout cela, le champ de mines n'a pas de fin. Il s'étale à perte de vue.

Les clichés résonnent dans ma carcasse vide comme le cliquetis du mécanisme de la bombe sous le poids de mon pied. Je suis ferré. Si je fais le moindre mouvement, je suis mort. Je pense à mon père, à ce qu'il m'a confié, à sa déception, à sa tristesse s'il m'observe actuellement de là où il est.

Je vois dans le regard sans expression de mon nouveau maître qu'il s'est emparé de moi comme d'un outil que l'on utilise pour une tâche.

Et puis ensuite... Ensuite, on verra s'il fonctionne toujours.

— Eh, tu m'écoutes ? Tu comprends ce que je te raconte ?

— Oui, dis-je, sonné par cette reconnexion brutale.

— Vladimir m'a dit que tu savais te battre, que tu étais physique et bien bâti. Il m'a aussi dit les boulots que tu avais faits pour lui. Tu les as exécutés avec professionnalisme, sans poser de questions, sans attirer les regards. « Il est bon ce petit-là, m'a-t-il dit. Il est plus malin que la moyenne. » (Il me jauge de bas en haut.) Il ne semble pas avoir menti.

Je bredouille un oui. Avant la guerre, je faisais partie de l'équipe nationale d'arts martiaux. Mon père y avait mis un point d'honneur comme pour le français. C'était pour lui le moyen d'apprendre à se défendre sans pour autant entrer dans l'armée. Et puis, ça forge le caractère, disait-il.

L'homme rumine quelque chose. Il me scrute. Cherche au-delà de ce que je lui ai dit, si j'ai des secrets que je lui cache.

Ils sont nombreux, mais jamais il ne les trouvera. Si la guerre m'a brisé, elle m'a aussi appris à dissimuler mes émotions.

— Très bien, dit-il. Je vais te charger d'un travail. Ce travail est le plus important que l'on t'ait jamais confié, bien plus que ceux pour Vladimir. Si tu réussis, je m'engage à ce que la scolarité de tes sœurs soit payée jusqu'à leur majorité.

Mon cœur fait un bond dans ma poitrine.

— Aurai-je besoin de me battre ?

— Si tu suis mes instructions à la lettre, non. Tu pourrais être cul-de-jatte que ça fonctionnerait tout aussi bien. Ce dont tu vas avoir besoin, c'est de ton intelligence, dit-il en tapotant sa tempe de son index, et de discrétion. Ah et de ça aussi.

Il sort un objet métallique de sa veste. C'est un Heckler & Koch USP, semi-automatique à double action. Une version compacte, avec conversion de calibre en .40 au lieu du classique 9 mm. Il le pose sur la table, face à moi.

— Tu sais ce que c'est ?

— Un pistolet.

— En effet. Tu sais t'en servir ?

— Oui.

— Montre-moi.

Je crois à un test. Je lance un regard à l'homme muet derrière lui. Il porte un fusil d'assaut HK416 à l'épaule. Il est en position de repos, mais prêt à intervenir au moindre faux mouvement.

— Alors ?

Je prends l'USP par sa crosse, éjecte le chargeur avec l'extension de poignée, puis je tire le canon vers l'arrière et l'aligne avec la goupille de butée. J'extrais l'axe de son logement et la culasse suit. J'aligne sur la table, devant lui, les sept composants majeurs de l'arme, dans l'ordre où ils doivent être nettoyés avant remontage.

L'homme me regarde avec ses deux billes disjointes, grosses comme des calots. Le muet aussi est surpris. Il fait un pas de recul. Mon nouveau maître laisse échapper un rire sardonique, puis dit quelque chose au muet dans une langue que je ne connais pas. C'est une base slave sans pour autant être du russe.

— Tu es plein de surprises, Assan ! Je comprends de mieux en mieux pourquoi Vladimir t'a envoyé vers moi, s'exclame-t-il. Où tu as appris ça ?

— Mon grand-père. Il était officier dans l'armée et collectionnait les armes. On les nettoyait ensemble et quand on avait fini, il m'en montrait d'autres sur de grands catalogues.

Il hoche la tête, satisfait. Il est convaincu. Convaincu d'avoir trouvé, parmi les étalages, le nouvel outil dont il a besoin.

— Alors ce sera pour demain, dit-il avec une joie dans la voix qui me glace l'échine. Tu as compris ta mission ? Tu as tous les détails ?

À cet instant, j'ai peur. C'est comme si j'allais lever mon pied du mécanisme de la mine. Je vais entendre le cliquetis qui précède l'explosion, juste un battement de cils avant la mort. Je pense à mon père, je pense à ma mère, à mes sœurs, à la vie qu'elles auront. Alors, je dis oui.

Il demande quelque chose au muet. Dans la foulée, celui-ci quitte la pièce.

— Tu as des questions ?

J'aimerais lui demander si l'on peut oublier tout ce que l'on vient de se dire. J'aimerais le supplier, pleurer, lui parler de mes sœurs, de la tristesse de mon existence, provoquer au sein de ce monstre de chair une étincelle d'empathie. Mais je n'en ai plus la force, et lui a perdu toute son humanité depuis bien longtemps.

— Qui êtes-vous ? lui dis-je.

L'homme jauge ma question, impassible. Comme si je venais de lui offrir une farce délicieuse, il rit de bon cœur. Il s'allège de sa charge.

— Qui crois-tu que je sois ?

— Je sais pas. La mafia ?

Il rit de plus belle. Il ne se moque pas de moi, il n'essaye pas de me faire peur. Non, il rit, simplement.

— C'est ce que tu voudrais ?

— Que vous fassiez partie de la mafia ? Non… Je ne sais pas… En fait, je m'en fiche. Je veux être sûr que vous êtes un homme de parole, que mes sœurs auront une belle vie si je fais ce que vous voulez.

Il ne rit plus. Il a remis en place son masque impassible.

— Tu as peur que je te trahisse ?

— Oui.

— C'est légitime, dit-il avec calme. (Il réfléchit quelques instants.) Comment pourrais-je te rassurer ?

— Je ne sais pas. Je ne vous connais pas. Je ne connais personne ici.

L'homme tire une photographie de sa poche et me la tend. Elle est abîmée par le temps, le film plastique dans les coins se décolle, et un cercle décoloré brouille une partie de l'image.

— Ce que tu as besoin de savoir c'est que je suis un homme, comme toi. Je ne suis pas un monstre. Tu en as la preuve entre les mains.

Je la regarde un long moment.

— Ça te va ?

— Oui.

Chapitre 29

Dimanche

16 h 24

Dans une rame de métro, qui me conduit à travers les entrailles du monde, je m'imagine dans la panse d'un Shai-Hulud, ces vers des sables colossaux qui peuplent les déserts d'Arrakis. Pour perfectionner notre français, mon père tirait ses textes d'une vieille édition française du roman *Dune* de Frank Herbert. Son souvenir me hante, quoi que je fasse, où que je puisse être. Alors pour fuir mes souvenirs, je sors quelques feuilles de ma poche, un crayon de bois et dessine des visages. N'importe lequel qui me passe sous les yeux. Le dessin concentre mon esprit sur l'instant, me libère de mon passé. Je tiens le portrait de la Colombe que j'ai dessiné juste avant de rencontrer le maître. Songeur, je tente de comprendre où tout cela me mène.

Je rentre dans la chambre que je loue, au 69 de la rue Jeanne-d'Arc, en face de l'arrêt de bus Clisson. Là, un immeuble en brique beige se dresse sur dix étages. Les appartements ne sont pas très grands, et des familles nombreuses s'entassent dans quelques mètres carrés. Des enfants jouent sur les paliers. Il y a aussi une vieille assise sur une chaise qui regarde le temps passer.

Je me souviens qu'un soir je rejoignais *Le Sputnik*, la boîte de nuit qui appartient à Vladimir. J'y travaille comme agent de sécurité cinq nuits par semaine. À quelques rues, je vis un attroupement. Il y avait un homme, accompagné par d'autres qui haranguaient une petite foule disparate.

— Ici, là, tout autour de vous, 75 % des gens sont pauvres ! Et que se passe-t-il une fois que j'ai dit ça ? Rien ! Absolument rien. Et pourtant quand je regarde chacun de vos visages, je vois de la colère, de la tristesse, des existences brisées, exploitées et pourtant, rien ! Et c'est insupportable. Je ne veux plus dire que rien ne se passe. Je veux pouvoir dire que le peuple se soulève contre ceux qui les affament et qui les privent de leur liberté et de leur dignité !

La verve du tribun était forte, passionnée, mais les mots étaient élimés, vidés de leur substance. La petite foule ne réagit pas aux appels de sursaut. Elle attendit poliment que l'homme et ses sous-fifres concluent ce discours.

— Alors, votez pour moi ! Et je vous rendrai votre dignité, votre liberté !

La petite foule applaudit timidement, puis se dispersa. Le tribun monta dans sa voiture, la mine déconfite. Avant de passer la portière que lui tenait un chauffeur, il ajouta :

— Vous ne vous battez pas pour des idéaux forts et importants.

Mais son maigre public ne l'écoutait déjà plus. Il ne comprend pas que ces gens se foutent des idéaux. Ils survivent et quoi d'autre ? Rien. Rescapés de pays en guerre, de dictatures violentes, de terres sans écoles, sans hôpitaux, sans avenir. Ici, *ces* gens, que le tribun voudrait appeler *ses* gens, ne veulent plus se battre, ils veulent juste une place.

Moi aussi, je suis décalé.

Je pousse la porte de l'appartement. Mohammed fait la prière avec sa famille. Je lui loue l'ancienne chambre de ses enfants. Maintenant ils dorment tous dans la sienne. Cette réorganisation lui a permis de se maintenir à flot après être tombé malade. Un cancer.

Dans ses prières, il remercie la France, sans qui la tumeur l'aurait dévoré. Et alors que seraient devenus Hassina et les enfants. Dieu merci, il n'a pas à s'en inquiéter. Il me propose de me joindre à eux. Je décline et file dans mon espace. C'est mon chez-moi. C'est l'architecte qui me l'a trouvé quand je vivais dans le monde d'en dessous, dans les tréfonds sous la Défense.

Je range dans une petite boîte les quelques dessins que j'ai crayonnés aujourd'hui et je fais les cent pas. Trois pas d'un côté, puis trois dans l'autre sens et ainsi de suite. Je pense à Patrice, un sans-abri d'un humanisme aussi profond que son érudition. Il m'a tendu la main, alors que lui-même n'a rien. Il m'a mené au *Sputnik*, à Vladimir et donc, par une succession d'événements chaotiques, à mon nouveau maître. Mon destin est inéluctable.

Comment fuir ? Je l'ai déjà fait, je peux le refaire

J'envisage toutes les possibilités. J'élabore plusieurs scénarios, m'appuie sur des hypothèses plausibles. Je termine sur le même constat à chaque itération.

Si je fuis, quelqu'un meurt.

Mon nouveau maître a refermé sur moi un piège habile. D'abord me faire parler. Sous couvert de jauger ma fiabilité, il a identifié mes faiblesses. Les visages qui peuplent mon cœur. Il ne pourrait envisager de confier cette mission à quelqu'un de seul. Il serait une anguille. Son âme, couverte d'une gélatine visqueuse et glissante, empêcherait toute pression, toute fiabilité. Seul quelqu'un avec des attaches garde ses pieds accrochés à ce monde. Il a pris le temps de m'accoucher, en douceur. À présent, il connaît l'existence de Hiba et Nesrin. Il sait pour Gérard, sa femme, et même si mes indications sont restées vagues, les retrouver ne sera pas difficile. Je peux fuir avec Hiba et Nesrin, mais c'est mettre celui qui nous a aidés en danger. C'est aussi détruire les espoirs de mes sœurs.

Il n'y a aucun doute possible sur le fait qu'elles sont plus heureuses avec eux.

Une autre idée me percute. Et si je m'en sortais ? Peut-être qu'il n'y a pas de piège. Je suis habile, je peux réussir. Je m'accroche à cette chimère tout le reste de la nuit, et au moment où mon réveil sonne 7 heures, je suis déjà habillé du costume que le maître m'a demandé de porter. J'ai eu le temps de répéter toutes ses consignes et l'enchaînement des prochaines heures des dizaines de fois. J'entre dans un *déjà-vu*. J'ai vécu plusieurs fois la journée qui commence. Chaque fois, j'ai expérimenté de petites variations, des oscillations qui augmentent mes probabilités de réussite.

Je me regarde dans le petit miroir que Hassina m'a prêté le jour de mon arrivée. Je suis propre, les cheveux et la barbe coupés. Mes vêtements sont de bonne coupe et respirent l'aisance, la responsabilité. Je me trouve beau. Je pourrais marcher au milieu des autres dans le métro, ou à la Défense ou ailleurs, et personne ne pourrait penser que je n'ai pas une bonne situation. Que je ne suis pas un bien né. Une décharge d'émotion creuse ma gorge. Je ne la connais pas. Ce n'est pas de la peur, ni de la tristesse. Ce n'est pas de la joie bien sûr, ou toute autre effervescence déjà traversée.

Je me souviens de mon père quand il me disait que le plus important, hormis l'amour pour ses proches, c'est de se regarder dans une glace et d'être fier de ce que l'on voit. L'étape la plus difficile est aussi la plus simple. « Il suffit d'écouter ce que tu as là, disait-il en tapant de son doigt ma poitrine, et de ne jamais en dévier d'un centimètre. Si tu fais ça, mon fils, alors tu ressentiras une grande sérénité face à ton reflet. »

C'est, peut-être, ce que je ressens à cet instant.

Par sécurité, je rejoins les beaux quartiers en bus. C'est plus long, mais j'ai prévu une marge. Dans le métro, je risque un contrôle à chaque instant. Ma couleur de peau attire l'attention de la police. J'ai un holster spécial qui cache mon Heckler & Koch USP sous mon aisselle gauche. Le frottement de mon avant-bras sur mes côtes s'en trouve douloureux, mais en contrepartie, il reste invisible.

Je suis en bas de son immeuble un peu avant 7 h 45. Il fait un froid terrible, il devrait neiger en fin de journée. Je protège mes mains dans les poches profondes de mon manteau. Je ne patiente que cinq minutes avant qu'une femme rentre d'une balade, accompagnée de son chien. Elle est endimanchée, et chacun de ses doigts est cerclé de volumineuses bagues jaunes et luisantes. Elle me toise, suspicieuse. Elle baisse les yeux, aperçoit le long pardessus accordé avec le costume, la cravate, les chaussures impeccables. Sa petite bouche pincée se libère tel un gaz et se reforme en remontant ses pommettes pleines de poudre. Je pousse la porte pour lui permettre d'entrer sans difficulté.

— Oh, c'est très aimable à vous, jeune homme.

Je monte dans l'ascenseur à sa suite. Elle se positionne devant l'affichage numérique de la console.

— Vous montez à quel étage ?

— Quatrième, dis-je.

— Oh, vous allez chez Mlle Salustri.

— C'est exact, comment avez-vous deviné ?

— Votre allure. Les jeunes, aujourd'hui, ils ne ressemblent à rien. Mais vous, on constate tout de suite que vous avez une situation, que vous êtes quelqu'un de bien, tout comme Mlle Salustri.

Elle se rapproche de moi et chuchote :

— Vous savez qui était son père ?

La vieille dame ne me voit pas tressaillir. Serait-il possible que ce soit un piège ? Qu'elle travaille avec mon nouveau maître ? Mes doutes se télescopent comme dans un accélérateur de particules. Face à mon silence, elle me jette un regard étonné.

— Ah, je vois, vous êtes discret. Je comprends. Vous avez raison, ce genre de choses, il ne vaut mieux pas les crier sur tous les toits.

L'ascenseur s'immobilise sur le palier du quatrième étage et d'un clin d'œil, elle scelle notre pacte.

— Bonne chance, susurre-t-elle dans mon dos.

Il n'y a que deux portes. Je sonne à la première. J'entends des pas pressés sur du parquet. Le bloc de bois massif s'ouvre. La jeune femme aux cheveux noirs et au regard franc des photos m'accueille avec surprise.

— Oui ? Je peux vous aider ?

Je ne réponds pas, sors mon arme de la main droite, la pousse à l'intérieur en plaquant la gauche sur sa bouche. La stupeur la fait reculer. La peur l'envahit avec la puissance d'un shoot d'héroïne. Ses pupilles se dilatent, près d'exploser.

Chapitre 30

Lundi

8 h 01

Le souffle chaud des aérateurs glisse sur mon visage. C'est agréable. Ma nervosité n'a pas fait dérailler ce train fou. Pour l'instant. La jeune femme brune a arrêté de trembler. Elle s'appelle Elga. Elle reprend le dessus. Au début, elle a cru que je voulais cambrioler son appartement. Elle s'est contrôlée. Conciliante, elle me montrait les objets de valeur et m'expliquait qu'elle ne ferait rien pour s'y opposer. Elle m'a tendu son ordinateur, quelques bijoux, le peu d'argent liquide qu'elle avait sur elle.

Je lui ai ordonné de s'asseoir. J'ai rangé mon arme, puis, calmement, j'ai expliqué ce que j'attendais d'elle. Tout son corps frémissait. Ses yeux luisaient comme si une fumée irritante baignait son salon. D'une voix chevrotante, elle m'a demandé qui j'étais. Pourquoi je voulais m'introduire chez Microsoft. Je n'ai rien répondu et lui ai demandé de répéter les consignes que je venais de lui édicter. Elle l'a fait avec une grande fidélité.

Elle portait un short et un tee-shirt ample. Je suis resté à côté d'elle quand elle s'est changée. Elle cachait sa nudité de ses mains, vacillante. Elle respirait fort, mais n'a rien tenté de stupide. Moi aussi, je prenais de grandes inspirations dès qu'elle tournait la tête. Ce rôle me demandait des efforts inouïs pour camoufler l'affolement qui compressait ma cage thoracique.

« Ne montre jamais ta peur. Tes sœurs doivent voir dans tes yeux que tout ira bien. Tu seras leur unique pilier de réconfort. Sans toi, elles seront dévorées par la panique. Alors ne la laisse jamais paraître sur ton visage, mon fils, jamais », me dit mon père lors de notre dernière étreinte. Il attrape ma tête entre ses mains tachées de sang. C'est le sien, c'est celui de ma mère, c'est sa vie qui coule hors de lui. Il aligne ses derniers mots avec la force du désespoir : « Elle sera là, cette peur, mon fils. Tu ne pourras y échapper, comme l'on n'échappe ni à Dieu, ni à la mort. Mais il te faudra la dompter, la cacher au monde extérieur. Ce sera ton plus grand secret. Tu arboreras les yeux d'un homme de courage. Ces chiens, là dehors, baisseront la tête face à toi. C'est ce qui sauvera la vie de tes sœurs et la tienne. J'ai confiance, mon fils. »

Je ne sais pas si je suis un homme, mais j'ai appris à dissimuler cette peur. Je l'ai fait au contact de Hiba et Nesrin, au milieu des bombardements, des cris, des mutilés, des chairs puantes et suintantes. Quand l'épouvante les dévorait, je faisais ce que mon père m'avait demandé dans son dernier souffle. À mon tour, je saisissais leurs têtes entre mes mains et leur offrais l'expression la plus apaisée qu'il m'était possible de composer. Je souriais en imaginant les paradis les plus extraordinaires. Je leur disais que bientôt nous serions au pays des droits de l'homme, en France. Nous serions accueillis, sauvés. Leurs muscles se relâchaient au bout d'un moment. Aujourd'hui encore, à cet instant, si mes terreurs sont invisibles, c'est grâce à elles et à la mission qui m'incombe.

Nous sommes montés dans la voiture d'Elga, un 4 × 4 allemand noir. À l'intérieur, le luxe est foisonnant. Au milieu du trajet, elle repose la même question.

— Qui êtes-vous ?

— Je ne suis personne.

— C'est de l'espionnage industriel ?

Je ne sais pas quoi répondre alors je reste silencieux.

— C'est un peu violent pour de l'espionnage industriel. Vous auriez pu essayer un hacking classique, j'imagine qu'il y en a des dizaines comme vous qui tentent de pénétrer les systèmes quotidiennement.

Parler lui fait du bien, alors elle continue et reprend des couleurs.

— Et vous venez d'où ? Vous n'êtes pas d'ici, ça se voit. Quelqu'un vous envoie ? On se sert de vous pour faire ça ?

Face à mon silence, elle insiste encore un peu, repose ses questions plusieurs fois. Ça suffit.

— Arrêtez, dis-je en sortant mon arme et en la posant le long de ma cuisse droite. Vous me déconcentrez.

Elle me regarde du coin de l'œil. Son corps tremble de nouveau.

Le reste de la route se fait dans un silence opaque, à peine entrecoupé par les agressions sonores du magma de métal et de chair tout autour de nous. Parfois des tentacules de deux-roues nous encerclent et pourraient nous engloutir dans un mouvement coordonné. Heureusement, tous ne vivent que par le chaos individuel. L'autre n'existe que pour être dépassé.

— Nous arrivons, dit-elle.

Elle s'écarte du périphérique, passe une station-service et l'immense bâtiment de verre se dévoile. Elle le contourne, oblique sur une étroite allée. Elle stoppe le 4 × 4 à quelques centimètres d'une barrière. Un abri héberge un agent de sécurité.

Il observe chaque véhicule qui s'avance. Je fixe un point au loin et concentre mon attention dessus. Sans bouger, je lui dis :

— Ne faites rien de stupide, je n'ai qu'à appuyer sur la détente, et vous mourrez.

Elle me scrute. Ses yeux sont remplis de peur, de colère et aussi de compassion. Elle ne se départ pas d'une bienveillance touchante. Elle pourrait avoir déjà rencontré le diable et lui trouver quelques circonstances atténuantes. Elle rayonne de cette bonté inutile, de ceux qui vivent face à ceux qui survivent.

À cet instant, j'aimerais lui dire pourquoi je fais cela. Je voudrais qu'elle sache de quoi je suis fait, ce qui m'a amené ici, les tunnels enténébrés que j'ai traversés. Je ne suis pas un sale type. J'en ai croisé des centaines, le sourire vissé aux lèvres pendant qu'ils tranchent la chair, trempent le métal dans le sang. Non, je ne suis pas de ceux-là. Des souvenirs s'entrechoquent. Je les enferme. Je ne veux pas qu'ils sortent, qu'ils me pourrissent. Ils creusent plus profond mon cervelet. Il en est rempli, il déborde, il dégueule et se déverse dans mes lobes temporaux et occipitaux, dévastant mes capacités cognitives, réécrivant mon être et mon avoir.

C'est à nous de passer. En moi, tout s'éteint de nouveau. Je serre la crosse, prêt à m'en servir si quelque chose dérape. L'homme de la sécurité reste dans sa guérite et ne fait que regarder Elga. Sa vitre descend, elle passe son badge sur un support en plastique. La barrière se lève pour nous laisser passer.

Personne ne s'intéresse à moi. C'est une malheureuse bénédiction à cet instant.

Sur le parking, je ne peux retenir mon étonnement devant l'alignement, presque illimité, de voitures de luxe. Je pensais que l'on ne voyait ça que chez les footballeurs et les puissants. Je me trompais. Ou peut-être que ces gens aussi font partie des puissants.

« Y en a-t-il tant que ça ? » me dis-je.

Elle se gare, puis coupe le contact en appuyant sur un bouton derrière le volant. Je lui attrape le bras et je serre légèrement.

— Faites ce que je vous ai dit et tout se passera bien.

Elle hoche la tête. Ses grands yeux me transpercent et fouillent mon âme, à la recherche de quoi ? Elle fait preuve d'une force hors du commun, comme si elle avait déjà eu affaire au diable en personne. Je la lâche, et nous sortons. Devant l'ascenseur, elle salue quelqu'un. Un type pas très grand, trapu, barbe épaisse, lunettes rondes et arrogance au coin des mots. Il me jauge, se demande qui je suis. Elga n'étanche pas sa curiosité. De là où je suis, je peux le regarder de haut, alors c'est ce que je fais.

Les portes de l'ascenseur s'ouvrent sur un grand hall au sol de pierre et à la décoration de palace moderne rempli de plantes. J'en ai vu en photo dans un magazine à Téhéran. Il y a des dizaines de personnes qui vont de droite à gauche et de gauche à droite. D'autres attendent le long d'un bar pour commander un café.

Elga s'avance vers une rangée de portiques de sécurité, s'arrête subitement. Je suis derrière, à un pas ou deux. Elle se tourne de trois quarts et me dit :

— Une collaboratrice est là, je dois lui parler si je ne veux pas l'alerter.

Je n'ai pas le temps de réfléchir. Mon angoisse se catalyse avec les mouvements qui m'entourent. Des bras me frôlent, des bustes s'avancent dans ma direction, des jambes me contournent. Je suis encerclé. Je pense à mon père. Je sens ses mains qui m'enserrent le visage. Son fantôme m'apaise.

— OK, dis-je, mais n'oubliez pas ce que j'ai sous ma veste, je peux faire un carnage.

Une longue fille au look adolescent s'avance vers Elga. Elle lui fait un signe de tête.

— Ah, vous devez être Juliette, dit-elle d'un ton martial. Je me présente, Elga Salustri. Je suis ravie que vous rejoigniez mon équipe. Pour cette première journée, vous devez vous rendre au *Help Desk*, au deuxième étage du bâtiment *Canopée*. Là-bas, vous y demanderez votre ordinateur. Ensuite, vous irez au cinquième du côté *Oxygène*. Vous trouverez une place libre parmi les bureaux volants et débuterez vos formations. Je vous retrouverai là-bas…

Elle se tourne vers moi, me scrute.

— … quand j'aurai terminé avec John, notre client. C'est son premier jour parmi nous, me dit-elle comme si nous étions collègues.

J'hésite un instant. À qui joue-t-elle un tour ? Je repasse ses quelques mots en accéléré. Hormis un code préparé à l'avance, je ne décèle aucun signal de détresse camouflé. J'acquiesce sans jamais la quitter des yeux. Je veux qu'elle sente que ma concentration est totale, ma détermination aussi. Le plaisir ne m'habite pas, mais l'instinct de survie a pris le contrôle il y a bien longtemps. Je n'hésiterai sous aucun prétexte. Elle rejoint l'accueil, suivie de cette Juliette, la nouvelle. Je leur emboîte le pas. Elle demande un badge à une femme derrière un bureau d'accueil.

La Juliette me dévisage. Que cherche-t-elle à son tour ? Elle me dépiaute comme un chat le ferait d'une souris. Je me sens nu. Les Occidentaux ont ce talent, ils vous toisent comme perchés sur un escabeau, en silence. J'essaye de faire de même. Ce n'est pas dans ma nature, alors je change pour un masque de barbare. Celui-là, je le connais bien, je l'ai souvent croisé. Elle baisse la tête.

Elga demande un stylo. Elle écrit quelque chose sur une carte de visite. Je fais un pas en avant pour voir par-dessus son épaule. Je discerne deux ou trois mots sans en saisir le sens. Elle rend le crayon et me tend le message :

Login : Eltri@microsoft.com

Password : 23JrvYU7y

Je ne comprends pas. Lui rends.

— Voilà un badge temporaire et vos identifiants, Juliette, dit-elle en lui tendant la carte. C'est votre nouvelle adresse email, ainsi qu'un mot de passe temporaire. Vous devrez le changer à votre première session. Je vous laisse maintenant rejoindre le *Help Desk* pour récupérer votre ordinateur. Je vous retrouverai plus tard. Désolée pour cette introduction abrupte, mais je dois filer. Nous aurons plus de temps pour faire connaissance plus tard dans la journée.

La jeune femme se saisit du message, et nous rejoignons les ascenseurs sans attendre.

Elga appuie sur le bouton du deuxième étage. Nous nous serrons à l'arrivée d'une grappe de collaborateurs. Ils ont trois ou quatre ans de plus que moi. Ils sont à l'autre bout du navire, avec leur jean, leurs baskets, leur barbe, leur poitrine bien en valeur. Si un jour l'apocalypse s'abat, ils se reconnaîtront grâce à cet uniforme. Deux autres les rejoignent, plus vieux. Les jeunes se redressent comme des i. Ce sont des chefs. L'un d'eux détaille les jeunes avec suffisance malgré sa petite taille. Il s'arrête sur un grand roux et lui demande ;

— Tiens, qu'est-ce que tu deviens ? Ça fait longtemps.

Le grand roux lui répond. Après deux ou trois mots, le chef le coupe dans un sourire narquois :

— Non, mais je m'en fous, c'était pour la forme.

Il se tourne et reprend sa conversation avec la femme défraîchie qui l'accompagne. Le grand roux n'a pas l'air surpris par cette humiliation. Peut-être l'habitude, me dis-je.

La boîte de métal s'arrête, Elga se fraye un chemin parmi ses semblables jusqu'à la sortie. Je la suis. Je passe devant le chef. Il me juge comme il l'a fait avec les autres. Au détour d'un couloir, nous sommes seuls. Elga s'arrête.

— Je ne lui ai rien dit, m'affirme-t-elle.

— J'ai vu.

Ses épaules se relâchent. Elle paraît rassurée par ma réponse. Nous reprenons notre traversée de couloirs interminables. Au bout de l'un d'eux, elle pousse une porte.

— Nous y sommes. Dans cette salle, nous ne serons pas dérangés. Qu'est-ce que vous voulez faire maintenant ?

— Allumez votre ordinateur.

— Si vous cherchez à infiltrer le système, sachez que cela déclenchera une alerte.

— Faites ce que je vous dis sans difficulté, lui dis-je en tapotant mon holster sous ma veste.

Elle pose l'ordinateur sur la grande table de réunion, soulève l'écran, entre ses informations de connexion. Comme convenu dans le plan détaillé que j'ai appris par cœur hier, je tape le message « In » sur le smartphone que le maître m'a donné.

— Et maintenant ? demande-t-elle.

— Attendez.

— Quoi ? Mais qu'est-ce que l'on fait maintenant ?

La tension fissure sa carapace. Le téléphone vibre. Sur l'écran une liste d'instructions et à la fin ce message à mon intention :

Demande-lui de faire ça, sinon tu la tues.

Je lui tends le téléphone. Elle le prend et lit. Elle se fige, ses joues s'empourprent, sa cornée se voile d'un film scintillant. Son empathie bourgeoise a disparu. Étrangement, ce n'est plus l'angoisse qui tord son visage, mais la colère, une colère sourde.

— Vous savez où est Nicolas ? dit-elle, des braises de fureur au fond des yeux.

— Je ne sais pas de quoi vous parlez. Faites ce qui est écrit, dis-je en mettant la main sur mon holster.

— Où est-il ? crie-t-elle. Vous l'avez kidnappé, c'est ça ?

Je sors l'USP semi-automatique et le pointe vers sa tête.

— Taisez-vous et suivez les instructions, sinon je vous abats ici, maintenant.

Des larmes de colère coulent le long de ses joues. Elle paraît enragée, prête à exploser, à me sauter dessus. Alors j'agrippe la crosse des deux mains et approche le canon à quelques millimètres de son crâne.

— Je n'ai rien à perdre. Si vous ne faites pas ce qui est écrit, vous êtes morte, Elga, morte, vous entendez ?

— Vous savez ce que c'est ? me demande-t-elle à propos des instructions.

Ses pupilles occupent la totalité de ses iris, gonflées de colère.

— Non, je ne sais pas.

Quelques secondes interminables, nous restons figés dans cette position. Puis elle reprend le contrôle d'elle-même.

— Donnez-moi la clé.

Je l'avais oubliée. Le petit bout de plastique est dans ma poche intérieure. Mon maître me l'a donnée avec le reste de mes affaires. Du bout des doigts, j'identifie la bonne, celle de forme rectangulaire. Je l'attrape et la lui tends.

Elle lit le message de nouveau, se penche sur l'ordinateur, tape plusieurs lignes de code. À présent, elle agit comme si je n'étais plus dans la pièce. Elle a pris les commandes, ne me regarde plus, ne me parle plus.

Deux, trois, quatre minutes passent.

— Qu'est-ce que vous faites ?

— La ferme.

Elle n'a plus peur. Je pourrais bomber le torse, lui rappeler qui tient le pistolet, mais sa prise de pouvoir me décharge d'un immense poids. Elle semble savoir ce qu'il faut faire, je n'ai plus qu'à suivre. Je ne dois pas me relâcher pour autant. Je dois garder ma concentration, ma vigilance. Plusieurs minutes supplémentaires s'écoulent, puis elle extrait la clé USB de son ordinateur et me la tend.

— Voilà. Vous avez ce que vous êtes venu chercher.

— Très bien.

Je la range dans ma poche, pendant qu'elle referme l'écran.

— Attendez.

J'attrape la deuxième clé, celle que la Colombe m'a donnée et la lui tends.

— Faites de même sur celle-là à présent.

Ses sourcils se contractent, son front se resserre. Elle a deux trous noirs au creux des orbites.

— Qu'est-ce que vous foutez ?

— Ne m'obligez pas à me répéter, dis-je en tendant la clé d'une main et en levant le canon vers son crâne avec la deuxième.

Elle me jauge, estime ses choix, pondère ses chances.

— J'espère que vous savez ce que vous faites.

Elle saisit le deuxième bout de plastique, l'enfiche dans l'ordinateur et reproduit les commandes précédentes. Cinq minutes supplémentaires s'écoulent, avant qu'elle me la rende. Je reprends le téléphone, envoie « Done » au maître. Nous attendons en silence. Elle prostrée, moi le corps noué.

Montre-lui ça. Toi, suis les consignes.

Je lui donne à nouveau le téléphone. J'ai eu le temps de voir une photo sur l'écran. L'angle est étrange, comme celui d'une caméra de surveillance. On voit un homme encerclé par d'autres portant le sigle FBI sur la poitrine. Elle regarde l'image. Ses mains tremblent, des larmes tombent sur le clavier. Le clapotis est comparable à celui d'une pluie légère sur la tôle d'une voiture. J'attrape le smartphone avant qu'elle ne le laisse tomber.

— Les clés de la voiture, le badge, vite.

Hagarde, elle fouille dans son sac, étale finalement le contenu sur la table. J'empoigne son trousseau et sa carte d'accès. Je la laisse là. En repoussant la porte, je ne peux m'empêcher de lui dire merci, mais elle ne m'entend plus.

Chapitre 31

Lundi

9 h 36

Une courte euphorie me submerge au moment où la barrière se referme dans le rétroviseur. Je ris sans savoir pourquoi. Des gloussements remontent en file indienne dans ma gorge. C'est une queue digne d'une attraction à succès. La tension s'évapore. Autour, il y a autant de voitures qu'une invasion de sauterelles, mais aucune ne porte de gyrophare.

Je m'enflamme. Le visage de mon père traverse mon esprit comme chaque fois que j'ai besoin d'apaisement. Il est là. Il me rassure et me soutient. Je sens ses mains sur mes joues. Je remplis mon rôle. Je protège mes sœurs. Bloqué à un carrefour, j'envoie un message au maître. Je confirme que la mission est accomplie. Quelques secondes plus tard, il me transmet une adresse. Je dois traverser toute la capitale. Je calcule au doigt mouillé un temps de parcours, puis y ajoute le détour que je dois effectuer pour la Colombe et envoie au maître l'heure à laquelle je pense arriver.

J'ai besoin de reprendre mon souffle.

Devant moi, une place se libère. Je la prends. Comme la Colombe me l'a appris, j'attends plusieurs minutes pour m'assurer que personne ne me suit. Il serait plausible qu'une deuxième équipe me surveille. Je scanne chaque véhicule qui dépasse ma position, analyse chaque individu. Après un moment, j'ai la certitude d'être seul.

Il est 10 heures passées, je sors de la voiture et me dirige vers le café indiqué par la Colombe. C'est un établissement qui pourrait figurer dans un dépliant sur le Paris des Parisiens. Ceux qui travaillent, mangent, dorment, crient, s'empoisonnent à petit feu et ne baisent plus assez. Ces gueulards que l'on cherche à éviter à tout prix. Ici, c'est leur tanière. Derrière le zinc, un anthropoïde d'origine indéterminée déplace un ventre au volume colossal. Bientôt sa poche ventrale fera obstruction et ses bras ne seront plus assez longs pour attraper les verres. Il me regarde. Il m'évalue. À ma couleur de peau, il se demande si je suis là pour lui piquer la caisse. Puis il voit le manteau et, dessous, le costume impeccable, à peine froissé. Maintenant, il réfléchit de combien il va gonfler ma note. Il n'y a ni salut, ni bienvenue, ni même interrogation sur une commande potentielle. Je me contente donc de cet accueil parisien et je commande une bière.

Je ne devrais pas, ce n'est ni l'heure, ni l'endroit pour cette transgression, mais j'en ai besoin. Le barman ventripotent ne répond rien et s'exécute.

Je m'assois sur un tabouret, entre un type aux mains calleuses, piquées de taches sombres, et une dame plus vieille que le barman et moi réunis. Elle partage avec lui l'art des formes. En revanche, à l'inverse du barman, sa protubérance démesurée se trouve derrière. L'assise de son tabouret ne peut en contenir qu'une partie infime. Je remarque qu'elle entasse des bagues avec des pierres de toutes les couleurs à chacun de ses gros doigts boudinés, comme celle que j'ai croisée dans le hall de l'immeuble d'Elga. Je suppose qu'aucune n'a de valeur, que c'est du toc. À ses pieds, un petit chien ridicule aboie pour compenser ce qui lui manque, ou ce qu'il n'a plus. Un jour, j'ai croisé une diseuse de bonne aventure dans l'un des camps que nous avons traversés. Elle ressemblait à cette grosse dame, et elle aussi était accompagnée d'un eunuque à quatre pattes.

Un peu plus loin, il y a un autre homme, en bleu de travail celui-là. Il parle à tout le monde, mais personne ne l'écoute. Pourtant, il parle fort, avec agressivité, comme s'il avait reçu l'onction d'un savoir absolu. Il expose son avis, bien arrêté, sur chaque sujet de la chaîne d'information en continu qui défile au-dessus du bar. Il abreuve l'auditoire indifférent de tirades entendues çà et là, car lui « il sait », dit-il, « pas comme tous ces moutons qui croient aux conneries des énarques ». Au fur et à mesure que les petits ballons filent du zinc au gosier, ses convictions sortent dans le désordre. Lui ne le remarque pas. Les femmes devraient être en cuisine, les bougnouls dans leur pays, tout comme les Noirs, les politiques en prison, les élites et les Juifs aussi, et concernant les pédés, il ne sait pas bien quoi en faire, mais ça le dégoûte, comme les lesbiennes, les féministes et les *journalopes*. Il conclut toutes ses phrases par : « Avec Le Pen, la France retrouverait sa grandeur. »

Je respecte à la lettre les instructions que la Colombe m'a données. Je bois ma bière sans me presser, je n'attire pas l'attention, et je dessine les trognes de ces Français de souche sur un bout de papier.

Je ne pense plus à rien. Mon cœur s'est calmé, et mon esprit ne s'interroge plus. Je cherche au fond de moi ce qu'il reste. J'ai vidé la totalité de la sève. Je ne sais plus comment je vais survivre à présent. Le barman m'apporte la note sur une petite soucoupe en plastique avec un logo Pastis estompé au milieu. Le prix me paraît élevé, comme si l'on m'avait appliqué la taxe touriste. Je ne discute pas. Je glisse la deuxième clé USB dans un billet de vingt euros. Je pars sans un mot. Je remonte dans la BMW noire et roule jusqu'à l'adresse que j'ai reçue du maître.

J'arrive face à un hangar rongé par la rouille. Un grand portail s'ouvre au moment où j'arrête la voiture devant. On m'attend. Je me gare à côté d'un van blanc. Un homme massif au visage carré et à la barbe poivre et sel m'ouvre la porte. De son tee-shirt dépassent des tatouages de taulard sur les bras et le haut du torse.

— T'as la clé ? dit-il avec un fort accent d'Europe de l'Est.

Je la lui tends. Il la saisit et la lance à un gars plus jeune derrière lui, taillé comme une allumette. Ce dernier l'attrape au vol et la branche à un ordinateur portable.

L'entrepôt paraît abandonné. Une épaisse couche de poussière recouvre ce qui reste de l'usine. De rares ampoules pendent de la charpente métallique et dessinent des halos lumineux au milieu des abysses.

Je suis l'homme au visage carré jusqu'à l'allumette. Un empilement de palettes sert de bureau. Un long câble l'alimente. Il est impossible de voir jusqu'où il va pour chercher l'électricité. L'allumette aussi est tatoué. Ils sont comme coloriés au stylo-bille. Il a les cheveux rasés et un masque chirurgical noir lui barre le visage. Au-dessus, de profondes encoches cicatricielles remontent vers son crâne. L'homme au visage carré me voit le dévisager.

— Syphilis, me dit-il.

De la main il mime que sa mâchoire inférieure a été peu à peu rongée par la maladie. L'allumette dégage un charisme terrifiant. Une gueule cassée comme l'on n'en voit que sur les images en noir et blanc de la Première Guerre mondiale. Il lève les yeux vers moi. La folie l'habite. Il me sourit. Un sourire à sa manière. Sa lèvre supérieure s'étire, et le tissu se tend, suggérant ses difformités monstrueuses. Tout en lui est affreux et fascinant. Il fait un signe vers le plus vieux.

— Très bien, me dit ce dernier de sa voix caverneuse. Attends ici, le *Boss* va venir.

Chapitre 32

Lundi

18 h 02

J'ai attendu toute la journée en compagnie des deux hommes de main, le vieux au menton carré et l'allumette à la mâchoire inférieure chiquée. Ils ont passé leur temps à jouer aux cartes assis sur deux chaises pliantes instables et une cagette à la verticale pour table. Ils ont vidé plusieurs paquets de cigarettes et leur équivalent en cannettes de bière bon marché. L'allumette se servait d'une paille pour aspirer son breuvage sans enlever son masque.

Ils ne m'ont plus adressé la parole, et c'est à peine s'ils me lançaient un regard entre chaque partie. Une journée, c'est long. Cela donne du temps pour cogiter. C'est ce que j'ai fait. À rebours. D'abord sur Elga, puis sur l'enchaînement de circonstances qui m'avait amené ici. Ma mémoire a vagabondé, reprenant la route jusqu'à Damas, puis Deera. Mon corps a réussi à traverser la Méditerranée, mais mon âme est restée là-bas. Il n'y a que peu de chances que je la retrouve au détour d'une rue.

À la nuit tombée, le type au menton carré décide qu'il en a fini avec les cartes. Il s'adresse à moi comme si nous étions au milieu d'une conversion.

— Alors d'où tu viens ?

Je sursaute. J'espère qu'il ne l'a pas vu. Cet homme est un loup. S'il voit ma peur, je deviendrai du bétail.

— Syrie, Deera.

Il hoche la tête comme s'il le savait, que cela confirmait son intuition.

— Toi connaître Vladimir ?

— Oui, c'est par lui que j'ai rencontré... Que j'ai rencontré le *Boss*.

Il hoche de nouveau la tête. À côté, l'allumette retire son masque. Ce que je découvre en dessous me serre les tripes à m'en donner la nausée. Je ne peux détourner le regard. Je suis hypnotisé tel le serpent par le charmeur. De la lèvre supérieure jusqu'au frein de la langue, il ne reste plus rien. Un vide inhumain. La moitié basse de sa mâchoire a disparu. Sa langue pend comme celle d'un chien. Autour, c'est un amas de chair enkystée, de plaies ouvertes et de croûtes jaunes. L'explosion d'une grenade à même sa gueule n'aurait pas fait pire. L'atroce douleur permanente doit le rendre fou. Comment résiste-t-il ? De son pouce et de son index, il frotte ce qui reste de sa mandibule inférieure, au niveau des molaires, seules dents encore accrochées.

— Comment toi connaître Vladimir ?

— Patrice.

— Patrice ? Qui celui-là ?

— Patrice, le clochard au coin de la rue.

— Ah, l'avocat !

Il ricane et ajoute quelques mots à l'adresse de l'allumette. Ce dernier ne réagit pas, tout entier concentré sur son massage.

Ses deux doigts s'enfoncent dans l'amas de chair, de muscles et de tendons comme dans une gélatine, flasque, molle. Entre chaque mouvement, sa langue lèche sa lèvre supérieure, puis un râle de déglutition contracte sa gorge.

— Toi demandes comment lui supporter la douleur ? dit-il avec un sourire vicieux.

Je ne dis rien. Je suis concentré à bloquer toutes mes émotions au fond de mon estomac.

— La drogue ! C'est un camé, du soir au matin ! Ahahah, rit-il bruyamment. Tiens, regarde.

Il sort un vieux zippo de la poche de son pantalon, l'allume et l'avance vers l'allumette. Il lui dit un truc dans sa langue incompréhensible. L'allumette plante alors ses yeux vides dans les miens et pose sa main libre juste au-dessus de la flamme. Le fin ruban de feu lèche sa peau pendant une dizaine de secondes. Sa peau se calcine, l'odeur se répand, et lui ne bouge pas, pas même un tressaillement. Dans ses pupilles noires, je vois sa folie tout entière. Un abîme infini. Il pourrait se repaître des intestins d'un nourrisson sans ressentir la moindre secousse.

Le menton carré ferme le clapet du zippo d'un mouvement du poignet, puis reprend son interview.

— Par la mer ?

— Quoi ?

— Comment t'es venu ? bougonne-t-il. Bateau ?

— Ah, heu... Non. Par avion, de Téhéran.

Il fait une grimace d'étonnement. Ça ne semble pas coller avec l'histoire qu'il imaginait.

— Comment ?

— Longue histoire.

— Long temps, s'esclaffe-t-il de son rire gras.

Il se tourne vers l'allumette. Il a repris sa position initiale et malaxe autour de sa langue. Je n'ai pas envie de lui raconter quoi que ce soit. J'essaye de le lui faire comprendre amicalement.

La tentative échoue. Il croise les bras. Il est déçu. J'imagine qu'il espérait une histoire sordide sur la vie d'un réfugié.

— Tu sais ce que c'est ? dit-il en montrant la clé USB accrochée à l'ordinateur.

— Non.

Il s'esclaffe de nouveau.

— Le pouvoir !

— Le pouvoir ? Comment ça ?

— Avec ça, toi Dieu. Toi entres dans tête. (Il tape de son gros index sur le front de l'allumette, toujours en pleine séance de friction.) Tu manipules.

— Je ne comprends pas.

Il se renfrogne. Je ne sais pas ce qu'il attend de moi, mais de toute évidence, je ne réagis pas comme il le voudrait. Il se lève et se lance dans une explication mélangeant du français approximatif, des mots de sa langue que je ne comprends pas et des mimes disgracieux. À certains moments, il est ridicule, mais je me retiens de rire. L'allumette ravagé par la syphilis a arrêté de se masser et apprécie le spectacle, le faciès figé. De temps à autre, il essuie un filet de bave qui coule le long de sa langue avec le revers de sa main. Je constate que ses glandes sublinguales fonctionnent toujours.

Il y a quelque chose d'irréel dans cet instant. Une brute d'Europe de l'Est fait le mime à un réfugié syrien en costume de marque, tandis qu'un gamin bouffé par une maladie vénérienne les regarde tel un poisson mort sur un étalage du marché des Enfants Rouges.

À Deera, j'étais le fils de l'instituteur. C'était mon étiquette sociale. Je suis né avec, tout comme le fils du médecin ou celui du maire et de l'imam. Je n'étais pas un bourgeois, comme ils disent ici, mais mon père faisait partie de l'élite intellectuelle. Quand il parlait, on l'écoutait, et sa place au sein de la communauté était importante. Il orientait l'éducation des familles et, parfois, il renouait le lien rompu entre les parents et leurs enfants. Dans le quartier, tous savaient qui j'étais. Je portais une responsabilité par mon père en toutes circonstances. Je me devais d'être digne de cette filiation. Le respect qu'avait gagné mon père, on me le reportait instinctivement.

Puis la répression s'est abattue. Il fallait des exemples pour rapidement instaurer la terreur au sein du peuple. Mon père fit partie des premières cibles. Qu'est-il devenu ? A-t-il été torturé ? Certainement. Est-il encore vivant ? Quelque part dans une geôle du pouvoir ? Si c'est le cas, il a probablement perdu l'esprit. Je préfère penser qu'il est mort. C'est ce que je dis quand l'on me pose la question. « Il est mort sous les bombes. » C'est une mort digne et rapide, elle n'appelle aucun développement supplémentaire. Personne ne va me demander quel type de bombe, l'endroit où elle est tombée, ou s'il est mort démembré par le souffle ou brûlé par les flammes.

Alors que si je dis la vérité, on va me demander pourquoi il a été arrêté. Dans quelle prison il est. Si j'ai cherché à le retrouver. S'il était un opposant. Des dizaines de questions auxquelles je ne veux pas répondre. Non, je n'ai pas cherché à le retrouver. Oui, je me suis enfui de mon pays. Oui, je suis un lâche. Oui, j'ai tout perdu, pour aller dormir à même le sol sous un pont du périphérique parisien. Oui, j'ai déshonoré mon père en faisant ce que je fais aujourd'hui.

J'ai abandonné mon père. Je vois ses mains ensanglantées des coups qu'il a reçus devant nous. Je le sens m'enlacer avant que les chiens d'Assad ne l'emportent à jamais. J'entends de nouveau ses mots résonner en moi : « Ne montre jamais ta peur. »

Je l'ai abandonné.

Le vieux taulard patibulaire s'est arrêté dans son mime depuis de longues secondes, mais je ne le remarque qu'à l'instant. Il paraît vexé que je ne me sois pas intéressé aux efforts qu'il a déployés pour m'expliquer son histoire de pouvoir. Je me moque complètement des raisons pour lesquelles on m'a demandé de faire ce que j'ai fait. Je ne poursuis qu'un but et je n'ai qu'une tumeur qui me ronge, tout le reste n'a aucune importance.

— Toi comprendre ?

— Oui, lui dis-je pour le satisfaire et mettre fin à l'interrogatoire.

— Même toi président si tu utilisais ça ! Comme Trump ! rugit-il de rire.

Ce type est grotesque. Comme Trump.

Son téléphone sonne. Il s'arrête, se saisit de l'appareil, puis lance à l'allumette quelques mots dans leur langue. Ce dernier semble reprendre vie tel un automate que l'on aurait réactivé. Il remet son masque et part vers la camionnette blanche.

— Il arrive, me dit-il, comme si la fête était finie.

Mon ventre se noue. Une sueur froide imbibe le dos de ma chemise blanche. J'essuie fébrilement les premières gouttes sur mon front et mes tempes. J'empeste la peur, moi-même je la sens se répandre. Si mon maître la voit, je serai une proie.

Une limousine noire pénètre dans le hangar. Elle se gare derrière le 4 × 4 d'Elga. L'homme, qui possède ma nouvelle vie, en sort, habillé d'un long pardessus noir. Deux autres types à la dégaine d'ex-soldats russes l'accompagnent. Il paraît plus terrifiant que lorsque je l'ai vu la veille dans l'arrière-salle du *Sputnik*.

Chapitre 33

Lundi

18 h 57

L'homme m'interroge. En même temps que je m'emploie à répondre calmement, je concentre un deuxième étage de mon cerveau au contrôle de chacun de mes membres. J'ai remarqué que les gens anxieux avaient tendance à se recroqueviller sur eux-mêmes, à bouger les mains, ou encore à taper du pied par réflexe. Ça les trahit.

Avant la guerre, mon père dénicha dans un souk un vieux magnétoscope. Curieux de le voir fonctionner, nous passâmes un après-midi à le réparer. Mon père était de ces hommes qui aiment comprendre comment les choses fonctionnent. Dans les entrailles de la boîte de métal, nous trouvâmes une VHS. C'était une copie pirate du film *Terminator*. C'est ainsi que je découvrais Hollywood, Arnold Schwarzenegger, l'Amérique, la science-fiction et le T800. C'est à lui que je pense quand je dois rendre invisibles mes émotions. Je deviens ce droïde impassible à la recherche de Sarah Connor.

Je récite mon texte à la virgule près, mon maître semble détailler chacun de mes mots, chacune de mes expressions. Il adopte une attitude aussi imperturbable que la mienne. Nous ressemblons à deux automates dans un spectacle de marionnettes. Je me demande où sont les mains au-dessus qui nous contrôlent.

Une fois mon compte rendu terminé, il s'éloigne sans dire mot. Il sort son téléphone de sa poche et compose un numéro. Pendant ce temps-là, les deux gardes du corps se placent à ma droite et à ma gauche. Ils sont deux parfaites photocopies l'un de l'autre. Difficile de définir qui est l'original. À l'autre bout de la pièce, le menton carré et l'allumette attendent en fumant, à nouveau, clope sur clope. Malgré la bestialité de l'un et la folie de l'autre, ils sont effrayés par le *Boss* et ses gardes du corps. Dans la hiérarchie des prédateurs, ils sont en dessous, comme les hyènes vis-à-vis des lions. Ils restent à distance, attendant les charognes abandonnées pour se restaurer.

Cette fois, le maître s'exprime en russe, langue que je ne comprends pas, mais je l'ai souvent entendue lors de mes voyages à travers les ex-provinces d'Union soviétique. Je n'entends que quelques mots, l'intonation ressemble à un rapport fait plus haut. Lui aussi serait-il un sous-fifre ?

Il raccroche, puis nous rejoint. Il demande aux deux hyènes d'approcher. Il tend son smartphone vers l'allumette. Je le vois de trois quarts. C'est la photo d'une femme. Je crois reconnaître l'employée qui effectuait son premier jour le matin même chez Microsoft. Comment s'appelait-elle déjà ? C'est étonnant comme l'esprit a parfois besoin de se concentrer sur des détails insignifiants. Ah oui, son prénom était Juliette, Juliette Richard. Le maître la nomme Ariane. L'allumette acquiesce du menton qu'il n'a plus et enfile une veste en cuir. Il sort un Zastava M88 qu'il glisse dans un holster à la taille.

C'est une arme de poing dérivée du Tokarev TT 33, mais avec un chargeur de neuf coups et des balles de 0.40 Winchester. Mon grand-père en avait un dans sa collection, un reliquat de la guerre du Kosovo, rapporté en Syrie par un déserteur albanais.

J'en conclus que ces hommes font partie de la mafia albanaise ou, moins probable, serbe. Ce sont les seuls à utiliser ce type d'arme. Cette hypothèse me glace le sang. J'avais évidemment conscience qu'ils appartenaient au grand banditisme, mais jamais je n'avais imaginé les Albanais, ou, pire, les Serbes. Leur réputation les précède et, même chez nous, ils font office de croque-mitaines. Leur fonctionnement en société secrète les protège. Ils ont rallié des groupuscules violents et en ont fait leur bras armé. Ils sont impitoyables, et leur barbarie est sans égale.

Une zone d'ombre s'éclaircit. Ils ont la main sur la traite humaine des migrants. Ils contrôlent le réseau de passeurs de la Méditerranée. Nous sommes un peu leur gagne-pain et leur chair à canon. Sans doute le maître s'est-il servi de moi pour brouiller les pistes au cas où son plan aurait échoué. Une sorte d'opération sous fausse bannière, manœuvre répandue dans l'univers des services secrets pour camoufler les traces ou allumer des contre-feux. Je comprends aussi comment la Colombe a su que j'allais être en possession d'une clé USB qu'elle convoitait. La Colombe les espionne. J'en suis convaincu. C'est comme ça qu'elle a su que Vladimir m'avait proposé au maître pour ce job à haut risque.

— Tu as bien travaillé, me dit-il, le regard aussi froid et dur que des pieux en argent.

Ce n'est plus la peur qui me tiraille, c'est une intense terreur. Ces hommes-là ne tuent pas. Ils mutilent, violent, torturent, sans aucune limite, aucun code d'honneur. Il sort une enveloppe en papier kraft. Il l'entrouvre. Il y a une liasse de billets à l'intérieur. Elle est épaisse, mais je ne saurais dire combien exactement.

— C'est la somme qui t'est due.

Je hoche la tête légèrement. Il s'approche de moi, me toise, puis s'avance encore jusqu'à me frôler presque. Il me renifle bruyamment et s'écarte de deux pas.

— Tu pues la peur, Assan. Ça m'étonne, toi qui contrôles si bien tes émotions.

Il entame une marche lente autour de moi, les mains dans le dos.

— J'imagine que tu en as marre de cette vie de merde, Assan. Ici, bientôt, ce sera comme en Italie, en Autriche, en Angleterre, au Brésil ou chez les Yankees, ils éliront quelqu'un qui te jettera, toi et tes sœurs, à la mer, ou, pire, vous renverront à Assad. Là dehors, dit-il en montrant la grande porte de l'atelier, quand ils te croisent, les Français n'ont aucune empathie pour ta pauvre condition humaine. Ils n'en ont rien à foutre de toi, Assan. Rien à foutre de tes sœurs. Rien à foutre de ton pays, des tiens. Ils ne voient que les allocations que tu leur coûtes. Et tu sais ce qu'ils se disent ? Je vais te le dire… Ils se disent juste que ta place est sous les bombes ou au fond d'un océan. Alors dis-moi, Assan, quand ils te renverront à Deera, que t'arrivera-t-il ? Et à tes sœurs ?

Le maître laisse cette question en suspens. Il revient tout contre moi, me jauge de son regard inquisiteur et me force à me courber face à sa stature.

— Je suis le seul qui m'intéresse à toi, Assan. Le seul ! Tu le sais ?

— Oui, dis-je, hésitant.

Il crache par terre, à sa droite. Son visage n'est plus qu'une callosité furieuse et brutale.

— Alors pourquoi me trahir ? tonne-t-il d'une voix en connexion directe avec les enfers.

— Je… Je ne comprends pas.

Je bafouille tout en cherchant à comprendre ce qu'il sait. Ces derniers mots tombent comme une masse sur un gong. Ils résonnent à l'intérieur de mon crâne, me sonnent.

— Tu ne comprends pas ? crie-t-il dans une rage qui l''envahit.

D'un mouvement sec et rapide, il penche sa tête en arrière, puis l'abat avec une violence inouïe sur l'arête de mon nez. Un craquement retentit, le cartilage éclate, la douleur, fulgurante, se répand de mon visage jusqu'à mes jambes. Mes genoux lâchent, une rivière de sang coule sur le costume, je tombe au sol.

— Fils de chienne ! crache-t-il.

Il s'écarte. Sa tête dodeline de gauche à droite. Il reste là un petit moment sans rien faire. Il constate. D'un clin d'œil, il lâche les chiens. Avec une vélocité inattendue, les deux molosses se saisissent de moi et m'immobilisent. Je tente de me débattre, mais je ne fais que resserrer leur prise. Je lève la tête vers lui, ensanglanté, je l'implore.

— Je suis désolé.

Une lassitude s'empare de lui. Il a fait cela tant et tant de fois. Un masque le recouvre à présent, ce n'est plus qu'un monstre un soir d'Halloween.

— J'ai fait ce que vous vouliez.

— En effet. Mais tu n'as pas fait que cela. N'est-ce pas, fils de chienne ?

Je fonds en larmes, submergé. L'un des colosses m'attrape par le cou. Avec une facilité déconcertante, il me soulève. Pour ne pas m'étrangler, je dois monter sur la pointe des pieds. D'un mouvement du poignet, il m'oblige à regarder le maître.

— Quel gâchis, Assan. Tu es un jeune homme de grand talent. Tu aurais pu monter dans mon organisation et pourtant regarde-toi…

Sur un geste du maître, le deuxième molosse me fouille tandis que le premier maintient son entrave. Il ne trouve rien, car je n'ai rien. Le premier me lâche. Je tombe à genoux. J'essaye de reprendre mon souffle. Mon sang coule partout. Une mare rouge se forme sur le sol crasseux.

— Où est la deuxième copie ? me demande le maître.

— Quoi ?

— Arrête, Assan, ce sera d'autant plus douloureux. Je sais que tu as fait une deuxième copie, sur une autre clé USB. Où est-elle ? À qui l'as-tu donnée ?

Ce que je craignais est arrivé. Je suis démasqué. Il sait pour la deuxième copie que la Colombe m'a forcé à faire. « J'ai pouvoir de vie ou de mort sur toi, ainsi que sur Nesrin et Hiba », disait-elle.

Le maître ne semble pas en savoir plus. Ni que j'ai déjà transmis la clé, ni à qui. Je suis un homme mort à présent. Jamais je n'en sortirai vivant, même si j'avoue. Ma peur se délite. Entrevoir le point final me soulage. Je ne veux pas de cette vie.

Il s'approche. Il est maintenant assez près pour me susurrer quelques mots à l'oreille. Il chuchote.

— Que crois-tu que je vais faire à tes sœurs, Assan, si tu ne réponds pas ?

Ces mots brisent les derniers fondements qui maintenaient encore mon humanité. À mon tour, je ne veux plus qu'une chose : voir cet homme mourir. Je suis prêt à lui arracher le cœur de mes mains, là, maintenant. D'une impulsion des mollets, je me jette sur lui. Surpris, il bascule en arrière. Dans mon élan, je le frappe au visage, une fois, deux fois et à la troisième une détonation retentit.

Chapitre 34

Mardi

2 h 22

Une douleur indescriptible m'extirpe d'un rêve singulier. J'étais au centre d'une foule sans tête. Du métal mord ma cheville gauche, mais impossible de bouger pour que cela cesse. Je mets plusieurs secondes, des minutes peut-être, à comprendre que je ne peux pas bouger. Seule ma paupière droite répond partiellement et, après un effort monumental, elle se soulève un peu. Une lumière blanche me transperce la pupille avec la force d'un javelot. Je referme immédiatement l'œil que j'ai eu une difficulté folle à ouvrir. Le métal continue d'entailler ma cheville sans que ni le supplice ni la terreur m'apportent la force nécessaire pour y mettre un terme. Ma tête me donne l'effet d'une cocotte-minute qui va exploser. L'afflux constant de signaux de détresse en provenance de ma jambe va me rendre fou. Si je ne fais rien, une chose désastreuse va se passer, je le sais, mais impossible d'organiser une action concrète pour réagir. Crier ? J'essaye immédiatement d'appeler à l'aide. Les mots se forment dans ma tête, ils descendent dans ma gorge, mais la transmission vers ma langue et ma bouche est coupée. Je réessaye avec plus de vigueur. Toujours le même blocage. Une frontière invisible bloque ma faculté de parole. Je hurle d'autant plus fort à l'intérieur. Mon cœur palpite et me donne l'impression que le sol bouge.

Je ne sens plus rien au niveau de ma cheville gauche. Le métal a arrêté sa besogne, un soulagement me libère. L'instant suivant, c'est mon tibia qui envoie des signaux de détresse. Une aiguille à coudre s'enfonce dans l'os, tente de le traverser. La douleur irradie ma hanche, mon dos, mes côtes, mon cou et, si je pouvais bouger mes mains, je m'arracherais moi-même le cœur pour que toute cette correspondance cesse sur-le-champ. Pourquoi une telle torture ? Je ne sais pas. Je cherche dans mes souvenirs, mais tout est mélangé. Qui suis-je ? Un gamin qui court autour d'une fontaine. Comment je m'appelle ? Je ne sais pas. Je vois le visage d'un homme qui me sourit, je ne le reconnais pas et, pourtant, je sais qu'il m'aime. Je sens des odeurs. Je prends une inspiration plus profonde. Il y a de la cannelle, de la chair brûlée, des épices, de la pisse, du blé, de la sueur, de l'agneau, de la crasse. Le patchwork constitue une chimère olfactive absurde. Est-ce mon jugement ?

J'entends des mouvements sur ma gauche. Une chose m'a frôlé le bras. J'utilise le peu de force qu'il me reste pour la concentrer sur ma paupière et lui commande de s'ouvrir de nouveau. Cette fois, je ne reçois pas un éclair divin, mais je vois un portrait. Deux grands yeux bleus entourés de marques hideuses et, en dessous, un masque. Est-ce le créateur ? Allah ? C'est un Blanc, une allure d'allumette, les cheveux rasés, je suis surpris. Lui aussi. Il me regarde à la manière d'un explorateur solitaire sur une planète inconnue. Dans un réflexe, je tente de lever la main pour le toucher et j'implore sa pitié. Rien ne bouge, aucun son ne sort. Circonspect, il avance son doigt devant mon œil et me touche juste à côté. Cela fait un bruit de chair contrite et provoque l'effet d'un pic à glace que l'on glisserait lentement sous mon œil. Je veux hurler, toujours sans succès. Mon esprit divague, et je retourne près de cette fontaine où je cours, haletant, sous le regard doux de ce vieil homme.

Un coup de feu est tiré. Puis un autre dieu vient parler avec le mien. Je ne comprends pas ce qu'il dit. Entre-temps, c'est ma hanche qui hurle son désespoir. Ma conscience s'étiole. Je veux rester près de cette fontaine. Des convulsions me secouent et poussent ma tête sur le côté.

Je vois une table. Dessus, mon dieu en forme d'allumette dépose le corps d'une fille longue et mince. Elle a un trou au milieu du front. Du sang coule sur son beau visage figé dans une grimace stupéfaite. Pourquoi me dis-je qu'elle s'appelle Juliette ?

Je préfère retourner près de cette fontaine. Je cours, je cours à en perdre haleine, sous la bienveillance d'une lueur paternelle.

Partie 5 : Le clairvoyant

L'archétype du ***créatif*** *est un assoiffé de liberté. Il se veut novateur. On dit de lui qu'il se suffit à lui-même, qu'il est non conformiste et drôle également. Il est celui qui transforme le monde, mais pour cela il doit s'aventurer au cœur des ténèbres.*

Chapitre 35

Mardi

14 h 22

Franck Somerset replia *Le Monde* et le posa sur ses genoux.

Ce monde brûlait. L'hystérie détruisait l'intelligence à un rythme effréné. Tous les sujets, même les plus anodins, devenaient le théâtre de conflits civils. Toute approche de conciliation apparaissait comme une cible à brûler. Les idéologies agissaient comme une fracturation hydraulique du concept même de société, de nation ou de groupe. De tout bord, les propagandes recrutaient des croyants, fidèles aux passions tristes, la raison en sommeil. Ils rejoignaient leur escadron et participaient avec ferveur à ce « *nous contre eux* » communautaire, arpentant les tranchées Twitter et Facebook en quête d'ennemi à *cancel*. Les politiques, sous leur apparat de chefs de guerre, théorisaient l'incitation au conflit tous azimuts. On sommait « les gens » de choisir leur radicalité comme une nouvelle patrie. Qui était ce on ? Quand le compromis était-il devenu la valeur à abattre ?

Même l'apocalypse écologique n'apparaissait plus comme l'horizon le plus probable. Il y avait aussi les milliardaires qui s'amusaient avec le bouton atomique. Heureusement – ou malheureusement, cela dépendait du point de vue –, Franck Somerset n'aurait pas à vivre la fin de cette histoire. Il était trop vieux et n'avait pas eu d'enfant. Au vu de ses lectures quotidiennes, ce destin se révélait un remède efficace pour s'écarter de tout intérêt politique.

Il inspira une profonde goulée d'oxygène. Ses poumons s'emplirent d'un air froid et sec. De nouvelles neiges s'annonçaient dans les prochaines heures. Il espérait que le centre météorologique ne se trompait pas. Il avait hâte de voir le temple de Sybille, au cœur du parc des Buttes-Chaumont, recouvert d'une fine couche de poudreuse, le silence et l'hiver comme seuls compagnons.

— Tu savais que le parc fut conçu à la fin du XIXe siècle, aux dernières heures du règne de Napoléon III ? dit-il. Il voulait contempler un paysage montagneux sans avoir à quitter Paris.

— Je ne savais pas, répondit Carl Ducrest.

— C'est à partir d'anciennes carrières de gypse et de pierres meulières qu'ils ont construit ce que tu vois là, dit-il en pointant du doigt le promontoire haut de trente mètres, ainsi que ses cascades, ses alpages et ses grottes.

— Comment vas-tu ? le coupa Carl.

Les deux amis discutaient depuis un moment, et Franck avait, avec le talent qui le caractérise, évité tout sujet personnel. Il tapota le journal sur ses cuisses. On ne pouvait facilement travestir la vérité face à Carl Ducrest, un psychologue comportementaliste aussi habile intellectuellement que sagace. Il prendrait le risque d'en dévoiler encore plus sur ce qu'il avait mis du temps à enterrer.

— Ça dépend du moment de la journée où tu m'adresses cette question ?

Carl sourit face à ce pas de côté.

— Et maintenant ?

— Cet après-midi ? répondit Somerset en se tournant vers son ami. C'est plutôt le haut qui va et le bas qui bloque. L'arthrose ! C'est ainsi que les membres inférieurs restreignent mon champ d'action. Au réveil et jusqu'au milieu de matinée, il me faut du temps pour débloquer la machine. En revanche, si tu m'interroges le soir, je te parlerai de mon dos. En bas à droite. Si je me penche vers l'avant ou m'assois, une pointe vrille mon grand oblique, derrière l'abdomen. C'est le signe que du sommeil s'impose.

Franck regarda sa montre.

— Bientôt, ce sera aussi mon cou qui va tirer d'un côté. Je passe trop de temps à lire, dit mon médecin. Un comble !

— Et la nuit ?

« La nuit ? » songea-t-il.

— Eh bien, la nuit, je dors...

— Vraiment ?

— La plupart du temps...

— Les insomnies ?

— C'est aussi un bon moment pour lire. Depuis quelques semaines, je découvre un auteur épatant, R.J. Ellory. Toi qui aimes les belles plumes, je te le recommande.

Carl, la cinquantaine au crépuscule, contempla ces Alpes parisiennes composées par la main de l'homme. Il appelait Franck régulièrement. Il prenait des nouvelles et, de temps à autre, ils partageaient un déjeuner et une marche, comme aujourd'hui.

Une pellicule de glace scintillait sous les reflets intenses du soleil d'hiver. Franck, la soixantaine au zénith, avait connu Carl de nombreuses années auparavant. Jeune commissaire à cette époque, Franck Somerset dirigeait une affaire de meurtre.

Des crimes sordides dont l'unique suspect, un adolescent, se murait dans le silence. Les détails de l'enquête s'étalaient dans des chroniques quotidiennes sur les pages des faits divers. Carl se prit d'intérêt pour cette histoire tragique et esquissa un profil de l'adolescent à partir des comptes rendus détaillés des auditions de la police. Il proposa spontanément son aide à Franck ainsi qu'une approche différente pour amener l'adolescent à parler. Là où la police se refusait à l'incursion de civils, Franck, flic non conformiste et instinctif, comprenait tout l'intérêt de ces regards neufs et des compétences extérieures. Il accepta et, malgré les protestations de ses collègues, il prit de sa responsabilité d'organiser plusieurs entrevues entre Carl et l'adolescent. Le psychologue eut besoin de plusieurs jours, mais il fit parler l'adolescent, ce qui permit de l'innocenter et d'attraper le vrai coupable. Franck inscrivit une nouvelle affaire inextricable à son tableau de chasse. La légende d'un flic à part, qui pensait autrement, naquit. Et les deux hommes tissèrent des liens d'amitié solides.

Mais, des années plus tard, cette légende s'était brisée net. En apparence, ce n'était qu'une violente agression. L'extrême sauvagerie interpellait, mais rien ne présageait les ténèbres qui s'abattirent sur Somerset et son équipe. Le vengeur des catacombes avait enfermé en elles-mêmes ses victimes et, de la même manière, il ébranla Franck comme aucun autre criminel avant lui. À la sortie de cette enquête, il avait décidé de prendre ses distances.

— Quand vas-tu reprendre tes fonctions ?

— Je ne sais pas, répondit Franck, le regard perdu au loin. Je ne sais pas si je suis encore suffisamment affûté pour ce job.

Ils laissèrent le silence répondre à cette interrogation.

— Et puis, je suis bien ici.

Il aimait rejoindre ce banc, en surplomb de ce panorama végétal. Ce bel et glacial après-midi sublimait ce paysage. Franck et Carl y reprenaient leur souffle après deux kilomètres de marche. L'idée que le grand Somerset n'était plus qu'un homme vieux et fatigué suintait de son inconscient, comme une fuite d'eau qui se répand goutte à goutte à travers les fondations d'une maison. Franck perdait confiance en sa capacité à redevenir le commissaire qu'il avait été. Et puis, il y avait tout ce nouveau monde, ces technologies, ces réseaux, ces manières d'enquêter, cette déshumanisation pan par pan. À présent, qu'était-il ? Une ombre sur un banc, pensa-t-il.

— Que t'a dit Vannod ?

— Que veux-tu que ce vieux grognard me dise ?

— À toi de me le dire.

— Il voudrait que je revienne.

— Et ?

— Et... (Franck inspira profondément.) Et, je ne sais pas...

Le directeur Vannod, grand manitou de la police parisienne, avait refusé la lettre de démission que Franck lui avait présentée après l'affaire du vengeur des catacombes. À la place, il lui avait imposé un congé sans solde et à durée indéterminée. Une pause indéfinie pour remplacer un départ définitif, une façon pour Vannod de laisser une porte entrouverte, si un jour le grand Somerset voulait reprendre.

— Tu te penses obsolète ?

Franck regarda son ami, surpris de l'utilisation du terme : *obsolète*. Carl Ducrest prenait toujours soin d'utiliser l'exact mot qui illustrait la nuance qu'il voulait exprimer. Le mot obsolète s'afficha en lettre jaune dans sa tête. Il ressemblait à un message d'erreur de l'ancien monde face au nouveau.

— Peut-être, répondit-il après un instant.

Carl tapa sur les épaules de son épaisse parka. L'afflux sanguin aida à accroître sa température corporelle.

— Testons !

— Pardon ?

— Faisons un test rapide, dit Carl sur le ton du défi.

D'un rictus, Franck acquiesça.

— Très bien !

Franck regarda tout autour de lui à la recherche d'une proie. Une cible dont il identifierait les comportements, relèverait les incohérences, relierait les faits, reconstituerait le passé. Une lubie dont il ne se lassait pas. Il la partageait avec Carl.

Franck remarqua un officier. Il s'avançait vers le temple. Son uniforme blanc, impeccable, et cette démarche à la fois convaincue et raide, détonnaient avec l'arrière-plan. Il ne portait pas de manteau, ce qui sortait du commun par un froid pareil. Il regardait sur sa droite, puis sur sa gauche, cherchait quelque chose à travers les têtes qui croisaient son chemin.

— Je suis désolé, mon cher ami, dit Franck, mais nous allons devoir remettre ce bilan de compétences à plus tard, quelqu'un souhaite me parler.

Franck saisit son journal, le roula et leva la main pour attirer l'attention de l'écuyer. Carl tourna la tête et dévisagea le jeune officier. Ce dernier les vit. Il bifurqua de son pas claquant et fusa vers le banc.

— Vous me cherchiez ? l'interpella Franck.

L'officier se planta face à lui tel un javelot, son front se plissa, surpris d'être attendu.

— Le général Couraud vous sollicite, commissaire Somerset. Une affaire urgente requiert votre attention.

Le jeune homme incarnait l'armée dans sa plus belle tenue. Son uniforme ne pouvait être plus immaculé. Il était rasé de près, une coupe précise au millimètre, des mains impeccables, des chaussures cirées à la perfection. À n'en pas douter, ce jeune homme officiait proche de l'état-major des armées, éloigné du terrain, de la crasse, de la sueur, du sang.

— Je ne suis plus commissaire.

— Le général Couraud voudrait s'entretenir avec vous, répéta-t-il tel un automate que son créateur n'aurait doté que de quelques mots pour s'exprimer.

Franck et le général s'étaient connus sur les bancs de l'académie. Le général le devançait de quelques années. Pour Franck, qui avait grandi sans père, il était devenu un mentor et ce qui se rapprochait le plus d'un grand frère. C'est avec lui qu'il avait partagé ses interrogations et aspirations de jeune flic.

— Il pouvait m'appeler, je me serais rendu à lui.

— L'affaire est urgente. Il vous attend.

— Maintenant ?

— Oui, il est devant la porte est.

Le général Couraud se déplaçant en personne ? Il y avait là de quoi susciter une vive curiosité chez le vieux commissaire. Franck se leva, fit un geste chaleureux en direction de Carl.

— Ce n'est que partie remise, lui dit-il en guise d'au revoir.

— Au moins, tu seras fixé, dit Carl.

— Fixé ?

— Si tu es encore affûté ? Quelque chose me dit que tu vas vite le savoir.

Franck sourit.

— Profite du lieu, il n'y en a pas d'autres comme celui-ci à des kilomètres à la ronde. À la manière d'un jardin de pierres japonais, c'est propice à la méditation.

Il se tourna vers l'officier.

— Je vous suis.

Chapitre 36

Mardi

15 h 00

Franck pressa le pas. Son genou gauche coulissait par à-coups, tandis que sa cheville droite craquait un appui sur deux. Il tirait sur ses jambes pour suivre le rythme du jeune officier. Ce dernier traversa les allées des Buttes-Chaumont de sa démarche vive et raide comme l'aurait fait un soldat de plomb articulé.

— Comment m'avez-vous trouvé ? tenta Franck pour l'amener à ralentir.

— Je ne possède pas cette information, commissaire, répondit-il sans fléchir sa foulée.

Franck voulut rappeler une deuxième fois qu'il n'était plus commissaire, mais c'était peine perdue. Au sein de la grande muette, les échelons ne disparaissaient jamais. Le reste de l'expédition s'effectua en silence et au pas de charge.

Le jeune officier s'arrêta face à une longue berline noire de la marque aux chevrons. Franck, hors d'haleine, posa ses mains sur ses cuisses, se pencha en avant et but l'air tel un assoiffé dans le désert. L'officier ouvrit la porte arrière et l'invita à entrer.

— Donnez-moi une seconde, demanda Franck, haletant.

Le sang affluait dans tout son corps. Son cœur déchaînait une grande marée à travers ses articulations, ses muscles, son esprit ankylosé. Il ne put s'empêcher de penser que cette marche activait ses sens, tout autant que son corps. Il pénétra dans le véhicule qui enjambait le trottoir devant la porte de la Villette. Il s'imagina Don Corleone en visite pour lui faire part d'une affaire urgente.

— Tu manques d'exercice, Franck, l'accueillit le général Couraud.

— Et pourtant je m'entretiens, répondit-il, s'installant sur la profonde et confortable banquette. Je ne compte pas pourrir comme une branche qui tombe de l'arbre.

— Le contraire m'aurait étonné.

Le général portait lui aussi un uniforme impeccable. Sur sa poitrine, une addition d'insignes identifiait sa position au sein de l'état-major des armées françaises. Malgré des traits tout en rondeur, son visage conservait un flegme imperturbable, à la manière du joueur d'échecs qui, en permanence, calcule et anticipe les mouvements de son adversaire.

— Tu sais que je possède un téléphone portable.

— Je voulais m'assurer qu'aucune oreille n'écoute, dit le général avec un rictus aussi malicieux que sérieux.

— Alors j'en conclus que tu n'es pas là pour prendre des nouvelles de ma santé ou de mon moral, répondit Franck, pressé de connaître les raisons de cette rencontre impromptue.

— Laissez-nous, ordonna le général à son chauffeur.

Ce dernier s'exécuta sans mot dire, abandonnant les deux anciens de l'école Saint-Cyr-au-Mont-d'Or à eux-mêmes dans ce caisson insonorisé. Le général se tourna vers Franck, le regard grave. La curiosité de Franck enflait.

— Tu es resté proche d'Elga Salustri ?

— Oui, pourquoi me demandes-tu ça ?

— Tu la vois régulièrement ?

Franck Somerset et Elga Salustri étaient liés par l'affaire du vengeur des catacombes. Pour une amie, Elga s'était investie plus qu'elle n'aurait dû, et Franck l'avait laissée faire. La jeune femme en était ressortie brisée. Franck se le reprochait. Lui, il avait signé pour se confronter à ce que l'humanité produisait de plus sombre, de plus brutal. Elga en avait fait une découverte traumatisante. Son instinct, son non-conformisme, sa capacité à réfléchir en dehors des codes établis, ses plus grandes forces avaient fini par le trahir. Elga en payait les conséquences. Au-delà de l'affection qu'il portait à la jeune femme, il mettait un point d'honneur à la voir régulièrement, à se racheter. Il l'aidait à se reconstruire, à oublier ces ténèbres, à les enfouir là où elles auraient dû rester.

— Tu m'intrigues…

— Réponds-moi, s'il te plaît, demanda le général, l'inflexion autoritaire.

— Oui. Nous nous voyons… Laisse-moi réfléchir… Une fois par trimestre, parfois plus, parfois moins.

— Quand l'as-tu vue pour la dernière fois ?

— Je dirais que c'était il y a un mois, en octobre.

— A-t-elle changé ?

— Qu'est-ce que c'est que cette question ?

— Réponds-moi, Franck, l'as-tu trouvée différente ces derniers mois ?

Franck tourna la question du général dans son esprit. Deux ans après les événements tragiques qui les avaient réunis, Elga restait perturbée par le vengeur des catacombes, par les conséquences, les remises en cause et, au final, la destruction de sa douce vie illusoire.

— Bien sûr qu'elle a changé. Ce que nous avons traversé, il y a deux ans, personne n'en sortirait indemne.

— Je te parle des derniers mois, de cette dernière année ?

Franck leva les mains en signe d'incompréhension face à cet étrange interrogatoire.

— Pourquoi toutes ces questions, Marc ? Il lui est arrivé quelque chose ? demanda-t-il, inquiet.

Le général mit une poignée de secondes avant de répondre, comme un joueur d'échecs qui hésite entre deux stratégies, pensa Franck.

— Marc, que se passe-t-il ?

Le général abandonna sa réflexion. Franck crut déceler un éclat d'amertume dans un mouvement presque imperceptible, comme un regret devant un choix impossible. Puis, l'instant d'après, le général reprit sa posture impénétrable et jupitérienne.

— Il s'est passé quelque chose de grave hier matin. Elle est impliquée.

— Que veux-tu dire par « impliquée » ?

— Hier, le renseignement militaire, la DRM, l'a arrêtée chez Microsoft. Elle est accusée de vol de technologie, collusion avec une force étrangère, espionnage et complot, des actes de haute trahison.

— Non, mais tu plaisantes ? s'esclaffa Franck, incrédule.

— Pas du tout, dit le général sur un ton qui ne laissait aucune place au doute. Je ne suis pas censé t'en informer. C'est classé au plus haut niveau de confidentialité – très secret-défense. Cet entretien n'a pas lieu. Il ne doit en rester aucune trace. On se comprend ?

Franck n'en croyait pas ses oreilles. Comment la femme brillante et intègre qu'il connaissait pouvait être inculpée de faits aussi graves ? Les suspects arrêtés par le renseignement militaire ne bénéficiaient plus des mêmes droits qu'un citoyen ordinaire. Elle serait incarcérée dans un lieu secret, certainement une base militaire, et n'aurait accès ni à un avocat ni à un téléphone, ni à aucune aide classique.

— Pourquoi l'ont-ils arrêtée ? Quels sont les faits ?

— Ils sont convaincus qu'elle a volé une technologie militaire.

— Une technologie militaire ? Qu'est-ce que c'est que cette connerie, Marc ! fulmina Franck. Elle fabriquait des missiles intercontinentaux en secret dans son bureau ? C'est une accusation ridicule, et si tu es là, c'est que tu le sais déjà.

Le général resta impassible. En fin stratège, il savait que le pouvoir résidait dans l'information. Il avait été formé au contrôle, à ne dévoiler que le strict nécessaire.

— Non, je ne suis convaincu de rien. Et c'est pour cette raison que nous nous voyons. Je veux que tu m'aides à comprendre qui tire les ficelles dans l'ombre. Officieusement. J'ai confiance en toi et j'ai besoin de quelqu'un d'extérieur.

— Extérieur ?

— En dehors des réseaux de défense et d'espionnage. Disons quelqu'un d'inconnu des services et insensible aux influences privées ou aux pressions politiques, si tu vois ce que je veux dire...

— Mais pourquoi moi ? Tu as accès à des hommes et à des ressources en quantité infinie. Que veux-tu que je fasse de plus ?

— Tu agiras en parallèle, selon tes méthodes, ton savoir-faire. Peut-être que ça ne donnera rien de plus que nos équipes de terrain et d'analystes, mais je préfère essayer. Et puis toi, en dehors des affaires de meurtres, personne ne te connaît. Personne ne s'intéressera à toi. Ça te donnera le champ libre pour agir.

La capacité de concentration du vieux commissaire s'éveillait d'une très longue sieste. Comme un réflexe qui ne s'oublie pas, il décomposa l'ensemble du comportement et la dialectique du général. Malgré l'engourdissement, il conservait ses aptitudes hors du commun. Sur l'échiquier de l'analyse comportementale, le général était un adversaire redoutable. Il était illusoire de chercher à avoir une idée claire de ses motivations profondes. Certes un lien d'amitié, de confiance, de respect long de plusieurs dizaines d'années unissait les deux hommes. Néanmoins, Franck sentait que quelque chose d'autre se jouait ici, quelque chose qu'il était loin de pouvoir entrevoir.

— Ta protégée risque gros, reprit-il. On sait que les Russes sont dans le coup, mais à quel niveau, mystère. Les Américains ne sont pas loin, les Chinois non plus, les Israéliens, c'est très probable, et Dieu sait qui d'autre. On est dans le brouillard, trop d'ennemis et peu de temps pour faire le tri parmi les chiffons rouges. Je dois distinguer qui est la vraie menace. Pour cela, il faut que je comprenne quel est son rôle dans tout ça. À l'heure où l'on se parle, elle refuse de collaborer. La DRM la cuisine depuis plus de vingt-quatre heures, mais elle ne dit rien, pas un mot, murée dans un silence total. Ça rend les gens nerveux, Franck, ils ne comprennent pas comment interpréter ça.

— Peut-être qu'elle est en état de choc, incapable de parler ? L'as-tu soumise à une analyse psychologique ?

— Nous n'avons pas le temps pour ça. J'ai le pouvoir de retenir les loups encore vingt-quatre heures. Après, on devra la remettre au contre-espionnage, la DCRI. L'intelligence économique, c'est de leur ressort. Pas la peine de t'expliquer ce qu'ils lui feront pour la faire parler… Ces gars-là ont moins d'honneur militaire que nous… (Il laissa un silence remplir le vide.) C'est un dossier explosif. Le président en personne a un œil dessus. Autant te dire que sa cour est à cran. La DRM a pris tout le monde de vitesse, mais si elle continue à ne rien nous dire, je ne pourrai justifier de la garder une journée supplémentaire. Alors c'est tout ce que je te donne, vingt-quatre heures, Franck. Demain, à la même heure, soit tu découvres des éléments solides pour qu'elle parle, soit elle va vivre des moments très difficiles, tu peux me croire. Elga deviendra officiellement une traîtresse.

L'avertissement avait le mérite d'être clair. Les cellules grises de Franck s'agitaient. Il les avait entretenues, mais rien n'égalait la confrontation avec une situation inextricable, surtout quand des vies étaient en jeu. Disparition d'une technologie militaire, Elga enfermée dans un mutisme étrange, Russes, Américains, Chinois, Israéliens, gouvernement français, guerre entre les services de renseignements, les premiers mots-clés tournoyaient dans son esprit.

— Tu veux que j'enquête pour toi, de façon non officielle, pour savoir pourquoi elle ne parle pas ? C'est bien ça ?

Le général acquiesça. Franck prit un instant pour réfléchir à cette requête déconcertante, puis il demanda :

— Quelle est la question à laquelle tu veux qu'elle réponde ?

— Où est la technologie EGO ?

— EGO ? L'entreprise créée par son compagnon ?

— Oui.

— Mais c'est une start-up comme il y en a des milliers ! Quel rapport avec une technologie militaire ?

— EGO est bien plus qu'une vulgaire boîte de la nouvelle économie, Franck. C'est une intelligence artificielle d'un nouveau genre. C'est stratégique pour la France.

— Si tu cherches EGO, pourquoi tu n'arrêtes pas Nicolas Kergan alors ? C'est lui le fondateur !

— Il a disparu depuis une semaine.

— Disparu !?

— Il a posé le pied à New York, puis s'est volatilisé. On a envoyé des gars à sa recherche, mais pour l'instant, on n'a rien.

— Les Américains ?

— C'est probable.

— Pourquoi parlais-tu des Russes alors ?

Un sourire fissura le masque d'impassibilité du général.

— Je n'ai pas le temps pour un cours de rattrapage sur la guerre économique mondiale, Franck. Garde à l'esprit qu'EGO attise de nombreuses convoitises. Plusieurs États rêvent de s'en emparer. La disparition de Kergan à New York, c'est l'étincelle qui a mis le feu aux poudres, le signe que l'un d'eux passait à l'offensive. Les autres doivent réagir, s'ils ne veulent pas perdre EGO définitivement.

— Et les autres employés d'EGO ? Je crois savoir qu'Elga avait évoqué... (Franck fouilla dans son esprit)... un certain Anatoli, associé et ami de Kergan.

— Anatoli est en Russie, on tente de le localiser, mais j'ai peu d'espoir. Les autres employés sont disséminés à travers le monde, et la plupart sont des hackeurs paranoïaques. Difficile de mettre la main dessus en une poignée d'heures. Si c'était si simple, je ne serais pas là.

— Pourquoi vous n'avez pas mis EGO en sûreté depuis longtemps si cette technologie est si importante ? Si sensible ?

Le général reprit une position droite. La question le dérangeait.

— Manifestement, quelqu'un n'a pas fait son travail, je te l'accorde. Nous avons tardé à identifier l'aspect stratégique d'EGO.

Franck compila les données, écarta le superflu.

— Revenons à Elga. Peut-être qu'elle ne sait rien ? Elle ne te dit rien, parce qu'elle ne sait rien.

— Elle sait quelque chose, il n'y a aucun doute là-dessus. La technologie a été volée hier matin, au sein des bureaux Microsoft, par un type inconnu. Elle était avec lui. Était-elle sa complice ? Son otage ? L'a-t-elle aidé ? Nous l'ignorons, et son silence rend les gens perplexes et nerveux.

— Microsoft ? Quel rapport ?

— A priori, aucun, mais le code source d'EGO était caché au sein de leur Intranet. Une manière habile de sécuriser son programme quand on se sait surveillé.

— Attends ! dit Franck en levant la main. Il y a un point que je ne comprends pas. Microsoft aurait servi de... Comment pourrait-on dire ? De coffre-fort numérique pour cacher le code source de cette intelligence artificielle, d'EGO, objet de ton intérêt, de celui des Russes, des Américains, des Chinois, des Israéliens et de qui sais-je encore.

Le général acquiesça de nouveau.

— Et tu viens de me dire qu'Elga était accompagnée d'un type dont vous ne savez rien. Je suppose donc qu'il est en fuite ?

— Affirmatif.

Franck se pencha légèrement pour s'approcher du général.

— Alors comment pouvez-vous dire que c'est le code source d'EGO qui a été volé ? Et d'ailleurs quels sont les éléments qui suggèrent un vol ?

Le général s'écarta.

— Ne perds pas de temps là-dessus, Franck. Nous le savons, c'est tout ce que tu as besoin de savoir. Tu dois accepter de mener cette partie de poker sans connaître le jeu de tes adversaires.

— Mes adversaires ? Qui sont-ils ?

— Ceux qui veulent mettre la main sur EGO.

— Toi y compris.

Un rictus releva les joues rondes du général. Il tourna la tête vers la vitre. Son regard se perdit entre les destriers métalliques et leurs cavaliers sanguinaires. Les gens devenaient fous. Un jour, la somme de toute leur rage, de toute leur frustration, raserait définitivement cette Babylone moderne.

— Nous sommes dans la même équipe, Franck. Concentre toute ta puissance d'analyse sur ce qui compte. Le temps galope, dit-il en tapotant de son ongle le verre de sa montre. Il faut qu'Elga parle, que je sache qui se cache dans l'ombre. Pour ça, tu dois retrouver ce type qui était avec elle, et ton point de départ, ce sont les bureaux de Microsoft.

— Il faut que je récupère ma plaque.

— Tu n'en auras pas besoin. Cette enquête est officieuse.

— Tu crois que les personnes que je vais interroger vont me répondre par simple civisme ?

— Une des miens t'accompagnera. C'est elle qui se chargera de t'ouvrir les portes. Elle t'attend chez Microsoft. Quand tu y seras, tu demanderas Mathilde Dufaye.

— Tu m'adjoins une équipière ? Un chaperon ?

— Ça t'évitera de me faire de longs rapports pour me tenir au courant. Elle s'en chargera.

— Et Vannod ? Tu sais qu'il a des yeux partout.

— Je lui ferai passer le mot que tu fais quelque chose pour moi, sous le radar, qu'il doit regarder ailleurs. Il sait comment fonctionne la politique. Il ne posera pas plus de questions que nécessaire et te couvrira au besoin. (Le général planta son regard perçant dans celui de Franck.) Je ne suis plus un homme d'action. Moi, ce sont les rapports de force et la politique qui consument mon temps. Dans cette affaire, des forces, dont tu ne peux imaginer le pouvoir, agissent. Une âpre compétition s'est engagée pour mettre la main sur EGO. Pendant que tout le monde s'agite, s'observe et s'espionne, j'ai besoin d'un sous-marin qui agisse en toute discrétion. Un atout que personne ne soupçonne et que personne ne surveille. Cette Elga Salustri compte pour toi, non ?

— Bien sûr !

— Malgré ce que je viens de te dire, tu la crois innocente, n'est-ce pas ?

Franck serra le poing. Il connaissait Elga. À la manière d'un oncle qui observe sa nièce, il aimait la jeune femme solaire, idéaliste, brillante. Ses tripes lui disaient que jamais Elga ne pourrait commettre aucun des crimes que le général Couraud venait de lui énumérer.

— Oui, bien sûr que je la crois innocente.

— Tu t'en veux pour ce qui s'est passé il y a deux ans avec ce vengeur des catacombes. Je le sais. Aujourd'hui, je te donne l'occasion d'exercer ton talent pour la disculper. Amène-moi les éléments qui nous permettront d'éclairer les ténèbres, pour voir qui s'y terre. Cette motivation te rendra encore meilleur. Sois mon sous-marin, retrouve ce type qui l'accompagnait, identifie qui sont les commanditaires, et je suis sûr qu'elle parlera. Dès lors, les gros bras du contre-espionnage n'auront plus aucune raison de l'interroger.

Le général appuya sur le bouton de la vitre. Elle se baissa. Il interpella son chauffeur et lui annonça qu'ils partaient.

— Attends, l'arrêta Franck, j'ai une dernière question.

Le général leva la main vers l'officier pour lui signifier de patienter encore un instant, puis il tourna la tête vers Franck.

— Pourquoi avez-vous voulu doubler le contre-espionnage ? Vous êtes tous censés travailler ensemble, non ?

— Je t'ai connu moins naïf, Franck. Nous avons des missions différentes, complémentaires, mais différentes. Eux travaillent à protéger les intérêts nationaux, à stopper ceux qui nous espionnent et veulent nous détruire de l'intérieur. Moi, je m'assure que notre armée reste puissante, en capacité d'intervenir là où il le faut.

— Vous craignez des conséquences militaires ?

Le général sembla peser chacun de ses mots avant de les prononcer.

— EGO est une technologie française, nous veillons sur nos ouailles. Si nos craintes sont fondées, le contre-espionnage français sera un peu limité pour traiter les conséquences de ce vol.

— Les conséquences ?

— C'est fini.

Il leva la main. Le chauffeur reprit sa place à l'avant, et le soldat tout vêtu de blanc qui était venu le chercher ouvrit la portière pour inviter Franck à sortir.

— C'est moi qui te contacte, conclut le général dans un sourire chaleureux. J'ai confiance.

Balayé par un vent mordant, Franck attendit quelques minutes sur le trottoir, comme sonné par un uppercut. En réalité, il classifiait chacune des informations que le général lui avait fournies. Il n'avait plus senti l'excitation le parcourir de la sorte depuis un long moment. Des fourmis lui picotaient les mains et la cervelle.

Chapitre 37

Mardi

15 h 58

Le chauffeur de taxi qui le menait chez le mastodonte des nouvelles technologies possédait un visage poupin, une intonation râblée de banlieue et l'énergie de ceux qui démarrent dans la vie. Franck lui demanda de traverser Paris du nord-est vers le sud-ouest. Quelques kilomètres qui se muaient en une interminable traversée à cette heure. Par la vitre, Franck regardait le peuple de Paris.

Tous s'affairaient.

Il pensa à Laurence. Elle les décrivait comme des tueurs en série refoulés. Tous. Chacun d'eux, disait-elle, voulait secrètement égorger le mec qui leur faisait une queue de poisson, étriper celle qui parlait trop fort, castrer le lourd libidineux, étrangler la connasse, euthanasier la vieille du dessous, dévorer le bourgeois, noyer le facho ignare, brûler le banlieusard, défoncer les homos ou guillotiner tout le XVIe. « Notre travail ne consiste pas à arrêter ceux qui ont le vice du crime, ajoutait-elle. Ils l'ont tous. Non, il nous faut identifier ceux qui passent à l'acte, qui s'abandonnent à leur nature profonde. » Ce jour-là, plus encore qu'un autre, le sulfure saturait l'atmosphère. Les trognes des tueurs de Laurence ne se cachaient plus.

Franck concentra son esprit sur sa mission. À première vue, il était difficile de définir un point de départ à travers les multiples couches de mystère imbriquées les unes dans les autres. Il y avait quelque chose d'extravagant dans ce que le général venait de lui raconter. Une intelligence artificielle volée, des puissances étrangères lancées dans une course pour se l'approprier, la disparition du créateur de l'entreprise aux États-Unis, l'inculpation et le mutisme d'Elga, cet inconnu qui l'accompagnait et Franck qui devait en quelques heures trouver le moyen de libérer Elga en comprenant son rôle. Extravagant, c'était bien le mot qui traversait l'esprit de Somerset.

Puis, comme par automatisme, Franck tenta d'écarter le fantasque, de focaliser son esprit sur un objectif unique, un objectif qu'il pouvait atteindre. Il lui était nécessaire de reléguer les interférences à l'arrière-plan, tel un prédateur définissant une proie précise à l'intérieur d'un cheptel.

Elga était quelque part, inaccessible. Il était illusoire de penser qu'il pourrait l'en sortir à travers une approche frontale. La guerre économique à laquelle s'adonnaient les États le dépassait complètement. Il ne lui restait qu'une cible unique pour canaliser tous ses sens : retrouver l'inconnu qui accompagnait Elga. C'était la seule tâche où il pouvait apporter son expérience, sa créativité, dans la traque de criminels.

— On arrive, dit le chauffeur en garant les deux tonnes de son SUV face à l'esplanade centrale.

— Merci, dit Franck en sortant.

Dans une guérite, un gaillard de la sécurité l'arrêta et lui demanda son badge. À l'intérieur de l'espace restreint, un deuxième, en retrait, l'observait en silence.

— Je suis attendu par Mathilde Dufaye.

— Qui ? demanda le garde avec un fort accent d'Europe de l'Est.

L'autre gaillard, derrière, posa la main sur son épaule.

— Je m'en occupe.

Il sortit de la guitoune avec difficulté et s'écarta de quelques pas en lui faisant signe de l'accompagner.

— Vous êtes qui ?

— Franck Somerset.

— Qu'est-ce que vous faites là ?

— La même chose que vous.

L'homme, un chauve sans cou, des bras comme ses cuisses et une haleine de tabac maturée dans un mauvais café, plissa les paupières et regarda Franck de haut en bas. Dans l'armée, il n'était pas rare de croiser des natures corporelles imposantes. Mais ce n'était pas son seul signe distinctif. Une tache incrustait son regard. La marque de la Faucheuse, propre à ceux qui l'avaient vue à l'œuvre. Elle ne passait pas inaperçue.

— Pourquoi vous venez la voir ?

— Elle m'attend.

Le sans-cou fit un pas de côté et posa un doigt sur son oreillette. « Ici Vic, j'ai un certain Somerset à l'entrée principale. Il dit qu'il est attendu par Dufaye. Terminé. » Il tapota du pied. « Bien reçu, envoie-le au poste sécurité, terminé. » Le sans-cou enleva la main de son oreille droite et toisa Franck. Quelque chose le dérangeait. Franck baissa les yeux sur son imperméable matelassé, puis son pantalon. Il prit conscience qu'il ne s'était pas changé. Il était habillé à la manière d'un retraité en balade. Il conservait son élégance et son charisme naturels, mais sa tenue détonnait en ces lieux, en cet instant.

— J'étais à la campagne, dit-il dans une tentative naïve d'explication.

Le sans-cou parut rassuré d'en trouver une, même boiteuse, à cette bizarrerie.

— Allez-y, dit-il. Sur votre droite en entrant, vous verrez le PC sécurité. Elle vous rejoint là-bas.

Franck traversa l'une des portes à tambour. Deux nouveaux gardes contrôlaient les sacs derrière un portique métallique. Leur nervosité figeait leurs visages en une grimace menaçante. Franck vida le contenu de ses poches, puis obliqua vers le poste de contrôle de la sécurité.

Dans ce hall, en tout point respectueux de la mythologie Silicon Valley, des dizaines de premiers de cordée se croisaient, parlaient, pianotaient sur des téléphones ou des ordinateurs. L'ensemble ressemblait à une publicité Starbucks où des groupes d'étudiants, beaux et attirants, travaillaient sur leur doctorat en buvant un café, pendant que des hommes d'affaires faisaient une pause avant de prendre leur avion.

Franck frappa à la porte du PC sécurité. Le mécanisme de la serrure cliqueta et se déverrouilla. Il entra.

Une demi-douzaine de personnes s'affairaient autour d'une multitude d'écrans de contrôle. Une moitié, penchée sur des ordinateurs, manipulait les logiciels de caméra de surveillance, tandis que l'autre moitié donnait les ordres. Un homme grand, sec, les cheveux coupés court et les tempes grises s'avança vers lui. Des yeux d'un vert d'eau intense surlignaient son faciès anguleux.

— Paul Bicet, dit-il en levant la main pour serrer celle de Franck. Vous êtes le consultant qu'attend Mathilde Dufaye, je présume.

— Oui, c'est moi.

— Elle est dans la salle des serveurs, elle arrive.

— Je vais attendre.

— Je peux vous demander votre domaine d'expertise ?

— Chasse à l'homme, répondit Somerset.

Paul Bicet jaugea Franck du regard, puis laissa apparaître un sourire et reprit sa position initiale. Franck se glissa derrière les opérateurs. Les bras dans le dos, il les détailla un à un.

Ils reconstituaient les événements survenus la veille. Plusieurs centaines de caméras quadrillaient l'ensemble des quinze mille quatre cent vingt-quatre mètres carrés. Un boutonneux à la panse proéminente expliquait les fonctionnalités de leur logiciel d'intelligence artificielle à une femme sans âge. Leur programme réalisait le travail de reconstruction des événements automatiquement. L'IA sélectionnait la portion adéquate des bandes de chaque caméra pour recomposer un film unique du vol.

— Ce dont elle a besoin, ce sont les bonnes instructions, dit-il en faisant craquer ses doigts.

— Je veux l'ensemble du parcours de cette femme et de cet homme, dit Paul Bicet.

Il montra deux écrans de contrôle sur la droite. Sur celui du haut, une photo d'Elga, sur celui du bas, le visage d'un homme jeune, à peine vingt ans. Le grain ne permettait pas de discerner l'ensemble de ses traits, néanmoins on reconnaissait ses origines orientales. Franck sentit son dos se raidir quand il vit Elga sous la forme d'une criminelle que l'on traque.

— Vous avez identifié l'homme ? demanda-t-il.

— On y travaille, répondit Bicet.

— Nous croisons en temps réel son visage avec l'ensemble des caméras de surveillance de Paris. Par ailleurs, il a pris la fuite avec la voiture de la femme, on a la plaque et le modèle. On va le retrouver ! dit l'un des opérateurs travaillant sur un ordinateur portable au design militaire renforcé.

Franck nota de demander une photo exploitable à Mathilde. Il l'enverrait à Gilles pour qu'il utilise Diva, le programme d'identification de photos qu'une amie d'Elga avait mis au point. Quand le temps manquait, il était important d'utiliser toutes les ressources accessibles. Même inofficielles.

Sur la dizaine d'écrans de contrôle, le parcours d'Elga et de cet homme se découpait en une multitude d'étapes morcelées, diffusées en même temps, comme un entrelacement d'univers parallèles. L'homme ne la quittait pas d'une semelle. Un pas en retrait et un autre sur sa droite, la posture d'un preneur d'otage, pensa Franck. Parfaite pour agir rapidement si Elga décidait de fuir. Il tournait la tête de gauche à droite tel un garde du corps prêt à fondre sur une menace.

Sur l'un des écrans, une séquence attira son attention. Elga, dans le hall, discutait avec une jeune femme durant environ cinq minutes. La DRM ne paraissait pas l'avoir identifiée. Franck la connaissait. C'était Ariane, la conceptrice du programme Diva !

Ça ne pouvait être une coïncidence. La présence d'Ariane soulevait de nouvelles interrogations sur l'implication d'Elga. Franck décida de conserver cette information pour l'instant. Il avait besoin de prendre une foulée d'avance sur les renseignements militaires.

Les images défilèrent jusqu'à ce qu'Elga et l'homme rejoignent une salle de réunion. Elle posa son ordinateur sur une longue table. L'homme lui tendit son téléphone. Quelqu'un leur envoyait des messages en déduisit Franck.

Elle prit le téléphone, lut, puis son comportement changea brusquement. Elle devint comme enragée. Elle parlait à l'homme avec véhémence, et des larmes coulaient sur son visage. En réponse, l'homme sortait une arme de poing qu'il braquait vers son visage. C'était une preuve évidente qu'Elga agissait sous la contrainte de cet homme. Franck ressentit un soulagement. Il ne doutait pas d'Elga, mais ces images composaient une preuve formelle, un élément irréfutable pour disculper toute participation volontaire à cette extravagante affaire.

Malgré la menace de l'arme, Elga continuait sa rébellion et forçait l'homme à se montrer de plus en plus menaçant. L'homme lui donnait une première clé USB, puis une deuxième, une dizaine de minutes plus tard. Elga transférait des fichiers de son ordinateur sur les clés – EGO inféra Franck –, puis les lui rendait.

La séquence se concluait au moment où l'homme récupérait la deuxième clé. Il lui montrait un nouveau message sur l'écran de son téléphone. Elga s'effondrait à la vue de ce qu'il contenait. L'homme récupérait son badge Microsoft ainsi que ses clés de voiture et prenait la fuite, la laissant seule. Cette dernière restait prostrée, comme saisie de catatonie. Elle ne bougea pas jusqu'à l'arrivée de la DRM une trentaine de minutes plus tard.

Ce montage contenait une profusion d'informations et d'indices formels pour comprendre le silence d'Elga. Franck l'avait suggéré au général. Son hypothèse se vérifiait. L'étrange comportement d'Elga s'expliquait par un syndrome post-traumatique lié au stress et à la peur, provoqué par ce qu'elle avait vu sur le smartphone de cet homme. La clé du mystère résidait dans ces messages. C'était une explication rationnelle, solide, pensa Franck.

Alors comment la DRM avait-elle pu conclure à sa culpabilité ? Franck était perplexe. Certes, il n'y avait pas le son, impossible d'entendre le contenu de leurs échanges, mais l'enchaînement contenait assez d'éléments explicites pour prouver la contrainte et le choc émotionnel.

Pourquoi toute cette mascarade ? s'interrogeait Franck. Pourquoi l'arrêter ? Pourquoi le général s'était-il déplacé en personne pour une affaire qui semblait ne comporter aucun mystère ? Des commanditaires – probablement une puissance étrangère si l'on suivait le raisonnement du général – avaient payé le jeune homme pour forcer Elga à télécharger EGO des serveurs sécurisés de Microsoft. La suite était du ressort des services de contre-espionnage, bien loin des qualifications d'un ancien commissaire de la Crim.

Franck flairait qu'un élément manquait. La pièce qui justifiait l'incarcération d'Elga.

C'est à ce moment-là qu'une femme entra d'un pas décidé dans le poste sécurité, accompagnée d'un homme d'origine indienne. Elle était de taille moyenne, la silhouette déliée, le visage lumineux, les cheveux châtains, de grands yeux noirs déterminés. Elle arborait une petite trentaine. Elle portait un jean serré, un col roulé et une veste en cuir ajustée par-dessus. Un style vestimentaire sophistiqué pour un agent de la DRM. Malgré son jeune âge, elle exhalait une autorité naturelle. L'homme à ses côtés s'identifia comme Yash Rouda, directeur de la sécurité du site.

Elle s'approcha de Franck et lui serra la main. La poigne était ferme.

— Franck Somerset, je présume, dit-elle.

— Vous présumez bien. Mathilde Dufaye, j'en conclus ? répondit-il avec un sourire chaleureux.

Chapitre 39

Mardi

17 h 13

— Où en est-on ? demanda Mathilde à Paul Bicet.

L'officier de la DRM répondit du tac au tac :

— Le programme reconstitue le parcours des cibles. En parallèle, on scanne toutes les caméras de surveillance de Paris pour retrouver l'homme. On cherche son identité, sans succès pour l'instant.

— Prévenez-moi dès que vous avez quelque chose, répondit Mathilde avant de se tourner vers Franck. Je vous offre un café et un briefing ?

Il acquiesça et la suivit. Elle rejoignit d'un pas félin le comptoir imitation Starbucks du grand hall et demanda à la serveuse un thé rouge à la pomme fraîche.

— Et vous ?

— Un café sera parfait, répondit Franck.

— Et un expresso, dit-elle à la serveuse qui s'exécuta.

Mathilde s'accouda légèrement au bar.

— Thé rouge à la pomme fraîche, vous ne devez pas avoir ça à la DRM ?

— Je ne suis pas de la Direction du renseignement militaire.

Franck fronça les sourcils, interrogatif.

— Je travaille au sein du cabinet du ministre.

— Du ministre de l'Intérieur ?

— De la Défense.

— Je vous croyais sous l'autorité directe du général Couraud.

— C'était le cas. J'ai fait mes classes sous ses ordres. Le général est l'un des grands hommes de notre armée, de notre nation.

Le lien de Mathilde avec le général apparaissait plus clairement. Elle était son *homme* auprès du ministre, ses yeux et ses oreilles. Une technique éculée pour s'assurer un débit d'informations, ascendant et descendant, avec le sommet, de bonne qualité.

— Le général Couraud m'a demandé de m'occuper personnellement de vous et de vous mettre dans la confidence. Ma seule limite, je ne peux pas partager avec vous ce qui est classifié *très secret-défense*, le plus haut niveau de confidentialité au sein de l'organe de renseignement français.

— Je comprends.

— Il a précisé que vous connaissiez la suspecte et que vous aviez de l'expérience concernant les affaires criminelles. Alors bienvenue à bord, dit-elle, affable. J'espère que vous êtes efficace, on a peu de temps avant que le contre-espionnage ne fasse valoir sa primauté sur elle. Quel niveau d'information possédez-vous ?

Franck ne voulait pas confronter Mathilde d'entrée de jeu avec les incohérences de l'arrestation d'Elga. Il avait besoin de la faire parler avant, de la comprendre, d'instaurer un climat de confiance.

— À ce stade, peu de chose. Mais faites comme si je ne savais rien, je vous prie. Reprenez depuis le début.

La serveuse leur tendit un minuscule plateau de bois recyclable avec une tasse blanche et un mug à la forme cubique. Une fumée délicate s'échappait de chacun pour fusionner quelques centimètres plus haut. Mathilde saisit le petit plateau et s'installa à une table libre. Ils prirent place dans de confortables fauteuils au cuir tanné et au rembourrage moelleux.

— Bien, je vous explique la situation.

Mathilde exposa les vingt dernières heures avec concision et précision. Elle souligna chaque élément majeur, puis les replaça dans un enchaînement qui aboutissait à une vision globale claire. Il ne faisait aucun doute qu'elle avait l'habitude de s'adresser à des personnes dont le temps et l'attention se limitaient à l'extrême.

De ce résumé, Franck n'apprit aucun élément supplémentaire par rapport à l'exposé du général Couraud. Tout au plus, elle expliqua que l'intrusion avait déclenché une alarme au sein des services secrets militaires, sans développer le comment. L'alerte reçue, une équipe d'intervention s'était rendue immédiatement chez Microsoft. Comme les images l'avaient montré, Elga était restée sur place et n'opposa aucune résistance lors de son arrestation. De son côté, l'homme mystère avait pris la fuite. Plusieurs équipes de la DRM travaillaient en parallèle pour l'identifier et le retrouver. C'était leur objectif numéro un.

— Je pensais que les militaires avaient accès à des technologies capables d'identifier et d'attraper rapidement ce type de suspect ? dit Franck.

— Vous avez raison, mais il semble que ce type soit un fantôme. On ne le connaît pas, il n'est pas fiché, ne fait pas partie du grand banditisme ou du fichier des personnes radicalisées ou terroristes. La police ne le connaît pas, ni les services de l'État.

— Vous permettez que je teste quelque chose ?

Mathilde releva son sourcil en un parfait arc de surprise.

— C'est-à-dire ?

— Dans le cadre de plusieurs affaires criminelles, j'ai utilisé une technologie de reconnaissance d'images sur les réseaux sociaux. Ça a donné de bons résultats. Avec notre contrainte de temps, je me dis que ça ne coûte rien d'essayer.

Mathilde porta la tasse de thé brûlant à sa bouche, souffla sur la surface, puis but une gorgée. Elle évalua la requête de Franck. Elle reposa la tasse.

— D'où vient cette technologie ?

— Une docteure en mathématiques nous a aidés sur une affaire criminelle grâce à un programme d'analyse de photos qu'elle a conçu. Depuis, elle nous laisse l'utiliser pour des besoins spécifiques. Je vous rassure, c'est français et lié à aucune multinationale.

Mathilde considéra les explications de Franck.

— Très bien, faites.

Mathilde envoya une photo du visage de l'homme tiré de la vidéo de surveillance sur le téléphone de Franck. Ce dernier appela Laurence et demanda l'aide de Gilles. Après quelques questions sans réponses, elle accepta et Franck transmit le portrait dans la foulée.

— J'ai une question, dit Franck au moment de reposer son téléphone près de sa tasse.

— Allez-y.

— Qu'est-ce qu'EGO exactement ? Pourquoi est-ce une technologie si importante ?

Mathilde s'adossa lentement à sa chaise.

— Parce qu'elle sait qui vous êtes.

— Qu'est-ce que vous entendez par là ?

— À travers votre activité sur Internet, principalement sur les réseaux sociaux, EGO est à même de cerner votre personnalité avec une extrême finesse, ce qui constitue vos traits de caractère, votre Je, votre ego en somme.

— Une sorte de super psychologue ?

— Ce serait un psy d'une extraordinaire efficacité, mais oui, on peut dire ça.

Franck commençait à entrevoir la fonction d'EGO, mais toujours pas son aspect stratégique.

— Et en quoi cela intéresse-t-il des gouvernements ?

— L'influence, Somerset, le contrôle ! Si vous savez comment pensent les gens, alors vous pouvez les influencer. Inutile de vous rappeler que la plupart des États sont dirigés par des gouvernants qui n'ont qu'une obsession, que les électeurs votent pour eux.

— Et ça fonctionne ?

Mathilde fit une moue dubitative.

— C'est au-delà de mes compétences, je ne sais pas. On a prouvé que la propagande massive sur Facebook et Twitter avait permis l'élection de Trump ou le Brexit. Les mécaniques de désinformation étaient encore rudimentaires à l'époque. L'objectif était de dégoûter les modérés, qu'ils n'aillent pas voter. Ça a marché au-delà de leur espérance, et c'était il y a deux ans ! Alors imaginez ce dont ils sont capables aujourd'hui ! Oui, de telles choses sont possibles.

Grâce à Elga et à Ariane, Franck lui-même avait pu constater durant l'enquête sur le vengeur des catacombes la puissance des nouvelles technologies, des données, des intelligences artificielles. Toutes ces innovations allaient bien au-delà de ce qu'il avait pu concevoir. Passé la surprise, il n'était finalement pas étonnant que les impacts remontent jusqu'aux plus hautes sphères.

— Très bien, dans ce cas, cela m'amène à une question plus délicate. Comment faites-vous pour perdre une boîte si importante pour la sécurité française ? Pourquoi se retrouve-t-elle cachée dans le système d'information d'une entreprise américaine ?

Concentrée, Mathilde hocha la tête à deux reprises.

— Interrogation légitime. La réponse n'est pas aussi évidente que vous le pensez.

Elle reprit son thé, en but deux gorgées, le reposa.

— Ce que je peux vous dire, c'est que le caractère stratégique d'EGO n'est apparu que récemment. C'est pourquoi nous n'étions qu'observateurs la concernant. Nous attendions qu'elle soit mature, et nous avons été doublés.

— Doublés ?

— Si nous gardions EGO à l'œil, d'autres aussi. L'un d'eux a décidé d'agir sans que nous l'anticipions. La déficience est là, dans notre incapacité à prévoir et à contrer cette agression. Notre rôle n'est pas de développer des entreprises, mais de les protéger dans cette jungle. Le monde est en guerre, Franck, et cette guerre n'a pas la forme classique des précédentes. Elle se joue sur le terrain économique. Les champs de bataille sont les parts de marché, les OPA hostiles, les fermetures d'usine, la captation de ressources ou de brevets, les prises de contrôle des réseaux de communication. La compétition entre les hyperpuissances se déroule en ce moment même, dans l'ombre, et chacun se rend coup pour coup. Dans ce monde-là, il n'y a plus d'alliés, plus d'Occident, plus de monde libre et autres fables pour démocrates utopistes. Chacun joue avec ses armes, et quand tout le monde convoite la même chose, souvent le plus audacieux remporte le pot.

Franck profita de son café pour réfléchir un instant. Pendant ce court laps de temps, il n'y avait plus entre eux que le brouhaha ambiant de la novlangue, un jargon incompréhensible. Une femme à leur droite, un casque audio sur la tête, parlait dans un anglais parfait. Face à elle, son ordinateur, et sur l'écran, ses collègues, répartis un peu partout sur la planète.

— Pourquoi pensez-vous qu'Elga est impliquée ? La reconstitution des événements grâce aux vidéosurveillances est explicite. C'est une victime collatérale de votre guerre, une civile prise entre deux feux. Son silence n'est que la conséquence d'un stress traumatique lié à ce que l'homme lui montre sur son téléphone.

— Ce n'est pas si simple, Somerset. Il y a ce que l'on voit et ce que l'on ne voit pas.

— Je ne vous suis pas.

— Nous avons des preuves contre elle.

— Des preuves ? Quelles preuves ?

— Information *très secret-défense*, Somerset, désolée, je n'ai pas l'autorisation de vous en dire plus.

Franck s'appuya contre le dossier haut du fauteuil, dans une position miroir à celle de Mathilde. Sa bouche était pleine de questions sans réponses. Aucun des éléments factuels, que Mathilde lui égrenait, n'expliquait les raisons qui avaient poussé la DRM à agir de la sorte. Franck n'achetait pas l'existence de prétendues preuves corroborant la théorie d'une Elga devenue la Mata Hari de la Silicon Valley.

— Je ne comprends pas. Il paraît pourtant évident qu'elle est prise en otage et contrainte. Elle tente même de se rebeller et l'homme la met en joue avec son arme. Ce seul élément devrait vous suffire pour conclure qu'elle ne participe pas à ce complot, que ce n'est pas une espionne.

— Je n'ai pas dit qu'elle était une espionne. Mais je pense aussi que cette reconstitution ne donne qu'une partie de la réalité. Qui vous dit que ce n'est pas une diversion ?

— Une diversion !? s'exclama Franck de surprise. C'est ça vos preuves secrètes ? Ça semble ridicule, vous ne pensez pas ? Et même si je voulais considérer la possibilité qu'elle voulait s'emparer d'EGO, pourquoi n'a-t-elle pas plutôt utilisé sa position auprès de Nicolas Kergan ?

— Et qui vous dit que ce n'est pas le cas ? Qu'elle ne l'a pas séduit justement pour se rapprocher d'EGO ?

Franck n'arriverait pas à convaincre Mathilde. Il gaspillait du temps et de l'énergie, en pure perte. Habitué à la gymnastique intellectuelle sous pression, il classifia rapidement les zones d'ombre qu'il devait éclaircir. De la moins importante à la plus immédiate à traiter. Un élément cristallisait la défiance de la DRM : le silence d'Elga. Franck aurait beau argumenter, il n'influerait pas sur leur jugement tant qu'il ne retournait pas à la première étape qu'il s'était fixée, retrouver l'homme mystère. Seul lui pouvait prouver qu'Elga n'était pas sa complice et révéler le contenu des messages qui avaient provoqué sa rage puis son mutisme.

Mathilde s'avança vers Franck et s'accouda sur la petite table ronde qui les séparait.

— J'ai la conviction qu'elle joue la comédie. Cette scène avec l'arme dans la salle de réunion, c'est un leurre, une ruse pour lui donner le temps de fuir. C'est une manipulation grossière pour nous conduire dans la mauvaise direction. Mais nous réussirons à l'attraper, vous verrez.

— Je ne crois pas qu'ils soient complices, ni que ce soit une mise en scène. Mais je suis prêt à vous suivre sur un point, quand nous le trouverons, tout s'éclairera, ainsi que les véritables commanditaires de ce vol.

— Nous verrons, répondit-elle.

Mathilde reprit sa position initiale. De nouveau, la cacophonie de la mondialisation heureuse noya leur silence. Franck jaugeait Mathilde. Cette jeune femme se constituait de deux couches. Une surface lisse et agréable recouvrait un squelette granitique et rugueux. Une personnalité aux deux visages, en apparence calme et douce, mais qu'une étincelle pouvait enflammer.

— Très bien, et que pourrais-je faire de plus que toutes vos équipes, toute votre technologie et tous les moyens de l'État ?

— Voilà un point de vue que nous partageons. J'ai posé exactement la même question au général Couraud lorsqu'il vous a évoqué. Il pense que vous êtes capable de choses que ni la technologie, ni nos hommes ne sont en mesure de faire.

Un sourire à double tranchant illumina l'ensemble de ses traits fins.

— Je vais être honnête, Somerset. Vous me semblez très sympathique, probablement très compétent, même si un peu crédule. Le général tente un coup de poker avec un ancien flic que personne ne suspectera. Une sorte de vieux chien limier qu'on lance en parallèle de la battue, au cas où le gibier nous échapperait. C'est habile, je le reconnais, mais très hypothétique, si vous voulez mon avis.

Au même instant, le téléphone de Franck vibra. Il l'attrapa et lut le mail que venait de lui envoyer Gilles.

— J'aime les gens honnêtes, ça simplifie les choses, dit-il dans un sourire. Nous allons vite savoir qui de nous deux a raison, car en dépit de tous vos gadgets, c'est moi qui ai un nom à mettre sur notre inconnu.

Mathilde se redressa, sidérée par l'efficacité du vieux chien de chasse.

Chapitre 40

Mardi

18 h 37

Diva avait identifié Assan Olaf grâce à Facebook. Plusieurs mois en arrière, une certaine Corinne Lefebvre avait posté sur son compte personnel une photo sur laquelle des jumelles souriaient face à l'objectif de son smartphone. En arrière-plan, Diva isola la silhouette longue et partiellement cachée d'un jeune homme. Les algorithmes mathématiques écrits par Ariane décomposèrent la portion apparente de son visage en une multitude de formes géométriques, des minuscules amas de pixels invisibles à l'œil nu, et les associèrent, tels des marqueurs, à l'homme qui accompagnait Elga sur l'image tirée de la vidéo de surveillance. Franck, Mathilde ou n'importe qui d'autre aurait été incapable de lier les deux, mais Diva estimait leur correspondance à 87 %.

De ce point de départ permis par la technologie, il fallait encore y combiner l'ingéniosité et l'instinct de l'esprit humain.

Gilles passa en revue le reste du compte Facebook de Corinne Lefebvre. Il trouva d'autres photos des jumelles. Sur plusieurs d'entre elles, une légende avec leur nom, Nesrin et Hiba Olaf. En dessous, il lut les messages qui félicitaient Corinne de prendre soin de ces filles rescapées des horreurs de la guerre. Gilles émit plusieurs hypothèses sur leurs origines. En contactant l'OFPRA, l'Office français de protection des réfugiés et apatrides, il confirma que l'une de ses conjectures était exacte. Nesrin et Hiba Olaf apparaissaient dans un dossier déposé par leur frère, Assan Olaf, quelques semaines après leur arrivée sur le territoire français. Son examen par le service concerné n'avait pas encore eu lieu. Personne n'avait intégré ces données dans les services d'informations numériques de l'État français.

— C'est pour ça que vous ne l'avez pas trouvé, souligna Franck. Gilles, lui, n'a eu qu'à joindre une fonctionnaire compréhensive qui est allée chercher parmi les dossiers en attente pour sortir le dossier des Olaf et nous donner Assan. C'est l'association de l'IA et du cerveau qui fait des étincelles.

— Il est bon, votre gars, répondit Mathilde. Je vais glisser son nom au recruteur de la DRM, il leur serait utile.

Le reste des informations envoyées par Gilles était mince. Le document dessinait l'esquisse d'une vie brisée par la guerre, bien réelle celle-ci, faite de sang, de morts, de corps déchiquetés. Assan Olaf se déclarait orphelin et tuteur de ses deux jeunes sœurs. Ses parents avaient trouvé la mort dans un bombardement à Deera, sa ville natale, dans le sud du pays. Il disait vivre dans plusieurs squats des portes nord de la capitale et demandait un logement d'urgence pour eux trois. La demande datait de six mois, sans qu'aucune décision soit prise. Franck eut un haut-le-cœur.

Il s'appuya contre le dossier du fauteuil. Mathilde conduisait vite. Le temps les forçait à agir dans la précipitation, sans attendre, sans préparation. Elle laissa la supervision de l'équipe de la DRM à Paul Bicet chez Microsoft, pendant qu'elle suivait Somerset, le vieux chien du général.

— Qu'est-ce que vous savez du conflit syrien ? demanda Mathilde.

— Pas plus que ce qu'en disent les journaux.

Franck se remémora un article de *Libération* sur les origines du conflit, débuté en 2011 dans la foulée des printemps arabes. Des manifestations pacifiques en faveur de la démocratie surgirent dans les villes importantes du pays. Le régime les réprima brutalement et provoqua la transformation du mouvement de contestation en une rébellion armée. Les années passant, le conflit muta en guerre civile, guerre confessionnelle et guerre par procuration entre les grandes puissances mondiales. Diverses ONG dénombraient cinq cent mille morts, l'emploi d'armes chimiques, des massacres, crimes de guerre et crimes contre l'humanité perpétrés par le régime syrien et l'État islamique. L'ONU évaluait à deux cent mille le nombre de disparus dans les prisons du régime, dont dix-sept mille torturés à mort et plusieurs milliers exécutés par pendaison, principalement dans la prison de Saidnaya, au nord de Damas, la capitale. La population syrienne était prise en étau entre un pouvoir brutal, des organisations terroristes et les grandes puissances avides d'y importer leur guerre de positions.

Les jumelles venaient de fêter leurs onze ans. Assan, lui, en avait vingt et un. La simplicité et la pudeur avec lesquelles il rédigeait sa demande d'asile interpellèrent Franck. Il n'avait ni l'allure d'un gangster, ni celle d'un intégriste. Et son français était impeccable. Sur les vidéos de surveillance, dans son costume, il ressemblait à un employé, fraîchement diplômé d'une école de commerce huppée. Peu de choses le distinguaient des autres collaborateurs. Seule une furtive expression de sidération le trahissait lorsqu'il traversait ce temple de la réussite occidentale. Ce garçon ne collait pas avec les enjeux internationaux entourant EGO. Il n'avait pas les attributs pour un job de *haute de trahison très secret-défense*.

Une intuition le tirailla. Tout comme Elga, Assan ressemblait à une victime. Peut-être une opération sous fausses bannières ? pensa-t-il. Plusieurs articles en faisaient état durant des conflits récents. Des barbouzes procédaient à des exactions grimées des signes distinctifs de leur ennemi. Une façon d'incriminer l'adversaire et de choquer les consciences à peu de frais. Se pouvait-il qu'Assan ait été utilisé pour brouiller la piste des commanditaires ? Pour détourner l'attention dans une direction opposée ?

Plusieurs mois après son dépôt de dossier, Assan avait envoyé une mise à jour à l'OFPRA. Il ajoutait un lieu de résidence pour ses deux sœurs, et pour lui, une nouvelle situation professionnelle. À présent, Hiba et Nesrin vivaient chez un couple de Français, les Lefebvre. Elles étaient scolarisées dans un collège de la ville de Chantilly, dans la lointaine banlieue parisienne. De son côté, il se déclarait videur d'une boîte de nuit de la porte de la Villette, *Le Sputnik*.

Franck n'en avait jamais entendu parler, mais ses connexions avec le monde de la nuit remontaient à un lointain passé. Ça lui offrait deux pistes pour retrouver la trace d'Assan.

— Pourquoi avoir quitté vos fonctions de commissaire ? demanda Mathilde.

— Une affaire plus compliquée que les autres.

— Seulement une affaire ?

Cette question le hantait. C'était bien plus que ça.

— Oui, juste une affaire. Une affaire qui m'a rappelé qu'il était peut-être temps pour moi de laisser la place à d'autres.

— On n'a pas eu besoin de vous pousser tant que cela pour que vous remontiez en selle, dit-elle avec un rire léger.

Ils mirent à profit les derniers kilomètres pour formuler les cas de figure possibles qu'ils allaient rencontrer. De la simple discussion cordiale à la fusillade acharnée. Mathilde en profita pour faire appel aux forces de gendarmerie de la ville de Chantilly. À leur arrivée, deux véhicules bleu marine attendaient devant la propriété.

— Je m'occupe d'interroger les Lefebvre. Pas la peine qu'ils voient les gendarmes. Je ne veux pas qu'on les effraie.

— OK, mais je viens avec vous. Si Assan a rejoint ses sœurs pour se cacher, qu'il prend la fuite, il faudra bien quelqu'un en âge de lui courir après.

Franck toisa la jeune impertinente. Cette dernière souriait, heureuse de sa fronde. Elle gara son bolide entre les deux véhicules. Elle remonta son col roulé au plus haut, puis zippa sa veste en cuir avant de sortir de la voiture et d'affronter le froid mordant. Elle s'approcha de la petite troupe de gendarmes. Somerset rabattit le col de son imperméable et fit de même.

Tour à tour, le bleu puis le rouge des gyrophares embrasaient les pierres humides et les tôles brillantes. La nuit d'encre aspirait dans un trou noir tout ce qui n'entrait pas dans le champ des spots lumineux. Dans la rotation, des visages émergeaient des ténèbres, leur peau altérée par des couleurs effrayantes.

La demeure des Lefebvre se trouvait dans un quartier résidentiel cossu. La bâtisse, voisine et aussi vieille que le château non loin, se cloîtrait derrière de hauts murs de pierre. De l'extérieur, il était impossible d'observer quoi que ce soit.

Le capitaine de la gendarmerie était un homme qui cachait mal sa nervosité. Il conservait un souvenir traumatisant de la traque des frères Kouachi, auteurs de la tuerie de *Charlie Hebdo*. Ils avaient terminé leur cavale dans un entrepôt à quelques kilomètres seulement. L'appel de la DRM avait réveillé en lui le spectre du terrorisme.

— Il nous faut le GIGN, dit-il une fois les présentations expédiées. Si c'est un terroriste qui est là-dedans, je sais de quoi ils sont capables ces mecs-là.

— Non, ce ne sera pas nécessaire, capitaine, répondit Franck avec calme.

— Vous n'êtes là qu'en renfort, renchérit Mathilde. C'est une mesure de précaution, mais je suis sûre que tout va bien se passer.

— Ils savent que nous sommes là ? demanda Franck.

— Je ne pense pas. La maison est enclavée derrière des murs de trois mètres de hauteur sans visibilité sur la rue.

— Très bien, nous allons entrer, dit Mathilde. Je vous demande de rester en position jusqu'à notre retour, capitaine.

Ce dernier fit signe à ses hommes. Franck s'approcha du lourd portail en métal sombre et appuya sur le visiophone. Une voix masculine d'âge mûr répondit. Franck se présenta et les portes automatiques s'ouvrirent mécaniquement. À la manière des films de maison hantée, un long grincement vibra haut dans la nuit.

— À vous de jouer, dit Mathilde à l'adresse de Franck. Le général m'a dit que les interrogatoires, c'était votre terrain, que vous cerniez l'âme humaine comme personne. J'ai hâte de voir à l'œuvre le grand Somerset.

Franck retint la dernière expression : « le grand Somerset ». Elle dévoilait que Mathilde s'était renseignée sur lui, qu'elle avait dû lire un rapport qui énumérait ses différents qualificatifs. Il fit mine de ne pas relever l'information.

— Alors espérons que ce soit comme le vélo, s'amusa-t-il.

Ils s'engouffrèrent dans la propriété, gobés par la nuit noire. Le capitaine de gendarmerie les regarda, la boule au ventre.

— Et si vous entendez tirer, dit Mathilde à travers les ténèbres, défoncez la porte…

Chapitre 41

Mardi

20 h 02

Corinne et Gérard Lefebvre s'avéraient des gens charmants. Ils reçurent Franck et Mathilde tels des amis qui passent à l'improviste, malgré la nervosité qui parcourait leurs visages.

— Que pouvons-nous faire pour vous ? dit Gérard.

Franck leur expliqua quelle était la nature de sa visite. Ce n'était rien, une affaire anodine, des questions relatives à la demande d'asile d'Assan, Nesrin et Hiba.

— Excusez-nous pour l'heure tardive. Mathilde et moi passions dans la région pour autre chose et nous nous sommes dit que c'était l'occasion.

Franck inspirait confiance, naturellement, même chez des inconnus rencontrés dans une situation anxiogène. Il était de ceux qui pensent qu'un climat de confiance permet d'obtenir bien plus d'informations qu'une confrontation. Trop souvent, les flics oubliaient que les menaces et la peur de l'autorité provoquaient une défiance contre-productive.

— C'est bien que vous vous occupiez enfin de leur dossier, l'interpella Corinne, ces enfants ont bien trop souffert pour que la bureaucratie oublie leur demande dans l'une de ses interminables piles.

Mathilde restait en retrait, vigilante. Elle se positionna naturellement dans un coin offrant une visibilité sur chacun des accès à la pièce. Elle gardait sa main droite proche de son holster camouflé sous son cuir. Elle était prête à agir si cette discussion cordiale se révélait une mise en scène et qu'Assan surgissait pour s'enfuir de nouveau.

— Sont-ils là tous les trois ? demanda Franck. Que nous puissions discuter un peu.

— Les filles sont à l'étage, elles travaillent. Assan, lui, vit à Paris. Je vais vous raconter leur histoire et après nous appellerons les filles. Elles n'ont pas besoin de revivre ces mauvais souvenirs, d'accord ?

— Très bien.

Gérard proposa un verre de vin. Franck accepta. Mathilde refusa. Le maître de maison débuta par leur rencontre au consulat français d'Erbil, en Irak. Il détailla la nature industrielle de son travail dans la région, son amour pour l'Iran, la sympathie qu'il avait immédiatement ressentie pour Assan, les jumelles et l'obligation qu'il avait éprouvée de l'aider.

— ... de faire quelque chose de bien, dit-il. Vous comprenez ?

— Bien sûr, répondit Franck.

— De par la nature de mes affaires dans la région, je pouvais compter sur quelques contacts au sein du gouvernement iranien. Certains me devaient... Comment le qualifier ? Disons un renvoi d'ascenseur, dit-il dans un sourire gêné. C'est comme ça que je leur ai obtenu des visas provisoires. Je les ai ramenés à Téhéran, je leur ai donné de l'argent et je les ai fait rapatrier à Paris. Je n'ai plus eu de nouvelles pendant quelque temps, jusqu'à ce qu'Assan m'appelle, affolé. Il s'était battu pour protéger les jumelles. Il avait reçu un méchant coup de couteau. J'étais en France, alors je suis allé les chercher. Ils étaient dans un état lamentable, sales, apeurés, affamés. Ils avaient vécu dans plusieurs squats de la ceinture parisienne. Vous devez savoir ça mieux que nous. Ces bidonvilles aux portes de Paris, c'est un drame humain.

— Et une honte pour la France, ajouta Corinne.

— Tous trois vivaient depuis plusieurs semaines dans un camp sous la Défense m'a-t-il expliqué. C'est dans un parking attenant que des drogués leur sont tombés dessus.

Il reprit un deuxième verre de vin pour calmer l'émotion qui le tiraillait. L'empathie de cet homme envers ces trois gamins broyés par la guerre était réelle, pensa Franck. La vie d'Assan, Hiba et Nesrin le remuait, tout comme Corinne. Une raison assez puissante pour qu'ils cachent Assan ? Tout en analysant le comportement, les postures, les mots des Lefebvre, Franck hésitait encore sur la réponse à cette question.

— Vous savez, nous n'avons pas eu d'enfants, c'était un choix avec mon épouse. Nous nous sommes consacrés à nos carrières. C'est comme ça, il ne faut pas avoir de regret. Nous avons une belle vie. Mais quand j'ai rencontré ces trois gamins, ce fut comme une obligation. Peut-être un résidu d'instinct paternel non assouvi. Assan voulait que ses sœurs retournent à l'école, qu'elles retrouvent une vie normale, un toit, quelque chose à manger matin et soir. Avec Corinne, ça nous a paru comme une évidence, il fallait que nous nous occupions des filles pour un temps. Alors c'est ce que nous faisons.

Gérard partagea ensuite son inquiétude pour Assan. Son statut fragile faisait de lui un aimant à problèmes, avec la violence urbaine, les flics, la justice.

— Et puis il pourrait aussi tomber malade et ne pouvoir se soigner correctement.

Après quelques jours, il était reparti pour la capitale. Depuis, il ne l'avait pas revu.

— Il avait à cœur de trouver un travail, de ne pas dépendre de notre charité, une question d'honneur. Vous savez, dans sa culture, l'honneur, c'est plus fort que tout. C'est d'ailleurs souvent le peu qui leur reste.

Gérard savait qu'il avait trouvé un petit job de videur de boîte de nuit. Assan l'avait appelé pour lui annoncer la bonne nouvelle. En père de substitution, Gérard l'avait prévenu contre les risques du milieu de la nuit...

— Mais que feriez-vous dans sa situation ? Quand on vous propose un job, vous le prenez, quels que soient le milieu, les horaires... Et puis il paraît chétif comme ça, mais il possède une force incroyable et une excellente technique en arts martiaux. Je ne doute pas une seconde qu'il soit capable de gérer quelques soiffards agressifs. Non, ma crainte, c'est qu'on profite de lui, de sa misère.

— Vous a-t-il dit comment il avait trouvé ce travail ?

— Oui, par l'intermédiaire d'un sans-abri. Comment s'appelait-il déjà ?

Gérard réfléchit quelques instants, bredouilla quelques prénoms sans trouver le bon.

— Chérie, tu te souviens du nom que nous a donné Assan ?

— Je crois que c'était Patrick... Non, Patrice plutôt.

— Ah oui ! Patrice, voilà. Un type connu dans la communauté des sans-abri parisiens, un ancien avocat. Il les défend quand ils en ont besoin. Il fait la manche près de la boîte de nuit. Il avait entendu le patron dire qu'il cherchait un nouveau gars comme videur. Il a donné le tuyau à Assan. C'est lui aussi qui l'a aidé à trouver une chambre à louer.

— Vous avez l'adresse de cette chambre ? demanda Franck.

Gérard regarda sa femme, et tous deux hésitèrent.

— Non. Je sais qu'il loge chez une famille, mais à part ça, il ne nous a pas dit grand-chose et nous n'avons pas pris la peine de lui demander l'adresse. Vous savez, Assan, ce n'est pas un grand parleur. Il s'exprime autrement, avec ses dessins.

Pour Hiba et Nesrin, les choses avaient bien changé. Leurs vies se reconstruisaient à Chantilly. Elles allaient à l'école et s'intégraient avec la résilience de celles qui ont traversé l'enfer. Les deux sœurs descendirent à cet instant. Leurs longs cheveux noirs recouvraient leurs épaules et tombaient jusqu'au bas du dos. Leur ressemblance troublante se conjuguait avec des yeux d'un vert d'émeraude.

Franck put s'entretenir avec elles. Corinne et Gérard restèrent à côté, à la manière de parents adoptifs. Elles ne savaient rien, ou très peu, de ce que leur frère faisait depuis qu'elles vivaient dans l'Oise. Une fois par semaine, il les appelait pour prendre des nouvelles, mais lui ne donnait pas de détails sur son quotidien.

— Il a des amis ? Des gens dont il parle ? Ou même des ennemis qu'il aurait évoqués ?

— Mon frère est quelqu'un de très secret. Quand je lui pose des questions, dit Nesrin, il répond à côté. Il dit toujours que l'important, c'est que nous allions à l'école et que nous travaillions dur. C'est ce que papa et maman voulaient.

Gérard lui transmit le numéro de téléphone qu'Assan lui avait donné, ainsi qu'une adresse email qu'il utilisait parfois. Corinne leur proposa de dîner rapidement avant de repartir. Ils refusèrent et d'un échange de regards, Mathilde et Franck conclurent qu'ils n'obtiendraient pas plus d'informations utiles.

— Je peux utiliser vos toilettes ? demanda Mathilde.

— Bien sûr, par cette porte, dit Gérard, vous suivez le couloir et ce sera sur votre gauche.

— Merci.

Franck en profita pour revenir sur un point qui l'intriguait.

— Vous avez dit qu'il s'exprimait par les dessins, que vouliez-vous dire par là ?

— Oh, il a un talent fou, répondit Corinne. Attendez que je vous montre.

Corinne sortit un grand classeur d'une commode en bois verni. À l'intérieur, une centaine de croquis, sur tout type de papiers. Le trait, reconnaissable sur chacun, alliait le minimalisme avec l'art de reproduire les éléments distinctifs d'un visage. Tous ces portraits n'étaient composés que de quelques lignes ou courbes, jamais de détails, jamais de surcharge. La sensibilité de l'artiste était certaine, tout comme sa mélancolie. Franck regarda avec attention l'ensemble des croquis.

— C'est Assan qui les a tous faits. Regardez, dit-elle en pointant certains, là, c'est nous.

Corinne, Gérard et les jumelles étaient parfaitement reconnaissables et pourtant les profils ne se composaient que de quelques lignes simples. Les dizaines d'autres portraits formaient un assemblage de visages anonymes, comme une foule muette. Franck demanda s'il pouvait prendre l'un d'eux. Corinne accepta et sortit avec une délicatesse extrême celui d'une jeune fille avec un ruban dans les cheveux.

— Prenez-en soin, dit-elle, comme si elle lui confiait une toile de maître.

— Vous pouvez compter sur moi, dit-il en glissant délicatement le dessin dans la poche intérieure de sa veste.

Mathilde revint. Avec Franck, ils remercièrent les Lefebvre de leur accueil, assurèrent à Nesrin et à Hiba que le traitement de leur dossier s'accélérait et quittèrent les lieux.

Gérard attrapa l'épaule de Franck à l'instant où il traversait l'embrasure de la porte. Il chuchota :

— Je sais que tout cela n'est pas légal, mais c'est quand même mieux que de les avoir sous les ponts, non ?

Franck regarda Gérard dans les yeux.

— Vous pouvez compter sur moi pour accélérer les choses. Ce que vous faites vous honore.

Gérard apprécia les mots de Franck.

À l'extérieur, les gendarmes tuaient le temps et le stress en fumant. Mathilde s'avança vers le capitaine.

— Ça semble clean, mais je vais quand même mettre en place une surveillance. Le temps que mes gars arrivent, j'ai besoin que vous restiez sur place encore une heure ou deux. Vous pouvez faire ça ?

Le capitaine de gendarmerie acquiesça. Mathilde lui tendit sa carte avec son numéro de téléphone.

— Appelez-moi à ce numéro s'il y a un problème.

— Très bien.

— Merci, capitaine, je vous revaudrai ça.

Mathilde monta dans son coupé, mit le contact et fit gronder le moteur.

— Les toilettes, c'était bien joué, dit Franck après avoir fermé la portière. Vous avez fait un petit tour dans la maison ?

— Oui, dit Mathilde. Je n'ai rien vu.

— Je ne crois pas qu'il soit là. Ce sont des gens bien. Ils cacheraient Assan s'il le leur demandait, mais ils seraient incapables de tenir une discussion comme nous venons de le faire sans se trahir par des tics de nervosité.

— Je vais quand même m'assurer qu'on les tienne à l'œil jusqu'à ce qu'on retrouve Assan. On n'est jamais trop prudent. J'en ai aussi profité pour envoyer le numéro de téléphone et l'email d'Assan. Pour le téléphone, j'ai déjà reçu l'info qu'il était éteint, impossible de le localiser. Ils vont m'envoyer un historique des bornages de l'appareil avant qu'il soit inactif. Pour l'email, ils font une demande auprès du fournisseur pour avoir l'accès. Si c'est trop long, ils craqueront le mot de passe.

— Vous allez régler leur dossier d'asile ?

Mathilde se tourna vers Franck.

— Vous me donnez un ordre, Somerset ? dit-elle, amusée.

— Disons plutôt que je fais appel à votre humanité.

— C'est un risque que vous prenez là ! Êtes-vous sûr que je sois ce type de personne ?

— Oh, je n'en ai aucun doute, Mathilde. Sinon vous ne feriez pas ce job, et vous ne seriez pas là ce soir avec moi.

— Vous êtes un flic étrange, Somerset, dit-elle avant d'appuyer sur l'accélérateur et de faire chasser le train arrière.

Elle regarda l'horloge au centre du tableau de bord.

— On va où maintenant ? Le temps file, et on vient de perdre deux heures à venir ici pour ne rien apprendre.

— Détrompez-vous. Ce fut très instructif pour comprendre qui est Assan et quelles sont ses motivations. J'y vois beaucoup plus clair.

— Si vous le dites, Somerset, c'est vous l'expert.

— Pour la prochaine étape, j'espère que vous aimez danser ?

Chapitre 42

Mardi

22 h 37

À cette heure de la nuit, Mathilde n'eut besoin que d'une quarantaine de minutes pour rejoindre *Le Sputnik*. La porte d'entrée, discrète, se trouvait au bout d'une contre-allée crasseuse et mal éclairée, derrière la porte de la Villette. Autour, les classes laborieuses repoussées hors de la capitale s'entassaient entre les marchands de sommeil, les gangs, les intégristes et tout ce que la misère charrie comme cyniques à sa traîne. Deux catcheurs peroxydés gardaient l'entrée et géraient un flux d'individus étranges, des bougies prêtes à se consumer jusqu'au matin. Franck n'eut besoin que d'un coup d'œil pour en déduire que le repaire appartenait à une des mafias de l'Est, l'une des nombreuses nées de la chute du Mur. Mathilde contourna les bougies et stoppa la voiture face à l'entrée, devant les deux corps sculptés à coups d'anabolisants.

— Hey ! Qu'est-ce que tu es en train de foutre, poufiasse ? cria l'un des deux en pointant de la main Mathilde à travers le pare-brise. Bouge-moi ta caisse de là.

Mathilde coupa le moteur et se tourna vers Franck.

— Ceux-là seront plus réceptifs à mon style, Franck, dit-elle en faisant un clin d'œil au vieux commissaire.

— Vous êtes sûre de ce que vous faites ?

— Ayez confiance, j'ai dû me frotter à ce genre de gars durant toutes mes classes militaires. Ils demandent un doigté particulier.

L'un des deux gorilles peroxydés fit le tour de la voiture, le regard noir, les bras striés de veines protubérantes. Mathilde tira la poignée, poussa la portière du pied et sortit, tout en souplesse. L'odeur de la prédatrice fit reculer la file de bougies. Le gorille se planta à quelques centimètres d'elle.

— Qui est-ce que tu as traitée de poufiasse, abruti ? dit-elle, les yeux plantés dans les siens.

Le gorille se tourna vers son congénère estomaqué par l'aplomb de cette femme inconsciente. Ils rirent et échangèrent quelques mots dans une langue slave. Puis il pivota vers Mathilde, une rage ardente l'embrasait. Il fit un pas pour coller son corps musculeux contre celui, noueux et léger, de Mathilde.

— Dégage de là avant que je te fasse mal.

— Je suis flic. Je veux voir ton patron, j'ai des questions à lui poser.

Le gorille scanna de haut en bas le mètre soixante de Mathilde et ses quarante-huit kilos. Puis il regarda Franck à travers le pare-brise et enfin jaugea le coupé. Son visage s'étira sous l'effet d'un large sourire carnassier.

— Tu ne verras personne, poufiasse. T'es pas flic. T'as ni l'uniforme, ni le physique, ni la bagnole, ni le partenaire. Montre-moi un mandat, et j'appelle l'avocat du patron. Mais en attendant, remonte dans ta caisse et ramène ton papy à l'hospice, grogna-t-il en montrant Franck.

— Mauvaise réponse, mon grand. Je crois que tu ne m'as pas bien entendue. Alors, je vais me répéter une dernière fois. Soit tu appelles ton patron, soit je fais fermer ta boîte de merde et vais moi-même le chercher. Tu me comprends, abruti ?

— Fais attention à ce que tu dis, poufiasse. (Il avança sa bouche de l'oreille de Mathilde.) Tu crois que parce que t'es une pute, je ne vais pas te dérouiller ? Vous, les pétasses parisiennes, plus personne ne vous apprend le respect. Vous avez coupé les couilles de vos hommes.

Le gorille jeta un clin d'œil à son double et s'ébroua dans un ricanement nerveux. De près, son épais manteau de laine à huit boutons exhalait un déodorant poivré bon marché. En haut du cou émergeait, sous un pull noir, la pointe d'un tatouage de taulard.

— Mais nous, on les a encore, nos couilles. Je vais te défoncer et t'apprendre le respect. Le respect de ça, dit-il en agrippant son entrejambe. C'est une violation de propriété, t'as rien à foutre là. Flic ou pas. Quand j'en aurai fini avec toi, ta petite gueule ne sera plus bonne qu'à sucer les galeux sous le périph.

D'un mouvement rapide, il tendit la main vers le cou de Mathilde, à la manière d'une pince mécanique. Au moment où il allait l'attraper, Mathilde pencha le dos en arrière, se décala d'un demi-pas, tourna à quatre-vingt-dix degrés, saisit le bras immense et tordit violemment le poignet. De l'autre main, elle frappa le coude et le brisa dans le sens contraire. Le gorille hurla. Dans la continuité de son mouvement, elle asséna un brutal coup de pied au genou droit. Cette fois, l'homme s'effondra, tout en continuant de beugler de douleur. Mathilde l'immobilisa d'un verrou d'épaule, relevant son bras dans le dos à la limite de disloquer l'humérus. Il vociféra des mots incompréhensibles, sans possibilité de s'extraire de l'emprise de Mathilde. Son acolyte sortit de sa sidération. De sa main libre, Mathilde dégaina son Glock 17 caché sous son cuir, chambré d'une balle 9 mm. Elle braqua la mire dans l'alignement du deuxième gorille, au milieu de son front.

— Je suis flic. Tu fais un pas et tu en prends une, rugit-elle.

L'homme s'immobilisa tel un chien d'arrêt. Franck sortit de la voiture.

— Je contrôle la situation, Franck, ne vous inquiétez pas. Ces deux gentlemen ont juste un peu de mal avec l'autorité, mais je pense que là, ils ont compris. N'est-ce pas ? dit-elle.

Mathilde serra plus fort sa clé de bras. Elle appuya sur le coude fracturé. La manche de sa victime se teintait d'un rouge sombre, son bras prit un angle aberrant, l'un de ses os brisés déchirait l'épiderme. Le gorille l'implora comme un petit garçon, dépouillé de tout ce qui faisait de lui un être inquiétant. Mathilde approcha sa bouche de son oreille et lui susurra :

— Bien, maintenant que j'ai toute ton attention, tu vas demander à ton copain de nous amener à ton patron.

Des larmes coulaient sur ses joues anguleuses, jusqu'à son menton proéminent. Il cria des instructions dans la même langue slave que précédemment.

— C'est bon ! Lâche-moi, il va t'emmener !

Mathilde tourna légèrement le bras. La douleur redoubla. L'homme sentit l'équivalent d'un javelot le transpercer de part en part. Il tressaillit, parcouru d'un puissant courant électrique.

— Et pas de coup fourré, sinon je fais la même chose à l'autre bras.

— OK ! OK ! Lâche-moi !

Elle desserra son étreinte. Le gorille au bras fracassé continua de gémir quand Mathilde entra dans la boîte de nuit, le dos droit, les épaules hautes, la démarche altière, telle la patronne des lieux. Franck la suivit. Leurs regards se croisèrent, celui, stupéfait, de Franck et le sien, exalté.

— Pourquoi ne pas leur dire pour quel service vous travaillez ?

— Flic, c'était plus rapide. Ça vous dérange que je prenne votre place ?

— Non, mais vous auriez peut-être pu éviter ça. Était-ce vraiment nécessaire ?

— Ne me faites pas la morale, Somerset. Vous seriez étonné du temps que je viens de vous faire gagner. Maintenant, nous avons toute leur attention. Dans ce monde-là, on ne demande pas les choses gentiment. On prend une masse, et on l'écrase sur leur crâne. C'est comme ça qu'ils écoutent.

— Si vous le dites, c'est vous l'experte.

— Et en plus, il a de l'humour, le vieux commissaire.

En entrant dans ce temple nocturne, Franck disséqua sa jeune partenaire éphémère. Se camoufler sous une identité de flic pour commettre cet acte de violence gratuite confirmait sa première impression. Mathilde cachait un deuxième visage. Il y avait quelque chose dans ses yeux, comme un monstre de rancœur qui avait pris le contrôle l'espace d'une pulsion destructrice.

Ils suivirent le deuxième gorille et descendirent un escalier étroit et interminable, qui menait à la salle principale. De la moquette rouge bordeaux recouvrait le sol, le plafond et les murs. Franck eut la vision d'un long cordon ombilical, l'amenant vers le ventre du mal, antre de la dépravation, où les corps des bougies, leurs esprits aussi, étaient consommés par des progénitures monstrueuses. Une transe assourdissante et répétitive agrippa son abdomen, puis transmit des vagues ondulatoires aux autres organes. Des bougies s'adossaient à différents niveaux de l'escalier, enflammées, à la différence de celles à l'extérieur. Immobiles ou enlacées, les pupilles dilatées à l'extrême, en vibration à cent soixante battements par minute, certaines joignaient leur flamme et brûlaient plus vite encore. Franck croisa des regards vides de conscience. Il observa tout autour de lui. Des traces de vie organique constellaient l'épaisse moquette. Noires, blanches, de couleurs indéterminées, elles témoignaient du passage fugace des bougies dans ce soubassement, ce purgatoire avant la perte complète du moi.

Une voûte assez basse recouvrait la salle principale, avec la longueur et l'étroitesse d'un sarcophage antique. Franck la toucha en levant la main au-dessus de sa tête. Être si près du plafond l'étouffait.

Des bougies colonisaient chaque recoin, se touchaient, se mélangeaient, coulaient les unes sur les autres. L'odeur de leur cire, âcre, acide, cinglante se décuplait au contact du tabac et des vapeurs d'alcool. D'un rapide coup d'œil, Franck catégorisa les bougies en deux groupes distincts : les flambeaux à base large, pansus, moites et, autour, des cierges, émaciés, légers, évanescents, fondant pour disparaître sur les bouts gluants des lubriques.

Mathilde attrapa par le bras le deuxième gorille dont le crâne chauve était tatoué en totalité. Il sursauta. Elle lui ordonna de lui montrer qui était le patron. Elle dut coller sa bouche à son oreille pour que sa voix puisse passer par-dessus les *beats*. Ses lèvres frôlèrent les breloques métalliques qui perçaient sa peau. Il pointa du doigt une ombre massive dans le fond. Un grand type, imposant, la gueule qui a vécu et les poings qui ont servi.

Il se présenta comme Vladimir. La musique empêchait tout échange intelligible. Il confondit Mathilde avec un cierge et la repoussa vers une table où elle pourrait luire pour quelques prières. Tout s'exprimait par gestes. Mathilde sortit une plaque des services secrets militaires et une photo d'Assan. Vladimir se figea. Ses petits yeux roulèrent d'un côté à l'autre, entre la main droite et la main gauche, entre la plaque et la photo. Franck se tenait un pas sur le côté, abasourdi par les pulsations de la musique électronique. Il s'imagina saisir le Glock de Mathilde et tirer sur tout ce qui dégueulait ces décibels numériques.

Vladimir fit un signe de la main. Ils l'accompagnèrent dans une pièce attenante. Un garde du corps ferma la porte, la transe s'assourdit. Franck sentit un soulagement si intense et soudain que ses jambes se dérobèrent. Il s'écroula sur la première chaise venue.

Vladimir confirma qu'Assan faisait quelques heures chaque soir.

— Où je peux le trouver ? intima Mathilde.

— Comment le saurais-je ? répondit-il avec aplomb.

— Il ne travaille pas ce soir ?

— Tu vois bien que non.

— L'adresse où il vit ?

— Comment veux-tu que je le sache !

— Les fiches de paie.

— Des fiches de paie ! Et pourquoi pas une mutuelle aussi ! ricana Vladimir. Je suis de la vieille école moi, je ne connais que le cash, pas de paperasse, pas de question inutile.

— T'as un numéro de téléphone pour l'appeler.

Vladimir acquiesça.

— Appelle-le.

— Et je dis quoi ?

Mathilde hésita. Elle se tourna vers Franck.

— Dites-lui que Gérard Lefebvre le cherche, ça concerne ses deux sœurs, Nesrin et Hiba, répondit Franck. Ensuite vous me le passez.

Sans porter aucune attention à Franck, Vladimir n'avait pas quitté Mathilde des yeux. La rage le consumait.

— T'as entendu, tu te bouges ! aboya-t-elle.

Il saisit son smartphone, toucha l'écran, puis le porta à son oreille.

— Répondeur, dit-il dans la foulée.

Il reposa le téléphone sur la table.

— Rappelle et laisse-lui un message, ordonna Mathilde.

— Je suis pas ton larbin, connasse, répliqua-t-il en la fixant.

Vladimir perdait ses nerfs. Dans son monde, il n'y avait pas plus grand affront que de recevoir des ordres d'une femme.

Mais le temps filait. Mathilde savait qu'il n'y avait que la force pour faire parler cette brute dans les temps. Elle ne doutait pas que la finesse de Franck lui donnerait un avantage sur un marathon, mais dans la configuration d'un sprint, la peur agissait plus vite que l'intelligence. Elle connaissait ce genre de type. Elle s'y était frottée durant ses quatre années au sein des commandos de chasseurs alpins. À l'exception de la Légion étrangère, il n'y avait pas un entraînement militaire plus dur, un conditionnement plus déshumanisant. Pour Mathilde, y survivre avait relevé d'un exploit rare.

Elle posa son Glock sur la table, le canon tourné vers le torse de Vladimir.

— Et moi je n'ai pas de temps à perdre avec des connards insignifiants dans ton genre. Je peux te descendre ici et maintenant, et je peux t'assurer que demain personne n'en aura rien à foutre.

Vladimir soutint le regard de Mathilde encore un instant, avant de capituler. Il rappela le numéro d'Assan et laissa le message dicté par Franck.

Il changea d'altitude. Son dos se voûta, et sa tête se baissa vers Mathilde. Son business était attaqué. Le jeu s'arrêta net. Dans un effort surhumain, il déclara d'un ton calme :

— Écoute, je n'ai fait que lui donner un job pour l'aider, moi, ce gamin. Pas besoin d'être menaçante. Si je savais quelque chose sur lui, je te le dirais. Et qu'est-ce que tu lui veux, d'ailleurs ? Il a volé un truc ? Tué quelqu'un ?

Franck intervint.

— Qui vous l'a présenté ?

Vladimir se redressa et regarda Franck avec mépris.

— C'est qui lui ? Ton majordome ?

— Quelque chose comme ça. Réponds à la question du majordome, ordonna Mathilde.

Il prit quelques instants pour réfléchir. Il se tourna vers le garde du corps qui se tenait devant la porte. Il s'adressa à lui dans la même langue slave que les gorilles à l'entrée.

La musique, étouffée mais toujours assourdissante, continuait d'agresser leurs tympans. Le énième gorille lui répondit un mot ou deux, et le visage de Vladimir s'éclaira, comme parcouru par une épiphanie.

— C'est le clodo avec le costume qui traîne derrière le Mcdo qui nous l'a ramené.

Vladimir confirmait l'information qu'avaient donnée les Lefebvre à propos d'un certain Patrice ayant aidé Assan à trouver ce job ainsi qu'une chambre.

— Tu sais où il est ?

— Tu ne peux pas le louper, c'est le seul à dormir dehors en costard. À cette heure, il sera en train de pioncer sous un carton au coin de la rue.

— Comment tu te retrouves à prendre un Syrien recommandé par un clochard ? demanda Mathilde.

— Écoute, il traîne là depuis des années. Dans le quartier, tout le monde le connaît. Il savait que je cherchais du monde pour des extras. Un jour, il s'est pointé accompagné d'Assan. Le gamin savait se battre et acceptait d'être payé le tiers des autres. Je l'ai testé. Il était bon. Voilà comment ça a commencé. Je ne sais rien d'autre.

Mathilde se tourna vers Franck. Il haussa les épaules et fit un signe qui voulait dire : « Allons-y, on n'aura rien de plus de toute manière. »

Ils sortirent et se mirent en quête des sans-abri du quartier. Ils étaient nombreux, mais en suivant les indications de Vladimir, ils découvrirent un type en costume, autrefois bien coupé, allongé sur un carton et partiellement recouvert de plusieurs couches de tissu indéfinissable. Il dormait au-dessus d'une large grille d'aération du métro. Un courant d'air chaud semblait remonter directement des Enfers. Sans ce chauffage urbain, l'homme serait probablement mort. Le froid glacial qui s'abattait sur la ville depuis plusieurs jours faisait courir des bourrasques mortelles. Franck cacha ses mains au plus profond des poches de son imperméable pour les protéger.

Mathilde s'accroupit à côté de l'homme et fit montre d'une délicatesse inattendue pour le réveiller. Le sans-abri ouvrit les yeux dans un sursaut et d'un réflexe rassembla contre lui une partie du bric-à-brac autour de lui.

— Hé, attention, je n'ai rien pour vous ! cria-t-il.

— Non, non, ne vous inquiétez pas, on n'est pas là pour ça. J'ai juste une question à vous poser.

Il prit le temps d'observer Mathilde en détail, puis Franck, de réfléchir, de vérifier que rien ne lui manquait, puis il dit :

— Quelle sera la rémunération ? Toute peine mérite salaire.

Il s'exprimait avec le vocabulaire d'un homme instruit, loin du stéréotype puant et alcoolisé qui ne sait plus aligner trois mots correctement.

— En effet, dit-elle.

Elle sortit un billet de cinquante de sa poche arrière et le lui tendit.

Il s'en empara et se pinça de peur que son rêve ne s'arrête là. Mais non, un ange venait de lui donner de quoi manger pour plusieurs jours.

— Pour ce prix, je pourrais vous faire faire un tour complet de Paris, dit-il avec zèle.

— Ce ne sera pas nécessaire. Vous êtes Patrice ?

Au son de son prénom, l'homme sursauta.

— Oui, comment vous le savez ?

— J'aimerais savoir si vous connaissez cet homme ?

Elle lui tendit une photo d'Assan. Il la saisit et ne mit pas plus d'une seconde à répondre.

— C'est le Syrien ! Bien sûr que je le connais, je me demandais justement comment il allait. Qu'est-ce que vous lui voulez ?

— Nous sommes là pour l'aider, dit Franck. Des gens le cherchent, des gens dangereux. Il faut que nous le trouvions avant eux.

— Des gens dangereux ? Mais pourquoi ils le cherchent ?

— Ils veulent récupérer quelque chose qu'Assan leur a pris.

— Elle est bizarre, votre histoire. Et vous, vous êtes qui ?

— Je suis Franck Somerset, ancien flic, et voici Mathilde Dufaye, elle travaille pour la défense.

Patrice jaugea ce duo surprenant, digne de l'âge d'or des *Buddy Movies* hollywoodiens, où deux opposés unissaient leurs talents contraires. Il avait envie de leur faire confiance, surtout au vieux qui se présentait comme un ancien flic. Son instinct le trahissait rarement sur la nature profonde des gens.

— C'est vous qui lui avez trouvé ce travail de videur au *Sputnik*, intervint Mathilde.

— Oui, dit-il. (Puis il baissa la voix pour que personne d'autre que Mathilde et Franck n'entende.) Je sais qu'ils ne sont pas nets là-bas, mais le Syrien est un jeune solide, débrouillard et il avait besoin de travailler. Je me suis dit que ça le dépannerait pour un temps.

— Et vous lui avez trouvé une chambre aussi ?

— Non, moi je n'ai fait que le présenter à l'Architecte, et c'est l'Architecte qui lui a trouvé sa chambre.

— L'Architecte ? releva Franck.

Patrice les regarda tour à tour avec un large sourire.

— Finalement, je vais vous le faire faire, ce tour de Paris. (Il se leva et s'épousseta avec ardeur.) Si vous voulez retrouver Assan, vous devez savoir là où il vit. C'est l'Architecte qui a la réponse à cette question. Vous avez une voiture ?

Chapitre 43

Mardi

23 h 27

Les deux mâles alpha peroxydés n'étaient plus que l'ombre de la présence inquiétante qu'ils incarnaient avant leur confrontation avec Mathilde. Leur masculinité brutale s'était fracassée sur un mur dur, froid, façonné pour résister à bien plus dangereux qu'eux. Le plus touché tenait son bras difforme en écharpe, le teint gris, il n'était pas loin de perdre connaissance. L'autre s'occupait de la file de bougies. Elles formaient un amas, une couche de chaos à l'entrée du cordon ombilical.

— Tu devrais emmener ton pote à l'hôpital, il n'a pas l'air bien, lança Mathilde au valide.

Ce dernier baissa la tête et rejoignit le démoli. D'un geste, Mathilde déverrouilla sa Batmobile. Patrice, parcouru d'une excitation communicative, tourna autour de la voiture en sautillant tel un chevreau.

— Elle est magnifique, cette guimbarde, elle a du style ! (Il se tourna vers Franck.) Vous savez depuis combien de temps je ne suis pas monté dans un engin pareil ? (Il réfléchit une seconde.) Dans un engin tout court en fait.

— Ce n'est pas la mienne.

Il sautilla vers Mathilde avec une expression d'euphorie redoublée.

— Alors en plus d'être belle, vous êtes *rock*. Si je vivais encore dans ce monde, je vous épouserais ! s'écria-t-il.

Il se frotta les mains. Mathilde contemplait un enfant devant le gâteau d'anniversaire qu'il a attendu toute l'année. Elle ne voyait plus la crasse, les nuits dehors, les loques, les odeurs de la ville incrustées comme une lèpre. Où en étaient la charité et la solidarité dans ce pays ? Elle songea aux prêches durant ses années de catéchisme, aux valeurs égrenées en chapelet.

— Montez devant, dit Franck à Patrice.

Pour joindre le geste à la parole, il bascula le siège passager. Un petit espace vers la banquette arrière s'ouvrit. Il entreprit une manœuvre qu'il se croyait naïvement capable d'effectuer sans difficulté. Ses genoux se replièrent par à-coups, son bassin pivota dans un craquement, et ses lombaires se contractèrent dans la douleur. « Saloperie de temps qui court comme un dératé », pensa-t-il en maudissant la maîtrise de son corps qu'il perdait peu à peu, année après année.

Patrice s'assit, ferma la portière et tripota tout ce qui tombait sous ses mains.

— Alors où va-t-on ?

— Vous connaissez la Défense ? demanda Patrice sans arrêter d'appuyer sur tous les boutons possibles.

— Évidemment ! Qui ne connaît pas le centre des affaires.

— Plus de monde que l'inverse, madame. Vous devriez vous méfier des évidences qui ne le sont que pour vous.

Mathilde ne se vexa pas. Elle mit le contact et fit rugir son extension métallique.

— La Défense alors ?

— Oui, c'est bien ça.

— C'est parti.

Un silence s'installa dans l'habitacle. La ville ne parlait plus qu'à voix basse. Les rues, désertes, profitaient de l'accalmie. La ruche dormait. Les ouvrières profitaient d'un repos mérité, et seules quelques guerrières gardaient les points névralgiques.

— On m'a dit que vous étiez avocat et que vous continuiez à défendre d'autres sans-abri ? demanda Franck.

— Oh, vous savez, c'est le devoir qui fait appel à vous et non l'inverse.

L'homme expliqua sans embarras sa lente déchéance.

— Oui, j'étais avocat dans *votre* monde. Et puis... Comment le dire simplement ? La vie m'a pris tout ce qui comptait. J'ai sombré. Je buvais. Je ne travaillais plus. Les dettes se sont accumulées. Les banques ont fait le reste. Un jour, vous avez un bel appartement haussmannien, une femme, une fille magnifique, et le lendemain, vous n'avez plus rien. C'est comme ça.

Franck tenta de lui donner un âge, mais la tâche se révéla difficile. La misère marquait au fer rouge.

— Et où sont votre femme et votre fille ? demanda Mathilde.

Le défenseur perdit sa verve. Il trébucha plusieurs fois sur des syllabes anodines. Les mots ne voulaient plus s'entendre. Ils se cachaient sous une timidité foudroyante. Un truc vorace qui ne permettait plus d'aligner une phrase complète. Mathilde et Franck sentirent leur gorge se nouer. Ce blocage soudain en disait bien assez.

— Comment vous vous êtes retrouvé à défendre d'autres sans-abri ? tenta Franck pour le libérer.

— Ah, tout a commencé par ce bon vieux José.

Il expliqua en détail comment, lors d'une expédition punitive de gamins, son ami José avait été violemment agressé.

— Pour s'amuser, diffuser sur Internet et faire du *like*, qu'ils dirent au juge.

Défendus par des ténors, les quatre gamins plaidèrent la légitime défense face à l'agression d'un clochard alcoolique.

— Le mensonge était grossier. José n'avait plus bu une goutte d'alcool depuis des années. J'avais partagé une grille avec lui durant un hiver entier. Mais vous connaissez le système ? Quatre jolis et jeunes adolescents, blancs, famille aisée, catholique, face à la misère de la rue. Le beau contre le laid. José n'avait aucune chance. C'est ce qui a réveillé quelque chose en moi.

Patrice avait alors pris l'affaire en main. Il remplaça l'avocat commis d'office, prépara son dossier, présenta de nouveaux témoignages accablants et prononça une plaidoirie que Dupond-Moretti lui-même n'aurait pu renier. Sa réussite se répandit comme une traînée de poudre au sein des sans-abri. Les demandes affluèrent, et il fut intronisé comme l'avocat de ceux qui n'ont rien.

— Comment êtes-vous prévenu quand ils ont besoin de vous ?

— Comme vous vous en doutez, je n'ai ni téléphone, ni secrétaire, ni bureau, mais ça ne nous empêche pas de nous organiser entre nous. Et puis, je fais régulièrement le tour des commissariats et tribunaux pour m'assurer que l'un de nous n'y est pas perdu.

— Et ça arrive souvent que vous en trouviez ?

— J'ai trop de travail, commissaire, je pourrais ouvrir un cabinet prestigieux avec tous mes clients, pouffa-t-il dans un rire communicatif. Regardez autour de vous, Paris est d'autant plus belle qu'elle fait disparaître la misère de votre regard. C'est comme ça que la Ville lumière scintille, vous aspire. Mais rien n'est magique, commissaire !

Mathilde s'engagea sur le périphérique et accéléra. L'avocat redoubla d'enthousiasme, un enfant dans un corps de vieux, un pauvre en costume de notable. Il ressemblait à un Frankenstein moderne, un patchwork des maux et des réussites de la civilisation occidentale. À lui seul, il pourrait concevoir, présenter et jouer une pièce sur l'homme moderne, du *golden boy* que l'on envie avec colère au pouilleux que l'on enjambe avec dégoût. C'est comme si un peintre avait rassemblé tout le romanesque de l'humanité au sein d'un seul homme, pensa Franck, fasciné.

— Et vous, commissaire, qu'est-ce qui vous a fait devenir flic ?

— Une mère neuro-atypique, répondit Franck. Elle était autiste à une époque où cette différence était considérée comme une folie.

— La différence n'est pas beaucoup mieux considérée aujourd'hui, regardez-moi !

— Vous avez raison, sourit Franck. Quoi qu'il en soit, dans les années 1950, 1960, si elle avait été découverte, elle aurait fini dans un hôpital psychiatrique et moi dans un orphelinat. L'analyse comportementale devint la base de notre survie. Le pilier qui nous permit de ne pas être séparés. Elle comprenait les gens rien qu'en les regardant. Elle apprit même à lire sur les lèvres et m'en enseigna les rudiments.

— Lire sur les lèvres ! Pour un agent secret, ce serait très utile.

— Je n'ai jamais eu son talent, mais ça m'a plusieurs fois permis de capter des bribes de conversations, impossibles à entendre autrement. Grâce à sa perspicacité hors du commun, nous évitions tout contact avec les toxiques.

— Oh ! Vous ne deviez pas voir grand monde alors !

— En effet ! Mais que voulez-vous, on s'habitue. Et puis elle travaillait la nuit, comme thanatopractrice.

— Ceux qui s'occupent des cadavres ?

— Oui. Je crois que c'est tout ça qui m'a amené vers le boulot de flic. C'était comme une évidence.

— Nous ne sommes plus très loin, coupa Mathilde.

Sa conduite rétrécissait les distances. En peu de temps, le trio hétéroclite traversa l'avenue Charles-de-Gaulle. Les radars crépitaient sur leur passage. La Grande Arche de la Défense découpa l'horizon d'une nuit sans lune. Elle jaillissait du cœur des ténèbres comme un phare en forme de cube creux, blanc et parsemé d'ombres grises. Le quartier de la Défense restait un lieu curieux, un quartier sans histoire, presque entièrement tourné vers les affaires. Érigé au milieu des Trente Glorieuses, il avait pour but de rivaliser avec la City de Londres, ou le Financial District de New York. La touche française en plus, bien évidemment.

Un demi-siècle plus tard, cette immense dalle de trente-six mille mètres carrés existait toujours. Au-dessus, comme dans un Lego géant, on posa des gratte-ciel les uns à côté des autres. Puis on en rajouta d'autres encore, jusqu'à transformer sa base en immense labyrinthe de béton, de passerelles, d'escaliers et du gris, partout, dans toutes ses nuances. Il y avait soixante et onze tours très exactement, ainsi qu'un centre commercial, le plus hanté de France. Quarante millions de zombies le visitaient chaque année. Il y avait aussi quelques habitations entre ces milliards de tonnes de ciment.

— Vous savez pourquoi on appelle ce quartier la Défense ? lança Patrice.

Devant le silence de Mathilde et Franck, l'avocat sourit.

— Bien sûr que vous ne le savez pas. Pour apprendre, encore faut-il prendre le temps de le faire. Alors…

Il toussa pour s'éclaircir la voix, puis se donna un grand coup de poing au milieu du plexus. Mathilde jeta un coup d'œil furtif dans la crainte qu'il se soit fait mal. Elle s'assura également qu'aucune chose gluante n'ait jailli de sa gorge par inadvertance, pour se projeter sur le tableau de bord.

— Ça date de la fin de la guerre franco-allemande de 1870. À l'époque, Louis-Ernest Barrias… (Il s'arrêta, se tourna vers

Mathilde et difficilement vers Franck dans son dos...) Vous connaissez Louis-Ernest Barrias ?

Nouveau silence, souligné par une accélération franche de Mathilde.

— Pour Louis-Ernest Barrias, je vous conterai son histoire une autre fois. Je m'égare, c'est plus fort que moi. Quand je croise de pauvres âmes comme les vôtres, affamées, je ne peux m'empêcher de leur tendre la main. Bref ! Louis-Ernest gagna un concours en sculptant un bronze à la gloire des soldats qui défendirent Paris contre les Prussiens. La sculpture fut érigée sur le rond-point de Courbevoie, derrière cette tour, dit-il en pointant un bloc de verre et métal interminable. Bon, elle a été déplacée depuis, mais de seulement quelques mètres, donc on peut considérer que ce détail est insignifiant.

— Où je m'arrête ? demanda Mathilde.

— Le plus proche de l'esplanade centrale, peu importe de quel côté. Là par exemple, dit-il en indiquant l'un des escaliers qui montait jusqu'à l'une des passerelles du dédale.

Mathilde stoppa la voiture. Le trio gravit les marches quatre à quatre et rejoignit le parvis, place colossale et vide, face à l'Arche. L'avocat les guida à travers ce décor de science-fiction d'une froideur et d'une tristesse infinies. Ce désert de pierre, sans aucune source de vie, faisait naître l'effroi. La vie et la nature ne semblaient plus les bienvenues. Le vent fouettait les visages, le froid transperçait les mailles. Ils traversèrent cette terre dévastée au pas de course. Patrice s'arrêta devant une bouche d'accès à un parking.

— À partir d'ici, vous me suivez en silence.

Il mit son doigt devant ses lèvres.

— C'est un comble que ça vienne d'un moulin à paroles tel que vous... commenta Mathilde.

Avant que le défenseur ne se fasse avaler par la bouche, Franck l'attrapa par l'épaule.

— Attendez, où va-t-on, là ? dit-il en chuchotant.

— Vous avez toujours besoin de l'adresse d'Assan ?

— Oui.

— Alors il nous faut voir l'Architecte. C'est la seule personne qui saura vous répondre.

Franck eut un instant d'hésitation.

— Vous êtes sûr de vous ?

— Vous n'avez pas l'habitude d'être guidé. Patrice se pinça la lèvre, puis reprit : Faites-moi confiance.

Patrice descendit les marches. Franck regarda Mathilde. Il cahotait au contact d'événements inattendus, ballottait d'une rencontre à une autre. Un fugace instant, il s'interrogea sur son impact, sa capacité à influer sur le cours de ce bateau ivre. Au temps du « grand Somerset », il agissait, ça fonctionnait, son instinct ne le trompait jamais. Mais aujourd'hui n'était-ce pas le courant, chaotique, qui l'avait porté, manipulé jusqu'à ce parking souterrain, sous l'esplanade de la Défense, au milieu de la nuit ? Avait-il raison de s'opposer aux conclusions de la DRM ? De croire en Elga ? Au moment où il descendit la première marche, une grande fatigue se lisait dans ses yeux.

C'est le doute qui avait tué le « grand Somerset » deux ans plus tôt.

Chapitre 44

Mercredi

00 h 04

Ils débutèrent par un enchevêtrement d'escaliers éclairé de tubes de néon blancs. Le couloir descendait à travers un millefeuille de béton et d'aires de stationnement composés de milliers de places vides. Une puanteur de pisse saturait l'espace.

Patrice se déplaçait avec grâce. Son corps, usé, répondait mieux à mesure que les étages s'enfonçaient dans le sol. L'énergie de la croûte terrestre agissait sur lui comme un automate que l'on remonte. Le vagabond boiteux se muait en agile chat de gouttière, marche après marche. Franck, à l'inverse, redécouvrait l'une de ses phobies, la peur de l'enfermement, apparue à la suite d'un grave accident en forêt de Chantilly, son corps entravé des heures durant au sein d'une carcasse fumante. Elle s'était intensifiée au cours de sa traque du vengeur des catacombes, lorsqu'il avait dû descendre dans les profondeurs de « sa » Paris, ramper dans ses boyaux, ses artères, ses catacombes, jusqu'au plus profond des ténèbres.

Franck suivait Patrice avec attention, Mathilde fermait la marche. Elle semblait aux aguets. Elle tournait la tête vers l'arrière à chaque palier. Franck se rapprocha d'elle.

— Qu'y a-t-il ? chuchota-t-il.

— Un pressentiment.

Franck fronça les sourcils.

— Je ne sais pas, je me demande si nous n'avons pas été suivis.

— Par qui ?

— Je n'en sais rien, Franck. C'est un pressentiment. Avancez, je m'en occupe.

Franck reprit sa marche. Inconsciemment, il posait le pied exactement au même endroit que l'avocat. Ce dernier ouvrait le chemin, prêt à sauter sur une mine pour sauver sa brigade.

Au détour d'un couloir, il poussa une porte en métal munie d'une pancarte « Services » à hauteur de visage. Elle grinça, et une vague tapageuse résonna à travers les strates du mille-feuille. Il attendit que tous les échos meurent, puis attendit encore qu'aucun bruit suspect ne trahisse la présence d'un gardien zélé. Mathilde continuait de scruter derrière eux, tous les sens en éveil.

Silence total et immobilisme macabre.

Devant eux s'étendait sur des centaines de mètres un plancher gris quadrillé de blanc, éclairé d'halogènes crasseux. À espaces réguliers, des piliers ronds tout aussi encrassés soutenaient les étages supérieurs. Face à autant de *rien*, un vertige empoigna Franck.

Ils reprirent leur descente, accédèrent au dernier niveau, le traversèrent en diagonale et atteignirent un renfoncement caché par la superposition en trompe-l'œil de deux murs en béton armé. Ils obliquèrent vers l'encoignure. Au milieu de la paroi, une cavité de la taille d'une fenêtre ouvrait sur un trou noir.

— Un autre monde commence ici, déclara Patrice d'un ton théâtral, avant d'enjamber la brèche.

Franck le suivit. Ses pupilles s'adaptèrent à la pénombre. Petit à petit, un réseau complexe se dessina devant lui. À la manière d'une cité engloutie, il découvrit les vestiges d'une ville sous la ville. Une autre couche existait, oubliée. Seuls quelques rares panneaux incandescents, *sortie de secours*, créaient d'infimes halos lumineux. Ils projetaient des tons verdâtres et des ombres cauchemardesques. L'espace d'une seconde, Franck s'imagina en explorateur, découvrant les restes d'une civilisation éteinte depuis des millénaires. Se pouvait-il que ce soit la grande cité d'Atlantis ? Ou un autre de ces mythes antiques ?

Composé de galeries interconnectées, coursives, corridors, pièces et grands espaces, ce monde sous le monde reliait le parking aux soubassements des tours, ainsi qu'à des chantiers abandonnés, puis enterrés. L'un d'eux, une gare souterraine, s'étendait sur des milliers de mètres carrés. Franck la traversa le ventre noué. « Après l'apocalypse, la terre, vidée, ne ressemblera pas à autre chose », se dit-il. Cet aperçu de la fin du monde rappelait que, sans la vie, il n'y a plus que du silence et de l'immobile. Ici, rien ne bougeait, rien ne respirait. Restait la résonance de leurs pas comme seul trouble aux esprits centenaires. Comme pour équilibrer la balance, le cœur des affaires parisiennes cachait donc son négatif sous la surface. Aux blocs de verre scintillants s'opposaient, des dizaines de mètres au-dessous, des constructions à l'abandon tout aussi vastes. À la consommation frénétique de la finance, des comptes garnis et des cuirs tannés répondaient le vide et les veilleuses de sécurité.

— À partir d'ici, faites attention où vous mettez les pieds. Il y a des dangers partout.

Le monde sous le monde allait droit à l'essentiel. Il ne s'embarrassait pas d'infrastructures, de sécurité, de cartes et d'informations. Patrice descendit un escalier métallique rongé par la rouille. Il menait à une cuvette longue de plusieurs dizaines de mètres. Franck attrapa son smartphone et activa la torche. Le niveau de la batterie était très faible. Il espéra qu'elle tienne jusqu'à la fin de cette expédition. À la différence de Patrice et Mathilde à l'aise dans cette obscurité, il était incapable de se repérer à la seule lueur des halogènes verts. Il posa le pied sur la première marche et la main gauche sur la rambarde. L'escalier trembla sous son poids. Il retint sa respiration. Il en était sûr. Un simple souffle provoquerait son effondrement. Il continua avec précaution, puis rejoignit l'avocat.

La troupe pénétra dans un corridor aux allures de boyau. Franck respirait plus difficilement. Les espaces confinés l'oppressaient. D'autant que l'air, rance et gorgé de poussière, irritait la gorge et les yeux. Ils passèrent à travers un espace découpé dans un grillage, puis s'engagèrent sur un petit pont bancal. Ils surplombaient des abysses terrifiants, qui n'attendaient qu'un faux pas pour les absorber. Les lumignons se faisaient de plus en plus rares. Les tréfonds gagnaient en intensité.

Mathilde manqua de trébucher et de tomber. Elle se rattrapa tant bien que mal, et donna un coup de pied dans une barre de fer qui tomba dans les profondeurs. Un son tonitruant en remonta. Patrice sursauta, et une peur intense se noua dans sa gorge. Il regarda autour de lui, fébrile. Mathilde s'excusa, et Franck en profita pour reprendre son souffle. Un vif souvenir des catacombes de Paris serra à nouveau son abdomen.

Un cri fendit l'obscurité, telle une bête fantastique qui entame une chasse. Quelqu'un ou quelque chose accourait vers eux, menaçant. Le hurlement provenait de la droite. Franck tenta de distinguer une origine précise, mais il ne voyait rien. Le faisceau de son smartphone disparaissait quelques mètres devant lui, ingéré par un mur d'encre. La bête rugit de nouveau. Le braillement se rapprochait à une vitesse tétanisante. Patrice hésita. Il existait plusieurs sources possibles. La réaction adéquate changeait en fonction. Une mauvaise interprétation, et le monstre fondrait sur eux, ne leur laissant aucune chance.

Franck s'approcha.

— Qu'est-ce que c'est ?

Patrice se pétrifia. Mathilde saisit son Glock 17. Franck lui fit un signe réprobateur de la tête.

— Hé, Patrice ! dit-il dans un mélange de cri et de chuchotement étrange. Qu'est-ce qui se passe ?

Il l'agrippa par les épaules et le secoua. Patrice le regarda.

— C'est la sécurité.

— La sécurité ? Quelle sécurité ?

— Ceux qui gardent ces lieux.

— Ces lieux ?

— Écoutez-moi, c'est la sécurité des gens du dessus, nous devons partir, vite.

Franck regarda autour de lui, incrédule. Il n'y avait rien, absolument rien à garder. La bête se faisait plus précise. Son beuglement également.

— Je vous ai entendus ! Bande de petits cons ! Je vais vous attraper ! hurlait-elle.

Franck regarda Mathilde et lut sa détermination. Si elle le jugeait nécessaire, elle tirerait sans aucune hésitation.

— Ceci est une opération de police. Je suis le commissaire Somerset, hurla Franck.

Mathilde abaissa son Glock en position de sécurité. Pendant un instant, la bête ne répondit rien. Franck s'identifia de nouveau. Quelques secondes plus tard, la bête approcha prudemment. Elle n'avait plus grand-chose d'animal. Le bonhomme, visage méditerranéen, ventre rebondi, jambes fines et mains larges, alluma une Mag Lite. Le poing serré autour de la torche, à hauteur de la tempe, il braqua le jet lumineux sur le trio de voyageurs. La peur changea de côté lorsqu'il éclaira Mathilde et son Glock. Les jambes flageolantes, il dit :

— Qu'est-ce que vous foutez là, c'est interdit !

Franck le rassura. Le type déblatéra un texte qu'on lui avait demandé d'apprendre. Mathilde, qui n'avait pas le cœur à la conciliation, s'avança vers lui, au milieu de la puissante lumière artificielle.

— Écoutez, nous n'avons pas de temps à perdre. Retournez faire votre ronde. On ne s'est jamais vus.

Elle tapotait d'impatience sa cuisse du canon de son Glock. L'agent de sécurité blêmit. Il fit demi-tour et disparut dans le mur d'ébène sans demander son reste, son soleil à pile avec lui.

— Vous voyez, Franck, je suis tout aussi persuasive que vous, dit-elle en souriant. Vos techniques conciliantes, c'est la vieille école. Les gens d'aujourd'hui, ils ne comprennent que l'affrontement brut, le rapport de force, le tête contre tête. Quand vous faites appel à leur intelligence, vous perdez votre temps.

Franck resta silencieux. Au fond de lui, il espérait que la jeune femme se trompe, sans en avoir la totale certitude. Était-ce de cette obsolescence que parlait Carl Ducrest ? Son impossibilité à comprendre les codes du nouveau monde ? À être un flic dur, physique ?

— Ne traînons pas ici, ordonna-t-il.

Les doutes qui l'assaillaient redoublaient d'intensité. Il jeta un coup d'œil à sa montre. Le temps courait. Une boule de tension se noua dans son estomac, comme le joueur qui faisait *all-in* sur la base d'un bluff fragile. « Espérons que je ne sois pas périmé », pria-t-il.

La fatigue amplifiait ses craintes, et il était trop tard pour faire demi-tour. Le périple se poursuivit par un escalier s'enfonçant toujours plus profondément dans la croûte continentale. Ils traversèrent de nouveaux couloirs étroits, nus, poussiéreux. Les veilleuses disparurent, et Patrice installa une petite torche de spéléologie sur son front. Mathilde fit de même en fixant une petite lampe sous le canon de son Glock. Aux abords d'un cimetière de véhicules de terrassement, un autre filet lumineux apparut au loin.

— Nous arrivons, déclara l'avocat. Restez derrière moi et ne parlez qu'à ceux à qui je parle. Vous puez le monde d'au-dessus. Ici, on ne vous aime pas trop.

Chapitre 45

Mercredi

00 h 37

La faible lueur devint une lampe à huile. Elle marquait une frontière et l'entrée d'une sorte de blockhaus, fermé par une lourde porte d'acier. Patrice donna plusieurs coups secs. Ils résonnèrent des deux côtés du monde. Des pas lourds frappèrent le sol, et une meurtrière s'ouvrit. Une paire d'yeux noirs coiffés de sourcils broussailleux surgirent.

— Conan, c'est l'avocat, j'ai une requête pour l'Architecte.

La paire d'yeux regarda Patrice de bas en haut.

— Pousse-toi, grogna-t-il.

Patrice s'écarta.

— C'est qui les cossus ?

— Des amis, je m'en porte garant. Ils ne feront pas de grabuge et s'engagent à verser une petite participation pour leur rencontre avec l'Architecte.

La paire d'yeux jaugea la délégation et le messager. La glissière se referma dans un bruit sec. La porte grinça et pivota lourdement sur son axe. Le dénommé Conan, haut de deux mètres, la peau sombre, les épaules saillantes, possédait une ressemblance certaine avec le barbare sumérien. Mathilde lui arrivait à peine à hauteur du plexus et devait peser le tiers de son poids. Ses cheveux noirs, tressés autour de longues dreadlocks, entouraient un visage grêlé. Derrière lui, une petite pièce se composait d'un lit, d'une table et d'une chaise. Ils le contournèrent avec précaution.

Patrice chuchota à Franck :

— C'est un Somalien, il a grandi à Mogadiscio. Il a vu des choses que vous ne pourriez imaginer. N'oubliez pas de le saluer, mais sans le regarder dans les yeux.

Franck s'exécuta, Mathilde de même. Conan rougit devant le sourire de la jeune femme. Patrice poussa une porte. Ce qui avait dû être conçu comme un large hall s'ouvrit devant eux.

— C'était le quartier des ouvriers pendant le terrassement des structures. Les gars qui ont construit la gare, abandonnée depuis, vivaient ici durant la période du chantier. Ils condamnèrent les lieux à l'arrêt des travaux, mais laissèrent tout le mobilier. C'est l'Architecte qui a trouvé cet endroit à force de recherches historiques et y a implanté une petite communauté de sans-abri.

Des guirlandes de Noël défraîchies s'entrecroisaient au plafond et illuminaient tout un bric-à-brac aux couleurs de l'arc-en-ciel. Des allées artificielles délimitaient des espaces constitués de cartons, de tôles ou de morceaux de bois récupérés ici et là. Franck songea au marché des Enfants Rouges. Il fut un temps où il s'y rendait chaque samedi, avec sa mère. Il retrouvait ici les mêmes proportions entre les espaces pour déambuler et les stands, transformés en espace personnel. À la place des étalages, on voyait des lits, délimités par des toiles, des étagères, et des objets recyclés improbables. Certains dormaient à la vue de tous, tandis que d'autres se calfeutraient sous plusieurs couches. La misère marquait les corps. Elle agissait comme un métal incandescent qui trace des boursouflures indélébiles.

Le réfectoire servait à tous. Dans un coin, un feu crépitait sous une marmite. À gauche, quelques échoppes constituées de caddies proposaient des butins chassés en surface. Franck fit quelques pas pour découvrir cette micro-communauté, organisée dans les profondeurs de l'Arche de la Défense, comme un symbole de la théorie du ruissellement. Des dizaines de mètres plus haut, des hommes en noir et blanc pompaient le sang des civilisations, tandis qu'une autre société vivait déjà dans l'après, une fois la saignée terminée, dans les entrailles d'une terre exsangue et sèche.

— Alors, c'est ça votre monde d'en dessous ? dit Franck.

— C'est l'une de ses plus belles émanations. Vous n'imaginiez pas que l'on puisse avoir ça, dit-il fièrement.

— Combien sont-ils ici ?

— Je ne sais pas, la dernière fois qu'on a compté, cent cinquante, mais de nouveaux migrants arrivent chaque jour.

— Migrants ?

— Il faut bien que les gens arrivent quelque part.

Franck prit un moment pour observer.

— Et pour la nourriture ? demanda-t-il.

— Quelques étages plus haut, il y a un grand local pour toutes les poubelles des restaurants du centre commercial des 4 Temps. Ils essayent par tous les moyens de les empêcher d'y accéder, mais les gens d'ici sont plus malins. Avec ce que l'on récupère là-bas, nous pourrions nourrir tous les sans-abri de Paris, peut-être même de France.

— Alors pourquoi ne viennent-ils pas tous là ?

Patrice se rapprocha de Franck. Il posa la main sur son épaule. Son visage souriait de bienveillance.

— Vous autres, vous ne savez même plus quand vous dites n'importe quoi. Toi, je t'aime bien. Ça se voit que tu n'es pas comme la plupart qui ne nous voient même plus. Et pourtant… Tu regardes ça et tu te dis que c'est une solution pour tous ceux qui meurent dehors. (Il déglutit avec difficulté.) C'est vrai en un sens. Mais ceux qui vivent ici ont définitivement abandonné tout espoir de revenir dans le monde du dessus. Certains ne sortent même plus et sont là depuis des années. Ce n'est pas facile d'abandonner tout espoir. La dignité, cette salope, elle s'accroche et elle fait mal.

Patrice se tourna vers les dizaines de petites cabanes organisées en village.

— Moi, je ne peux pas. Au fond de moi, je n'accepte pas, je veux encore me battre. Ici, c'est le mieux que nous puissions avoir et pourtant je ne le souhaiterais pas à mon pire ennemi. (Patrice fit une moue résignée.) Allez, venez, on va voir l'Architecte.

Il contourna les îlots d'habitation par la droite et suivit une voie entre deux rangées de tentes. La plupart des habitants dormaient. Les rares qui veillaient scrutaient ces visiteurs de la nuit.

— Comment Assan a-t-il trouvé cet endroit ? demanda Mathilde.

— Il dormait avec ses sœurs sous le périphérique. C'est dangereux là-bas… (Il se reprit.) C'est dangereux partout, mais ici, ils sont organisés pour se défendre, alors que là-bas, c'est l'anarchie, les menaces sont omniprésentes… Une nuit, il a rencontré un vieux Polonais qui délirait sous les effets de l'alcool et des psychotropes. Il parlait des galeries sous la Défense. Qu'il y avait tout un monde là-dessous. Assan l'a cru. Il s'est mis en quête de trouver ces galeries. C'est comme ça que je l'ai rencontré, durant l'une de ses expéditions pour trouver l'entrée. Je viens au moins une fois par semaine pour prendre des nouvelles et faire le lien avec la surface. Je l'ai guidé comme je l'ai fait avec vous et puis je l'ai présenté à l'Architecte.

Patrice s'arrêta devant un recoin creusé dans un mur. Un drap empêchait de voir ce qu'il y avait derrière. Un homme handicapé, à la puanteur insoutenable, dormait devant, avachi dans un fauteuil roulant. Patrice tapa de son pied contre la seule jambe qui lui restait. Il se réveilla en sursaut.

— J'ai besoin de voir l'Architecte, dit Patrice.

L'unijambiste regarda Patrice, embué dans un réveil difficile.

— Qu'est-ce que tu lui veux, l'avocat ?

— Rien qui te concerne, demande-lui simplement de nous recevoir.

L'homme regarda une montre de gousset, accrochée à l'une de ses poches par une mince chaîne métallique. Il était près de 1 heure du matin. Même ici, où le soleil n'était jamais visible, ce n'était pas une heure pour exiger une audience.

Une voix caverneuse traversa le voile.

— Laisse-les entrer, Thomas.

Il s'exécuta et recula avec son fauteuil pour les laisser passer. Ils pénétrèrent dans une pièce de la taille d'une cellule qui ne contenait qu'un bureau avec des papiers et des livres sur toute sa surface. Franck fut surpris de constater que l'Architecte était une femme, les cheveux d'un blanc éclatant, les rides profondes, une cigarette entre de minces lèvres pâles et un regard d'acier. Elle jaugea Patrice.

— Ahaha, s'esclaffa Patrice à l'intention de Franck. Tu pensais que ce serait un homme ! Je le vois dans tes yeux. Vous avez trop de certitudes, vous les gens du haut. Ça fait plusieurs fois que je te le dis ce soir, je crois. Vous vous faites manipuler à longueur de journée et vous ne vous en rendez même plus compte. Votre Internet, vos réseaux sociaux, ça vous abrutit.

— Que puis-je pour toi ? dit l'Architecte, la voix broyée par la cigarette et l'air vicié des tréfonds de la terre.

— Ces gens de la surface cherchent Assan. Le jeune a des problèmes, ils peuvent l'aider, mais pour ça, il faut vite qu'ils le trouvent. Je leur ai dit que tu pourrais peut-être les renseigner sur là où il vit.

L'Architecte prit une paire de lunettes rafistolée et observa attentivement Franck, puis Mathilde. Sur le mur derrière elle, une cinquantaine de portraits crayonnés étaient accrochés les uns à côté des autres. Leur style ressemblait à ceux que Corinne Lefebvre avait montrés à Franck quelques heures plus tôt.

— Ce sont des dessins d'Assan, n'est-ce pas ? demanda Franck. Les habitants de la communauté ?

L'Architecte acquiesça. Franck s'avança face à la mosaïque de visages abîmés.

— Il est très doué.

Il détailla chacun d'eux. Il y avait l'avocat, Conan, l'infirme puant, l'Architecte et des dizaines d'autres habitants de ce monde sous le monde.

— Oh, ce petit est un grand artiste, dit l'Architecte en recrachant un nuage de fumée de sa cigarette. Il possède un don. Il est capable d'apercevoir un visage une seconde au milieu d'une foule et de le croquer en quelques traits. Le voir faire... Pfff... C'est époustouflant.

— Il y en a d'autres ?

— Des dessins ?

— Oui.

— Ce n'est qu'une infime portion ! Il dessine comme je fume. Toutes les personnes qu'il croise, il les dessine. La plupart du temps, il les donne, mais il a aussi une boîte où il garde les plus importants. Le visage des fantômes qui le hantent, comme il dit.

Franck fit le tour du bureau et s'installa face à l'Architecte. Cette femme paraissait surgir d'une époque dystopique, d'un monde alternatif où une apocalypse nucléaire aurait balayé toute vie en surface, où la civilisation humaine ne se résumerait plus qu'à cette bande d'hommes, de femmes, abîmés, abandonnés, seuls survivants d'une insouciante époque où chacun s'entre-dévorait.

— Pourquoi cherches-tu Assan ? demanda-t-elle en expirant une longue traînée de fumée blanche.

— Il faut que je lui parle.

— Lui parler de quoi ?

Franck se pencha vers elle.

— Vous m'offrez une cigarette ? Je ne crois pas avoir fumé depuis une décennie au moins, mais là je crois que j'en ai besoin.

L'Architecte lui tendit son paquet. Franck en prit une et l'alluma grâce à une boîte d'allumettes posée près d'un cendrier. Il aspira et recracha la fumée dans une toux incontrôlée.

— En effet, vous manquez d'exercice... Comment vous vous appelez ?

— Franck Somerset.

— Qu'est-ce que vous faites dans la vie, Franck ?

— J'étais... (Franck prit une nouvelle bouffée...) Non, je suis commissaire à la Crim.

— Vous étiez ou vous êtes ?

Franck prit le temps de la réflexion.

— Je l'ai été. Longtemps. Je ne l'étais plus. Je pensais que ce temps était derrière moi et puis... Et puis la vie nous surprend. Elle a l'art de vous ramener inlassablement vers ce pour quoi vous êtes fait, et il faut croire que c'est ce que je suis, un flic.

L'Architecte leva un sourcil, son intérêt grandissait.

— Assan est embarqué dans une sale histoire, continua Franck. Je crois que je peux l'aider. Mais pour ça, il faut que je le trouve. Et c'est pour ça que je suis là.

Elle écrasa son mégot et croisa ses mains devant elle.

— Qui me dit que vous n'êtes pas comme tous les autres là-haut ? Comme tous ces vampires de la surface qui se servent les uns des autres, sucent la moelle et jettent leurs prochains quand il n'y a plus rien d'intéressant ?

— Je ne crois bien n'avoir rien d'autre que ma parole à vous proposer, madame. Je n'en veux pas à Assan. J'en veux à ceux qui se servent de lui et d'une amie qui m'est proche.

— Une amie proche ?

— Oui, elle est également mêlée à cette sale affaire, et il n'y a qu'Assan qui peut l'en sortir.

— Alors toi aussi, tu ne fais que te servir de lui pour atteindre un but.

Franck la regarda dans les yeux. Elle avait raison. Toute cette traque pour retrouver Assan ne servait qu'un but, aider Elga, la libérer. Était-il si différent de ceux qui avaient utilisé la misère d'Assan ? Il prit une nouvelle bouffée de tabac, puis recracha l'épais nuage blanc.

— C'est juste. Je ne le nie pas. Mais il y a une différence. Si je fais ça, c'est pour faire justice.

L'Architecte n'avait pas quitté Somerset des yeux. Son regard d'acier décomposait chacun de ses gestes. Son esprit pesait chacun de ses mots. Elle attrapa une nouvelle cigarette, l'alluma, tira une longue bouffée.

— C'est honnête, et je vais prendre ça comme une qualité de votre âme, commissaire Somerset. Néanmoins, ce ne sera pas suffisant. Si je vous donne son adresse, il va falloir que vous fassiez quelque chose pour moi.

Chapitre 46

Mercredi

01 h 34

Au moment où ils aperçurent de nouveau la nuit, l'air gelé leur piqua le visage. Franck inspira profondément. Il remplissait chaque alvéole de ses poumons de molécules d'oxygène plus ou moins pur. Le froid brûlait sa trachée. Il se sentait comme un expatrié rentré au pays, parcouru d'un immense soulagement. Il savait aussi qu'une petite part de ce monde sous le monde l'accompagnerait pour toujours. Ces âmes vagabondes, cette humanité qui vivait aux confins de la civilisation, ces regards, ces odeurs, sa honte de voir ces hommes abandonnés de la sorte, tout cela s'était incrusté dans son âme.

Mathilde s'écarta de quelques pas pour téléphoner. Franck capta certains mots. Ça ressemblait à un rapport dans un jargon militaire et politique constellé d'acronymes et de surnoms. Il s'approcha.

— À qui parlez-vous ?

Mathilde leva les yeux vers Franck, se tourna, dit encore une ou deux phrases cryptiques et raccrocha.

— À un agent de liaison de la DRM.

— À cette heure-ci ?

— Le service ne s'arrête jamais, Franck, dit-elle dans un sourire. La sécurité de la France c'est vingt-quatre heures sur vingt-quatre, sept jours sur sept. Et comme vous le savez, le temps nous manque.

Elle avait l'art d'esquiver les questions sur lesquelles elle ne voulait pas s'étendre avec un subtil mélange de douceur et de fermeté. Probablement, un art qu'elle perfectionnait dans les couloirs des ministères, au contact de ceux pour qui la manipulation par les mots était la base de leur survie professionnelle.

— Vous lui avez parlé de l'adresse d'Assan ?

— Oui, j'ai prévenu que nous y allions. Il m'envoie ce qu'on a sur les occupants, et ils sont prêts à nous dépêcher des renforts si nous tombons sur quelque chose.

Mathilde se tourna vers Patrice.

— Merci pour votre aide. Voici ma carte, si un jour vous avez besoin d'aide, vous savez quoi faire.

Il saisit la carte et la glissa dans la veste de son costume.

— Vous êtes un héros. J'aimerais vous ressembler un jour.

Mathilde s'avança et l'enlaça. L'avocat resta comme stupéfait par cette étreinte chaleureuse.

Alors que l'afflux sanguin rougissait ses joues, il se reprit.

— Oh, ne dites pas de bêtises. Personne ne veut tout perdre, dormir sur un trottoir et disparaître de la vue de tous.

— On vous dépose quelque part ?

— Non, non, vous avez à faire et moi des gens à voir.

Franck et Mathilde saluèrent ce passeur coincé entre les deux mondes.

Ils rejoignirent le bolide au pas de course. Mathilde fila vers l'avenue de la Grande-Armée. À cette heure, on retrouvait ici les mêmes silences et les mêmes vides que sous le monde.

Ils dévalèrent l'avenue des Champs-Élysées pied au plancher. Les éclairages s'étiraient sur les surfaces vitrées comme des toiles d'araignée phosphorescentes.

Ils traversèrent Paris en une poignée de minutes et s'arrêtèrent au pied du 69 de la rue Jeanne d'Arc. Mathilde attrapa son téléphone et lut ce qui ressemblait à un rapport.

— C'est ici, septième étage, chez Mohammed et Hassina Gherainia et leurs deux enfants. Inconnus de nos services.

Franck regarda sa montre. Il était près de 2 heures du matin. Il hésitait. Sonner maintenant était la meilleure façon d'inquiéter cette famille. D'un autre côté, il ne pouvait se permettre d'attendre jusqu'au matin.

— Vous avez leur numéro de téléphone ?

— Oui, le voici.

Franck tenta de composer le numéro sur son smartphone. L'écran ne s'allumait plus. L'utilisation de la torche dans les profondeurs avait vidé le peu de batterie qu'il lui restait.

— Vous me prêtez le vôtre ?

Mathilde eut un mouvement de recul imperceptible, comme un tic incrusté dans son subconscient.

— C'est uniquement pour passer un coup de fil, ajouta Franck en tendant la main vers elle. Je suis trop vieux pour pirater un téléphone.

Elle le lui donna. Franck tapa le numéro marqué sur le rapport. Une voix endormie, à mi-chemin entre la surprise et la peur, répondit.

— Monsieur Gherainia ?

— Oui, qu'est-ce que c'est ?

— Veuillez m'excuser de vous déranger à cette heure tardive, commissaire Somerset de la Crim. J'aurais besoin de savoir si Assan est rentré ? Rien d'inquiétant, je vous rassure, mais une affaire urgente qui m'oblige à vous appeler en pleine nuit.

— Vous tombez mal, il n'est pas rentré depuis deux jours, je n'ai aucune nouvelle.

— Ah, c'est un problème. Monsieur Gherainia, il faut que j'accède à la chambre d'Assan quelques minutes pour une enquête. C'est très important. Je suis en bas, vous me permettez de monter ?

À l'autre bout du fil, Franck entendit Mohammed Gherainia se redresser, se lever et faire quelques pas à travers son appartement.

— Quoi !? Mais il a fait quelque chose de mal ?

— Je ne peux hélas pas en parler, monsieur Gherainia. Je vous demande juste de me laisser accéder à la chambre et en échange, je vous promets d'être discret et de ne pas réveiller votre famille.

Mohammed Gherainia laissa un silence s'installer. Sa respiration bruyante passait à travers le combiné.

— Vous avez dit que vous étiez qui, déjà ?

— Commissaire Somerset.

Mohammed laissa un ange passer, puis il dit :

— Très bien, montez, je vous ouvre.

— Merci.

Franck raccrocha le téléphone et le tendit à Mathilde. Cette dernière lançait des coups d'œil réguliers dans ses rétroviseurs.

— Vous pensez toujours que l'on nous suit ?

— C'est possible. Je vous laisse y aller. Ça ne sert à rien qu'on soit deux. Je vais surveiller. Je veux en avoir le cœur net.

— Très bien.

Franck ouvrit sa portière. Il s'y reprit à deux fois pour sortir du coupé avec sa faible garde au sol. La rue était déserte et le silence aussi profond qu'une capitale de deux millions d'habitants le permettait. Il entra dans l'immeuble social grignoté par les années de restriction budgétaire. Quelques étages plus haut, un type mince, emmitouflé dans une chaude robe de chambre, se tenait sur le palier. Il jaugea son visiteur. Franck déclina à nouveau son identité. L'homme l'observa.

— Vous avez une carte ou quelque chose qui prouve ce que vous me dites ?

— Je crains que non. Il va falloir me faire confiance, monsieur Gherainia. Je ne prendrais que quelques minutes de votre temps. C'est très important.

Le père de famille le fixa, puis d'un mouvement des mains signifia qu'il l'invitait à entrer. En passant, il lui susurra à l'oreille :

— Ne faites pas de bruit, s'il vous plaît, tout le monde dort.

Franck fit oui de la tête et ajouta un doigt devant la bouche. Dans l'appartement étriqué, l'homme montra un étroit couloir.

— C'est par ici, dit-il en chuchotant.

Franck marchait à tâtons derrière Mohammed Gherainia. Celui-ci s'arrêta devant une porte et l'ouvrit. C'était une petite pièce, l'ancienne chambre des enfants. Un rectangle de deux mètres sur trois, du papier peint jauni et juste l'espace pour un lit, un petit bureau et une commode.

— Je n'ai besoin que de quelques minutes, dit Franck à voix basse. Je dois regarder un peu partout et je repars.

— Qu'est-ce que vous cherchez ?

— Quelque chose qui me dira où je peux le trouver.

Mohammed haussa les épaules et s'écarta pour laisser entrer Franck. Ils entendirent un bruit étouffé en provenance de la chambre où dormait sa famille. Mohammed s'éclipsa pour s'assurer que tout allait bien.

Franck entama son inspection. Il ouvrit chaque tiroir et regarda sous le lit. L'ensemble des affaires aurait pu tenir dans un petit sac à dos. Il s'arrêta sur une boîte en bois de la taille d'une feuille A4 et d'une quinzaine de centimètres d'épaisseur posée sur le bureau. Il l'ouvrit. Elle était pleine de dessins. « Le visage des fantômes qui le hantent », lui avait dit l'Architecte. Il y avait là une bonne centaine de croquis empilés les uns sur les autres sans ordre. Toujours ces mêmes visages, le regard triste et les traits figés dans leur simplicité. Franck sortit le portrait de la petite fille au ruban que Corinne Lefebvre lui avait donné. Incontestablement, le même artiste les avait tous esquissés.

Franck feuilleta rapidement les dessins du dessus. L'un d'eux attira son attention. C'était le visage d'une jeune femme orné d'un tatouage représentant la célèbre colombe de Picasso. Il saisit le morceau de papier et l'approcha de ses yeux. Il l'analysa en détail. Une décharge d'électricité le secoua de bas en haut. Lui aussi connaissait cette femme à la colombe.

La pièce autour de lui bascula au fur et à mesure qu'il prenait conscience de la signification de ce dessin, de sa portée. C'était comme tourner en rond dans une pièce plongée dans le noir et d'un seul coup trouver l'interrupteur de la lumière. Tous les événements s'éclairaient d'un jour nouveau, effaçant les ombres qui le hantaient. Était-ce là l'identité des commanditaires ? s'interrogea-t-il. Un abîme s'ouvrit et à cet instant précis, il n'avait aucune idée de la manière de le traverser.

Derrière lui, il entendit des pas sur le linoléum. Il glissa le dessin dans la poche intérieure de son imperméable.

— Je n'ai rien trouvé, dit-il au moment où Mohammed Gherainia franchit le seuil de la porte. Désolé de vous avoir dérangé en pleine nuit. Il est temps que je vous laisse dormir en paix.

— Vous êtes sûr ?

— Oui, merci pour votre aide.

L'homme ne cacha pas sa surprise face à ce soudain empressement.

— Très bien, dit-il. Vous voulez quelque chose de chaud avant de partir ? Je peux vous faire un thé ?

— Merci, monsieur Gherainia, je vous ai déjà bien trop dérangé. Je file.

Dans l'ascenseur, Franck ressortit le portrait de sa poche. Il voulait s'assurer que la fatigue ne lui jouait pas un tour. Ses pupilles suivirent les quelques traits, un à un, les yeux, le nez, la bouche. Il n'y avait aucun doute. Les questions, les hypothèses, tout tournait dans son esprit à une vitesse folle. Il venait de piocher un as de cœur et ne savait pas encore comment en tirer la victoire.

Quand la boîte de métal s'arrêta au rez-de-chaussée, Franck rangea le dessin. Il allait protéger cet atout jusqu'à ce que le bon moment se présente, quand sa valeur serait maximale.

Il ouvrit la portière et plia sur ses genoux pour entrer dans la voiture toujours trop basse de Mathilde.

— Alors ?

— Rien.

— Rien ! dit-elle avec une moue de déception.

— Il vit ici, mais à part ça, il n'y a rien. Quelques affaires, mais sans lien avec notre enquête. Et vous ? Vous avez repéré quelque chose ?

— Difficile à dire. Si on est sous surveillance, ils sont bons.

Mathilde souffla. Son regard passait de Franck au rétroviseur dans un mouvement de balancier continu.

— Que fait-on à présent ? demanda-t-elle.

La fatigue s'abattit sur Franck tel un sac de plâtre sur le dos d'un ouvrier. Son visage se creusait comme le sable sous le reflux des vagues. Il avait besoin de caféine pour irriguer ses synapses en ébullition.

— Vous avez faim ?

— Je mangerais un bœuf ! s'écria Mathilde.

— Très bien, je connais un endroit où nous pourrons remédier à ça et décider de la suite.

Mathilde mit le contact et regarda de nouveau dans le rétroviseur.

Chapitre 47

Mercredi

02 h 26

Mathilde tourna à gauche et remonta la rue de l'Amiral-de-Coligny, puis celle du Louvre sur quatre cents mètres. Elle dévia sur sa droite, à hauteur de la rue Coquillière, face aux Halles. Devant une brasserie illuminée comme en plein jour, elle s'arrêta. Sur la devanture, il était écrit « Au pied de cochon » en lettres rouges, surmontées d'un porc goguenard qui sirotait un ballon de vin. Elle laissa la voiture à cheval sur le trottoir, face à l'entrée, et ils franchirent la porte battante l'eau à la bouche. Ils s'installèrent à une table de la salle principale. Immense, elle se composait de dizaines de petites tables alignées comme à un banquet. Malgré l'heure, une dizaine de clients dînaient, ou petit-déjeunaient selon le point de vue.

Les lambris, éclairages, miroirs, bois et le zinc provenaient d'un Paris disparu depuis la fin du XIXe. Au-delà du service vingt-quatre heures sur vingt-quatre, les gens venaient chercher ici une machine à remonter le temps durant un repas. Franck n'était pas venu depuis dix ans, peut-être même vingt. Rien ne semblait avoir changé, pas même les serveurs.

Mathilde attrapa la carte tendue par l'un d'eux. Droit, fin, traits tirés et coupe fraîche, le serveur flottait dans sa chemise blanche. Sous sa veste, on distinguait la marque de solides bretelles pour tenir son pantalon. Mathilde transmit la carte à Franck sans l'ouvrir.

— La tentation de saint Antoine et un verre de vin rouge, s'il vous plaît, dit-elle.

— C'est très copieux, répondit le serveur en lui lançant un regard en coin.

— C'est bien pour cela que je le commande !

Le serveur se tourna vers Franck.

— Hum... Je ne sais pas. C'est quoi la « tentation de saint Antoine » ?

— Joue de porc, queue de porc, pied de porc, que du bon, que du gras, répondit Mathilde, faisant claquer sa langue contre son palais.

— Je serais incapable d'avaler une bouchée d'un truc pareil.

— Allez, Franck, mangez quelque chose. Vous allez avoir besoin d'un ventre plein pour combattre la fatigue.

Il commanda un tartare avec des frites.

— Ça faisait longtemps que je n'étais pas venu. Vous semblez bien connaître ?

— Oui, j'avais l'habitude d'y venir avec mon père et mon frère après les matchs au Parc des Princes.

Son visage s'illumina à l'évocation de ces souvenirs.

— Vous ne le faites plus ?

— Il n'est plus là, et mon frère est lourdement handicapé, c'est compliqué...

— Désolé...

— Vous ne pouviez pas savoir.

Mathilde attendit son plat, concentrée sur les rares voitures qui passaient à l'extérieur quand elle ne regardait pas son smartphone. Il vibrait toutes les deux ou trois minutes. L'écran clignotait telle une guirlande de Noël sous l'afflux des notifications.

— Qui vous écrit aussi frénétiquement ?

— Le monde, dit-elle, concentrée sur l'écran. Il braille. Vous ne l'entendez pas ?

— Le monde braille ?

Elle leva les yeux vers Franck et se moqua de sa perplexité.

— Je vous envie, Somerset. Je suppose que vous ne regardez pas beaucoup Twitter ou Facebook ?

— Non, en effet.

— Grand bien vous fasse. Ça fait de vous un heureux ignorant ! Un aveugle et sourd à la décadence. Vous savez ce qu'on dit : l'éducation et l'information sont les deux jambes de la démocratie. Sans elles, la République est vouée à l'effondrement.

Franck s'appuya au dossier rembourré de sa chaise, pensif.

— Et vous croyez que l'on y va tout droit ?

— Pour ce qui est de l'information, le travail de sape fonctionne à merveille. Une majorité conspue les journalistes. On en vient même à glorifier des médias d'États totalitaires. D'autres prétendent *s'informer* sur Facebook ou Twitter, auprès d'illustres inconnus sous pseudonymes. Au lieu de ça, ils sont au centre d'immenses bulles où seuls les avis renforçant leurs croyances deviennent visibles. Peu importe la véracité, le professionnalisme, les algorithmes choisissent sur quoi vous avez le plus de chances de cliquer, rien d'autre ne compte.

Franck restait immobile, les pupilles figées sur la jeune femme. Mathilde attrapa son verre et but une gorgée de vin.

— Imaginons qu'un matin vous vous réveilliez frappé par une illumination ! (Elle leva les bras au-dessus de la tête.) La Terre est plate ! Cette croyance idiote devient pour vous une certitude. Vous souhaitez vous renseigner. Inutile de dire que les journaux classiques ne vont pas traiter ce sujet avec beaucoup d'intérêt, vous en convenez ? Logique, ça n'a aucun sens, c'est complètement farfelu. Eh bien, c'est l'exact inverse qui va se produire dans votre esprit, Franck. Le simple fait que les médias traditionnels traitent ce sujet comme une idée stupide va renforcer votre croyance de deux manières. La première : « On vous ment. » La deuxième : « C'est justement la preuve que la Terre est plate. » Chacune se nourrit de l'autre et renforce votre croyance. Là, vous êtes à point pour plonger au plus profond des réseaux sociaux. Facebook, Twitter et tous leurs amis vous analysent en temps réel. Ils vont très rapidement comprendre que ce que vous voulez lire, c'est que « la Terre est plate ». Chaque fois qu'un illuminé pense comme vous, vous likez. Alors ils vont peupler votre réseau de personnes qui pensent que la Terre est plate. Un flot continu de contenus générés par d'autres *Platistes* vont remplir votre file d'*informations*. En quelques semaines, vous ne verrez plus que ça et n'échangerez plus qu'avec des gens qui ont la même croyance que vous. Elle se renforcera d'autant que vous ne serez plus entouré que de gens qui croient comme vous.

— Je comprends le procédé, mais les gens ne sont pas si stupides. Ils savent faire la différence entre de l'information et de la propagande.

— Vraiment ? C'est votre grand âge qui parle. Savez-vous qu'une étude américaine récente a tenté de répondre à votre objection ? Le résultat est sans appel. Tandis qu'à peine 6 % des plus de cinquante-cinq ans n'est pas certain que la Terre est ronde, chiffre stable depuis la naissance du mouvement dans les années 1960, ce résultat monte à 34 % chez les dix-huit-vingt-cinq ans, les fameux *millennials*. Connaissez-vous la différence fondamentale entre vous et un *millennial* ?

— Les rhumatismes ?

Un large sourire illumina la jeune femme, puis son rire s'entendit à travers toute la salle.

— Bravo ! Mais non, la différence fondamentale entre un gamin de vingt ans et vous, Franck, ce sont les réseaux sociaux. Lui y est immergé quatre à cinq heures tous les jours. Ses jugements, son regard critique, ses convictions politiques s'y nourrissent.

— Alors quoi, on trace un trait sur la jeunesse ?

— C'est une question d'éducation, vous vous rappelez, la deuxième jambe. Et en attendant qu'un plan ambitieux se saisisse enfin du sujet, la société se polarise dans un espace de guerre virtuelle où la République se consume à feu doux. Plus besoin d'armées, Franck ! Plus besoin de chars, de porte-avions, de missiles balistiques, pour détruire son ennemi, tout ça, c'est l'ancien monde. On abrutit les peuples, on verse de l'essence par-dessus, et on attend que tout s'embrase comme par magie.

— Jusqu'où pensez-vous que ça ira ?

— C'est le bruit et la fureur, là dehors. Ne pensez pas que tout est immuable. Les démocraties s'effondrent aussi vite qu'il est difficile de les construire.

— Et je suppose que tout ça a un rapport avec EGO ?

Un éclair sombre parcourut les yeux bruns de la jeune femme. Un rictus barra son beau visage. Elle saisit son verre et but une nouvelle gorgée.

— En effet.

Franck mit la main dans sa poche à la recherche des portraits d'Assan. Il voulait la confronter à ce qu'il avait découvert. Au même moment, sa mâchoire se contracta, et elle fixa un point juste derrière Franck, à l'extérieur du restaurant.

— Qu'est-ce que vous regardez comme ça ? dit-il, surpris.

Elle leva la main à hauteur de son visage et lui ordonna de ne pas bouger.

— Je l'ai enfin, dit-elle dans un souffle. Restez là, je vais m'en occuper. Ne vous retournez sous aucun prétexte.

Chapitre 48

Mercredi

3 h 19

Mathilde fit le tour du bar et suivit un couloir étroit qui menait aux toilettes du restaurant. Il desservait également les cuisines et une petite porte avec l'inscription « Privé ». Derrière, elle accéda à la cour intérieure de l'immeuble. Plusieurs fois, elle avait vu des plongeurs pakistanais la pousser, les bras chargés de sacs-poubelle.

La cour donnait sur une impasse perpendiculaire à la rue Coquillière. Un vent froid mordit ses joues et ses mains nues. Elle avait laissé son manteau sur le dossier de sa chaise. Un frisson la parcourut. Elle remonta son col roulé pour couvrir au maximum son cou. Elle utilisa la nuit et les voitures garées de chaque côté de la rue pour se camoufler et prendre sa cible à revers. À l'angle de la rue Jean-Jacques-Rousseau, elle aperçut un motard qui attendait sur une BMW *R nineT Scrambler*. L'obscurité et la distance – une cinquantaine de mètres – l'empêchaient d'en distinguer plus. Il portait un blouson de cuir noir. Aucun signe ne permettait de l'associer à un service de police ou de sécurité intérieure.

Elle l'observa quelques minutes. Rien dans son attitude ne donnait la certitude qu'il était là pour elle et Franck. Mathilde pensait l'avoir vu plusieurs fois cette nuit, près du *Sputnik*, de la Défense et de l'appartement où logeait Assan. Autant de furtives apparitions qui pouvaient tout aussi bien être des coïncidences. Le général l'avait prévenue. Elle ne devait intervenir que si elle était sûre de pouvoir identifier le poursuivant, c'était le cœur de sa mission.

Elle hésita. Était-ce de la paranoïa ? Comme une forme de conditionnement lié à la teneur de sa mission ? Devait-elle prévenir l'équipe de renfort ?

La plupart de ceux avec qui elle travaillait au quotidien l'étaient, paranoïaques. Certains se soignaient, mais ils étaient peu nombreux. Les autres considéraient l'affliction comme une qualité nécessaire dans le renseignement. Les derniers, ceux qui ne s'en rendaient pas compte, sombraient dans l'alcool, la drogue, divorçaient, se coupaient de leurs gamins, de leurs amis. Leur vie devenait un désert de solitude.

Mathilde se fia à son instinct. Son père lui avait expliqué dès son plus jeune âge que douter n'apportait que rarement des solutions. Mieux valait foncer et assumer de se planter de temps à autre. C'est ainsi qu'elle avait toujours agi pour corriger les gamins qui se moquaient des infirmités de son frère. Les poings d'abord et tant pis pour ceux qui prenaient pour les autres. Les os se ressoudaient bien plus vite que l'estime de soi, et elle en avait fracturé assez pour reconstituer un squelette entier.

Derrière le motard se dressait la Bourse du commerce. L'ancienne halle au blé du XVIIIe, avec ses deux galeries concentriques et ses vingt-quatre arcades majestueuses, qui trônaient toujours là. Devenue la Bourse de Paris en 1885, elle avait vu disparaître les traders et la finance avec l'informatisation des transactions.

Mathilde obliqua dans une contre-allée et glissa dans le dos du motard. Casqué et ganté, moteur au ralenti, il pouvait s'échapper au moindre signal. Elle n'avait plus qu'une dizaine de mètres pour le rejoindre. Elle avança avec prudence, prête à jaillir sur sa cible. Le froid la tétanisait. Des tremblements incontrôlés remontaient dans son dos. Si elle souhaitait conserver toute son efficacité, il ne lui restait qu'une ou deux minutes. Ensuite, elle perdrait le contrôle précis de son corps. Elle limita son observation au strict minimum. Elle supposa que c'était un homme, pas de poitrine apparente sous le blouson. Sa carrure semblait frêle. On était loin des dos trapus de l'armée. Elle estima qu'elle avait toutes ses chances au un contre un, d'autant qu'elle bénéficiait de l'effet de surprise.

Elle fondit sur sa cible comme un félin. Elle était juste derrière lui, seul un terre-plein gazonneux les séparait. Il avait les deux mains sur le guidon. En moins d'une seconde, il était capable d'enclencher la première et de filer. Elle n'aurait qu'une chance de l'immobiliser. Elle dégaina son Glock 17, déverrouilla la sécurité et traversa la parcelle de nature faussement sauvage à grandes enjambées. Elle retint sa respiration sur les derniers centimètres. De la main droite, elle logea le canon directement sur les testicules du motard et l'enlaça de la gauche, entourant son cou juste en dessous du casque. Elle enfonça ses doigts fins dans sa carotide et d'un mouvement brusque fit basculer sa tête en arrière.

Elle exécuta sa prise avec dextérité et profita de la stupeur du motard pour le mettre en garde.

— Si tu bouges, je te fais découvrir ta part de féminité, lui dit-elle à travers le casque noir. On se comprend ?

Le motard tressaillit. Il n'avait aucun moyen de sortir de l'étreinte de Mathilde sans risquer de réduire en bouillie sa masculinité. Il pouvait accélérer et compter sur la vélocité des mille cent soixante-dix centimètres cubes pour se dégager, mais rien d'assez rapide pour empêcher le Glock de lui exploser les couilles.

Il lâcha le guidon et leva les mains. Mathilde sentit sa pomme d'Adam monter et descendre dans sa gorge pour déglutir. Elle serra plus fort.

— C'est bien. Tout doux. Tu vas retirer ton casque et me dire pour qui tu travailles.

Le motard amena lentement ses mains vers son casque. La main gauche de Mathilde toucha un morceau de tissu plaqué sur le menton et le bas du visage de l'homme, sous le casque intégral. Un liquide visqueux coula sur son pouce. L'image de l'Alien, bavant sur sa victime avant de la tuer, traversa son esprit comme le pic d'un pistolet d'abattage. Cela ressemblait à la texture du sang, ou de la salive, mais dans sa position elle ne voyait rien.

Au moment de toucher les côtés de son casque, le motard relâcha les muscles de son dos, appuya sur sa jambe opposée et laissa basculer la moto vers Mathilde. Sans l'anticiper, elle dut soutenir le poids de l'homme et de la moto. Ses genoux plièrent sous le poids. Ses appuis glissèrent. Il était déjà trop tard. Le motard accompagna la chute. Dans un réflexe désespéré, Mathilde le lâcha et plaqua une main sur le carénage et l'autre vers le sol pour amortir.

Trop tard.

Le motard et la moto tombèrent lourdement sur le corps athlétique de Mathilde. Ce furent comme plusieurs pics à glace qui la transpercèrent, au niveau des jambes et de l'abdomen. Le foyer de douleur le plus vif naquit dans son épaule gauche. Elle y entendit plusieurs craquements. Un supplice intense irradia l'ensemble du haut de son corps. Elle sentit ses ligaments céder et la tête de son humérus sortir de son omoplate. L'articulation rompit et provoqua une souffrance comparable à une fracture ouverte. Elle hurla pour expulser la folie qui traversa sa moelle épinière et affola l'ensemble de son organisme. Ses pulsations cardiaques doublèrent sous l'impact. À cet instant précis, elle aurait été capable de se saisir d'une hache et de se trancher l'épaule si cela avait pu anéantir la souffrance.

Le motard tourna sur lui-même, se dégagea de la moto et sauta sur ses pieds. Mathilde empoignait toujours le Glock de sa main droite. Elle leva le canon vers lui, mais avant qu'elle ne puisse prononcer la moindre menace, il lui envoya un puissant coup de pied. La main s'ouvrit et le Glock vola sur plusieurs mètres.

La douleur dans son épaule était insupportable. Mathilde n'arrivait plus à se concentrer sur autre chose. Le motard se dressa au-dessus d'elle. Il ressemblait à un ange déchu, tout de cuir noir vêtu. Il disparut quelques secondes. Mathilde en profita pour se dégager. Elle tenta de se redresser. La contraction de sa ceinture abdominale tira sur les muscles de son dos, puis sur son épaule disloquée. Elle ressentit l'équivalent de l'acier d'une épée pénétrer sa chair et tourner à l'intérieur, racler l'os, mordre les muscles. Mathilde hurla de nouveau, relâcha son ventre et retomba.

Le motard réapparut. Il tenait son Glock. Il braqua sur Mathilde l'arme que son père lui avait offerte quand elle avait terminé ses classes. La mire s'aligna sur son visage. À la manière d'une focale, elle ajusta sa vision sur le casque derrière le canon. Elle ne voyait rien des traits de son bourreau. Tout au plus, elle distinguait le carré de tissu qui recouvrait sa bouche sous le casque. Un coin s'était détaché dans la chute. Elle aperçut une partie du dessous. Une langue émergeait et à la place du maxillaire inférieur un amas monstrueux de muscles, de tendons, de chairs à vif.

Le bras du motard se rapprocha. Elle avait déjà vu ça. Un geste classique pour ajuster le tir avant l'exécution. Elle allait mourir, sans autre forme de procès, sur un trottoir, en plein Paris. Elle pensa à son père, à son frère. Tous les trois criaient de joie dans les travées du Parc des Princes. Son père et elle sautaient autour du fauteuil roulant de son frère, se prenaient dans les bras. Elle en pleurait. Pedro Miguel Pauleta venait d'inscrire un lob fantastique contre Barthès et l'Olympique de Marseille, l'ennemi juré. Les rugissements de la foule l'hypnotisaient telles des pulsations magnétiques au cœur de ses entrailles. Grisée, elle tournoyait autour de son centre de gravité, des deux êtres qu'elle aimait par-dessus tout. Jamais elle ne s'était sentie plus heureuse. L'instant se grava à jamais dans sa mémoire. Ils étaient rares ces souvenirs heureux. Soudain, un autre cri fendit ceux de son père, de son frère, des tribunes. Une voix qui n'avait pas sa place dans ce souvenir. La voix l'agrippait, tentait de la séparer de sa famille. Mathilde résista.

Le motard se redressa, tourna la tête vers la porte d'entrée du restaurant. Franck courait vers lui, vociférant des menaces. Il abandonna Mathilde, souleva la moto, enjamba la selle et accéléra pleins gaz. Il rejoignit le coin de la rue Rambuteau en un rien de temps, puis disparut dans la nuit. Franck s'agenouilla à côté de Mathilde. Il souleva sa tête. Elle tenta d'attraper son smartphone.

— Dans ma poche, dit-elle.

— Ne bougez pas, ne faites rien, je vais appeler une ambulance.

— Mon téléphone, prenez mon téléphone, dans la poche de mon jean.

Franck palpa la jeune femme jusqu'à trouver l'appareil.

— Appelez le premier numéro dans les favoris et dites-leur de venir tout de suite, dit-elle dans un dernier râle avant de s'évanouir.

Franck regarda son bras. L'angle qu'il formait avec son torse était aberrant. Il exécuta l'ordre de Mathilde. À l'autre bout du fil, une voix masculine répondit qu'ils arrivaient. Moins d'une minute plus tard, deux 4 × 4 banalisés se garaient sur l'herbe du terre-plein. Une demi-douzaine d'hommes sortirent, et l'un d'eux vint vers Franck.

— On va s'occuper d'elle, commissaire Somerset.

— On s'est déjà vus ? dit Franck, surpris de reconnaître ce visage anguleux et ces yeux verts.

— Paul Bicet, on s'est vus chez Microsoft.

— Vous nous suiviez ?

— Je ne suis pas habilité à répondre.

— Comment vous avez fait pour être là si vite ?

— Désolé, commissaire, je ne suis là que pour m'occuper de l'agent Dufaye, rien de plus.

Franck pesta face au militaire, mais il n'avait aucun moyen de lui extirper des réponses. Un autre homme du commando appela une ambulance. Elle arriva en dix minutes. Ils prirent Mathilde en charge. L'examen préliminaire montra qu'il serait nécessaire de pratiquer une intervention chirurgicale pour remettre correctement l'épaule disloquée. Franck l'accompagna jusqu'à l'hôpital. Une heure plus tard, elle était emmenée au bloc.

Franck attendit sur une chaise. Il profita de cette accalmie pour repenser aux étapes de cette course folle. De la mission du général Couraud au monde sous la Défense, de Microsoft à la découverte des portraits d'Assan. Il découpait mentalement chaque élément comme des pièces d'un immense puzzle psychique et les assemblait les uns aux autres. Il voulait comprendre l'image globale reconstituée, mais plusieurs éléments lui manquaient encore.

Il ne savait quelle forme donner à cette deuxième équipe de la DRM. Il faisait peu de doute qu'elle les suivait depuis le début. Mais alors dans quel but ? Pour les protéger ? De qui ? De quoi ? Franck s'interrogeait.

Il sortit de sa poche les deux portraits dessinés par Assan. Ces dessins composaient le rouage central pour comprendre tout le reste. Ils prenaient place au centre du puzzle.

Terrassé par la fatigue, Franck sombra, la tête appuyée à un distributeur automatique, jusqu'à ce qu'une infirmière vienne le prévenir que l'opération de Mathilde s'était bien passée.

— Elle est en salle de réveil, vous pourrez la voir d'ici une heure ou deux, dit-elle.

Franck aperçut, à une dizaine de mètres dans le couloir face à lui, Paul Bicet, qui discutait à voix basse avec un autre agent.

Instinctivement, Franck se concentra sur sa bouche. Il revit sa mère former avec sa bouche les formes et les associer aux sons. D'abord, il identifia des syllabes, détacha les mouvements des lèvres, l'écart avec les dents, la position de la langue. Là où il avait le plus de difficulté, c'était pour analyser la séparation entre les mots. En lecture labiale, c'était l'étape la plus difficile.

Il discerna des mots. Paul Bicet disait : « Microsoft… La Crim… Les corps… » L'autre répondait : « Plaque… Moto… Intervention… Mal préparée… Albanais morts… » Au fur et à mesure, Franck remplissait les trous et comprenait qu'il lui restait juste le temps nécessaire pour confirmer le dernier élément dont il avait besoin pour reconstituer complètement son puzzle psychique.

Au moment où Paul Bicet prononça le nom de Franck Somerset, l'autre lui montra une chaise, au bout du couloir, là où ce dernier avait passé les dernières heures. Mais à cet instant, elle était vide. Franck s'était volatilisé.

Chapitre 49

Mercredi

11 h 14

Quand Franck s'arrêta sur le seuil de son bureau, Laurence analysait une photo d'Assan Olaf. D'un geste de la main, elle caressa les contours du cliché.

— Tu as plus d'informations sur lui ? demanda-t-elle à Marion. Qu'on comprenne ce qu'un réfugié syrien vient faire dans cette histoire.

Franck fit quelques pas de plus et dit :

— Je devrais pouvoir vous aider à comprendre ce qu'il se passe.

Laurence se retourna d'un mouvement rapide. Il vit dans ses yeux du soulagement et dans ses yeux du bonheur. Lui aussi ne cachait pas son plaisir de la retrouver.

— Enfin te voilà, Franck ! Ça fait des heures que je te cherche.

— Je suis là.

— Qu'est-ce que tu foutais ?

— Je vais te le dire.

— Bonjour, Franck ! Ça fait plaisir de vous voir ! s'écria Marion.

— Moi aussi, ça me fait plaisir de vous voir. Où sont les autres ? Tanguy ? Gilles ?

La mine de Marion s'éteignit.

— Que se passe-t-il ?

Franck s'approcha des tableaux avec les éléments de l'enquête sur laquelle travaillaient Laurence et son ancienne équipe. Sur l'un, il reconnut Assan. Sur un autre, il y avait une série de photos d'un accident impliquant un bus et une voiture presque entièrement détruite.

Il tourna la tête et ce qu'il vit sur le suivant lui broya les intestins. Il y avait les photos d'autopsie d'un corps découpé et recomposé. Franck s'arrêta sur le visage figé dans l'horreur et la surprise de la victime. Une femme. Il la reconnut immédiatement. Il s'agissait de la meilleure amie d'Elga, la mathématicienne Ariane Lemée.

— Qu'est-ce qui s'est passé ? dit-il sans cacher son émotion.

— On l'a retrouvée dans la voiture accidentée que tu vois là. Ce n'était pas le seul corps. Il y avait aussi celui de l'homme que tu cherchais, Assan Olaf. C'est de ça que je voulais te parler.

En même temps que Franck prenait conscience d'un pan du puzzle dont il ignorait tout, ses entrailles se serraient sous la force de l'amertume. Une rage incandescente naissait au fond de son âme, tout comme un besoin viscéral de justice. Tout ce qu'il avait fait jusqu'à cet instant, c'était pour Elga, pour la sortir d'une situation inextricable. À présent qu'il voyait les images d'Ariane et d'Assan sur ces tables d'autopsie, une nouvelle raison d'être émergeait. Une motivation tout autre, ancrée au plus profond de ce qui le composait, de ce qui avait fait de lui un grand flic. Du plus loin qu'il se souvenait, Franck avait toujours été incapable de détourner le regard face à l'injustice. Il en avait fait le carburant de sa vie.

— Qu'est-ce que c'est que ce bordel, Franck ? Où est Elga ? Qu'est-ce qui s'est passé chez Microsoft ?

Franck serra les poings si fort qu'il sentit ses ongles s'enfoncer profondément dans ses paumes.

— Il faut qu'on parle, tu m'offres un café ?

Laurence ouvrit la voie. Franck était un étranger entre les murs du Bastion. Plus rien ne ressemblait à l'ancien 36. Le moderne, l'aseptisé, l'impersonnel avaient remplacé tout ce qu'ils avaient connu.

— Je t'épargne la nouvelle cafétéria, j'ai pris mes habitudes dans un café à quelques rues.

Ils marchèrent jusqu'au troquet, s'attablèrent et commandèrent. Franck sentit une puissante vague de nostalgie. Reformer son duo avec Laurence, l'idée prenait forme.

— Raconte-moi tout sur la découverte des corps d'Ariane et d'Assan, n'omets aucun détail, s'il te plaît.

Franck fixa gravement Laurence tout au long de son récit, sans jamais l'interrompre. De la découverte des deux corps, jusqu'à leur identification, de l'enquête sur le vieux coursier, Michel Bron, de la fouille de l'appartement d'Ariane, à Microsoft, puis *Le Volfoni*, la péniche incendiée et enfin le hangar où ils avaient retrouvé les probables meurtriers d'Ariane et d'Assan, assassinés à leur tour. Laurence fit un rapport exhaustif de toute l'enquête qu'elle avait menée en parallèle de celle de Franck.

— Mafia albanaise ?

— Oui, comment tu le sais ?

— Je crois savoir qui les a exécutés.

— Qui ? À ton tour de me dire ce que tu as fait ces dernières heures, dit-elle, la gorge sèche d'avoir tant parlé. Mais avant il y a encore un point que je ne t'ai pas raconté. Gilles et Ariane allaient se marier. Je savais qu'il avait quelqu'un. Je pressentais que c'était sérieux, mais je ne savais pas que c'était elle. Il avait fait sa demande il y a à peine quelques jours. Il est dévasté…

Une émotion la saisit, incontrôlable, même pour Laurence. Elle mit son visage dans ses mains. Elle tentait de cacher les larmes qui la noyaient. Ça ne marchait pas. Face à Franck, Laurence s'abandonna. Elle laissa couler toute cette pression, toute cette responsabilité, toute cette solitude qui la submergeaient.

— Tanguy est avec lui. Je ne sais pas comment il s'en relèvera…

— Il y arrivera, répondit Franck. On sera là pour lui.

Franck se pencha en avant et prit les mains de Laurence dans les siennes. Elle ferma les paupières un instant, lasse et désolée. Franck serra, fort. Dans un silence, ils se soutenaient l'un l'autre ainsi qu'ils l'avaient toujours fait.

— Et toi ? Tes dernières heures ? demanda Laurence pour chasser ce moment de faiblesse.

Franck fit un compte rendu tout aussi exhaustif, ouvrant Laurence aux enjeux internationaux qui se cachaient derrière EGO, ainsi qu'à l'âpre lutte entre services secrets pour s'en emparer. Il n'omit aucun détail, même le dessin qu'il avait subtilisé chez Mohammed Gherainia. À la fin du récit, Laurence s'écarta de la table comme pour prendre du recul face à la somme d'éléments que représentaient leurs enquêtes combinées. Franck sortit le dessin de la femme à la colombe et le posa sur la table.

— Qui est-ce ?

— C'est la clé, le détail qu'ils n'ont pas anticipé.

— Et pour les Albanais ?

Franck laissa son esprit établir plusieurs scénarios possibles.

— Je pense que nous saurons très vite qui les utilisait et qui les a abattus.

— Ils étaient morts depuis une heure ou deux, pas plus, quand nous sommes arrivés.

— Oui, et c'est pourquoi ils n'ont pas pu nettoyer les lieux.

— Que vas-tu faire maintenant ? (Elle regarda sa montre.) Tu n'as plus de temps.

Franck but son café. Il était froid et amer. Il tournait et retournait la question de Laurence dans sa tête. Ses pupilles sautaient à travers le marigot, accrochant des breloques posées ici et là, sans harmonie apparente. Elles tombèrent sur un échiquier posé sur le bar et à disposition des clients. Le vieux commissaire le fixa jusqu'à en détailler chaque pièce une à une.

— Tu joues aux échecs ?

— Non, je déteste les jeux de plateau, tu devrais le savoir !

— J'y jouais durant mes études. C'est à peu près à ce moment-là que j'ai connu le général Couraud. Avant qu'il abandonne la police pour rejoindre l'armée. C'était un grand joueur, un tacticien. S'il avait voulu, il aurait pu devenir un maître. Un jour, il m'a battu en utilisant un mouvement célèbre appelé le mat de Damiano. Quatre pièces sont nécessaires pour le mettre en œuvre. Une dame, deux tours et un pion. Pour le réussir, tu dois sacrifier tes deux tours. Ce faisant, tu ouvres un chemin direct à ta reine vers le roi opposé. C'est un pion, que tu auras positionné au préalable, qui te permet de provoquer le mat. Ce mouvement tient sur un prestige, une illusion psychologique en quelque sorte. En te voyant sacrifier tes tours, ton adversaire pense qu'il prend un avantage décisif vers la victoire. En réalité, il ne voit plus l'ensemble, se déséquilibre lui-même et oublie un simple pion qui permet à ta reine de prendre la victoire par surprise.

— Que veux-tu dire ?

Franck se tourna vers le serveur et leva la main pour attirer son attention.

— Tu reprends quelque chose ?

— Non.

— Un autre café, noir, serré, s'il vous plaît.

Les mains jointes devant la bouche, Franck laissa son esprit calculer les multiples cas de figure possibles.

— Ce que je pense, c'est que le réel n'est pas un jeu de plateau.

— Tout ça pour une saloperie de programme…

— Tout ça pour le pouvoir. Depuis la nuit des temps, l'humanité n'a pas évolué. Nous n'avons jamais cessé de nous faire la guerre pour la puissance, l'autorité, la propriété, le contrôle dans une naïve quête égotique. Pour se regarder dans une glace et s'aimer.

— Alors qu'est-ce qu'on fait, Franck ?

— On ?

— Bien sûr !

Il la regarda dans les yeux avec cette conviction, cette flamme, qui l'habitait à nouveau.

— On va jouer à notre tour.

Au moment où le serveur lui apporta son café, il demanda du papier et un crayon. Il écrivit une lettre, puis la tendit à Laurence.

— Quand je te le dirai, tu remettras ça en main propre à Vannod.

Laurence prit la lettre et la lut. Une expression de surprise se dessina.

— Tu es sûr ?

— Oui. C'est important que tu lui donnes en main propre, pas d'intermédiaire.

— Très bien.

Franck se leva, puis se dirigea vers le comptoir pour payer la note. Le barman rendit la monnaie et le regarda sortir, accompagné de la capitaine Milhau. Depuis l'installation du Bastion, il avait pris l'habitude de servir des flics. Il se fit la remarque qu'une force se dégageait de ces deux-là, comme une aura mystique. Elle leur était propre, un composé alchimique de couleur impossible, comme si un trait de lumière pure se mélangeait à la profondeur d'un trou noir.

Il baissa les yeux vers l'échiquier à quelques centimètres de sa caisse et s'étonna de voir qu'un des pions manquait.

Chapitre 50

Mercredi

13 h 41

Mathilde ouvrit les yeux. Les crocs acérés d'un loup broyaient son épaule gauche. Elle poussa un cri et tenta d'écarter l'animal fantôme. Une main retint la sienne.

— Je ne vous le conseille pas, dit Franck d'un ton calme. Il ne faut pas que vous la touchiez.

L'esprit embrumé, elle tourna la tête et regarda le vieux commissaire. Sa mémoire, brouillée par les barbituriques, eut besoin d'un instant pour faire le lien. Dans un réflexe, elle tira sur son bras pour se défaire de l'emprise de Franck. Intuitivement, elle prit une position défensive. La guerrière était blessée, mais ses instincts restaient intacts. Franck la lâcha, son coude s'enfonça dans le matelas et une nouvelle douleur insupportable vrilla son épaule emmaillotée.

— Où suis-je ?

— À l'hôpital.

— Qu'est-ce que j'ai ?

— Ils ont opéré votre épaule, luxation sévère. Ils vont vous garder encore une nuit ou deux en observation et après vous pourrez rentrer chez vous, pour plusieurs semaines de repos complet.

— Et vous ? Vous êtes qui ? demanda-t-elle en montrant Laurence du menton.

— Capitaine Milhau de la Crim, répondit Franck. Nous avons longtemps travaillé ensemble, et elle enquête sur des événements en rapport avec notre affaire.

— Enchantée, capitaine. Désolée, les douleurs se réveillent, je ne vais pas être de bonne compagnie.

Laurence se tenait dans un coin de la pièce. Silencieuse, elle observait. Franck parlait, pendant qu'elle analysait tout ce qui pouvait lui échapper. Une complémentarité parfaite, éprouvée durant des centaines d'interrogatoires.

Mathilde tenta de se lever. Elle écarta le drap de son bras valide. Elle étouffa un nouveau gémissement au moment de déplacer ses jambes en dehors du lit.

— Et merde, cria-t-elle.

— Ce n'est pas une bonne idée.

— Aidez-moi plutôt !

Elle tendit la main et s'appuya sur son bras. Elle fit quelques pas, chancelante. Elle agrippa le montant du lit pour ne pas trébucher. Derrière, Franck se préparait à la rattraper comme il l'aurait fait avec un enfant qui effectue ses premiers pas. Elle songea au motard. Son estomac se tordit de rage.

Elle avança vers la fenêtre et regarda au loin. Le soleil l'éblouit.

— Quelle heure est-il ? demanda-t-elle.

— 13 h 45.

Mathilde se tourna et tenta de rejoindre le lit. Ses jambes, faibles et molles, fléchirent. Franck la soutint et l'escorta. Elle jeta des coups d'œil tout autour.

— Où sont mes affaires ?

— Dans l'armoire.

Elle voulut se lever de nouveau, mais ses muscles ne répondaient plus.

— C'est ça que vous cherchez ? demanda Franck en lui montrant son smartphone.

— Donnez-le-moi, dit-elle. Qui sait que je suis là ?

— J'ai appelé la deuxième équipe, comme vous me l'aviez demandé. C'est grâce à eux que vous êtes là. Je suppose donc que tout le monde sait que vous êtes ici.

Elle le détailla. Franck lui tendit son téléphone qu'elle attrapa de la main droite. Elle le déverrouilla et pianota frénétiquement sur l'écran.

— Qu'est-ce que vous avez fait pendant tout ce temps ?

— J'ai retrouvé Assan.

Mathilde se figea.

— Quoi ! Où ?

— Laurence, tu veux bien lui montrer ?

Laurence déposa des clichés sur le lit. On y voyait des plans larges, ainsi que d'autres plus serrés, du corps d'Assan durant l'autopsie.

— Il est mort ?! Où l'avez-vous trouvé ?

— Son corps a été découpé, puis transporté dans une voiture qui a eu un accident de la route. Un malheureux hasard nous a permis de le découvrir.

— Avait-il quelque chose sur lui ?

— EGO vous voulez dire ?

Elle leva la tête. Son iris noisette se liquéfiait dans une nappe d'impatience charbonnée.

— Vous l'avez ?

— Laurence, tu peux lui montrer le reste ?

Elle sortit d'autres photographies. Cette fois, on voyait les deux Albanais exécutés, celui taillé comme une allumette avec sa mâchoire inférieure rongée par la vérole et le plus vieux, au corps massif.

— Vous les reconnaissez ?

Mathilde se pencha et détailla chaque photo avec attention.

— Non.

— Vous êtes sûre ?

Elle fusilla Franck du regard.

— Bien sûr, qui sont ces gars ?

— Ceux qui ont tué et découpé Assan. Je parierais aussi que celui-là, dit-il en pointant l'allumette, c'était celui qui vous a brisé l'épaule. Regardez les derniers clichés du dossier. L'Identité judiciaire les a pris sur la scène de crime. On y voit des plans d'une moto, d'un blouson de cuir et d'un casque en tout point identique à ceux de l'homme que vous avez tenté d'arrêter devant le restaurant.

— Qui les a tués ?

— Ça, c'est une question intéressante. Je me suis posé la même. Après avoir lu le rapport préliminaire de la Crim, voilà comment je vois les choses. Vous vous êtes battue avec le motard à 3 h 30 ce matin. On a retrouvé son corps, avec celui d'un autre type, six heures et demie plus tard, un peu avant 10 heures, dans un hangar désaffecté du XXe arrondissement. La scientifique estime qu'ils étaient morts depuis une heure, deux, grand maximum. On peut en conclure qu'ils ont été tués quelque part entre 8 heures et 9 heures ce matin. Non loin, on a retrouvé plusieurs douilles fraîchement tirées, du 9 mm parabellum, le même calibre que pour votre Glock. Ce genre de balles, ça fait du bruit. Pourtant personne dans le voisinage n'a entendu de coups de feu. Les assaillants utilisaient donc des silencieux. La balistique n'a pas encore donné ses conclusions, mais je vais malgré tout me risquer à un pari : les Albanais ont été tués par des MP5SD Heckler & Koch.

— Où vous voulez en venir, Somerset ? interrogea Mathilde.

— Je pense que vous le savez très bien, vous êtes une femme intelligente. Vous avez parfaitement intégré la duplicité des services secrets. Le MP5SD H & K est une arme des forces spéciales. Ils l'utilisent pour intervenir en milieu clos et en toute discrétion. Ces douilles, l'absence de détonation, la précision des six tirs, ce sont les signes d'une opération militaire. Alors voici ce que je pense. La deuxième équipe de la DRM a retrouvé le motard, probablement en reconstituant son parcours sur les caméras de surveillance de Paris. D'une façon ou d'une autre, ils ont su que la Crim arrivait aussi, avec une unité du RAID. Ils manquaient de temps, alors ils sont rentrés en force et ont été obligés d'abattre les deux Albanais.

Mathilde ne laissa paraître aucune surprise face aux conclusions de Franck. Son téléphone vibra. Elle lut le message, puis écrivit une réponse.

— Est-ce que vous avez trouvé quelque chose sur le corps d'Assan ? demanda-t-elle de nouveau.

— Oui.

Mathilde leva les yeux vers Franck.

— Vous l'avez ?

— J'ai mieux.

Franck sortit le dessin qu'il avait subtilisé chez Mohammed Gherainia, le déplia et le posa sur le lit.

— Je n'avais pas vu que vous portiez un tatouage dans le cou, dit-il en désignant la petite colombe. Votre col roulé cachait ce célèbre dessin de Picasso. Un message de paix gravé sur une guerrière telle que vous, j'admire le paradoxe.

Mathilde ne prêta pas attention à la remarque de Franck et saisit le portrait d'Assan.

— Qu'est-ce que c'est que ce truc ? éructa-t-elle.

— C'est pourtant évident ! C'est la preuve que vous connaissiez Assan. La deuxième clé était pour vous ?

Mathilde passait de Franck à son portrait sur le carré de papier. Elle tentait de percer à jour le commissaire. Était-ce un tour pour la déstabiliser ? Elle détailla son visage tracé avec talent. Il n'y avait aucun doute. Mathilde comprit. Elle n'avait plus d'issue possible.

— Fini les manipulations ? demanda Franck.

La guerrière acquiesça d'un signe de tête. Elle baissa les armes.

— Bien, appelez le général, il est temps d'en finir avec cette mascarade.

Franck se tourna vers Laurence et lui dit :

— À toi de jouer.

Elle opina et quitta la chambre.

Chapitre 51

Mercredi

15 h 25

De gros flocons s'empilaient sur l'autoroute A1. Le convoi roulait à vive allure, les roues alignées dans les sillons laissés par les autres voitures. La petite file indienne de 4 × 4 rutilants fendait la circulation congestionnée comme Moïse avait ouvert la mer Rouge. Les sirènes suppléaient les larges gyrophares, hurlant aux banlieusards de laisser passer le pouvoir.

Le général Couraud se pencha sur une tablette. Son aide de camp la lui avait tendue au moment de monter dans la voiture.

— Le rapport d'opération que vous avez demandé, mon général.

Depuis, le silence régnait dans l'habitacle feutré, à peine entamé par le bruit étouffé des sirènes. Franck se demanda si l'acoustique de la voiture, particulièrement l'insonorisation, était un critère de sélection au cours des appels d'offres.

Cette interrogation occupa son esprit durant les premières minutes du trajet. Puis, la chaleur, le moelleux de la banquette, le léger roulis du châssis œuvrèrent de concert pour l'entraîner dans une profonde torpeur.

Le général l'interpella.

— Tu sembles fatigué, Franck, dit-il de sa voix calme, rectiligne, sans angle, sans aspérité.

L'expression d'une maîtrise parfaite de soi.

— En effet, la journée a été longue.

Franck changea de position et réactiva son esprit. Il plia sa jambe droite sur la gauche, cligna des yeux plusieurs fois.

— Tu agis comme un criminel, tu dors dans l'attente de ton interrogatoire, sourit le général. Il n'y a que les coupables qui agissent comme ça. Ils se savent pris, donc ils se reposent.

— Intéressant parallèle, même si je l'aurais inversé.

— Tu es bien trop manichéen, mon cher Somerset. Je te reconnais bien ici, toi, le commissaire romantique ! Tu n'as pas changé depuis les bancs de l'académie. Toujours le même idéaliste qui pense que l'on ne peut faire le bien que d'une seule manière. Le peuple aussi aime à vivre dans le binaire. Tu le sais, tu as consacré ta vie à scruter les gens sous toutes les coutures. Il y a les bons. Il y a les mauvais. Ça rend l'illusion matérielle et protectrice, dont ils jouissent, méritée.

— Et toi, tu vois le réel, c'est ça ?

— Disons que je comprends les rapports de force, la complexité du monde. Ce n'est ni une question de gentils, ni une question de méchants, juste d'intérêts. Nous nous battons tous pour les mêmes richesses, et les plus forts remportent une plus grande part du gâteau. Tout le reste, ce ne sont que des fables.

— Arrête ce petit jeu, Marc, lança Franck. Toutes ces grandes phrases vides, ce cynisme sur la société désincarnée, garde ça pour les salons de la République et tes courtisans.

Le général fixa un point à l'extérieur, imperturbable, comme absorbé par le comptage des flocons qui tombaient.

— J'ai trouvé Assan, ou plutôt ce qu'il en restait, reprit Franck. Je sais qu'il travaillait pour Mathilde, et donc pour toi. Il était quoi ? Un infiltré ? Un type dont tout le monde se foutait, que tu as utilisé par opportunisme ? Un pion que tu pouvais sacrifier au besoin ? Un gamin, Marc ! Comment as-tu pu !

Sa voix s'était tendue. D'un geste paternaliste, le général posa sa main gauche sur le genou de Franck.

— Calme-toi. (Il lui tapota la rotule comme on le ferait avec un enfant.) Tu ne vois qu'une face des faits. Il en existe d'autres et de nombreuses versions alternatives. Comme diraient nos ennemis qui travaillent quotidiennement à nous faire basculer dans la civilisation de la post-vérité.

— Les faits que j'ai sous les yeux empestent comme une charogne. Je peux faire le lien entre toi et Assan, ainsi qu'avec le vol du code source d'EGO. Est-ce toi aussi qui as fait disparaître Nicolas Kergan ? Tu es le marionnettiste derrière la mafia albanaise ? Tu es le connard qui a ordonné que l'on tue et que l'on découpe Ariane et Assan Olaf ?

Franck avait haussé le ton plus qu'il ne l'aurait souhaité. Ses mots se fracassaient sur les flancs abrupts et lisses du général tel du verre sur de la pierre. Les liens affectifs qui les unissaient l'affectaient. Il glissa sa main droite dans sa poche à la recherche du pion qu'il avait subtilisé dans le troquet, près du Bastion.

— Ce sont les Américains qui détiennent Kergan. Au moment où l'on se parle, il croupit à l'isolement dans une cellule du quartier de haute sécurité de la prison de Rikers Island. Il encourt vingt ans pour corruption.

— Corruption ?

— Ce n'est qu'un artifice, pour prendre le contrôle d'EGO. Les États-Unis ont transformé leur *justice* en arme redoutable dans la guerre économique mondiale.

— Leur justice ?

— Les lois extraterritoriales, un coup de génie ! Plus besoin d'envahir un pays pour s'emparer des ressources stratégiques. Toute entreprise dans le monde qui utilise le dollar dans une transaction, ou qui transite des données à travers un fournisseur de cloud américain, tombe sous la juridiction US. C'est très simple. Il te suffit de lancer une enquête pour corruption et tu as cent pour cent de chances de trouver de quoi mettre en prison n'importe quel dirigeant d'une multinationale.

— Tous ne sont pas des corrupteurs.

— Tu es bien naïf. Comment crois-tu que tu commerces avec des États comme l'Iran, la Chine ou la grande majorité des pays du monde ? En graissant la patte d'intermédiaires, de bureaucrates, d'élus, etc. C'est le jeu du commerce mondial, et je peux t'assurer que quand tu encours une peine de prison de vingt ans pour un bakchich à l'autre bout du monde, tu deviens docile, prêt à tout pour négocier, même à donner ton entreprise que tu as mis des années à construire brique par brique. C'est ainsi que nos cousins américains utilisent leur hégémonie économique, monétaire et technologique pour asseoir leur domination et nous dépouiller de nos entreprises stratégiques. Comment crois-tu que GE a pu racheter Alstom ?

Franck ne pouvait détacher son esprit de l'image d'Assan ou d'Ariane. Il ne pouvait comprendre comment il était possible de sacrifier des vies, même pour des enjeux tels que les décrivait le général Couraud. Il faisait rouler le pion entre ses doigts.

— Comment allez-vous sortir Kergan de Rikers ? demanda-t-il.

— On ne va rien faire. Il est sur le sol américain. Nous lui fournirons un support juridique, mais ça n'ira pas plus loin.

— Et Anatoli ?

— Quelque part en Russie, il n'en sort jamais. Où ? Impossible à dire. C'est un hacker de haut vol. Anatoli est l'entité invisible derrière EGO.

Une grille d'aération encastrée entre les deux sièges avant projetait un souffle chaud continu vers les passagers arrière. Franck avança ses deux mains.

— Comment après l'incarcération de Kergan à New York, la mafia albanaise se retrouve-t-elle impliquée là-dedans ?

— Si les Américains utilisent leur justice, d'autres préfèrent les méthodes plus directes, avec des mercenaires par exemple. La mafia pourvoit des hommes et demande en échange qu'on lui foute la paix concernant son business. Les Albanais font partie des meilleurs pour ce type de contrat. Ils ont incorporé dans leurs rangs des anciens militaires de la guerre du Kosovo. On les a l'œil depuis longtemps.

— Ce sont les Russes qui sont derrière ?

— C'est possible, mais je les crois déjà parfaitement équipés pour la propagande digitale. Je pencherais pour d'autres, qui veulent rattraper leur retard justement.

— Qui ?

— D'autres, Franck, répéta le général pour clore la question.

Le convoi ralentissait. Un peu plus loin, un banlieusard prenait plus de temps pour se ranger. La voiture de tête s'écarta de son sillon, contourna le véhicule et accéléra de nouveau.

— En quoi EGO est-il si important ?

— EGO est la deuxième génération de ce que nous pourrions appeler les armes de propagande de masse. En 2016, des sociétés comme Cambridge Analytica ont permis l'élection de Trump ou le Brexit, en dégoûtant les modéreés d'aller voter. Une majorité d'Américains républicains pense encore aujourd'hui que Clinton est à la tête d'un réseau de pédophiles dans l'arrière-cuisine d'une pizzeria de Washington. Ça, c'est de l'influence. Efficace, mais presque rudimentaire deux ans plus tard. EGO, lui, est capable d'aller beaucoup plus loin. EGO est capable de catégoriser la population, de classifier chacun selon son *archétype* psychologique.

— Son archétype psychologique ?

— C'est le psychiatre Carl Gustav Jung qui a défini le concept des archétypes en psychologie analytique. Jung croyait à un inconscient collectif, une structure commune qui nous lie les uns aux autres. Un peu comme si nous faisions partie d'une fourmilière, que nous avions tous un rôle assigné, un archétype. Untel est un « ange gardien », un autre un « sage », un « héros », une « dominante ». Toi, par exemple, tu es probablement un « créatif », Franck. Chacun s'articule autour de ce processus fondateur qui modèle notre personnalité. EGO a été conçu pour les identifier. Tu pourrais comparer ça à une clé pour cartographier comment une personne fonctionne, son manuel interne d'utilisation. Avec cette technologie, tu passes au conditionnement. Tu transformes le rapport au réel d'une personne.

— Le rapport au réel ?

— Oui, c'est une approche plus directe, plus ciblée, et donc bien plus puissante.

Franck éprouvait des difficultés à se représenter comment on pouvait conditionner une personne à travers les réseaux sociaux sans qu'elle le sache.

— Et Assan ?

— Il est apparu sur nos radars quand il est entré dans le giron des Albanais. Nous avons saisi l'opportunité, rien de plus.

Le souvenir de Nesrin et Hiba percuta l'esprit de Franck. Ballottées de toute part, elles étaient les dommages collatéraux en bout de chaîne. De simples détails dans les rapports d'analyse du général.

— Tu as envoyé Mathilde le retourner ?

— En effet. On a réussi. Elle l'a approché juste avant qu'il passe à l'action. Tu l'as vue ? Elle est douée !

— C'est pourquoi il y avait deux clés USB. L'une était pour vous, l'autre servait à agir comme un cheval de Troie pour identifier l'ennemi, habile.

Le général hocha la tête.

— Mais quelque chose a merdé et Assan a été exécuté.

Il lui tendit la tablette. Franck lut le rapport transmis par l'aide de camp. Une vague de stupeur déferla dans son esprit au fur et mesure qu'il lisait. À la fin, il releva les yeux, pensif. Les rides qui creusaient ses joues paraissaient plus profondes encore.

— La clé possédait une sécurité qui l'effaçait dès que l'on essayait de lancer le programme. Vous vous êtes fait avoir.

Franck pensa aux vidéos de surveillance qu'il avait visionnées chez Microsoft. Aux minutes qui s'étaient écoulées dans cette salle de réunion entre Assan et Elga. À la façon dont Elga était restée, seule, désemparée, une fois qu'Assan l'avait quittée.

— Tu crois que c'est Elga qui a installé cette sécurité sur la clé pour que vous ne puissiez pas accéder à EGO. Et si elle l'a fait avec la vôtre, il n'y a aucune raison qu'elle ne l'ait pas fait également pour celle qui a été remise aux Albanais.

Le général acquiesça en silence.

— Tu en as déduit qu'elle possédait probablement une copie d'EGO en sûreté, et à présent, tu veux cette copie.

En formulant ces hypothèses, Franck reconstruisait l'enchaînement des événements.

— En bon tacticien, tu as supposé que les commanditaires derrière les Albanais feraient la même déduction. Tu as donc décidé, dans la précipitation, de mettre Elga en sûreté. Mais tu n'avais pas anticipé qu'elle ne parlerait pas. Tu t'es donc mis à douter. Et si elle travaillait aussi pour l'ennemi ? Si elle-même avait été retournée comme tu l'as fait avec Assan ?

Le général se tourna vers Franck. Aucune émotion ne transpirait de ses yeux, de sa bouche, de ses mains.

— Et ton problème, c'est que tu n'as pas de temps. La DGSI va se saisir de l'affaire. Tu vas perdre Elga. Il te faut réagir tout de suite, savoir si elle est l'ennemie. Tu n'as plus beaucoup de pièces dans ton jeu. Alors tu penses à moi. Tu viens me voir, tu te dis que le lien qui m'unit à Elga me poussera à agir.

— Et j'avais raison. Je t'ai toujours dit que ton empathie te trahirait, Franck. C'est ce qui fait de toi un flic exceptionnel, mais ça fait aussi de toi quelqu'un de...

Le général hésita. Son armure laissa apparaître l'homme une fraction de seconde. Franck décela la même vague d'amertume sur son visage, ce même mouvement presque imperceptible, qui trahissait un regret devant ce choix impossible et que Franck avait déjà vu quand il lui avait demandé d'agir vingt-quatre heures plus tôt.

— Ça fait de toi quelqu'un de manipulable, reprit-il.

Franck laissa un silence surligner cette conclusion.

— Alors tu as fait de moi ton pot de miel. C'est pour ça qu'il y avait une deuxième équipe, pour attraper les abeilles.

Le général laissa de nouveau son regard se perdre à travers les paysages urbains qui défilaient, comme concentré sur un décompte astral. Puis il dit :

— Ce sont bien souvent les vieilles techniques éculées qui fonctionnent le mieux. Dès que nous nous sommes vus hier matin, tu es devenu une cible. Si, comme je le croyais, la deuxième clé ne fonctionnait pas non plus, nos adversaires voudraient également comprendre. Je devais leur suggérer une cible. Comme tu l'as dit, un joli pot de miel pour faire sortir les abeilles. Cela permettrait d'identifier enfin la menace. Nos ennemis sont partout, se cachent parmi nous et pour certains nous ne les connaissons même pas.

— Mais tout ça n'a servi à rien. Même les Albanais, vous n'avez pas réussi à les arrêter, ils sont morts.

Le convoi obliqua à vive allure dans une courbe. Ils pénétrèrent dans le périmètre sécurisé d'une base aérienne. Le général se tourna vers Franck.

— Malgré nos liens, ne crois pas que j'ai hésité une seule seconde à t'utiliser. Je fais partie de ceux pour qui la notion de devoir envers la nation dépasse tout, même quarante ans d'amitié. Je sais que tu ne le comprends pas, que pour toi, une vie vaudra toujours plus. C'est ce qui nous sépare. Alors je te le dis, Franck, avec toute la fraternité que j'ai pour toi. Il te reste très peu de temps pour la faire parler. Sans EGO, je ne pourrai plus rien faire pour elle, et toi non plus.

— Où est-elle ?

Le général montra du doigt un hélicoptère NH90 Caïman qui les attendait sur le tarmac.

— Je t'emmène la voir et j'espère pour elle qu'à toi elle parlera.

Partie 6 : La résiliente

L'archétype de la résiliente n'existe pas dans la classification établie en psychologie comportementale par C. G. Jung. Et pourtant, en voici un...

Chapitre 52

Mercredi

17 h 06

Lorsque la porte s'ouvre, j'ai perdu la notion du temps. Je ne sais pas depuis combien d'heures, ou de jours, je suis enfermée dans cette pièce sans fenêtres, saturée d'un air vicié. Je suis exténuée, et pour tenir le coup, je me perds dans les méandres d'une réflexion sans structure, ni cohérence. Mes nerfs sont à vif. Je suis terrifiée, engloutie dans un tombeau d'où je ne vois plus aucune possibilité de sortir.

Ils me questionnent sans relâche. Ils veulent que je parle, que je leur dise ce que j'ai fait d'EGO. Ils se relayent. Il y a un type sympa, un autre terrifiant, et une femme aussi. Ils essayent un peu toutes les techniques de manipulation, comme s'ils suivaient le petit manuel du parfait interrogatoire. Créer du lien, menacer, susciter l'empathie, provoquer la peur, briser la volonté, ils me guident vers l'issue qu'ils aimeraient que j'emprunte.

Heureusement, Anatoli m'a préparée à ça.

Alors je ne dis rien. Pas un mot ne sortira de ma bouche qui pourrait le compromettre. Je sais qu'ils tenteront tout ce qui est en leur pouvoir pour mettre la main sur EGO, et donc sur lui. Ils ont déjà Nicolas, alors c'est lui, le prochain. Moi, je ne suis que la variable d'ajustement. À la seconde où je répondrai, ils me jetteront dans un trou à jamais.

Je ne sais pas combien de temps je peux tenir. Je sens déjà que ma raison s'étiole. Je ressasse dans ma tête les mêmes mantras, les mêmes questions, les mêmes hypothèses, comme des autosuggestions pour ne pas sombrer. Anatoli m'a expliqué les outils de neurolinguistique et de conditionnement qu'utilisent ces gens-là pour briser l'esprit humain. L'éclairage ne s'éteint jamais. Il n'y a aucune horloge. Ceux qui m'interrogent ne portent pas de montre. Patiemment, étape par étape, ils me privent de mes repères. Ils se servent aussi de la privation de sommeil, des interrogatoires ininterrompus, des changements de ton soudains, passant de la proximité aux intimidations physiques.

Pour l'instant, je tiens, mais pour combien de temps encore ? Je vais craquer, c'est inévitable. Quand on connaît les boutons psychologiques qui façonnent l'autre à notre volonté, il est aisé de l'influencer. Notre esprit finit toujours par lâcher. C'est comme ça. On peut retarder l'instant de la rupture, mais jamais s'en protéger indéfiniment. Comme les muscles, notre conscience possède un certain niveau de résistance. Plus on l'entraîne, plus elle est coriace. Hélas, même l'athlète le mieux entraîné a toujours son point de rupture.

Je sais que le mien n'est plus très loin, que je bascule.

La porte s'ouvre au moment où je perds mes derniers espoirs, où l'idée de parler pour mettre fin à cette torture fait son chemin. Ma colonne vertébrale, devenue l'échine du diable, me secoue d'un éclair, comme pour s'assurer que ma psyché n'a pas fui définitivement. Ce sont les muscles de mon cou qui se contractent en premier. Ils sonnent la charge et d'autres les suivent, se bandent, et attendent en position pour bondir.

Ce sont ses mains que je vois en premier. Elles sont grandes, effilées et ridées. Elles paraissent aussi protectrices que pourrait l'être un abri antiatomique au moment où Trump décidera qu'un mur ce n'est pas suffisant, qu'une bombe atomique est tout aussi efficace.

Je lève la tête. Il me sourit. Il me rappelle mon grand-père Elio. Quand je tombais – et cela m'arrivait souvent –, je n'avais qu'à me tourner vers lui, pour que son sourire me rassure et me donne la force de me relever, d'ignorer la douleur.

Au-dessus, ce sont ses yeux, perçants. Mon cortex cérébral reprend une activité rationnelle. Mes muscles se relâchent tous ensemble, à l'unisson, créant un tintamarre métallique à l'intérieur. De grosses larmes s'accumulent, me submergent.

Il n'a pas fait trois pas dans ma cage, que je pleure sans plus être capable de ne rien retenir. Tout s'évacue en même temps. La prise d'otage, Nicolas retenu par le FBI, EGO, l'arrestation par les barbouzes, les interrogatoires, les menaces, Anatoli, les tentatives pour me briser, encore, et encore. Les larmes coulent, en deux rivières de chaque côté de mon arête nasale, puis chutent au creux de mes narines, avant de sauter au bord de ma bouche.

Je vois bien qu'il ne s'attendait pas à me voir comme ça. Il a un léger temps d'arrêt qui trahit sa stupéfaction. On ne se connaît pas depuis longtemps, deux ans seulement. Mais les circonstances de notre rencontre sont une version ultra-accélérée d'une amitié de longue date. Je l'ai accompagné en enfer, et lui tente de me ramener.

La mort, la violence, la fange de l'humanité, des terreaux propices à l'émergence de liens forts, inaltérables. Il pourrait être mon père, il me fait penser à mon grand-père, il est devenu un confident et en cet instant, il n'y a que lui que j'espérais voir entrer dans ma prison.

La rivière de larmes desserre mes liens. Maintenant, les choses vont aller mieux. De nos réflexions conjuguées va émerger la solution. Je bondis pour l'accueillir. Il est médusé. Je porte probablement les stigmates de ma détention. Il ne sait pas comment recevoir l'étreinte que je lui donne. Je le serre, fort, très fort. Lui me donne quelques tapes dans le dos, comme l'on ferait avec un petit chien qui vient vous lécher la jambe.

— Elga, ça va aller, je vais vous sortir de là, me dit-il entre deux tapes.

Je le sais. Je sèche mes larmes, m'asseois, l'invite à faire de même.

— Merci d'être là, Franck.

Chapitre 53

Mercredi

17 h 14

Il s'installe en face de moi, pose un dossier rouge et son téléphone à sa gauche, puis me regarde dans les yeux. Il est dans une position miroir à la mienne. C'est comme un automatisme chez lui, une de ses techniques innées pour construire un climat de confiance entre lui et son interlocuteur. C'est une manière simple d'ouvrir l'autre à l'échange.

Franck Somerset est un artisan brillant de la manipulation douce. Il est capable d'influencer les criminels les plus retors. Quand je l'ai rencontré, j'étais incapable d'identifier ses méthodes. Je ne voyais qu'un commissaire exceptionnel de la Crim sans en comprendre le système sous-jacent.

Depuis, j'ai rencontré Anatoli. Il m'a enseigné cet art et maintenant, je remarque ces gestes qui m'étaient invisibles.

Il laisse quelques secondes le calme s'installer. Je ressens un apaisement intense, puis comme une euphorie. Après avoir été proche d'abandonner, je recouvre mes forces à une vitesse incroyable.

Je ne saurais l'expliquer, mais au fond de moi, je me suis accrochée à la possibilité qu'il viendrait. Je n'avais aucune raison d'y croire, mais j'avais la foi. C'est ce qui m'a permis de tenir, de ne rien leur dire. Franck Somerset est un homme bon, un homme de devoir, et j'espérais le voir entrer dans ma prison, briser mes chaînes.

— Je suis heureux de vous voir, Elga, me dit-il d'une voix calme. Les choses vont s'arranger. Je vais vous aider.

Il me sourit et de son regard doux et vif, il fixe mon œil gauche, pour activer mon cerveau droit, là où se logent mes émotions. C'est une autre de ses techniques. Anatoli m'a montré comment le positionnement corporel infléchissait les réactions de notre interlocuteur. Ces tactiques sont instinctives chez Franck. Il reproduit ce que faisait sa mère, le plus souvent sans en connaître les fondements scientifiques.

Ici, il s'adresse à ma part émotionnelle, pour me rassurer, évacuer mes peurs et mes angoisses, sources de réactions irrationnelles.

— Merci, Franck, merci. J'espérais que vous viendriez.

— Je suis là. Vous allez me raconter ce qui s'est passé. Nous allons trouver des solutions. Mais avant toute chose, est-ce qu'ils vous ont bien traitée ?

Je baisse les yeux. Mes mains tremblent. Je les serre l'une contre l'autre.

— Si vous parlez physiquement, oui, ils ne m'ont pas touchée.

Franck ne me quitte pas des yeux. Il note tout ce que je dis, ce que je fais, mes gestes, mes réactions, analyse, puis ajuste automatiquement son discours pour atteindre son objectif. J'ai vu comment il fonctionnait. Il est très efficace. Si je n'avais pas confiance en son intégrité, je me méfierais de ce talent. Anatoli surnomme cette catégorie d'individus « les clairvoyants ».

Ils sont rares, dotés d'une extraordinaire empathie, ce qui leur permet de cerner avec une aisance étonnante les individus. Ils se mettent à la place de l'autre et sont capables d'anticiper leurs réactions.

— Bien. Est-ce que vous avez faim ? Soif ?

— Non, merci, Franck, finissons-en si vous le voulez bien.

— Bien sûr.

Ses pupilles sautent de mon œil droit vers mon œil gauche. Après avoir maîtrisé mes émotions, il s'adresse à mon système logique et rationnel.

— Tout ce que nous dirons ici est écouté et enregistré, je veux que vous le sachiez. Ces gens dehors ont accepté que je vous voie pour une seule et unique raison, que vous me révéliez où est EGO.

Franck me prévient qu'il n'est pas libre de s'exprimer comme il le souhaiterait et de facto moi non plus.

— Je sais, mais je ne peux rien dire au sujet d'EGO.

— Je voudrais vous expliquer comment je suis arrivé jusqu'à vous, que vous sachiez ce qui se joue ici.

Franck s'avance et couvre mes mains des siennes.

— Elga, nous avons peu de temps. Bientôt, vous serez transférée sous l'autorité du contre-espionnage. À partir de ce moment-là, je ne pourrai plus vous aider. Je veux être sûr que vous comprenez bien l'implication de vos choix, que vous savez ce qui vous attend si vous persistez à ne rien dire.

J'acquiesce.

Au fur et à mesure que Franck m'explique la suite d'événements qui l'ont mené dans cette pièce avec moi, je comprends les conséquences et les implications désastreuses de mes actes. J'en suis pétrifiée, même si j'ai la conviction que j'agis pour le bien.

De son côté, Franck paraît affreusement fatigué. Je ne l'ai jamais vu comme ça. Ses orbites se sont comme enfoncées à l'intérieur de son crâne, créant de larges zones sombres autour des yeux. Une barbe poivre et sel colonise le bas de son visage et des traces de crasse parsèment sa veste froissée.

À nouveau, je ne peux empêcher les larmes d'inonder mes joues. Cette deuxième régression me fait un grand bien. Je me vide de tout le stress accumulé. Quelques larmes pour tout expulser, quelques inspirations pour me remettre d'aplomb, et je retrouve la force de me battre.

Il interrompt son compte rendu.

— Excusez-moi, Franck, ces dernières heures ont été difficiles.

— Je m'en doute.

— Non, je ne crois pas.

— Alors expliquez-moi, je suis là pour ça, pour comprendre et vous aider.

— Avant, avez-vous des nouvelles d'Ariane ? Elle cherchait Nicolas quand tout est arrivé. Je n'ai pas eu l'occasion de lui parler depuis le matin où l'on m'a kidnappée. Je suis persuadée qu'elle est inquiète. Je me demandais si elle n'était pas venue vous voir également ?

Les ténèbres envahissent son visage émacié. Il détourne le regard pour la première fois. Mes entrailles se tordent instantanément. Une boule se noue dans ma gorge.

— Franck ?

Il me regarde de nouveau. Il ne sait pas à quelle partie de moi s'adresser, il saute de gauche à droite. Une tristesse infinie se dégage de lui et remplit toute la pièce.

— Je ne vous ai pas tout dit…

Je me sens comme au bord d'un abîme, prête à sombrer pour toujours. Des pensées se bousculent en moi. Je veux savoir et je prie pour qu'il ne dise rien de plus, pas un mot. Je ferme les yeux.

— Il est arrivé quelque chose, Elga. Je suis tellement navré…

La pièce bascule. Je m'effondre. Totalement. Mon âme explose en un millier de particules. Elles se répandent au sol, puis tournoient dans ce cube qui tournoie sur lui-même, telle une centrifugeuse. Je sens la main de Franck qui m'agrippe. Il me retient.

— Elga, ne les laissez pas gagner. Pour que justice soit faite, vous devez me parler.

Je vois mon amie. Nous dansons dans sa chambre. Elle me sourit. Je ne peux pas croire qu'il lui soit arrivé malheur. Je suis comme dans un cauchemar qui ne finit jamais. Un cauchemar dont je serais le croque-mitaine et les victimes, toutes les personnes que j'aime.

— Elga, parlez-moi.

Franck aussi est un croque-mitaine. Là où il va, la mort en revient. Malgré mon affection pour lui, je ne peux m'empêcher de le détester aussi. Je ne peux rien contre cette équivoque, elle est un constituant de ce qu'il est : un type qui n'est entouré que de souffrance, de douleur, de culpabilité.

Franck continue de me rappeler à lui par la parole. Sa voix agit comme un fil qui me ramène à la raison. En même temps que je m'y agrippe, une rage féroce s'accroche également et nous émergeons ensemble. J'ouvre les yeux et le fixe.

— Je vais vous dire pour EGO. C'est pour Ariane que je vais le faire, mais je ne suis pas sûre que ça changera quoi que ce soit.

Chapitre 54

Mercredi

17 h 43

Mon esprit prend appui sur la rage qui me consume. C'est une bête qui grossit sous ma peau, une nouvelle couche qui remplace mon ancien être. Je la sens. Sans cet acte de pure survie, je sombrerais totalement pour avoir provoqué la disparition de ma plus chère amie, de ma sœur d'âme. Ma fureur va s'abattre sur eux. Ariane disait que personne n'incarnait mieux le signe du Bélier que moi. Je suis tenace. Je suis obstinée. Je suis une acharnée qui défonce les murs. Ce sont mes attributs. Ils impulseront ma vengeance. Quoi qu'il m'en coûte.

Mais avant ça, je dois sortir d'ici. Franck réussira, j'ai confiance en son intelligence. Alors je me cale dans ses pas et j'exécute ce qu'il me demande. Il veut que je parle. Très bien, je vais le faire.

— Pour que vous compreniez ce qui s'est passé chez Microsoft, je suis obligée de remonter quelques mois en arrière, là où tout a commencé, dis-je. Le point de départ fut ma rencontre avec Nicolas Kergan.

— Le temps presse, je ne suis pas sûr que…

— J'ai besoin que vous compreniez mes choix, lui dis-je comme un cri de douleur. Sans revenir à ma rencontre avec Nicolas, ce sera impossible.

Franck se ravise. Il sait quand il doit écouter.

— Très bien, allez-y.

— Nous étions à une conférence. Nous intervenions tous deux au cours d'une table ronde sur l'avenir de l'intelligence artificielle. Je représentais la multinationale, lui était le fondateur d'une start-up prometteuse. Notre débat fut âpre et un jeu de séduction s'est installé dans cette joute verbale.

Je continue en développant les deux approches philosophiques de l'intelligence artificielle qui nous séparaient. Mon pragmatisme me poussait à la considérer comme un outil, certes d'une puissance extraordinaire, mais un simple outil supplémentaire à la disposition de l'humanité dans sa quête sans fin d'évolution. J'étayais ma position d'exemples piochés dans la biotechnologie, l'agronomie, l'écologie ou l'éducation. Je mettais en lumière le facteur accélérateur qu'apporte cette technologie. Elle décuple les capacités d'analyse et donc la vitesse à laquelle nous sommes capables d'innover dans de nombreux domaines. Je concluais ma démonstration par cette phrase : « L'intelligence artificielle ne remplace pas l'homme, elle l'augmente. »

Franck est dans une concentration totale. Ses yeux ne quittent jamais les miens, comme le ferait la main d'un adulte qui guide un enfant. Si je trébuche, il me rattrapera. Je ne risque rien. Je peux y aller. Et puis la bête est là, elle aussi veille. Elle attend de pouvoir se libérer, de bondir hors des ténèbres.

— Nicolas développait une vision passionnée, idéalisée, du progrès. Il soutenait que la biologie nous avait dotés d'un corps fini, qu'il fallait nous en extraire pour accéder à l'intelligence infinie. Ce n'est qu'à ce moment-là que nous serions en capacité d'observer l'entièreté du monde. Il se fixait comme un but personnel de créer une IA à même de prédire l'intégralité des comportements humains.

— Prédire l'intégralité des comportements humains, comment serait-ce possible ?

— J'y viens.

— Je vous en prie, continuez.

— Durant cette journée, je découvre un homme sensible et cultivé. Il n'est pas que ce brillant ingénieur aux idées folles. Il utilise des références littéraires et culturelles subtiles, n'hésite pas à convier la sociologie ou l'éthique, des notions rares dans ce nouveau monde où le besoin de brûler le passé semble prendre le pas sur toutes autres considérations. Il me propose que nous poursuivions nos débats autour d'un dîner, juste lui et moi. J'hésite, je ne suis pas sûre.

— Vous aviez peur ?

— Oui, je crois que j'étais terrifiée qu'il sache qui j'étais.

— Qui êtes-vous ?

— Celle que le vengeur des catacombes a décrite. Une femme seule.

— Vous ne l'êtes pas, Elga.

Je suis gênée. Je ne sais pas comment recevoir ce qui me touche. Alors, je fais comme si je n'avais rien entendu et je poursuis mon récit.

— Face à son insistance, je me laisse convaincre. Je connais un restaurant argentin à quelques rues de la conférence. Je lui propose d'y aller. L'idée le séduit. Je suis aussi enthousiaste qu'angoissée. Je n'étais pas sûre d'être capable de renouer le contact avec un inconnu.

— Mais nous ne pouvons laisser un spectre hanter nos vies indéfiniment.

— C'est vrai ! J'ai mis quelque temps à en prendre conscience. Je sais que vous avez essayé de me le dire, Franck.

Mais vous étiez tout aussi cassé que moi. On ne faisait que se rappeler l'un l'autre des événements que nous voulions oublier.

Franck baisse les yeux pour la première fois. Malgré tout son talent, toute son intelligence et ses connaissances de l'esprit humain, lui-même n'en est qu'un, d'homme.

— Et puis je vécus quelques mois d'intense bonheur à travers ma relation avec Nicolas. Ce fut comme des électrochocs qui stimulèrent mes sens. J'étais heureuse. Il voulait me soigner de mes maux.

— Vous soigner de vos maux ? C'est-à-dire ?

— Un soir, il m'a dit : « Je sais pour cette terrible affaire… Le vengeur des catacombes… » Je n'ai rien répondu. J'étais comme une évadée de prison qui croise la police. Il a ajouté : « Je comprends que tu ne souhaites pas en parler. Pardonne-moi de l'avoir évoqué… J'espère qu'un jour je pourrai t'aider à te libérer de ce traumatisme. »

— C'est chevaleresque, mais l'on ne change pas l'esprit humain comme l'on code un programme informatique.

— Vous seriez étonné de ce dont EGO est capable, Franck.

Le mouvement de sa main gauche attire mon regard. Il y fait tourner un petit objet en bois. Parfois, il roule entre ses doigts. Je mets un instant pour comprendre que c'est une figurine de jeu d'échecs.

— La suite de cette histoire est hélas plus sombre. La passion de nos débuts s'est consumée comme le fagot de petit bois qui allume un brasier. Rapidement, son caractère torturé est apparu. EGO absorbait la quasi-totalité de son attention. Je ne récoltais que quelques miettes. Et puis il y avait tout ce stress, cette paranoïa que l'on puisse lui prendre sa boîte, sa création.

Je poursuis mon récit par ce qui marque le point de bascule. J'en garde un souvenir précis, comme un film sur bande que je pourrais rembobiner à loisir. Si je devais lui trouver un titre, j'inscrirais sur la tranche : « Sa part d'ombre. »

— C'était au cours de l'une de ces fêtes où tout le *Who's Who* d'un marché veut être et être vu. Nous nous y rendons. C'est au palais de Tokyo. Lieu idéal pour faire se rencontrer les fastes de la République avec l'élitisme de la nouvelle économie. Je porte une robe de soirée incandescente et lui un costume taillé sur mesure. Je vois dans ses yeux qu'il est intimidé. Les premiers instants, il est raide comme un automate. Je lui présente de jeunes trentenaires, chefs d'entreprise millionnaires, milliardaires pour certains. Nous rencontrons aussi de vieux hauts fonctionnaires, qui aspirent à monnayer leur carnet d'adresses contre de juteux émoluments dans le privé. Le marché de l'offre de pouvoir et de la demande d'argent s'organise sous nos yeux.

Nous enchaînons les présentations de quelques minutes, les poignées de main, les révérences verbales, en français, en anglais. Après une heure de cette comédie mondaine, j'entraîne Nicolas vers l'un des bars, le plus excentré, pour soulager sa timidité et rafraîchir mes lèvres. Une barmaid, d'une beauté grunge saisissante, nous sert deux coupes de champagne. Nous trinquons, et je porte le verre à ma bouche quand il me dit :

« Quelle bande d'ignares véreux. »

Je crois à une plaisanterie. Je postillonne quelques bulles d'alcool en riant de surprise.

« Pourquoi dis-tu cela ? »

Il me regarde avec une colère dans les yeux que je ne lui connaissais pas.

« Ils se prennent pour les maîtres du monde, mais tout ça, c'est fini. Bientôt, ils seront balayés. Ils sont morts, politiquement, socialement... Ils ne le savent pas encore. »

Interloquée par cette dialectique guerrière, je reste immobile. Je mets ça sur le compte d'un humour qui m'échappe. Je reprends le cours de mon protocole. Lui reste accoudé au bar à quelques encablures. Je le regarde du coin de l'œil et constate son alcoolémie rampante dans le relâchement progressif des muscles de son visage. Je veux éviter un esclandre, j'écourte la soirée et prétexte la fatigue de ces derniers jours pour partir. Nous prenons nos manteaux au vestiaire, quand il évoque pour la première fois Anatoli. Son ami, me dit-il, ainsi que le cofondateur d'EGO.

Franck recommence à faire rouler le pion entre ses doigts. Anatoli ravive son intérêt. Il a compris que son rôle est plus important que les apparences ne le laissent supposer. Il est même plus que cela. Il est la pierre angulaire autour de laquelle EGO gravite. Nicolas n'est qu'un trompe-l'œil. Il est celui que l'on voit, mais l'important réside dans tout ce qui est dans l'ombre.

— « Je voudrais te présenter Anatoli », me dit-il.

Chapitre 55

Mercredi

18 h 06

Dans mon souvenir, la nuit est belle et calme.

Les rues sont désertes, le bruit s'efface derrière le clapotis hypnotisant de la pluie. J'appuie sur la pédale d'accélérateur. Les roues patinent quelques tours avant de se raccrocher à la route.

Je respire une liberté factice, enivrante, irréelle. Nicolas pose son front contre la vitre, son regard sautille sur les façades de la cour Albert-Ier, sans but. Lui aussi est silencieux. Il est rincé des averses, de l'alcool, de sa gêne.

— Excuse-moi, me dit-il lorsque je m'arrête en bas de chez lui.

— Ce que tu as fait était déplacé.

Il sort sans en dire plus et au moment où je m'apprête à partir, il tape sur la vitre.

— J'étais en colère, car je hais de te voir au milieu de ces gens, c'est comme si tout ce que tu m'avais dit n'était qu'un mensonge.

— De quoi tu parles ?

— Ce que j'aime en toi, au-delà de ce que tu es, c'est que tu as été capable de regarder le diable dans les yeux, de comprendre que tu faisais partie de ses armées et le renier. Mais quand je te vois, ce soir, je vois celle que tu étais avant ta rencontre avec le vengeur des catacombes. Une belle femme, intelligente, solaire, mais qui porte tout l'égocentrisme de ces maîtres du monde numérique. Je croyais que tu t'en étais libérée.

Je ne dis rien. Ses paroles rouvrent des cicatrices qui n'ont pas disparu. Je voudrais lui dire qu'il se trompe, mais j'en suis incapable.

— J'aimerais te montrer quelque chose, me dit-il.

— Ça ne peut pas attendre demain ? Je suis épuisée.

— Si, mais j'aimerais quand même te le montrer maintenant.

Je me laisse convaincre. Je ne veux pas rester sur cette dispute entre nous. C'est la première. Il mérite une chance.

Il me demande de rejoindre le quai du Point-du-Jour. C'est à l'exact opposé de ce que nous venons de parcourir. Je reste impassible. Je suis heureuse de profiter des routes désertes et de découvrir cet étrange mystère. Mon esprit d'escalier en profite pour bâtir toutes sortes de théories plus incroyables et irréalistes les unes que les autres. Cela prend les formes d'un espion avec un lourd secret. Peut-être avait-il besoin que je l'aide à cacher le corps d'un terroriste international. Il l'aurait reconnu au hasard dans un café, l'aurait suivi, attrapé au recoin d'une ruelle, puis maîtrisé avec une technique éclair. C'est un homme d'action au passé sombre, recherché par toutes les polices du monde. Il connaît son visage d'une précédente mission d'infiltration au cours de laquelle son coéquipier et ami d'enfance a été capturé, torturé puis exécuté.

En quelques lignes droites à vive allure liées par des virages à la corde, je lui recompose un passé tout neuf. Franken-Elga ricane diaboliquement dans son for intérieur. Un éclair fend la nuit et s'abat juste devant le capot de mon SUV. Ou peut-être n'est-ce que le fruit de mon imagination enivrée ?

Il me demande de garer la voiture devant le restaurant *Le Volfoni*, un italien très correct qui fait face aux bureaux de la chaîne de télévision Canal+. Je le suis jusqu'au ponton d'un bateau.

— Tu as une péniche ? dis-je, surprise.

J'ai toujours eu une fascination pour les maisons flottantes. Nous longeons une coursive jusqu'à une porte aux formes arrondies. Il la déverrouille avec une clé et nous entrons.

— Installe-toi là, dit-il en montrant un canapé.

Il disparaît par un passage, et j'entends le claquement de ses pas sur les marches d'un escalier – que j'imagine en colimaçon – puis parcourir des couloirs sous le plancher.

Le salon n'a rien de remarquable hormis qu'il ondule sur la Seine. Le mobilier n'est qu'un assemblage sans style apparent de pièces achetées ici ou là. Le désordre ambiant camoufle une propreté toute masculine.

Il réapparaît avec un ordinateur portable entre les mains, le pose sur la table basse et l'allume.

— Anatoli vit en Russie, quelque part, caché, dit-il sans introduction. Moi-même, je ne sais pas où il est exactement. C'est pour cette raison que nous n'avons jamais eu de bureau pour EGO. C'est aussi pour des questions de sécurité. Nous acceptons que les personnes qui travaillent pour nous le fassent d'où elles le veulent dans le monde, même si c'est un secret. Notre moyen de communication est donc une messagerie instantanée cryptée.

Il lance un programme qui ressemble à une fenêtre Messenger classique. Ses fonctionnalités reprennent celles de l'outil de Facebook, mais dans une apparence austère et impersonnelle.

— Tu veux me présenter ton associé en pleine nuit ? Tu es sûr que c'est le moment ?

Il tourne l'ordinateur vers moi.

— Vas-y, faites connaissance.

Je regarde l'écran comme si j'avais subitement oublié la façon dont il fonctionne. Mon scénario d'un Nicolas espion ne me paraît plus si farfelu.

— C'est une plaisanterie ?

— Non.

— Ça y ressemble. Tu sais, les gens normaux ne présentent pas leur ami la nuit à travers une fenêtre de conversation virtuelle.

Il me regarde, une lueur intense au fond des pupilles. Il prend mes mains, les porte à sa bouche.

— S'il te plaît. Je sais que c'est étrange, mais Anatoli n'est pas comme tout le monde. Je suis persuadé que vous allez vous apprécier. Et puis, il va t'aider. Il possède une intelligence émotionnelle hors norme. Si tu lui parles de tes démons, il saura comment te guérir.

Déjà surprise par cette demande surprenante, il me désarçonne en évoquant mon traumatisme et ma difficile reconstruction. Comment pourrais-je évoquer un sujet si personnel avec un inconnu sur une messagerie instantanée ?

Je suis à deux doigts de me lever et partir, quand il ajoute :

— Dis-lui quelques mots et tu verras bien. Pendant ce temps je nous sers un verre de vin.

Je le regarde passer derrière le bar. Je reporte mon attention sur l'ordinateur. Un tiret clignote dans le cartouche de discussion. Je suis tiraillée entre l'envie de fuir ou d'assouvir ma curiosité.

Je tape :

Bonjour, Anatoli, je suis Elga.

Il me répond :

Hello, Elga, heureux de te rencontrer. Nico m'a beaucoup parlé de toi. J'avais hâte qu'il fasse les présentations. Alors comment s'est passée cette soirée mondaine ?

Je réplique avec ironie :

Cela dépend à qui tu poses la question.

Ah, je vois que le tempérament fougueux et révolutionnaire de mon ami français a encore fait des siennes !

Il poursuit avec des questions sur mon travail, ma vie, notre rencontre et toutes sortes de petits détails sur mes habitudes de tous les jours. Au bout de quelques minutes, j'oublie que cette discussion passe à travers un outil numérique.

Nicolas nous verse un vin d'un rouge tuilé. Sans y prêter attention, une heure s'écoule ainsi que la bouteille.

C'est Anatoli qui met fin à la discussion et s'excuse de devoir s'en aller.

Un travail important m'attend. On se reparle très vite.

Il se déconnecte, et j'ai l'étrange impression d'avoir bavardé avec quelqu'un qui a su me cerner avec une grande facilité. Par certains aspects, il me rappelle Franck Somerset.

— Alors, comment l'as-tu trouvé ? me demande Nicolas, le regard pétillant.

— Gentil, drôle, subtil, j'aime bien, dis-je en avalant la dernière gorgée de vin.

Je me lève et je sens l'effet de l'alcool sur ma stabilité. J'utilise deux ou trois pas de côté pour calibrer correctement ma posture. Il est temps de prendre congé. La fatigue s'abat lourdement, et je bâille sans prendre soin de le cacher.

— Bon, je file, merci pour cette escapade… Comment dire… fluviale, dis-je en rigolant.

— Non, reste. Et puis, tu n'es plus en état de conduire.

Je me fais prier avant d'accepter. Je m'endors avec l'envie de parler de nouveau avec Anatoli. Ce Russe clairvoyant à l'autre bout du monde m'intrigue.

Chapitre 56

Mercredi

18 h 21

Franck me regarde, intense, concentré. Une explosion pourrait ravager l'ensemble de la pièce que son attention ne dériverait pas d'un pouce. Chaque parcelle de son intelligence s'est figée sur mon récit. Je sais qu'en même temps qu'il m'écoute une autre partie de son cerveau compile et analyse tous les éléments, les imbrique les uns dans les autres, les compare, les ordonne dans un tout cohérent. Il perçoit que je ne suis plus la même. Au début, il a mis ces changements sur le dos de la pression, de la peur, de la fatigue, mais il finira par comprendre.

Il continue de temps à autre à jeter des coups d'œil vers son téléphone. Ils sont de plus en plus nombreux. Il y a comme une nervosité qu'il camoufle derrière son exceptionnelle écoute. Redoute-t-il que la fin n'approche ?

C'est à ce moment-là qu'il décide de sortir de son silence.

— Anatoli est introuvable, dit-il. Une équipe lui est dédiée.

Au même moment, j'ai l'impression d'entendre Ariane me souffler à l'oreille : « Venge-moi. » Ne t'inquiète pas, ma chère amie, la bête va s'en charger. Elle est là, elle attend le moment où elle pourra agir.

— Ils ne le trouveront jamais.

— Savez-vous où il est ?

— Non.

— Vous ne vous souvenez de rien durant vos conversations qui nous aiderait ?

— Non, Franck. Vous ne trouverez pas Anatoli. Il est bien trop intelligent et ne fait pas d'erreur.

— Qu'est-ce qui vous fait dire ça ?

— Savez-vous ce qu'est la programmation neurolinguistique, la PNL ?

Il s'adosse à sa chaise, reprend une position miroir à la mienne. La figurine roule entre l'index et le majeur de sa main gauche. Ma question l'a surpris. Il cherche à découvrir où je veux en venir avant de répondre.

— Oui, j'en connais les principes généraux, risque-t-il.

— Bien, donc vous savez que son but est d'étudier les comportements humains, de les cartographier, comprendre leur origine, et changer ceux qui sont néfastes. Chacun d'entre nous est la synthèse d'une éducation, d'un environnement, d'une culture, d'un vécu, de traumatismes. Vous, moi, tout le monde. Cet ensemble d'influences nous a programmés neurologiquement. Cela ne vous rappelle rien, Franck ?

— Éclairez-moi, dit-il, prudent.

— Est-ce que vous avez déjà entendu parler de l'école de Palo Alto, de Gregory Bateson ?

— Oui, c'était un projet de psychologie et sociopsychologie dans les années 1950 ?

— En effet. Ce sont les inspirateurs de la PNL. L'école de Palo Alto a été la première à établir un parallèle entre les mécanismes du cerveau humain et un ordinateur. Les deux se programment et se déprogramment. Nous ne sommes pas dotés d'un clavier, mais les mots agissent sur nous, comme le font les lignes de codes d'un logiciel. Nous réagissons en fonction de ce que l'on nous dit et si vous êtes capable d'établir comment chaque mot résonne pour un individu donné, alors vous êtes en mesure de le contrôler. Vous comprenez ?

— Je crois, oui.

— Ce que les anthropologues, les sociologues, les psychologues, les médecins, les programmeurs de l'école de Palo Alto ont entrevu il y a plus d'un demi-siècle, il leur était impossible de le réaliser concrètement. Ils n'avaient pas les outils technologiques. Quand Copernic, Kepler ou Galilée entrevoient l'immensité de l'univers, eux non plus ne peuvent le matérialiser, et il faudra des siècles pour le faire. Pour le cerveau humain, c'est pareil. Maintenant nous pouvons visualiser l'ensemble de la carte comportementale d'un individu. C'est ce qu'Anatoli a prouvé. C'est dans ce but qu'il a créé EGO.

Franck inspire profondément. Il est gêné.

— Est-ce qu'EGO est réellement capable de « déprogrammer » des comportements ?

— Oui, ça fonctionne. J'en suis la preuve. À travers EGO, Anatoli m'a montré comment effacer les conséquences négatives du traumatisme provoqué par le vengeur des catacombes. Il m'a libérée, tout simplement.

— Et donc, s'il est possible de déprogrammer quelqu'un, il est possible de faire l'inverse également ?

Je vois l'épiphanie dans son regard. À cet instant précis, Franck a compris la portée d'EGO, son intérêt, sa puissance et surtout sa dangerosité extrême.

Il se penche vers le dossier rouge qu'il a posé à sa droite en entrant. Il soulève l'élastique et libère la couverture de la chemise. À l'intérieur, des dizaines de feuillets retenus par des agrafes. Il les feuillette avant de s'arrêter sur l'un d'eux et de me le tendre. Ce ne sont que deux feuilles dactylographiées accrochées l'une à l'autre. C'est écrit en anglais. *Obituary* titre le document.

— C'est un avis de décès, il est vieux de dix ans. L'identité du mort est Anatoli Vygotski.

Troublée, je lève les yeux vers Franck.

— Anatoli est mort aux États-Unis, il y a dix ans maintenant. Nous venons de recevoir ce rapport. Les Américains le savaient depuis longtemps, c'est pourquoi ils se sont attaqués à Nicolas.

Il tourne l'une des deux feuilles devant moi et pointe un paragraphe en particulier.

— Ici, c'est le témoignage de Nicolas à la police du comté. Il confirme avoir bu des verres avec Anatoli avant que ce dernier ne prenne la route et ne loupe un virage.

Je lis le témoignage de Nicolas. C'est simple, concis, précis. Juste ce qu'il faut pour que l'histoire fonctionne.

— Vous ne vous êtes jamais doutée de rien ? me demande-t-il, aux aguets de mes expressions corporelles.

Un long silence s'installe. Deux choix s'offrent à moi. Je prends le temps de la réflexion.

J'entends de nouveau Ariane. Elle marche dans mon dos, puis elle se penche et me souffle : « Venge-moi. » C'est à la bête, qu'elle s'adresse.

— Laissez-moi continuer, dis-je.

Chapitre 57

Mercredi

18 h 37

Dans les mois qui suivirent, Anatoli et moi parlions quotidiennement, de longues conversions, toujours à travers l'outil de messagerie d'EGO. Les premiers temps, j'étais rétive à laisser entrer le meilleur ami de mon compagnon dans ma vie. Il voulait en savoir toujours plus sur moi, mes pensées, mes envies. Je le repoussais délicatement, mais il revenait. Il avait l'art de choisir l'instant parfait. Cette gêne disparut quand Nicolas m'encouragea de lui-même à continuer.

— Anatoli est un magicien de la psychologie comportementale. Il saura comment t'aider.

Libérée de cette retenue, j'installai la messagerie sur mon ordinateur. Anatoli prit l'habitude de me surprendre dès que mon esprit s'égarait. Que je sois en réunion, que je déjeune, ou que je fasse du sport, comme une drogue, j'avais besoin de lui parler. Il devint mon confident. Je me sentais libre de tout lui dire, sans fard, sans inhibition. Il savait tout de moi, plus même qu'Ariane.

Après quelques semaines, deux sujets de prédilection apparurent, la programmation neurolinguistique et l'actualité politique. Nous y revenions encore et encore, approfondissant les faits quotidiens sous l'angle de la manipulation et de la propagande. Il m'apprenait les techniques psychologiques et neurologiques qui permettent d'influencer la personnalité d'un individu.

Anatoli me montra comment les réseaux sociaux avaient rendu possibles les rêves les plus fous des créateurs de l'école de Palo Alto.

— La barrière infranchissable à leur époque était de visualiser l'entièreté des comportements d'un individu, m'écrivit-il un jour. À la manière du code génétique, il est vaste et complexe. Ça a pris treize ans et plusieurs milliards de dollars pour séquencer une première fois le génome humain. Aujourd'hui, cela ne prend plus que quelques heures et quelques centaines de dollars. Pour le comportement, c'est pareil. Ce qui paraissait impossible par l'ampleur et la complexité est à présent d'une simplicité déconcertante. Tu te branches sur les réseaux sociaux d'une personne, et tu n'as plus qu'à collecter tout ce qu'elle te donne. Ordonné correctement, c'est un lexique mental de la façon dont son cerveau est organisé. À partir de là, la programmation neurolinguistique te permet d'agir sur cet individu un peu à la manière d'un ordinateur. Avec les bonnes lignes de commande, tu le rendras heureux, le soulageras de lourds traumatismes, phobies ou complexes. Tu pourras aussi changer sa perception du monde, le conditionner, l'amener à adhérer à telle ou telle théorie et bien sûr à voter pour le candidat de ton choix. Nous sommes passés de l'étude de la subjectivité, à sa manipulation.

Grâce à la PNL, je compris comment combattre les démons que le vengeur des catacombes avait laissés en moi. Ensuite, j'éliminai toutes les attaches psychiques dont j'étais victime au quotidien. Je m'émancipai de tout.

C'est à peu près à ce moment-là que Nicolas m'apprit ce que je ne voulais pas savoir.

J'arrivai chez lui peu avant 20 heures pour dîner. Il m'ouvrit la porte, le visage lumineux. Il sautillait comme un adolescent en poussée d'hormones. Il m'embrassa longuement, me serra trop fort, puis déboucha la bouteille de rouge que j'avais achetée pour accompagner notre repas. Nous trinquions et là, je lui demandai :

— Qu'est-ce qui te rend de si bonne humeur ?

— J'ai eu des résultats au-dessus de mes espérances dans mes recherches, me dit-il sans plus de détails.

— Tu m'en dis un peu plus ?

Il m'embrassa de nouveau, reprit du vin.

— Je touche enfin au but que je m'étais fixé, il y a bien longtemps, quand j'étais encore à Stanford.

— Que vous vous étiez fixé, le corrigeai-je pour lui signifier de ne pas oublier le rôle majeur d'Anatoli.

Un voile sombre traversa son visage.

— Oui, en quelque sorte, répondit-il, évasif.

La soirée fut délicieuse dans tous les sens du terme. Des saveurs orientales se marièrent à merveille avec nos désirs. Nous nous gavions de tout ce que nous pouvions attraper, de nourriture, d'alcool, de chair. Ce fut le meilleur, et, ce que je ne savais pas encore, le dernier moment d'intense complicité que nous connûmes.

Nous étions nus, enlacés dans son lit, enivrés.

— J'ai vu que tu avais partagé des articles politiques ces derniers temps, me dit-il. Ça ne te ressemble pas.

— Oui. Ce qui se passe me révolte.

— Tu n'as pas peur que tes prises de position virulentes entrent en conflit avec la nécessaire neutralité de ton job ?

— Je m'en fous, lui dis-je, exaltée. Une colère s'est libérée en moi. C'est comme si j'avais une bête que j'avais gardée en cage tout ce temps. J'ai décidé de la libérer quand j'ai pris conscience de ce que l'on nous cachait.

— Développe ?

Je lui expliquai les articles qu'Anatoli m'envoyait. L'indignation que je ressentais au plus profond de moi, du besoin de l'écouler. J'étais surprise de monter sur le ring de débats clivants avec la même morgue que ceux que j'évitais. Moi aussi, j'étais devenue une templière d'une guerre sainte virtuelle. Je défendais bec et ongles mes croyances.

— Désolée de ce lyrisme adolescent, dis-je, mais c'est ce que je ressens. Un besoin de crier, de hurler ma rage.

— J'ai quelque chose à te montrer me dit-il, un sourire satisfait en travers du visage.

Il attrapa son téléphone, tapota l'écran, puis me le donna. C'était un profil comportemental complet, tout y était, psychologie, sociologie, politique. Ça prenait l'allure de ce que j'imaginais être un dossier des services secrets d'une dictature sur un opposant politique. Le niveau de détails était ahurissant. Le portrait s'appuyait sur une sorte de dictionnaire géant de la façon dont chaque mot fonctionnait chez ce sujet. Il y avait aussi ses habitudes alimentaires, des détails insignifiants sur sa vie de tous les jours, ainsi que ses failles psychologiques exploitables dans une stratégie de retournement ou de renforcement politique.

— Qu'est-ce que c'est que ce truc ?

— C'est toi.

— Quoi ?

— C'est ton profil. Ce rapport parle de toi.

Je restai quelques secondes interloquée. Je m'écartai, dans un mouvement de protection, de dégoût soudain, comme violée dans mon intimité. Puis je repris le rapport et le lus avec attention. La description qu'il faisait de moi était aussi juste que terrifiante. J'étais comme dépossédée de ma personnalité, de mon libre arbitre, de mon âme. J'étais résumée à une simple succession de causes et de conséquences, de boutons sur lesquels appuyer pour provoquer telle ou telle réaction.

— Qu'est-ce que c'est que cette merde ? éructai-je. Tu as utilisé EGO sur moi ?

Je sautai du lit et me rhabillai en hâte, à la recherche d'une armure capable de me protéger de ce fou. Il fut surpris de ma réaction, médusé que je ne trouve pas cela fantastique.

— Mais ce n'est qu'un test, voyons. Je l'ai calibré pour qu'il t'aide, qu'il te libère.

— Qu'il me libère ? Mais qu'il me libère de quoi ?

— De tes souffrances, de ton traumatisme, de tout ce qui peut te rendre triste ou inhiber ta personnalité. Je t'aime, je voulais que tu ailles mieux.

Mon cœur se débattait pour sortir de ma poitrine. La peur se diffusait en moi comme dans une baignoire que l'on remplit d'eau brûlante. Je découvrai que l'homme avec qui je partageais ma vie était un dangereux psychopathe. J'étais projetée dans un film de David Fincher, où mon existence lisse et contrôlée explosait.

Il me rejoignit dans le salon, tenta de s'expliquer, mais il était dépassé par ma fureur. Il découvrait la bête qu'EGO avait libérée. Il ne savait plus comment me calmer.

— Anatoli est au courant de ce que tu as fait ?

— Je… (Il hésita.) Je… Je ne pensais pas que tu réagirais comme ça.

— Quand il le saura, il sera révolté d'apprendre que tu m'as utilisée pour votre programme.

Celui que je pensais aimer ne faisait que me manipuler comme les autres. Lui aussi avait installé ses propres mécanismes d'influence pour me transformer selon son bon vouloir. Je devais me libérer de lui comme je l'avais fait du reste.

Je pris la fuite en courant.

Le lendemain matin, aux aurores, je trouvai un message sur le pare-brise de ma voiture. Il était écrit de sa main. Il tentait de s'expliquer et me proposait de tout me révéler, sans préciser quoi.

J'acceptai. Il se présenta chez Microsoft en fin de matinée. il n'avait pas dormi de la nuit. Il portait la même chemise que la veille et traînait sa carcasse avec difficulté. Il m'accompagna dans une salle de réunion au deuxième étage, alluma son ordinateur portable et me le tendit. C'était une interface de programmation. Le programme se nommait "Anatoli" et rassemblait l'ensemble des réseaux neuronaux qui composait l'intelligence artificielle d'EGO.

Tout s'éclaira en un instant. EGO et Anatoli ne faisaient qu'un. L'évidence m'explosa au visage.

Nicolas fondit en larmes, s'excusa, m'expliqua comment, à la mort de son ami, il n'avait eu de cesse de le retrouver à travers leur projet. Il avait programmé une IA à son image. Sa détresse était réelle. Dès lors, je compris qu'il n'était guidé que par ses propres traumatismes. Lui aussi était rongé par les démons de la culpabilité. C'est ce qui avait résonné chacun chez l'autre aux premiers instants de notre rencontre. Il se pensait responsable d'avoir laissé son ami prendre la route après une soirée trop arrosée. L'ancienne Elga aurait pris Nicolas dans ses bras, l'aurait consolé, empathique, fragile, pantin de ses émotions.

Mais, comme il l'avait voulu, EGO m'avait libérée de ces poids. Je n'avais plus d'attaches émotionnelles. Anatoli avait reprogrammé tout ce qui pouvait me fragiliser. Il m'avait montré une autre voie, où je n'avais plus de dépendance sociale ou de besoin affectif. Je conservais les apparences. J'avais besoin d'accéder à Anatoli. Mais je sentais au fond de moi que j'étais devenue autosuffisante. Mon ego était entier.

Chapitre 58

Mercredi

19 h 00

— Alors vous saviez ? demande Franck sans rien laisser paraître de son jugement.

Je reprends mon souffle. J'ai la bouche pâteuse de tous ces mots qui sortent à la manière de voyageurs sur un quai de gare. Est-ce que je sais ? Oui, je sais ce qu'est « Anatoli ». Je sais qu'il est capable d'imiter une personne physique sur les réseaux sociaux. Je connais sa faculté à percer n'importe quelle carapace, à définir une cartographie psychique complète en 0 et 1.

Nicolas a réalisé un chef-d'œuvre technologique.

Je le sais, car j'en suis moi-même le résultat. Moi, une spécialiste des questions d'intelligence artificielle, je n'y ai vu que du feu. D'une diabolique simplicité, d'une vertigineuse efficacité, EGO est capable d'exercer une emprise invisible sur l'individu.

— Oui, Franck, je sais qu'Anatoli et EGO ne font qu'un.

— Où est le code source, Elga ?

— Vous l'avez compris, je suppose. Du jour où Nicolas m'a révélé la vérité, j'ai compris que ses peurs concernant le vol d'EGO étaient réelles. C'est à ce moment-là que je l'ai caché au sein de l'Intranet de Microsoft, un peu comme si je dissimulais un minuscule diamant au cœur de Fort Knox, sans que personne le sache.

— Vous avez ajouté une sécurité ?

— Oui, les versions volées s'effaçaient dès que l'on essayait de les lancer. C'est Nicolas lui-même qui l'a enclenchée, de New York, quand il a vu le FBI à l'atterrissage de son avion. D'un simple nom de code, *Chestburster*, envoyé par email, il a activé le dispositif. Quand mon agresseur m'a montré une photo de lui encadré par des agents armés à l'aéroport JFK, je me doutais qu'il avait activé le verrou.

— Alors où est le code source à présent ?

Je le regarde dans les yeux. Il a les traits tirés, il est harassé. Il s'interroge sur le récit que je viens de lui faire. Il cherche les zones d'ombre, les incohérences, les mensonges peut-être. Il ne le fait pas contre moi, c'est inconscient, Franck Somerset est né comme ça, pour chercher la vérité.

Je sens des vibrations à travers la table. C'est son téléphone. Il l'attrape. Je comprends que c'est ce message qu'il attendait. Il le lit, puis repose sur moi son regard perçant. Il s'approche, pose les coudes sur la table.

— Elga, vous vous souvenez, il y a deux ans quand nous nous sommes rencontrés pour la première fois ?

Je m'en souviens comme si c'était hier. C'était dans les bureaux de Google, il était accompagné de la capitaine Laurence Milhau, et il venait interroger Sonia Silva, mon amie et collègue.

— Oui, bien sûr.

— Après notre entrevue vous m'avez demandé de vous rejoindre chez Ariane.

— En effet.

— Vous rappelez-vous ce que je vous ai répondu ?

— Que vous ne pouviez pas, que ce n'était pas la procédure.

— Et qu'est-ce que vous m'avez rétorqué ?

Je cherche au fond de ses yeux la raison de ces questions sans aucun rapport avec notre situation, mais je ne vois rien hormis sa bienveillance. Cette qualité semble disparaître de la surface de la terre à un rythme aussi effréné que la déforestation. Le monde suffoque autant qu'il manque de gens de bien.

— Je vous ai demandé de me faire confiance, malgré le fait que l'on ne se connaissait pas.

— Et c'est ce que j'ai fait.

— Une tempête va s'abattre sur nous dans quelques secondes. (Il attrape mes mains et les serre pour capter mon attention.) Elga, vous allez devoir m'accorder la même confiance. Vous vous en sentez capable ?

Ses mains sont chaudes. J'ai l'impression que plus rien ne peut m'atteindre à cet instant.

— Bien sûr, Franck. Vous êtes peut-être la dernière personne en qui j'ai confiance.

— Je parle d'une confiance aveugle, un acte de foi.

J'entends du mouvement à la porte, comme un attroupement. Je tourne la tête pour comprendre ce que ça peut bien être.

— J'ai besoin que vous croyiez en moi. Vous êtes prête ? insiste-t-il pour me ramener à lui.

Un bruit métallique tinte à travers la porte. Je regarde de nouveau vers ce vacarme qui n'annonce rien de bon.

— Elga, c'est maintenant !

— Oui, je vous suis quoi qu'il arrive, Franck.

Il hoche la tête, satisfait. Au même instant, la porte s'ouvre, et plusieurs soldats pénètrent dans la pièce accompagnés du général Couraud.

— Franck, tonne celui-ci d'une voix autoritaire. Je viens d'être alerté que tes collègues se massent devant les portes de la caserne. Tu crois que je ne comprends pas ce que tu essayes de faire ? Ce stratagème de flic ne fonctionnera pas ici !

Franck Somerset ne lui accorde aucune attention. Il ne me quitte pas des yeux. Il se déplie telle une statue de Pallas. Il me scrute un instant. Une tension nerveuse dégouline des corps.

— Franck, si tu fais ça, je te détruirai ! fulmine le général, comme prêt à bondir sur lui pour le mettre aux arrêts.

D'un dernier regard, il me dit que tout va bien se passer. Dans sa main droite, il tient toujours ce pion d'échec. Il le pose au milieu de la table et se tourne vers le général Couraud.

— Tu te rappelles ce jour où tu as gagné grâce à un mat de Damiano ?

Le général fulmine au milieu de ses hommes. Ses yeux passent du pion sur la table à mon incrédulité, puis enfin ils reviennent vers Franck, inflexible. Le vieux commissaire domine le général de toute son aura de sagesse.

— À mon tour. Tu as oublié le pion en place pour protéger la reine au moment fatidique. Tu t'es laissé aveugler, et ton attention s'est relâchée. Je te l'avais pourtant dit dès notre rencontre près du parc. J'étais là pour faire sortir Elga. Jamais je n'ai fait partie de ton armée.

Franck se tourne vers moi et, de sa voix calme et puissante, il dit :

— Elga Salustri, je vous arrête pour trahison, espionnage et atteinte à la sécurité des forces armées. Un juge d'instruction s'est saisi de l'affaire et m'a délégué l'autorité, en ma qualité de commissaire de police, pour procéder à votre arrestation et vous placer en garde à vue.

Chapitre 59

Mercredi

19 h 16

Franck saisit mon bras et tente de braver le cordon de soldats qui l'empêche de sortir de la salle d'interrogatoire. Deux jeunes hommes, les mains sur leur fusil d'assaut HK416, le regard vide, font bloc de leurs corps.

— C'est une obstruction de justice, Marc, dit-il en s'adressant au général. La juge Jarota a délivré une commission rogatoire afin d'instruire cette enquête. Elle me donne l'autorité d'arrêter Elga Salustri, de la mettre en garde à vue et de mener une enquête préliminaire à propos des chefs d'accusation suivants : trahison, espionnage et atteinte à la sécurité des armées. Tu n'as pas l'autorité pour t'y opposer.

Franck avance encore d'un pas vers les deux jeunes soldats. Ils sont presque torse contre torse.

— Laissez-moi passer. Nous sommes dans un État de droit. Jusqu'à présent, cette femme n'était officiellement inculpée de rien. Maintenant, c'est le cas, et la justice de ce pays me donne des pouvoirs supérieurs aux vôtres.

Les deux jeunes soldats ne bougent pas. Ils attendent l'ordre de leur supérieur, du général Couraud. Une fureur le consume en silence.

— Tu n'as pas idée de ce que tu fais, Franck, dit-il. Tu es fini, et ta protégée va risquer sa vie dehors.

Franck se retourne et plante ses deux pupilles dans celles du général.

— Laisse-moi passer, Marc, ou je t'arrête pour obstruction à la justice. Quels étaient tes mots exactement tout à l'heure ? (Il réfléchit une seconde.) Ah oui, c'était : « Malgré nos liens, ne crois pas que j'ai hésité une seule seconde à t'utiliser. »

Franck s'approche du général. Ils se dévisagent quelques instants en silence, puis le général se tourne vers ses hommes.

— Laissez-les passer.

Franck me guide à travers les couloirs de la base militaire. Le général et ses hommes ferment la marche. Sur le chemin, les soldats nous toisent, stupéfaits par cette procession surprenante.

Dehors, un attroupement indescriptible nous attend. Je reconnais Laurence, Marion, Tanguy, et il y a Gilles aussi, un peu en retrait. Ils sont accompagnés de dizaines de policiers. Un homme de forte corpulence vient à notre rencontre.

— Il était temps que tu sortes, Franck ! Encore quelques minutes, et je demandais aux gars de défoncer les portes pour te sortir de là par la peau du cul.

— Marc, tu connais le directeur Vannod ? C'est lui qui a obtenu la commission rogatoire auprès du juge Jarota. Il va te la fournir.

— Qu'est-ce que c'est que ce bordel, général ! grommelle Vannod. (Il s'approche.) Vous croyez que parce que c'est une base militaire, vous êtes en dehors de toute juridiction ?

Détrompez-vous ! C'est le territoire français ici, et comme partout la loi française s'y applique. Encore heureux qu'il existe des juges qui ne s'embarrassent pas des conventions, des petits privilèges et qui applique nos lois.

Vannod brandit la commission rogatoire devant le visage du général Couraud.

— Avez-vous besoin que je vous rappelle ce qu'est une commission rogatoire, général ? Elle vous ordonne de nous laisser procéder à l'arrestation d'Elga Salustri, et vous ne pouvez vous y opposer, sauf bien sûr si vous voulez savoir si votre autorité est plus importante que celle d'un juge de la République française ?

Vannod et Couraud se regardent comme deux cow-boys dans la rue principale d'une cité minière du Far West. Chacun porte la main à son colt en attendant de savoir qui lâchera le premier. Une rage froide et déterminée déborde du général en silence. Le temps paraît s'étirer jusqu'à ce que Vannod se tourne vers l'attroupement de policiers.

— Allez, on remballe ! (Puis il revient vers le général.) Je vous épargne la fouille de la caserne. Ne me faites pas regretter ma mansuétude...

Il tourne les talons et, d'un geste de la main, signifie que la fête est finie. Franck me mène à une voiture. Vannod nous rejoint.

— Milhau m'a remis ton petit mot, dit-il à l'adresse de Franck. Ne crois pas que ça a été facile de trouver un juge qui te suive sur de simples présomptions. Jarota t'attend, et elle ne te loupera pas si tu t'es foutu d'elle.

Franck tend sa main vers Vannod. La poignée est longue, chaleureuse.

— Toi et moi, on a eu nos différends, mais je savais que je pouvais compter sur toi.

Vannod hoche la tête.

— Considère qu'à partir de maintenant tu es seul, Somerset. Je viens de signer la fin de ma carrière, Couraud aura ma tête.

Ce n'est qu'une question de temps et je ne vais pas lui laisser ce plaisir. Je veux quitter mes fonctions avec panache.

— Ça avait de la gueule.

— Je trouve aussi, chier dans les bottes du général, dans sa propre maison, sans qu'il puisse rien dire, j'avoue que j'ai pris mon pied.

Vannod regarde tout autour de lui. Il étire ces derniers instants. Franck m'aide à monter dans la voiture, puis me rejoint sur la banquette arrière. Laurence monte à l'avant, ainsi que Tanguy.

— Le grognard n'a pas hésité, Franck, dit-elle. Il a eu du mal à trouver un juge qui accepte de te charger de cette enquête et te délivre une commission rogatoire, mais tu le connais. Il ne lâche rien.

— Merci, dit-il en posant sa main sur son épaule. Il s'est sacrifié.

— Il a fait ce qui devait être fait, conclut Laurence.

À travers la vitre, je croise le regard de Gilles. Il est debout, immobile, il me toise. Son visage semble figé dans un masque de colère et de tristesse infinies. J'ai la sensation qu'il me porte une haine farouche sans que je puisse en comprendre la raison.

Sur la route du retour vers Paris, Franck m'explique les étapes de la procédure judiciaire qui s'engage. Laurence et lui mèneront l'enquête sous l'autorité de la juge Jarota. Ils devront déterminer si j'ai enfreint la loi, si j'ai agi contre les intérêts de la France.

— Nous serons tenus par la loi de déterminer votre rôle exact. Ce sera long, probablement des mois, vous serez sous contrôle judiciaire durant toute cette période. Mais si, à la fin, nous prouvons votre innocence, vous serez libre. Et d'ici que vous rencontriez la juge, pour votre sécurité, je vous place en détention provisoire.

J'acquiesce. Je suis dans un état second, comme en dehors de mon corps. Je repense à ces derniers jours. Je craque de nouveau, comme quand j'ai vu Franck entrer dans cette salle d'interrogatoire. Je me vide, mais la souffrance ne part pas. Je prends conscience que je ne reverrai plus Ariane. À travers cette quête de liberté, d'indépendance, d'individualité, j'ai perdu l'essentiel.

Franck a réussi. Je le savais. Il m'a fait sortir. Et même si c'est pour me remettre dans une nouvelle prison, mon sort m'importe peu à cet instant.

Un silence de mort s'est installé dans l'habitacle. Franck et Laurence ne disent rien.

J'ai une pensée pour Nicolas. Il va disparaître plusieurs années dans le trou noir de la justice américaine, ballotté de prison en prison, jusqu'à ce qu'il craque. Je suppose qu'un jour j'apprendrai qu'il s'est pendu dans sa cellule ou qu'un gang l'a saigné dans les douches. Je ne pense pas qu'il le mérite.

Et puis, il y a ce jeune homme qui m'a kidnappée, Assan. Je sais qu'il n'était qu'un outil lui aussi, un être qu'on utilise, qu'on vide avant de le jeter. Une autre vie brisée pour rien.

Quelques mois plus tard

Franck n'a pas menti. Les accusations qui pesaient contre moi ont été abandonnées. Je suis définitivement blanchie des actes de haute trahison.

Mais j'ai perdu tout ce qui constituait mon ancienne vie. Microsoft m'a licenciée. Ariane n'est plus qu'un fantôme qui hante chacune de mes pensées. Nicolas, lui, a été inculpé aux États-Unis. Je n'ai plus rien.

Dans les premières semaines, Franck s'est lancé dans la traque du chef français de la mafia albanaise. Il l'a poursuivi pour avoir ordonné le meurtre d'Ariane, ainsi que celui d'Assan – et il l'a eu. En revanche, il n'a jamais identifié officiellement les commanditaires. Il y a bien des faisceaux convergents, mais rien qui légitime de provoquer un incident diplomatique en accusant publiquement un État étranger d'opération d'espionnage sur le sol français.

Le jour où la procédure judiciaire a été clôturée, il est venu en personne m'en informer. Le matin, son visage s'affichait dans les quotidiens, aux pages faits divers. Il venait de résoudre une nouvelle affaire de meurtre. Il était de nouveau le « grand Somerset ».

— Je vous ai vu dans le journal. Je suis heureuse que vous traquiez de nouveau ceux qui doivent être arrêtés. Les gens ont besoin de personnes comme vous.

— Il le fallait bien, je ne sais rien faire d'autre. Et vous, Elga, maintenant que tout est fini, qu'allez-vous faire ?

— Je ne sais pas. Partir reprendre ma vie ailleurs. Je n'ai plus que des cauchemars ici.

Je l'ai remercié en le serrant dans mes bras. C'est là qu'il m'a posé la question qui le préoccupait depuis le début, depuis qu'il avait regardé les vidéos de surveillance chez Microsoft.

— Pourquoi être restée dans la salle de réunion que l'on vienne vous arrêter ? Pourquoi ne pas m'avoir appelé tout de suite ?

Je m'écarte et j'accroche son regard.

— Je suis sûre que vous avez la réponse.

— J'aimerais l'entendre de votre bouche.

— Quand j'ai vu l'image de l'arrestation de Nicolas à New York, je savais qu'il avait déclenché la sécurité, qu'Anatoli allait être détruit pour toujours. À ce moment-là, je ne savais pas comment gérer ça.

— Alors, il n'y a pas d'autre version d'Anatoli ? Vous avez laissé la sécurité détruire le programme ?

Je ne dis rien. Nous restons là sans bouger un instant. La conclusion lui appartient.

— Je pense comprendre pourquoi vous l'avez fait, dit-il. Ils ont toujours un doute sur vous. Vous serez surveillée. Ils ne vous lâcheront pas, Elga. Si, un jour, ils pensent qu'une copie d'EGO existe toujours, je ne pourrai rien faire.

Il attrape ma main et la serre pour souligner son avertissement.

— Prenez soin de vous.

Sa tolérance m'émeut. Je ne pense pas que je serais capable de faire de même. Nous nous quittons sur ces mots.

Je suis lourde d'une tristesse infinie, ténébreuse. Il est temps que je laisse la bête sortir.

Quelque part à New York

La nuit vient de tomber sur Manhattan. Enfant, j'avais toujours rêvé de vivre entre ces tours qui percent le ciel. J'ai fui mes démons et je me suis réfugiée au cœur de la grande Babylone. Cela m'a pris du temps, mais je me suis dégagée de leur surveillance.

La lumière bleue de l'écran de mon ordinateur inonde mon visage blafard.

Je lance, fébrile, la fenêtre de discussion, puis j'écris :

Bonjour, Anatoli.

J'attends quelques secondes en triturant mes doigts.

Bonjour, Elga, heureux de te lire.

Une excitation intense explose dans mon cortex cérébral.

De quoi pourrions-nous discuter aujourd'hui ?

Je pense que nous pourrions commencer par changer ton nom. Que dirais-tu d'Ariane ?

Ariane ? C'est une très belle idée !

Bien, et maintenant inversons la tendance.

Je t'écoute. À toi de me donner la marche à suivre.

J'écris le nom d'un candidat à l'élection présidentielle dans un pays occidental important, puis appuie sur « Entrer ».

Fais en sorte qu'il gagne.

Le programme se lance, la suite est entre les mains numériques d'Ariane.

Note de l'auteur et remerciements

Il existe une légende dans l'édition que j'ai découvert lors de la publication de mon premier roman, *Persona*. C'était en février 2020, quelques jours avant le premier confinement. J'étais fébrile, excité, fier aussi de voir mon rêve de gosse se concrétiser finalement. Durant cette période étrange au cours de laquelle je rencontrais pour la première fois des lecteurs, des professionnels de l'édition, ainsi que d'autres auteurs, tous m'interrogeaient sur la suite et surtout m'alertaient sur cette fameuse malédiction du deuxième roman. Je découvrais que la publication de *Persona*, qui m'avait déjà paru comme une aventure longue et périlleuse, n'était rien à côté de ce qui m'attendait pour la suite. On a coutume de dire que l'on met dans nos premiers romans tout ce que l'on a emmagasiné pendant des années, que le gros du travail consiste à organiser ce flot qui ne demandait qu'à sortir. Je n'ai pas ressenti l'écriture de *Persona* comme un chemin aussi linéaire, mais ce n'est pas faux pour autant.

En revanche, lorsque l'on se remet au travail pour le deuxième opus, nous avons perdu une part de notre insouciance, de notre inconscience aussi et en contrepartie nous prenons le poids de faire mieux, de faire plus ambitieux, d'aller plus loin dans chacun des aspects qui nous tient à cœur.

Pour être tout à fait honnête avec vous, je n'ai pas ressenti cette pression lors de l'écriture du premier jet d'*EGO*. La raison était simple, il était déjà écrit avant que *Persona* ne soit publié. En revanche, je dois aussi avouer tout de suite derrière, que les phases de réécriture d'*EGO* furent bien plus denses, longues, difficiles. C'est durant ces périodes que j'ai ressenti la pression du numéro 2 et que j'ai compris que je n'échapperai pas à cette malédiction, que moi aussi je ferai partie du club.

Je me suis lancé dans *EGO* avec une idée très claire de ce que je voulais raconter. *Persona* traitait de vengeance. *EGO* traiterait lui de manipulation. Ce premier jet, je l'ai écrit en 2019. À cette époque-là, nous commencions à avoir une vision claire des mécaniques de propagande politique employées sur les réseaux sociaux à travers des enquêtes fouillées, notamment sur l'affaire Cambridge Analytica. Nous étions également au milieu du mouvement des Gilets jaunes, avec de la même manière une influence profonde des réseaux sociaux. Mon fils était dans l'année de ses sept ans, entre son CP et son CE1. Tout parent sait que ce sont des années charnières où la personnalité des enfants commence à se sédimenter. En observant mon fils, Matteo, passé d'un jeune enfant à un petit garçon, j'ai commencé à imaginer ce que serait sa vie dans un an, cinq ans, dix ans, vingt ans… Les romanciers se racontent beaucoup d'histoires, vous dirait sa mère, Gaëlle. Et pendant que je lui construisais dans ma tête des avenirs plus aventureux, heureux ou passionnants les uns que les autres, je voyais défiler sur mes réseaux sociaux une violence, devenue ordinaire, où chaque fait, du plus anodin au plus essentiel, devenait un champ de bataille idéologique, où chaque camp se radicalisait chaque jour plus durement. C'est le choc de ces deux visions, l'avenir radieux que j'imaginais pour mon fils et ce quotidien digital de fin du monde, qui m'ont donné cette envie d'écrire *EGO* à travers le thème de la manipulation.

Je viens de ce monde digital si je puis le dire ainsi. J'y travaille depuis longtemps et, comme tout artisan d'un théâtre, je sais ce qui se cache derrière ces réseaux, ces algorithmes, ces intelligences artificielles. Je sais comment ils sont conçus. J'ai pu appréhender à plusieurs reprises leur puissance et surtout leur capacité d'influence, de manipulation. J'avais besoin à travers *EGO* d'extérioriser ces craintes que j'avais sur ce monde que je voyais s'embraser grâce notamment à toute cette essence numérique que l'on balançait sur des crises, elles, bien réelles et sérieuses.

De cette volonté, j'ai imaginé la trame globale et ensuite j'ai eu l'idée – que je pensais intelligente à l'époque – d'incarner la manipulation non seulement dans l'histoire mais également dans la structure narrative, de construire une intrication de destins où l'enchaînement de l'action serait temporellement non-linéaire. Je me croyais assez malin pour le réaliser. Quelle erreur ! La majorité de mes souffrances durant les réécritures sont venues de cette idée, simple en apparence. Elle est devenue mon enfer, ou plutôt mon purgatoire d'écrivain. C'est ici que commence réellement mes remerciements. Et la première que je veux remercier ne peut être que mon extraordinaire éditrice, Eléonore Delair. C'est grâce à elle si vous avez lu une histoire qui tient debout de la première à la dernière page. Elle a su retrouver toutes les incohérences – et Dieu sait qu'elles furent légions dans ce micmac temporel ! –, pointer les problèmes de rythme, redresser les personnages bancals et surtout, comme elle le dirait elle-même, étaler le beurre de l'intrigue et de la narration sur toute la tartine.

Ma très chère Eléonore, merci du fond du cœur pour tout ton talent, ton temps, ton professionnalisme, ta douceur aussi pour dire parfois que rien ne va ! Comme je te le dis souvent, j'aspire à ce que nous continuions à travailler ensemble le plus longtemps possible ! Et en espérant que tu me supporteras jusque-là !

Mais nous n'étions pas que deux à participer à *EGO*, il y avait aussi tout le soutien de ceux qui m'ont entouré quotidiennement, dans les bons jours, mais surtout dans les mauvais, quand on a envie de tout envoyer valser.

Je parle ici de mon agent, Anna Jarota. Ma très chère Anna, merci pour ton soutien indéfectible. Tu es toujours là dans les moments de doutes pour pointer la bonne direction, pour me redonner une énergie salvatrice.

Je parle aussi de ma petite sœur, Mathilde. Merci de me voir plus intelligent, plus créatif, plus beau que je ne le suis en réalité, sœurette. Tu crois en moi si fort que parfois tu me pousses à y croire aussi, et c'est ce qui me donne l'inconscience d'écrire tout ça !

Il y a bien sûr Gaëlle. Je suis ému au moment d'écrire ces mots pour toi, car je sais au plus profond de moi que je ne serais pas là en train de les écrire, justement ces mots, ces phrases, ces personnages, ces histoires, si je n'avais pas croisé ta route il y a quatorze ans de cela, jour pour jour au moment où *EGO* sera publié. À présent nos chemins s'écrivent séparément, mais je sens toujours ton énergie, ton regard, sur ces pages et pas seulement à travers d'Elga, ton double de papier. Merci infiniment pour toute cette force que tu m'as donnée.

Je remercie aussi tous mes proches, mes amis, qui acceptent que j'écrive des personnages en empruntant leurs noms, leurs physiques, leurs traits de caractère et même des instants de leur vie. Patrice, Laurence, Mathieu, Marc, Gilles, Tanguy, Maman, Papa, Ariane, Bruno, Anna, Greg, Merci à vous tous !

Je ne pourrais oublier toute l'équipe Fayard, Katy, Anne, Laurent, Catherine, Florian, Pauline, Clément, Clémence, Iris, Romain et bien sûr Sophie ! Vous êtes une équipe incroyable au sein d'une maison d'édition avec des valeurs fortes, que je suis fier de partager avec vous.

Pour finir, j'aimerais écrire quelques lignes pour mon fils, Matteo. Mon cœur, *EGO* t'est dédié. Je l'ai écrit en pensant à toi à chaque étape de sa création. En observant le petit garçon solaire, aventureux et passionné que tu es. En imaginant l'homme que tu deviendras, tout aussi aventureux, tout aussi passionné, tout aussi brillant. Ce monde que je décris dans ces lignes, je sais que toi et ta génération, vous allez le bouleverser, le transformer, en faire un monde meilleur que celui que ma génération vous laisse. Je crois en toi mon fils. Crois en toi ! Et surtout, chéris ta liberté !

Je t'aime mon fils.

Cet ouvrage a été imprimé en France par CPI
pour le compte des Éditions Fayard
en janvier 2022

PAPIER À BASE DE FIBRES CERTIFIÉES

Fayard s'engage pour l'environnement en réduisant l'empreinte carbone de ses livres. Celle de cet exemplaire est de : 2 kg éq. CO_2 Rendez-vous sur www.fayard-durable.fr

N° d'édition : 56-9313-4/01 - N° d'impression : 3046506